Sima G. Sturm

Geliebte Jil

Sima G. Sturm

Geliebte Jil

Roman

édition elles
www.elles.de
info@elles.de
Umschlaggestaltung und Satz: graphik.text Antje Küchler
Umschlagfoto: © iStock.com/ferrantraite
ISBN 978-3-95609-268-8

1

Ein lauter Knall übertönte die monotonen Fahrzeuggeräusche des Truckcampers, der sich einsam und seit einer gefühlten Ewigkeit über die unebene Schotterpiste quälte. Abrupt trat Nadja auf die Bremse, so heftig, dass sie mit einem derben Ruck nach vorn in den Gurt gedrückt wurde. Fluchend rieb sie sich die schmerzende Schulter, während sie durch die verschmutzte Windschutzscheibe starrte. Kleine Rauchschwaden quollen aus den Fugen der Motorhaube.

Nadja öffnete hektisch die Fahrertür und stolperte aus dem Truck. Ein Geruch von Verschmortem lag in der Luft.

»Oh, nein, bitte nicht!«, stieß sie flehend aus. Blankes Entsetzen trieb ihr den Schweiß auf die Stirn. Vielleicht lag es auch an der Hitze, die ihr außerhalb ihres klimatisierten Wagens entgegenschlug. Doch im nächsten Moment erschauerte sie. Fröstelnd rieb sie sich über die nackten Oberarme.

Eine Windböe zog über sie hinweg, streifte über den trockenen Sandboden und wirbelte ockerfarbenen Staub auf, der sich wie eine zweite Haut über alles legte, was seinen Weg kreuzte. Instinktiv blinzelte Nadja mit den Augen, während sie sich mit einer Hand über das verschwitzte Gesicht rieb, um die feinen Sandkörnchen wegzuwischen.

Langsam, beinahe zögernd, trat sie vor ihren Truck. Doch als sie die Motorhaube berührte, stieß sie einen kurzen Schrei aus und zog augenblicklich ihre Hand zurück. »Auch das noch«, schimpfte sie. Missmutig stapfte sie in den Camper, um sich ein paar Arbeitshandschuhe zu holen. Als sie wieder heraustrat, vernahm sie aus der Ferne ein dumpfes Geräusch. Zwar konnte sie es nicht zuordnen, aber jemand war da draußen. Definitiv. Eine Spur Erleichterung machte sich in Nadja breit. Zügig ging sie um den Wagen herum. Mit der Hand schirmte sie ihre Augen vor dem grellen Sonnenlicht ab.

Die Luft flimmerte und plötzlich, wie eine Fata Morgana, tauchte ein schwarzes Pferd mit seinem Reiter hinter einem der kahlen Hügel auf. Als das Pferd die Spitze des Hügels erreicht hatte, blieb es stehen. Der Reiter hatte seinen Cowboyhut tief ins Gesicht gezogen und blickte in Nadjas Richtung.

Zaghaft hob Nadja den Arm und winkte, aber von dem Cowboy ging keinerlei Regung aus. Verunsichert ließ Nadja ihren Arm sinken. *Will er denn nicht herkommen und mir Hilfe anbieten?*

Die Vorstellung, der Reiter könnte nur Einbildung sein und im nächsten Moment wieder von der Bildfläche verschwinden, machte sie nervös. Seit Stunden war sie keiner Menschenseele begegnet. Sie hatte sich völlig verfahren und fand sich auf einmal in dieser kargen Gegend wieder, in der das gelblich-bräunliche Gras verbrannt aussah und es weder Wald noch ein Fluss zu geben schien.

Dann, endlich rührte sich etwas. Und als das Pferd schließlich im lockeren Trab hinunter auf sie zukam, atmete Nadja beruhigt auf.

»Looks like you have a problem«, wurde sie sogleich begrüßt.

Nadja stutzte. Die Stimme war dunkel und rau, aber es war eindeutig eine Frauenstimme. Überrascht legte sie den Kopf in den Nacken, um der Frau, die lässig auf ihrem Ross saß, besser ins Gesicht sehen zu können. Augenblicklich spürte sie intensive Blicke, die sie abschätzig musterten.

»Yes, that's true«, antwortete sie mit brüchiger Stimme. Sie schluckte trocken. Darauf war sie nicht vorbereitet gewesen, hier in dieser Einöde einer Frau und dazu auch noch einer so attraktiven Frau zu begegnen.

Unter dem beigefarbenen Westernhut kamen nackenlange, kastanienbraune Haare zum Vorschein. Die sonnengebräunte Haut verriet, dass die Frau viel Zeit an der frischen Luft verbrachte. Ihre Gesichtszüge waren eher kantig, und trotzdem erkannte Nadja auch etwas Weiches darin. Große, leuchtende Augen, deren Farbe durch den Schatten, den der breite Hut warf, nicht genau zu erkennen war, nahmen sie dennoch völlig gefangen. Wie gebannt versank sie darin, unfähig, ihren Blick abzuwenden.

Die andere schnippte geräuschvoll mit den Fingern gegen die Hutkrempe und holte Nadja aus ihrer Träumerei zurück. Ein hintergründiges Lächeln schob sich auf ihre Lippen. »Where do you come from?«, fragte sie.

»Germany«, erwiderte Nadja schnell. Sie fühlte sich ertappt und senkte beschämt den Blick.

»Ah, eine deutsche Touristin, die sich verirrt hat«, sagte die Frau in fast akzentfreiem Deutsch. Es klang so, als erheiterte sie diese Feststellung.

Nadja merkte zu spät, dass ihr der Mund offenstehen blieb und ihr Kopf erneut ruckartig in die Höhe schoss. Sie hätte wetten können, dass es sich bei der dunkelhaarigen Frau, die in ihrer Jeans und der karierten Hemdbluse einfach unwiderstehlich wirkte, um eine Einheimische, zumindest aber um eine Amerikanerin handelte. Warum, das war ihr selbst ein Rätsel.

Noch immer schien die schöne Unbekannte sich über sie zu amüsieren. Ihre Mundwinkel hüpften vergnügt, und ihr spöttischer Gesichtsausdruck sprach Bände.

»Ich bin keine Touristin ... also nicht direkt«, grummelte Nadja etwas verstimmt.

»So, so.« Mit einem Kopfnicken wies die Frau auf den Truckcamper.

Nadja verdrehte die Augen und lächelte verklärt. »Ich habe ein Sabbatjahr genommen und toure derzeit durch Kanada. Und das Gefährt habe ich in Kelowna jemandem abgekauft.«

»Sieht nach einem schlechten Kauf aus.« Die Westernbraut zog skeptisch die Augenbrauen zusammen und beäugte den Truck, der weiter vor sich hinrauchte. »Ich glaube, die Kühlanlage ist hinüber. Wahrscheinlich braucht's eine neue Zylinderkopfdichtung.«

»Was? Gott, bewahre!«, krächzte Nadja. Ihr versagte beinahe die Stimme. »Gibt es hier in der Nähe vielleicht eine Werkstatt?«

Urplötzlich brach ihr Gegenüber in schallendes Gelächter aus. Das Pferd scheute und machte wiehernd einen Schritt zurück.

Aber die schöne Fremde wusste es sogleich zu beruhigen. Sie beugte sich nach vorn und fuhr mit ihren schlanken, drahtigen Fingern seitlich unter seine Mähne. Sanft rieb sie an seinem Hals entlang. »Alles gut, Shadow, wir machen nur gerade Bekanntschaft mit einem Spaßvogel.«

Shadow? Sie nennt ihr Pferd ›Schatten‹? Und was heißt denn hier Spaßvogel? Nadja kniff angesäuert die Lippen zusammen. Aber sie musste sich zusammenreißen, denn die zum Scherzen aufgelegte Lady war vielleicht ihre einzige Rettung. »Ich brauchte einen fahrbaren Untersatz und einen Platz zum Schlafen. Und das da ...«, mit der Hand winkte sie unwirsch ab, »war leider das Einzige, was ich mir leisten konnte.«

»Hm, verstehe«, sagte die Frau, deren Namen Nadja immer noch nicht kannte.

Sie konnte sich ein Schmunzeln nicht verkneifen, als ihr bewusst wurde, dass sie zwar den Namen des Pferdes kannte, aber nicht den seiner Besitzerin. »Ich heiße Nadja«, stellte sie sich spontan vor. Sie streckte ihre Hand nach oben.

»Jil«, erwiderte die andere knapp. Sie beugte sich erneut vor, um Nadja die Hand zu reichen. Ein kurzer, fester Händedruck, dann war es schon wieder vorbei. Sie machte keinerlei Anstalten, von ihrem *Shadow* abzusteigen. Ihre Hand, mit der sie Nadja eben noch begrüßt hatte, wies die Straße entlang Richtung Norden. »In zirka zwei Kilometern kommst du an einer Ranch vorbei. Dort dürftest du zumindest ein Telefon finden, um die nächstgelegene Werkstatt anzurufen.« Die letzten Worte sprach sie betont langsam aus. Es schien, als würde sie sich über Nadja lustig machen.

Nadja seufzte schwermütig auf. Doch sie bekam keine Gelegenheit, irgendetwas zu erwidern. Denn schon im nächsten Augenblick gab Jil ihrem Pferd mit leiser, tiefer Stimme ein Kommando. Der stolze Rappe – zumindest vermutete Nadja, dass es sich um einen Rappen handelte, weil alles an ihm schwarz war – trabte bereitwillig los und ging kurz darauf in den Galopp über. Jil hatte sich nicht einmal verabschiedet. Perplex schaute Nadja ihr hinterher, bis sie hinter den Hügeln verschwand.

Kopfschüttelnd zog Nadja sich die Handschuhe über und öffnete die Motorhaube. Sie hatte die Hoffnung, dass sie nur Kühlwasser auffüllen und den Truck eine Weile stehenlassen muss, noch nicht aufgegeben.

Doch ein Blick in den Motorraum verriet nichts Gutes. Sie hatte das Problem viel zu spät erkannt. Und wer weiß, was noch alles dabei kaputtgegangen war. In Bezug auf Autos hatte sie einfach zu wenig Ahnung, aber Jil kannte sich offenbar damit aus.

Beim Gedanken an Jil überkam Nadja plötzlich ein merkwürdiges Gefühl. Wie von Geisterhand bewegt drehte sie sich nach allen Seiten um. Ihr Herz schlug spürbar schneller und hämmerte hart in ihrer Brust. Wurde sie etwa beobachtet? Oder kam Jil vielleicht wieder zurück? Irgendwie musste Nadja ja auch den Truckcamper von der Straße bekommen. Aber nein, da war nichts.

Werd nicht albern, mahnte sie sich zur Ruhe. Trotzdem setzte sie sich nun eilig in den Wagen und versuchte den Motor zu starten. Doch nichts passierte. Resigniert lehnte Nadja sich in den Sitz zurück. Sie schloss für einen Moment die Augen, um sich etwas zu beruhigen. Schließlich raffte sie sich auf, packte ihren Rucksack mit den notwendigsten Sachen zusammen, und dann machte sie sich auf den Weg zu dieser Ranch.

Nadja war sich nicht sicher, ob das wirklich nur zwei Kilometer waren. Ihr kam es deutlich weiter vor.

Ihr fiel auf, dass die Vegetation sich veränderte. Die unfruchtbar wirkende Gegend machte jetzt zunehmend Weideflächen, auf denen Rinder grasten, Sträuchern und Büschen Platz. Und am Horizont erschienen nun auch wieder die ihr inzwischen so vertrauten riesigen Nadelbäume.

Als sie einen weiteren Hügel überquerte, stieß sie auf einen kleinen Fluss, der wahrscheinlich aus den Bergen kam und sich jetzt seitlich des Weges entlangschlängelte. Und endlich kam auch die Ranch zum Vorschein. Nadja sah mehrere Koppeln, auf denen verteilt einige Pferde standen. Schattige Baumoasen grenzten an die Nebengelasse. Wahrscheinlich waren dort auch die Stallungen.

Sie lief die langgezogene Einfahrt entlang. Ein paar Gänse und Enten überquerten schnatternd den Weg, um sich zu einem schön angelegten Teich auf der anderen Seite zu begeben.

Je näher sie dem Wohnhaus kam, umso unruhiger wurde sie. Was wird sie hier erwarten? Würde man ihr helfen können? Aus

Erfahrung wusste sie, dass die Kanadier für ihre Gelassenheit und Gastfreundlichkeit bekannt waren. Aber Nadjas Geldreserven ließen zu wünschen übrig. Sie hatte keine Ahnung, wie sie die Reparatur des Trucks bezahlen sollte. Würde es also überhaupt Sinn machen, eine Werkstatt anzurufen?

Vor dem Haus befand sich eine große, überdachte Veranda. Ein paar Steintöpfe mit seltsam anmutenden Pflanzen standen links und rechts neben der Eingangstür. Ein großer Schaukelstuhl war mittig platziert. Eine Holzbank und mehrere Korbsessel boten weitere Sitzgelegenheiten. Am Treppenabsatz lag ausgestreckt und im Halbschatten dösend ein Hund von stattlicher Größe.

Nadja lächelte still vor sich hin. *Wie im Film*, ging ihr durch den Kopf. Genauso hatte sie sich das immer vorgestellt.

Unschlüssig blieb sie vor dem weiß-schwarzen Vierbeiner stehen, der den Zugang zur Veranda gänzlich versperrte. »Bewachst du das Haus, mein Hübscher?«, sprach sie ihn mit sanfter Stimme an, da das Geschlecht des Tieres ihr noch verborgen blieb.

Sie musste unwillkürlich schmunzeln, als der Hund nur müde und scheinbar vollkommen desinteressiert den Kopf hob. Sie wusste natürlich, dass er sie schon längst bemerkt und jeden ihrer Schritte mit wachem Blick aus seinen dunkelbraunen Augen verfolgt hatte. Mit Hunden kannte sie sich wesentlich besser aus als mit Pferden. Und jetzt, wo sie vor ihm stand und langsam in die Hocke ging, erkannte sie auch, dass es ein Landseer Neufundländer war. Eine schöne Rasse, wie sie fand.

»Der Hübsche ist eine *Sie* und ihr Name ist Ronja.« Wie aus dem Nichts war die Frau, zu der die Stimme gehörte, aufgetaucht.

Überrascht blickte Nadja hinter sich. Eine kräftig gebaute Frau mit blondgelockten Haaren lächelte sie freundlich an.

Die Hündin sprang auf und lief mit einem freudigen Schwanzwedeln auf ihre Herrin zu, um sich ein paar Streicheleinheiten abzuholen.

»Ronja, wie die Räubertochter?«, fragte Nadja verschmitzt. Plötzlich stutzte sie. *Was für ein Zufall! Noch eine Frau, die meine Sprache spricht. Und das an einem Tag!* Sie schüttelte verwundert den Kopf. Natürlich, es gab viele deutsche Auswanderer, aber hier in dieser Gegend hätte sie das nicht für möglich gehalten.

Die Blonde lachte herzlich auf eine unbekümmerte Art, und die Lebensfreude stand ihr förmlich ins Gesicht geschrieben. »Na ja, das könnte durchaus zu ihr passen.« Sie wischte sich die Hand an ihrer Reithose ab und kam mit ausgestrecktem Arm auf Nadja zu. »Ich bin Stella. Und mit wem hab ich das Vergnügen?«

Nadja erhob sich und ergriff die dargebotene Hand. »Nadja«, antwortete sie. »Ich komme aus Deutschland, aber das war wohl nicht schwer zu erraten«, fügte sie mit einem Augenzwinkern hinzu.

Stella zuckte schmunzelnd mit den Schultern. »Ich bin gebürtige Kanadierin. Aber fairerweise muss ich sagen, dass ich meine ersten sechs Lebensjahre in der Nähe von Koblenz verbracht habe.«

»Oh, daher das gute Deutsch«, purzelte es interessiert aus Nadja heraus.

Stella lächelte vergnügt. »Ich denke, das habe ich vor allem meinem Vater zu verdanken, der auch in den vielen Jahren in Kanada nicht auf seine geliebte deutsche Muttersprache verzichten wollte. Aber ...«, sie winkte leichthin ab, »du bist wahrscheinlich nicht hier, um meiner Familiengeschichte auf den Grund zu gehen.«

Nadja nickte bestätigend. Ein Seufzer des Bedauerns glitt über ihre Lippen. Urplötzlich sah sie sich wieder mit ihrer misslichen Lage konfrontiert. Für einen Augenblick hatte sie das Problem mit dem Truckcamper völlig vergessen. »Ich bin mit meinem Wagen liegengeblieben, und ich befürchte, dass es nur mit gutem Zureden nicht getan ist.«

»Ach herrje, du Ärmste.« In Stellas Worten lag aufrichtiges Mitgefühl. »Na, komm erst mal rein. Das werden wir schon irgendwie hinbekommen.« Sie klopfte Nadja aufmunternd auf die Schulter und machte eine einladende Geste.

Nadja lächelte dankbar. Während Stella vorausging, warf sie noch einen fast um Erlaubnis bittenden Blick auf Ronja. Aber die hatte es sich bereits wieder auf der Veranda gemütlich gemacht. Offenbar hatte sie Nadja als Besucherin akzeptiert und schien keinerlei Einwände zu haben.

Nadja beugte sich über sie, strich ihr durch das weiche Fell und kraulte sie hinterm Ohr. »Danke«, flüsterte sie.

Dann folgte sie Stella ins Haus. Sie hörte ein Klappern und ging den Flur entlang, bis sie an eine Tür kam, die zu einer großen Wohnküche führte.

»Möchtest du lieber Tee oder Kaffee?«, fragte Stella. Sie entzündete den Gasherd, stellte den Wasserkessel auf und drehte sich zu Nadja um.

»Kaffee wäre schön ... Aber bitte, ich möchte keine Umstände machen«, antwortete sie zögernd.

Stella winkte energisch ab. »Ach was, das macht doch keine Umstände. Ich hätte jetzt so oder so Kaffee gekocht. Auf unser geliebtes Heißgetränk verzichten wir nur im äußersten Notfall.« Sie lachte. »Das ist schon wie ein Ritual, jeden Tag zur gleichen Zeit.«

»Rituale sind kleine Auszeiten im Alltag«, sagte Nadja mit einem Lächeln im Gesicht.

Stella schmunzelte nun ebenfalls und nickte zustimmend. Dann setzte sie einen Filter auf eine Porzellankanne und füllte löffelweise das Kaffeepulver hinein. »Ich weiß, das ist ziemlich altmodisch«, meinte sie beinahe entschuldigend, »aber ich finde, nur so kann der Kaffee sein volles Aroma entfalten.«

»Ich würde es eher als urig bezeichnen. Es hat etwas Beruhigendes, und ich mag das Geräusch, wenn das heiße Wasser langsam durch den Filter läuft«, erwiderte Nadja mit bedeutungsvoller Miene.

Stella schaute sie verwundert an. »Das meinst du jetzt nicht ernst, oder?« Lachend wandte sie sich der Anrichte zu und holte drei Kaffeebecher heraus.

Für wen wohl die dritte Tasse ist? fragte sich Nadja, gerade als sie zu einer Antwort ansetzen wollte.

»Natürlich meint sie das ernst. Was denkst du denn, Schwesterchen?«

Nadja fuhr erschrocken herum. Mit weitaufgerissenen Augen starrte sie zur Tür. Sie versuchte etwas zu sagen, aber sie brachte keine Silbe hervor.

»Jil, da bist du ja«, plapperte Stella munter drauflos. Sie schien nicht zu bemerken, dass Nadja wie zur Salzsäule erstarrt war. »Wie du siehst haben wir einen Gast.«

»Hm«, machte Jil nur, während sie Nadja nicht aus den Augen ließ. Sie setzte ihren Cowboyhut ab und warf ihn lässig auf eine

Kommode. Mit der Hand wuschelte sie durch ihre braunen Haare.

Von Jils stechendem Blick fühlte Nadja sich völlig außer Gefecht gesetzt. In diesem Moment wünschte sie, ein Loch würde sich im Erdboden auftun, in dem sie versinken könnte.

»Das ist Nadja. Sie ist …«

»Ich weiß, wer sie ist«, unterbrach Jil ihre Schwester. Sie grinste vielsagend in Nadjas Richtung. »Wir haben uns bereits kennengelernt.«

»Ach, tatsächlich? Wo denn?«, fragte Stella, der immer noch nicht aufgefallen zu sein schien, dass Nadja stumm wie ein Fisch war.

Jil zog ein Gesicht, als würde sie darüber erst nachdenken müssen. Dann sagte sie: »Quasi um die Ecke. Ihr Truck qualmte aus allen Poren.«

Um die Ecke? So etwas wie Aufbegehren regte sich in Nadja. Doch es gelang ihr nur schwer, sich aus ihrer Starre zu befreien.

»Also hab ich sie hierhergeschickt. Sie möchte nämlich die nächstgelegene Werkstatt anrufen.« Jil verzog spöttisch den Mund, und fast sah es so aus, als würde sie einen erneuten Lachanfall bekommen. Sie schien sich gerade noch so beherrschen zu können.

Stella lächelte verständnisvoll. »Na, da hattest du ja noch Glück im Unglück. Ich meine, dass es erst hier bei uns passiert ist. Diese Gegend ist nämlich ziemlich einsam«, sagte sie an Nadja gewandt.

Nadja räusperte sich. »Ja, ich hatte wirklich Glück«, krächzte sie, immer noch auf der Suche nach ihrer Stimme. Vorsorglich räusperte sie sich noch einmal. »Die drei oder vier Kilometer bis zu eurer Ranch waren wirklich nur ein Katzensprung.« Diesmal schaffte sie es sogar, ironisch zu klingen. Zumindest hoffte sie das.

Der Kaffee war fertig und Stella goss ihn in die Becher. Nadja war nicht entgangen, dass sie Jil einen strafenden Blick zuwarf. Die zuckte jedoch nur mit den Schultern.

Gerade, als Nadja zum Küchentisch gehen wollte, hielt Jil sie auf. »Willst du vorher nicht deinen Rucksack absetzen? Ist vielleicht bequemer.«

Nadja schaute sie fragend an. Dann machte es klick. *Oh, verdammter Mist! Ich mache mich hier vollkommen zum Deppen vor dieser*

Frau. »Ähm, ja, natürlich«, stammelte sie. Sie spürte förmlich, wie die Röte ihr ins Gesicht schoss. Hastig streifte sie ihren Rucksack ab. Dann atmete sie tief durch und versuchte, Jils amüsiertes Grinsen zu ignorieren.

Als Stella ihr mit einem Augenzwinkern einen Platz anbot, nahm sie ihn dankbar an. Schnell setzte sie sich, denn allmählich fühlten sich ihre Beine an wie Pudding. Fahrig rieb sie ihre Hände aneinander. Sie konnte das leichte Zittern nicht verbergen. Wenn sie jetzt noch den Kaffee verschüttete, dann wäre das der Supergau. Was war nur los mit ihr? Wieso ließ sie sich von Jil so aus der Bahn werfen?

Stellas Hand legte sich sanft auf ihren Unterarm. »Keine Sorge. Wir helfen dir, das ist doch selbstverständlich«, sagte sie. »Nicht wahr, Jil?«

Jil hob fragend den Kopf, als hätte sie gar nicht zugehört. Für Stellas auffordernden Blick hatte sie nur ein Augenrollen übrig. »Wenn es denn sein muss«, grummelte sie im gelangweilten Ton. »Du spielst ja gern die Samariterin. Da wird es meine Hilfe wahrscheinlich nicht brauchen.«

Für Nadja war das einfach zu viel. Abrupt stand sie wieder auf. »Tut mir leid. Ich habe eure Gastfreundschaft schon lange genug in Anspruch genommen. Ich komm schon irgendwie klar.« Sie ging bereits auf die Tür zu, und als sie nach ihrem Rucksack griff, brachte sie gerade noch ein heiseres »Danke für den Kaffee« über die Lippen. Das war eigentlich aberwitzig. Hatte sie doch noch nicht einen einzigen Schluck davon getrunken.

Stella und Jil schauten sie gleichermaßen verdutzt an. Während es so schien, als würde Stella sie noch irgendwie aufhalten wollen, zeichnete sich um Jils Mundwinkel lediglich ein süffisantes Lächeln ab.

Eilig drehte Nadja sich von den beiden Frauen weg und verließ überstürzt die Küche. Sie hatte nicht die Kraft für große Erklärungen. Was sollte sie denn auch sagen? Sie benahm sich völlig idiotisch.

Draußen auf der Veranda wäre sie beinahe noch über Ronja gestolpert. Wie angewurzelt blieb sie stehen. Die Hündin war aufgesprungen und schüttelte ihr Fell. Dann schaute sie Nadja aus ihren großen, dunklen Augen an. Es wirkte fast so, als spürte sie, wie innerlich aufgelöst Nadja gerade war. Mit ihrer Schnauze stupste sie gegen Nadjas Hand.

Was mach ich denn hier? Ich bin nicht mehr ich selbst. Nadja blickte traurig auf Ronja hinunter. Hier war die einzige Hilfe, die sie vielleicht auf die nächsten fünfzig Kilometer erwarten konnte. Die Sonne brannte immer noch heiß vom Himmel. Und sie hatte keine Idee, wie es jetzt weitergehen sollte.

Niedergeschlagen hing sie ihren Gedanken nach. Sie merkte nicht, dass sich hinter ihr die Haustür öffnete. Wohl aber Ronja, die sich sogleich an ihr vorbeischob.

»Machst du das immer so?«, hörte sie Jil wie durch einen Schleier fragen.

»Was meinst du?« Es war nicht mehr als ein leises, gequältes Krächzen, das ihre Lippen verließ.

Hinter ihr stieß Jil geräuschvoll die Luft aus. »Wieso stürzt du hier raus, als wärst du auf der Flucht?« Sie schritt an Nadja vorbei und lehnte sich mit dem Rücken lässig gegen das Geländer der Veranda. Ihre Augenbrauen hoben sich fragend. Sie wirkte so unglaublich gelassen, wie sie da mit verschränkten Armen vor ihr stand. Anscheinend geduldig auf eine Antwort wartend.

Zaghaft hob Nadja den Kopf. Doch schließlich sah sie Jil geradewegs in die blauen Augen, die mit etwas Grau gemischt waren. Wieder fühlte sie sich magisch von diesem Blick angezogen. Es war faszinierend und beängstigend zugleich. *Blaue Augen, Himmelsstern, küssen und posieren gern.* Wo hatte sie das bloß gelesen? Verwirrt schüttelte sie den Kopf.

Sie brauchte ein paar Sekunden, um sich auf Jils Frage zu besinnen. »Ich möchte einfach niemandem zur Last fallen«, begann sie, und ihr kam es so vor, als hörte sie sich etwas hölzern an. »Und es ist nun wirklich offensichtlich, dass du nicht gerade begeistert bist von meiner …«, sie schluckte, »… Anwesenheit.«

Jils Wangenknochen zuckten kurz, ansonsten blieb sie völlig regungslos. Nadja fragte sich, ob sie zu jenen Menschen gehörte, die nichts aus der Ruhe bringen konnte und denen emotionale Schwankungen fremd waren. Sie vermochte es nicht einzuschätzen. Diese Frau irritierte sie einfach nur, und das vom ersten Moment an.

»Und was hast du jetzt vor?«, fragte Jil plötzlich, ohne auf Nadjas Bemerkung einzugehen. Sie tat so, als hätte Nadja überhaupt nichts gesagt. Also hatte sie es entweder ganz bewusst überhört, oder Nadja hatte den Nagel auf den Kopf getroffen, und Jil wollte es nur nicht zugeben.

Nadja beschloss, sich darauf einzulassen. Immerhin war Jil ihr hinterhergekommen. Und sie redete mit ihr. Ganz so egal war sie ihr dann vielleicht doch nicht. Bei dem Gedanken daran begann Nadjas Magen nervös zu flattern. »Ich ... ich weiß nicht so recht«, rang sie nach Worten. Eher unbewusst befeuchtete sie mit der Zunge ihre trockenen Lippen.

Jils Augen weiteten sich. Es sah aus, als ob sich ihr Oberkörper anspannte und sie ihren Rücken etwas kräftiger gegen das Geländer presste. Oder bildete Nadja sich das nur ein?

So standen sie sich eine Weile schweigend gegenüber. Dann, ganz unerwartet, glitt ein angedeutetes Lächeln über Jils schön geschwungene Lippen. Doch es verschwand so schnell, wie es gekommen war.

Trotzdem genügte dieser winzige Augenblick, dass Nadjas Atem sich schon fast besorgniserregend beschleunigte. Verlegen wandte sie ihren Blick von Jil ab. Sie versuchte, sich auf die braunen Holzdielen der Veranda zu konzentrieren und strich mit der Schuhspitze über die feine Maserung.

»Komm«, sagte Jil und riss Nadja jäh aus ihren Gedanken. Sie schwenkte einen Autoschlüssel vor ihrer Nase, der wie ein Pendel eine beruhigende Wirkung erzielte.

»Wohin?«, fragte Nadja verdattert. Sie musste sich erst wieder sortieren.

Jil grinste belustigt. »Wir holen deinen Truck. Er kann schlecht auf der Straße stehenbleiben.« Kaum hatte sie die Worte ausgesprochen, marschierte sie auch schon los. Zielstrebig lief sie um das Haus. Sie drehte sich nicht nach Nadja um, die jetzt Mühe hatte, ihr zu folgen.

Was auch immer gerade zwischen ihnen passiert war, im Gegensatz zu Nadja wirkte Jil ganz und gar unbeeindruckt. Doch was sollte denn auch passiert sein? Da war rein gar nichts. Nichts außer der Einbildung, die Nadja offenbar einen Streich gespielt hatte. Sie seufzte unterdrückt.

Als ein schwarzer Pick-up in ihrem Blickfeld auftauchte, begriff sie, dass Jil beabsichtigte, ihren Truck abzuschleppen. Da spürte sie, wie ein Stück der schweren Last von ihren Schultern fiel. Erleichtert atmete sie auf.

»Danke«, sagte sie leise, als sie bei Jil angekommen war, die sich bereits auf den Fahrersitz schwang.

»Na, steig schon ein«, erwiderte Jil lachend. »Ich kann doch nicht riskieren, dass mir meine Schwester den Kopf abreißt.«

Während Nadja noch über die Worte nachdachte, stieß Jil einen lauten Pfiff aus und rief: »Ronja!«

Wie ein Blitz kam die Landseer-Hündin angeschossen. Schon setzte sie zum Sprung an und fand ihren Platz mit einer perfekten Landung auf der Ladefläche.

Im gemäßigten Tempo lenkte Jil den Geländewagen, ein Ford Ranger, auf die schmale Straße. Sie ließ das Autofenster zu ihrer Seite herunter und stützte den Ellenbogen auf den Türrahmen. Der Fahrtwind wehte durch ihre Haare und brachte sie ganz durcheinander. Es verlieh ihr einen wilden Look, was sie in Nadjas Augen noch attraktiver machte.

Verstohlen beobachtete sie Jil, während ihr Blick ein ums andere Mal auf den Kilometerzähler auf dem Armaturenbrett fiel.

Sie sprachen kein Wort, aber das machte Nadja nichts aus. So war sie wenigstens nicht irgendwelchen ironischen oder sarkastischen Attacken ausgesetzt. Sie musste keine Hellseherin sein, um zu merken, dass Jil lieber jetzt als gleich wieder ihre Ruhe haben wollte. Wahrscheinlich half sie Nadja auch nur, weil ihre Schwester darauf bestand. Vorhin hatte sie ja so eine Bemerkung gemacht.

Wie können Geschwister nur so extrem verschieden sein? fragte Nadja sich. Die beiden sahen sich auch nicht sehr ähnlich, und das nicht nur wegen ihrer unterschiedlichen Haarfarbe. Jil hatte ein markantes Gesicht, schmal, mit hohen Wangenknochen und vollen Lippen. Aber trotz dieses vermeintlichen Schönheitsideals waren ihre Gesichtszüge nicht zart oder übermäßig feminin. Vielleicht gefiel sie Nadja gerade deshalb.

Stellas Gesichtsform war rundlicher. Dadurch wirkte alles an ihr sanfter und weiblicher. Nur wenn man genauer hinschaute, entdeckte man gewisse äußerliche Übereinstimmungen, die Form der Nase etwa und ein bisschen auch der Mund. Aber nicht die Augen. Stella hatte wie Nadja braune Augen. *Braune Augen sind gefährlich, aber in der Liebe ehrlich! Merk dir das, du ach so unberührbare Jil,* schoss es ihr durch den Kopf.

Sie hüstelte. Beinahe hätte sie sich noch an ihrer eigenen Spucke verschluckt. Was waren denn das für unmögliche Gedanken, die da in ihr herumspukten? Unweigerlich musste sie jetzt schmunzeln. Schnell wandte sie ihren Blick von Jil ab und schaute aus dem Seitenfenster.

»Würdest du mir mal verraten, was dich so erheitert?«, fragte Jil ziemlich unwirsch, als ob sie verärgert wäre.

Nadja riss entsetzt den Kopf herum. Ihre Augen trafen aufeinander. Sie hatte das Gefühl, Jil wollte sie mit ihrem strengen Blick durchbohren. *Oh Gott! Sie hat es gesehen.*

Fieberhaft suchte Nadja nach einer Erklärung. Sie konnte Jil doch nicht den wahren Grund nennen. Auf gar keinen Fall! »Ich ... ähm ...« Ihr Blick blieb erneut am Armaturenbrett hängen. Plötzlich kam ihr eine Idee. Das Lächeln kehrte in ihr Gesicht zurück. »Zirka zwei Kilometer bis zur Ranch hattest du gesagt. Oder?«

Einen Moment lang verfinsterte sich Jils Miene noch ein wenig mehr. Automatisch hielt Nadja die Luft an. *War wohl keine gute Idee!* Angespannt streckte sie ihren Rücken durch und bemühte sich, dem durchdringenden Blick standzuhalten.

Doch dann schaute Jil wieder nach vorn auf die Straße. Und auf einmal – fast hätte Nadja es übersehen – stahl sich ein breites Grinsen in ihr Gesicht. »Ich wollte dich nicht schon von vornherein entmutigen«, meinte sie lapidar. Dabei warf sie einen weiteren kurzen Seitenblick auf Nadja.

Nadja verschränkte gespielt empört die Arme vor der Brust. »Nach dem Motto: Was ich nicht weiß, macht mich nicht heiß?«

Jil lachte unterdrückt. »Ja, so was in der Art.« Ihre Finger tippten im Takt der Musik, die leise im Radio dudelte, auf das Lenkrad. »Okay, die Strecke ist doppelt so lang«, sagte sie, als der Truckcamper vor ihnen auftauchte. »Aber so genau konnte ich das auch nicht wissen. Bin ja vorher nicht mit dem Maßband hier langgelaufen.« Wieder hoben sich ihre Mundwinkel, während sie den Pick-up wendete und sich vor den Truck stellte. »Na, dann wollen wir mal«, ließ sie verlauten und sprang aus dem Wagen heraus.

Ungläubig verfolgte Nadja Jil mit den Augen, die ein solch rasantes Tempo an den Tag legte, dass dem kaum nachzukommen war. Bloß keine Zeit vertrödeln. *Vor allem nicht mit einem so ungebetenen Gast wie mir,* dachte sie bekümmert.

Als sie endlich ausgestiegen war, hatte Jil bereits die Ladeklappe geöffnet und sich das Abschleppseil gegriffen. Ronja war lautlos heruntergesprungen und schnüffelte neugierig um den Truckcamper herum.

»Wird das Seil halten?«, fragte Nadja vorsichtig.

Jil nickte betont lässig. »Bleib ganz entspannt. Das ist ein Spezialseil. In Kanada muss man schließlich immer damit rechnen, dass ein hilfloser Touri mit seinem defekten Wohnmobil hier aufkreuzt.« Sie blinzelte Nadja frech an.

»Ich bin entspannt«, erwiderte Nadja keck. Das war zwar eine glatte Lüge, aber das würde sie Jil ganz bestimmt nicht auf die Nase binden. »Ich wollte nur sichergehen«, schob sie noch eilig hinterher. Jils angriffslustige Zusatzbemerkung überging sie geflissentlich. Sie konnte es sich selbst nicht erklären, aber was das betraf, fühlte sie sich ihr einfach nicht gewachsen.

Jil gab ein glucksendes Geräusch von sich. »Aha!« Mehr sagte sie nicht dazu. Dann wandte sie sich von Nadja ab und machte sich daran, die Karabiner in die Abschleppösen einzuhängen.

Um nicht unnütz herumzustehen, schloss Nadja ihren Truck auf und stieg ein. Sie blickte durch die Frontscheibe und ließ ihren Blick langsam schweifen. Jil stand nach unten gebeugt vor dem Pick-up und hantierte mit dem Seil.

Nadjas optische Reise stoppte abrupt, als ihr Blick wie hypnotisiert an Jils Po klebenblieb. Ein Anblick, der ihr Herz schneller schlagen ließ. So rund, so knackig und so verführerisch. Und durch die enganliegende Jeans noch zusätzlich betont. *Himmel!* Ihr wurde augenblicklich heiß. Doch als Ronja plötzlich neben ihr an der geöffneten Fahrertür auftauchte und kurz bellte, schrak sie heftig zusammen. Ihr Atem flatterte, während sie wie eine Ertrinkende nach Luft schnappte.

»Alles in Ordnung?«, fragte Jil. In ihren Augen, die eigenartig glitzerten, lag Verwunderung.

Mechanisch nickte Nadja, ohne dass auch nur ein einziges Wort ihre Lippen verließ. Wo kam Jil denn auf einmal her? Sie war doch eben noch vorn am Wagen gewesen. Aus den Augenwinkeln sah sie, dass Jils Hand über ihrem Knie schwebte. Sie wehrte sich gegen das Bedürfnis, ihre Augen zu schließen. *Bitte, berühr mich,* drängte es sie zu sagen. Aber sie blieb stumm, und Jil zog ihre Hand wieder zurück.

»Du musst die Handbremse lösen, den Gang rausnehmen und die Zündung einschalten«, sagte Jil mit ungewohnt einfühlsamer Stimme. »Kriegst du das hin?«

»Natürlich«, krächzte Nadja heiser. Sie war sich nicht sicher, ob Jil sie wirklich gehört hatte. Aber dann schenkte die ihr ein Lächeln, wie sie es noch nicht bei ihr gesehen hatte. Es war ein liebevolles, fast zärtliches Lächeln. *Meine Hormone spielen verrückt. Ich bin verrückt!*

Erst jetzt merkte sie, dass sie mit beiden Händen das Lenkrad umklammert hielt. So derb, dass ihre Fingerknöchel weiß hervortraten.

Jil lächelte immer noch, als sie sich Ronja zuwandte und ihr einen kleinen Stups gab. »Come on«, forderte sie die Hündin auf. Mit dem Kopf wies sie zum Pick-up. Und genauso wie es Shadow getan hatte, gehorchte ihr auch Ronja aufs Wort.

Dann schaute sie ein letztes Mal auf. Es schien, als suchte sie in Nadjas Augen nach irgendeinem Hinweis. Ein Hinweis, der ihr verriet, was in Nadja vorging. Doch Nadja senkte betreten den Blick. Sie konnte Jil jetzt nicht länger in die Augen schauen.

»Also, dann mal los!« Jil schlug von außen die Fahrertür des Trucks zu. Dann ging sie nach vorn.

Kurze Zeit später hörte Nadja, wie der Motor des Geländewagens gestartet wurde. Ein paarmal noch atmete sie tief ein und aus, bis sich ihr Puls wieder halbwegs normalisiert hatte.

Etwa eine Viertelstunde später bogen sie in die Einfahrt zur Ranch ein. Geschickt steuerte Jil ihren Pick-up mit Nadjas Truckcamper im Schlepptau um die Kurve. Sie fuhr direkt auf den Hof, der sich vor den Nebengebäuden erstreckte. Schließlich stoppte sie, und Nadja trat ebenfalls auf die Bremse. Ein leichtes Ruckeln ging durch den Truck.

Jil war inzwischen ausgestiegen und warf einen prüfenden Blick auf sie. Nein, wohl eher auf den deutlich in die Jahre gekommenen Toyota Tundra, in dem Nadja saß. Wahrscheinlich wollte Jil sich nur vergewissern, ob das Fahrzeug an diesem Platz gut aufgehoben war und nicht im Weg stand.

Sie nickte offenbar zufrieden und kam zu Nadja an die Fahrerseite.

Nadja öffnete die Tür, blieb aber noch sitzen. »Ich danke dir wirklich sehr für deine Hilfe«, sagte sie fast im Flüsterton, weil sie fürchtete, ihr könnte die Stimme versagen. »Ich weiß nur überhaupt nicht, wie ich das Geld für die Reparatur auftreiben soll.« Erschöpft strich sie sich übers Gesicht.

»Nun, ich hoffe nur, der Typ, dem du das Vehicle abgekauft hast, hat dich nicht über den Tisch gezogen. Der Truck ist eines der ersten Modelle und uralt. Nur der Camperaufsatz scheint etwas neuer zu sein.« Jils Gesichtsausdruck wirkte jetzt regelrecht besorgt. Sie war plötzlich so verändert, so mitfühlend. Nichts erinnerte mehr an ihre bis vor kurzem noch herablassende Art Nadja gegenüber.

Nadja zuckte unsicher mit den Schultern. »Ich glaub nicht. Ich habe siebentausend Dollar bezahlt. Es schien mir ein guter Preis für das Komplettpaket. Allerdings ist fast mein ganzes Erspartes dabei draufgegangen. Aber ich wollte unabhängig sein, und ich dachte, ich könnte hier und da mal ein bisschen Geld dazuverdienen. In Kanada gibt es doch immer was zu tun, oder?«

»Abgesehen davon, dass man auch hier eine Arbeitserlaubnis braucht ...« Jil lächelte milde. »Ich werde mir schon was einfallen lassen. Ich kenn da jemanden, der sich dein Schmuckstück zumindest erst mal anschauen kann. Vielleicht ist es ja auch nur halb so schlimm.« Auf ihrer Stirn bildeten sich ein paar Falten.

Für Nadja ein untrügliches Zeichen, dass Jil dies nicht wirklich glaubte. Aber vermutlich wollte sie ihr den einzigen noch verbliebenen Hoffnungsschimmer nicht einfach so nehmen. Das war unglaublich süß von ihr. Am liebsten wäre Nadja ihr um den Hals gefallen. Natürlich tat sie das nicht, denn Jil machte nicht den Eindruck, als wäre sie ein Freund derart überschwänglicher Dankbarkeitsbekundungen.

Als ihre Blicke sich trafen und miteinander verschmolzen, rutschte Nadja unruhig auf dem Fahrersitz umher. Sie war machtlos gegen die Urgewalt der Gefühle, die durch ihren Körper strömten, jedes Mal, wenn Jil sie so ansah. Ihr Bauch rebellierte, und das Kribbeln in ihrem Unterleib verstärkte sich.

Jils Gesicht kam ihrem gefährlich nah. So groß gewachsen wie sie war, begegneten sich ihre Augen auf gleicher Höhe.

Die Sekunden verstrichen. Nadja spürte schon Jils heißen Atem, der wie eine leichte Brise über ihre Wangen strich.

Doch wie aus einer Trance erwacht senkte Jil plötzlich den Blick – ausgerechnet sie. Sie wich einen Schritt zurück. Ihre Mimik war fast ausdruckslos und verriet nicht viel. Aber ihr Gesicht war blass geworden.

»Du solltest jetzt besser ins Haus gehen und deinen Kaffee trinken. Er ist bestimmt schon kalt«, sagte sie mit rauer Stimme. Sie räusperte sich, während ihre Augen rastlos umherschweiften.

»Und du?«, fragte Nadja leise. Hatte sie irgendetwas falsch gemacht? Verunsichert fuhr sie sich mit der Hand durch ihre schwarzen, kinnlangen Haare, die in Wellen ihre Wangen umschmeichelten. Sie klemmte sich die dicken Strähnen hinter die Ohren. Ihr Gesicht glühte wie im Fieber, sodass sie die ungebändigten Haare jetzt einfach nur als störend empfand.

Jil schüttelte abwesend den Kopf. »Ich hab noch zu tun. Die Pferde müssen versorgt werden, und ich muss …«, sie winkte ab. »Ist ja auch egal.« Sie drehte sich weg und lief über den breiten Hof in Richtung der Stallungen. »Wir sehen uns später«, rief sie Nadja dann noch zu, ehe sie durch das offene Scheunentor trat.

Als Nadja aus dem Truck stieg und langsam rüber zum Haus ging, fühlte sie sich wie erschlagen. Immer wieder schaute sie sich um, aber Jil ließ sich nicht mehr blicken.

Ronja trabte wie ein Begleitschutz neben ihr her. Innerlich rang Nadja mit sich. Sollte sie zurückgehen zu Jil? Sie könnte ihr ihre Hilfe anbieten. Zwar hatte sie noch nie wirklich mit Pferden zu tun gehabt, aber eine Stallbox auszumisten, frisches Heu in die Futterkrippe zu geben, das konnte doch nicht so schwer sein.

Sie dachte darüber nach, ob es sich hier um Zuchtpferde handelte. Sie schüttelte den Kopf. *Du hast wirklich überhaupt keine Ahnung!*

Aber etwas regte sich in ihr, und das hatte nichts mit Pferden zu tun. Jils seltsames Verhalten. Was hatte das zu bedeuten? Tief in Gedanken versunken und ohne es richtig zu bemerken war sie inzwischen an der Veranda angekommen. Just in dem Moment trat Stella aus dem Haus.

»Ah, du bist wieder da«, sagte die zu ihr. Ihre Mundwinkel zuckten verschmitzt.

Nadja machte ein bedröppeltes Gesicht. »Ja ... Ich ... Es tut mir leid. Mein Benehmen vorhin war unmöglich. Du bist so nett zu mir, und ich ...« Schwer atmend brach sie ab.

Das Lächeln um Stellas Mundwinkel verstärkte sich. »Ist schon gut. Jil ist bei Fremden manchmal etwas ...«, sie schien nach dem passenden Wort zu suchen, ». . . unsensibel«, formulierte sie schließlich.

»Das ist eigentlich kein Problem für mich«, nuschelte Nadja undeutlich. Wie sollte sie Jils Schwester erklären, was sie wirklich beschäftigte und derart aus der Fassung brachte? »Ich habe überreagiert. Und dabei bin ich euch für eure Hilfe so dankbar.« Sie presste die Lippen zusammen und starrte vor sich auf den Boden.

Stella kam die Verandastufen herunter und trat aus dem Schatten des überhängenden Daches. Und als sie vor ihr stand, zwinkerte sie ihr tröstend zu.

»Ich werde noch mal frischen Kaffee ansetzen. Ich habe so das Gefühl, den kannst du gerade gut gebrauchen.« Sie lachte und versprühte dabei eine aufheiternde Stimmung, sodass es schließlich auch Nadja ein Lächeln entlockte.

In der geräumigen Wohnküche nahmen sie an dem großen Holztisch Platz. Dort, wo Nadja heute schon einmal gesessen hatte. Aber jetzt war Jil nicht dabei, und dadurch fühlte sie sich deutlich ruhiger.

Zu gern hätte sie Stella gefragt, warum Jil sich Fremden gegenüber so verhielt, so unsensibel, wie Stella es genannt hatte. Aber sie traute sich nicht. Sie kannte die beiden Schwestern doch kaum, dass ihr solch eine private Frage zustehen würde.

Und nur sie allein wusste, dass die wenigen Momente, die sie bislang mit Jil verbracht hatte, sie von jetzt auf gleich in ein verwirrendes Gefühlschaos gestürzt hatten. Etwas war anders. Das spürte sie tief in ihrem Inneren. Es ging längst nicht mehr nur um unsensibles oder ablehnendes Verhalten. Nein, da war mehr. Viel mehr, als Stella es vermutlich erahnen konnte.

Wie war so etwas möglich, innerhalb kürzester Zeit? Sie erkannte sich selbst nicht mehr wieder. Noch nie zuvor war ihr so etwas passiert. Jil übte eine Anziehungskraft auf sie aus, der sie sich nicht erwehren konnte.

Sie musste wieder an die Szene eben auf dem Hof denken. In jenem Augenblick hatte sie sich nichts sehnlicher gewünscht, als dass Jil sie geküsst hätte. Das war doch völlig verrückt. Und dann Jils Reaktion. Sie konnte sich einfach keinen Reim darauf machen. Und es hatte nur dazu geführt, dass sie jetzt erst recht verunsichert war.

Grübelnd nippte sie an dem Kaffee. Diesmal zitterte wenigstens nicht ihre Hand. Sie spürte, dass Stella sie beobachtete und hob den Kopf.

»Machst du dir immer noch Gedanken wegen vorhin?«, fragte Stella. Sie wartete nicht auf Nadjas Antwort. Ein Blick in deren braune Augen genügte ihr offenbar. »Das brauchst du nicht. Jil kriegt sich auch wieder ein. Glaub mir. Ich kenne meine kleine Schwester schon fünfunddreißig Jahre.« Sie lächelte vergnügt.

Ah, Jil ist also fünfunddreißig. Danke für die Info. Nadja grinste schräg. Die Tatsache, dass Jil größer als Stella war, ließ den Kommentar mit der kleinen Schwester ulkig erscheinen. Aber so sagte man das eben. Nadja überraschte es dennoch, dass Stella diese deutsche Redewendung benutzte, obwohl sie den Großteil ihres Lebens in Kanada aufgewachsen war.

»Wohnt ihr beide allein hier?«, wechselte sie dennoch das Thema. Als sie den Schatten sah, der sich augenblicklich über Stellas sonst so fröhliches Gesicht legte, hätte sie sich für ihre Neugierde ohrfeigen können. »Entschuldige. Das geht mich doch überhaupt nichts an. Ich weiß auch nicht, wieso …« Sie seufzte betrübt.

Stella schüttelte leicht den Kopf. »Nein, nein, du brauchst dich nicht zu entschuldigen. Es ist nur …« Sie zog die Stirn kraus. »Ich vergesse manchmal, wie es war, als dieses Haus noch voller Leben und mit Lachen erfüllt war. Doch deine Frage hat mich wieder daran erinnert.«

»Oh je, das wollte ich nicht.« Nadja hielt sich bestürzt die Hand vor den Mund. Sie fühlte sich miserabel. Was hatte sie da nur angerichtet?

Stella griff über den Tisch hinweg und umfasste Nadjas Handgelenk. Langsam zog sie den angewinkelten Arm wieder nach unten. »Es ist alles gut. Mach dir keinen Kopf.« Ihr Lächeln kehrte zurück. »Ich freu mich, dass du hier bist. Wenn auch unfreiwillig.

Leider«, seufzte sie. »Aber wir bekommen hier nicht oft Besuch.«

Nadja musste schlucken. Da lag so viel Herzlichkeit in Stellas Worten. Das hatte sie doch gar nicht verdient, so wie sie sich aufgeführt hatte und jetzt auch noch wie ein Elefant durch den Porzellanladen getrampelt war. »Stimmt schon«, murmelte sie. »Ich bin eher zufällig hier gelandet. Ich hatte mich verfahren. Eigentlich wollte ich nach Lillooet. Und dann gab mein Truck den Geist auf. Vielleicht war das ja ein Zeichen. Zum Beispiel, dass ich unbedingt eure Bekanntschaft machen sollte.« Ihr Gesicht verzog sich zu einem schiefen Lächeln. *Was rede ich denn hier für einen Unsinn?* »Was ich damit sagen will, ich bin trotz meines Schlamassels froh, euch begegnet zu sein«, stammelte sie etwas unbeholfen.

Stella schmunzelte. »Wie lange bleibst du denn noch in Kanada?«, fragte sie augenzwinkernd. »Machst du hier Urlaub, so ganz allein?«

»Ich reise gern allein«, sagte Nadja leise. *Gegen eine Frau an meiner Seite hätte ich allerdings nichts einzuwenden. Wenn es denn eine gäbe*, dachte sie ein wenig wehmütig. Aber das behielt sie für sich. »Jedenfalls habe ich für meinen Trip durch Kanada vier Monate eingeplant. Die Hälfte ist schon bald rum.«, setzte sie fort. »Aber nun sieht es so aus, dass ich den Camper jetzt schon wieder verkaufen muss, in der Hoffnung, wenigstens noch ein bisschen Geld dafür einzustreichen. Damit könnte ich dann allerdings keine großen Sprünge mehr machen.«

Offenbar darüber nachdenkend wog Stella leicht den Kopf hin und her. Schließlich sagte sie: »Wie wär's, wenn du erst mal hier bei uns bleibst, bis wir eine bessere Lösung für deinen Truck gefunden haben? Ich weiß, dass Jil sich darum kümmern wird. Und vielleicht musst du ihn dann gar nicht sofort verkaufen.«

»Das ist wirklich ein sehr nettes Angebot. Vielen Dank!« Nadja war von dieser Hilfsbereitschaft so gerührt, dass es ihr fast die Tränen in die Augen trieb. »Ehrlich gesagt wüsste ich jetzt auch gar nicht, was ich machen soll.« Sie nahm einen weiteren Schluck von ihrem Kaffee und strich mit der anderen Hand über die polierte Tischplatte. »Aber ich möchte euch auf keinen Fall auf der Tasche liegen. Für Essen und Trinken werde ich selbstverständlich aufkommen. Und schlafen kann ich in meinem Camper.«

»Was?« Stella hob überrascht die Augenbrauen. »Das kommt doch überhaupt nicht in Frage. Wir haben ein großes Haus und genug Platz. Da werde ich dich doch nicht draußen auf dem Hof campieren lassen. Was wären wir denn für schlechte Gastgeberinnen. Stimmt's Jil?« Ihr Kopf neigte sich zur Seite und sie blickte an Nadja vorbei zur Tür.

Nadja erstarrte. Sie wagte es nicht, sich umzudrehen. Ihr ganzer Körper stand sofort unter Spannung und hinterließ ein schmerzhaftes Ziehen im Nacken. Unruhig knetete sie ihre Finger, weil sie mit den Händen nicht wusste, wohin.

»Klar. Meinetwegen«, antwortete Jil. Ihre Stimme war ruhig. Und trotzdem klang es unentschlossen, als würde sie sich wünschen, Stella hätte diese Entscheidung nicht von ihr abverlangt.

Einen Moment lang füllte Stille den Raum. Nadjas Herz schlug so heftig, dass sie glaubte, es würde gleich aus ihrer Brust herausspringen.

Ein leichter Luftzug streifte ihre linke Schulter, als Jil an ihr vorbeiging. Sie folgte ihr mit den Augen und ließ sehnsuchtsvoll ihren Blick über die schlanke Statur gleiten.

Jil holte sich eine Flasche Wasser aus dem Kühlschrank. Dann ging sie den gleichen Weg wieder zurück, dicht an ihr vorbei. Doch sie schaute sie nicht an. Sekunden später schloss sich hinter ihr wieder die Tür.

Plötzlich fühlte Nadja eine tiefe Einsamkeit in sich. Die Anspannung fiel von ihr ab. Ihre Schultern sackten zusammen, und sie kämpfte gegen die Enttäuschung an. Sie konnte nichts dagegen tun. Ein paar Stunden nur, und trotzdem hinterließ Jil bereits Spuren bei ihr.

2

Als Nadja erwachte, war es noch früh am Morgen. Behäbig rollte sie sich auf den Rücken, die Augen noch halb geschlossen. Dann hob sie den Kopf und stützte sich auf die Ellenbogen. Ihr schlaftrunkener Blick fiel aus dem Fenster und sie sah, wie die Sonne über den sanft gewellten Hügeln am Horizont emporstieg und die unendliche Weite der Prärie in ein Schattenmeer tauchte. Der Himmel war glutrot.

Sie seufzte. Ihr Blick glitt weiter, und sie schaute sich in dem schwach erhellten Raum um. Sie hatte gut, aber viel zu kurz in dem großen Bett geschlafen, in dem sie sich fast ein wenig verloren vorkam.

Stella hatte ihr gestern ein Zimmer im ersten Stock, am Ende des Flures, fertig gemacht. Es hatte nur wenige Möbel. Ein Bett, ein Schrank, ein kleiner, runder Tisch, auf dem eine Vase mit frischen Blumen stand. Dazu zwei Ledersessel mit Armlehnen, die im Used-Look einen Hauch von Westerncharme versprühten.

Es wirkte wie ein typisches Gästezimmer in einer Pension. Und doch strahlte es eine wohlfühlende Atmosphäre aus, weil es trotz der spärlichen Möblierung liebevoll eingerichtet war. Pastellmalereien an den Wänden mit Landschafts- und Pferdemotiven rundeten das behagliche Bild, das Nadja sich bot, ab.

Sie dachte zurück an den gestrigen Abend. Während sie mit Stella bei einem Glas Wein auf der Veranda saß, sich über alles Mögliche mit ihr unterhalten hatte, hatte sie Jil kaum mehr zu Gesicht bekommen. Zweimal nur, als Jil kurz an ihnen vorbei ins Haus huschte, um irgendetwas zu holen, ehe sie wieder rüber zu den Nebengelassen geeilt war.

Die ganze Zeit über hatte Nadja gehofft, Jil würde sich vielleicht zu ihnen gesellen. Aber was auch immer die zu so später Stunde noch trieb, Stella schien sich darüber nicht zu wundern.

Nach Einbruch der Dunkelheit war sie schließlich müde und erschöpft zu Bett gegangen.

Jetzt, Ende Juli, war es auch hier im Westen Kanadas abends noch sehr lange hell. Auch wenn der Mittsommer inzwischen vorüber war. Aber Nadja hatte sie erlebt, die Nächte mit den tanzenden Polarlichtern am Himmel, als sie vergangenen Monat in Yukon unterwegs war, und als die Sonne praktisch gar nicht unterging.

Die Erinnerungen daran ließen sie ein bisschen wehmütig werden. Doch sofort schoben sich wieder Jils graublaue Augen dazwischen. Sie bewegte den Kopf hin und her, als könnte sie dadurch das brennende Verlangen, Jil ganz nah zu sein, einfach von sich abschütteln. Sie stieß einen weiteren, tiefen Seufzer aus.

Dann setzte sie sich aufrecht und streckte die Arme in die Luft. Es war an der Zeit, dem Trübsal ein Ende zu bereiten. Ein neuer Tag war erwacht, und heute würde sie den Schwestern ihre Hilfe anbieten. Auf der Ranch gab es bestimmt eine Menge zu tun. Egal was. Es würde allemal besser sein, als untätig herumzusitzen und sich mit gefühlsduseligen Gedanken herumzuplagen.

Als sie aus dem Bett stieg, knarrten die Holzdielen unter ihren nackten Füßen. Auf Zehenspitzen ging sie zur Tür, öffnete sie leise und tastete sich dann durch den dunklen Flur. Wo war das Bad gleich nochmal? *Den Gang runter und dann rechts,* meldete sich lakonisch die Stimme in ihrem Kopf. Nadja unterdrückte das Bedürfnis, über sich selbst zu lachen. Lautlos lächelte sie nur vor sich hin.

Es gab eindeutig zu viele Türen hier, und sie sahen alle gleich aus. Was, wenn sie plötzlich in einem der Schlafzimmer stand? In Jils? Ihre Mundwinkel zuckten. Ein Bild von der schlafenden und sich im Bett räkelnden Jil lief wie ein Film vor ihren Augen ab. Ob Jil nackt schlief? Ein immer stärker werdendes Kribbeln bis unter die Haarspitzen, ließ sie wie versteinert innehalten. Ihr Atem galoppierte in drohender Schallgeschwindigkeit, und sie presste die Luft keuchend aus ihren Lungen heraus.

Plötzlich öffnete sich schwungvoll eine Tür, direkt vor ihrer Nase. *Ausweichen! Du musst ausweichen!* Aber sie konnte sich keinen Millimeter bewegen. Die Seitenkante der Holztür verfehlte nur um Haaresbreite ihr Gesicht.

Jil trat hervor und stoppte unvermittelt ab. Ihre Augen wurden immer größer, während sie mit der Hand die Türklinke weiter umklammert hielt.

Völlig bewegungslos standen sie sich gegenüber wie Fluchtwild, das vom grellen Licht eines Scheinwerfers geblendet in Schockstarre verfiel.

Blitze schossen durch Nadjas Kopf, als sie Jil so sah, mit zerzaustem Haar und nur in T-Shirt und Boxershorts bekleidet. Ihr wurde schwindlig, und sie hatte das Gefühl, der Boden unter ihren Füßen löste sich auf. Sie merkte kaum, dass sie anfing zu schwanken, bis Jils Hand plötzlich nach vorn schoss und sie am Arm festhielt. Augenblicklich spürte sie die Gänsehaut, die schleichend an ihr hochkroch.

Jil senkte ihren Blick auf sie herab. Mit angehaltenem Atem folgte Nadja den flackernden Augen, die wie ein Streicheln über ihr erhitztes Gesicht glitten, dann langsam abwärts über ihren Hals und das Dekolleté wanderten, bis sie schließlich an ihren Brüsten hängenblieben, die unter dem ärmellosen, dünnen Hemdchen bebten.

Sie presste die Lippen zusammen, um nicht zu stöhnen. Ein leichtes Zittern erschütterte ihren Körper.

Mit einem Ruck, als musste Jil sich dazu zwingen, ließ sie ihren Blick wieder nach oben gleiten. Sie schaute Nadja an. Im Halbdunkel waren ihrem Gesichtsausdruck keinerlei Emotionen zu entnehmen.

»Geht's wieder?«, fragte sie. Ihr sanfter Ton hallte wie süßes Glockenklingen in Nadjas Ohren wider.

Nadja nickte stumm. Sie öffnete den Mund, um etwas zu sagen. Aber es wollte einfach kein Wort herauskommen. Da war nur ein jämmerliches Krächzen.

Erst jetzt schien Jil aufzufallen, dass sie immer noch Nadjas Arm festhielt. Sie wirkte fast ein wenig irritiert, als sie nun ihre Hand öffnete und Nadja losließ. »Schon wach zu solch früher Zeit?«

Wow, wie erotisch, dieses rauchige Kratzen in ihrer Stimme. »Ähm ... Ja«, quetschte Nadja hastig hervor. Innerlich mahnte sie sich zur Ordnung. Wenn sie dieses Kopfkino nicht endlich losbekam, würde sie hier keine zwei Tage durchhalten. Sie drehte sich zur Seite und hüstelte verlegen. »Ich konnte nicht mehr schlafen. Aber, du bist ja auch schon wach.« *Was für eine geniale Feststellung. Aber mit dem Sprechen, das klappt doch schon ganz gut,* machte sie sich über sich selbst lustig.

Ein auffälliges Schmunzeln zierte Jils Gesicht. »Und, was machst du hier im Dunkeln?«, fragte sie mit einem amüsierten Unterton.

»Ich wollte ins Bad«, erwiderte Nadja etwas zu schnippisch. Sogleich ärgerte sie sich, dass sie sich im Ton vergriffen hatte. Sie warf Jil einen entschuldigenden Blick zu.

Jil schmunzelte unverändert. »Das«, ihr ausgestreckter Finger zeigte auf einen Punkt hinter Nadjas Rücken, »liegt auf der anderen Seite.«

»Oh ... hinten rechts, wenn ich die Treppe raufkomme«, krächzte Nadja mit hochrotem Kopf. Sie hatte es wieder einmal geschafft, sich vor Jil zur Närrin zu machen.

Jil nickte. »Genau. Aber, weißt du was?« Sie deutete lächelnd eine leichte Verbeugung an. »Ich lass dir den Vortritt, wo du doch nun schon so einen weiten Weg umsonst gelaufen bist.«

Umsonst? Das würde ich so nicht sagen. Nadja gab sich einen imaginären Klaps auf den Hinterkopf. »Danke«, hauchte sie. »Das ist wirklich sehr lieb von dir.« Dann drehte sie sich auf dem Absatz um und bemühte sich, so lässig wie nur irgend möglich den Flur entlang wieder zurückzugehen. Sie spürte Jils Blicke hinter sich, wusste genau, dass Jil jeden ihrer Schritte verfolgte.

Sie atmete tief aus, als sie die Badtür endlich erreicht hatte. Schnell schloss sie die Tür hinter sich und lehnte sich mit dem Kopf gegen das Holz. *Der frühe Vogel fängt den Wurm.* Oder wie war das? Komisch nur, dass dieser Spruch eigentlich eine ganz andere Bedeutung hatte. Jetzt lachte sie doch, seltsamerweise ganz befreit.

Während sie sich die Zähne putzte, betrachtete sie sich im Spiegel. Sie sah noch müde aus, irgendwie zerknautscht. Rot geränderte Augen, und dann diese kleinen Schlaffalten im Gesicht. *Na super, und so hat Jil mich jetzt gesehen,* dachte sie zerknirscht. Wenigstens war es noch recht dunkel gewesen.

Trotzdem bräuchte sie eigentlich eine kalte Dusche. Aber sie wollte sich nicht so lange im Bad aufhalten. Schließlich war sie hier nicht zu Hause, und Jil wartete bestimmt schon. Daher musste eine Katzenwäsche herhalten.

Das kannte sie ja schon. Im Camper oder während ihrer Touren, die sie manchmal schon fast in die Wildnis geführt hatten. Da war auch nicht jeden Tag Duschen oder eine Haarwäsche möglich. Einige Male war sie auch einfach nur in einen der vielen Seen gesprungen. Das Wasser war immer kalt, aber so klar, dass man bis auf den Grund schauen konnte. Manche von ihnen schimmerten in einem romantischen Türkisblau, andere waren blassgrün.

Als sie ihr Oberteil auszog, schossen unwillkürlich Bilder von Jil, wie die sie eben angesehen hatte, durch ihren Kopf. Wie dieser tiefe, dunkle Blick über sie gestreift war und auf ihren Brüsten verweilt hatte. Es war wie ein sanftes Streicheln gewesen. Sie hatte es förmlich spüren können.

Und jetzt hatte sie wieder dieses Gefühl, als wäre Jil hier und würde sie zärtlich berühren. Ihre Haut prickelte. Sie schaute an sich herunter. Ihre Brustwarzen hatten sich steil aufgerichtet.

Eine Hand verselbständigte sich, und mit den Fingerkuppen strich sie über die harte Knospe ihrer linken Brust. Ein leises, seufzendes Stöhnen drang aus ihrer Kehle. Automatisch hob sie auch die andere Hand, mit der sie kreisend über ihren Bauch streichelte.

Als ihre Finger unter den Bund der Schlafshorts fuhren und ihre Scham berührten, zuckte sie wie elektrisiert auf. Ihr Puls erhöhte sich schlagartig. Mit geöffnetem Mund starrte sie ihr Spiegelbild an. Sie konnte es in ihren eigenen Augen sehen. Dieses innige Bedürfnis, ihrem Verlangen einfach nachzugeben. Es hier und jetzt zu vollenden. Nur, damit sie sich besser fühlte.

»Oh, Jil, was machst du nur mit mir?«, stöhnte sie. Sie schob ihre Hand noch ein Stück tiefer, ganz langsam. Und als sie mit nur einem Finger zwischen ihre Schamlippen glitt, war da pure Nässe.

Sie schnappte nach Luft. Ihr Unterleib pulsierte und zog sich schmerzhaft zusammen.

Einem plötzlichen Impuls folgend riss sie ihre Hand aus den Shorts. »Verdammt«, keuchte sie. Sie schleuderte einen wütenden Blick in den Spiegel. Ihre Wangen waren rosig, die Pupillen geweitet. Sie zog eine Grimasse und schüttelte über sich selbst den Kopf. So konnte sie Jil auf keinen Fall unter die Augen treten.

Sie drehte den Wasserhahn auf und spritzte sich das kühle Nass ins Gesicht. Immer wieder, bis ihre Atmung sich beruhigt hatte und die Spuren ihrer Erregung beseitigt waren. Zumindest hoffte sie das.

Halbwegs erfrischt trat Nadja wenige Minuten später aus dem Bad. Unschlüssig blieb sie stehen. Was sollte sie jetzt tun? Sie verspürte keinerlei Hunger. Für ein Frühstück war es wahrscheinlich ohnehin noch zu zeitig. Aber ein Spaziergang in den Sonnenaufgang, das war eine Möglichkeit.

Sie blickte die Treppe hinunter und sah einen schmalen Lichtschein. Zögernd stieg sie die Stufen hinab. Das Licht drang durch den Spalt der leicht geöffneten Küchentür.

Als sie den Raum betrat, sah sie Jil, die am Spülschrank lehnte und mit einem Löffel in der Kaffeetasse rührte. Sie schien in Gedanken versunken zu sein. Offenbar hatte sie Nadja noch gar nicht bemerkt.

Nadja verharrte. Still und darauf bedacht, kein Geräusch zu verursachen, musterte sie Jil. Wie schön sie war. So stolz und so stark. Das enge, schwarze Shirt, das sie heute trug, gestatte ihr einen Blick auf die schlanken, muskulösen Arme und den flachen Bauch.

Nadja schluckte angestrengt. Ihre rechte Augenbraue zuckte nervös. Jede Faser ihres Körpers war zum Zerreißen gespannt. Sie musste die Augen schließen, um der Reizüberflutung, die Jils Anblick bei ihr auslöste, irgendwie Herr zu werden.

Doch auf einmal, noch während sie wieder aufsah und Jils feucht glitzerndes Haar bemerkte, stutzte sie. *Das gibt's doch nicht! Von wegen, ich lass dir den Vortritt.*

Sie räusperte sich, ein bisschen zu laut vielleicht. »Ähm ... Das Bad wäre jetzt frei.« Ihre eigene Stimme hörte sich merkwürdig fremd an.

Jils Kopf schnellte nach oben. Ihr erschrockener Gesichtsausdruck hielt jedoch nur einige Sekunden an. Dann hoben sich ihre Mundwinkel zu einem feinen, verschmitzten Lächeln. »Wir haben zwei Bäder im Haus. Eins oben«, ihr Blick ging hoch zur Decke, »und eins hier unten.«

Jetzt erinnerte Nadja sich. Gestern war sie doch zwei-, dreimal hier auf der Toilette gewesen. Da hatte sie auch eine Dusche gesehen. Wo war sie bloß mit ihren Gedanken? *Na, wo schon*, lästerte ihre innere Stimme. Sie spürte, dass sie errötete. Schon wieder!

»Kaffee?«, fragte Jil wie beiläufig. Wenigstens tat sie ihr den Gefallen, sich nichts anmerken zu lassen. Denn ihre Verlegenheit konnte sie unmöglich übersehen haben. »Ist aber nur Automatenkaffee. Geht schneller.« Sie zuckte mit den Schultern.

»Gern.« Selbst dieses einzelne Wort kam Nadja nur mühsam über die Lippen. So konnte es doch nicht weitergehen. Dass sie jedes Mal, wenn sie Jil gegenübertrat, völlig von der Rolle war. Sie musste sich etwas einfallen lassen. Irgendeine Strategie erfinden, um gegen die Übermacht ihrer Gefühle für diese Frau, die ihr genaugenommen doch noch fremd war, anzukommen. Was wusste sie denn schon über sie? Absolut nichts! Und dennoch erschien sie ihr in manchen Augenblicken so vertraut, als würden sie sich schon ewig kennen.

Jil holte sie aus ihren Gedanken, als sie ihr die Tasse mit dem heißen Gebräu reichte. »Der Automechaniker kann erst morgen kommen, um sich deinen Truck anzusehen«, sagte sie in die Stille hinein. »Wirst du so lange warten können?« Ein Hauch von Ironie schwang in der Frage mit.

Aus einem unerfindlichen Grund fühlte Nadja sich wegen ihrer eigenen Gedanken ertappt. Hatte sie die etwa laut ausgesprochen, ohne es zu merken? Das wäre ja entsetzlich. Aber nein, das war es nicht, was Jil zu dieser Bemerkung veranlasst hatte. Vielmehr lag es wohl daran, dass sämtliche Emotionen, die wie ein gewaltiger Wasserfall über Nadja hereinbrachen, ihr buchstäblich im Gesicht abzulesen waren. Sie konnte es einfach nicht verbergen, egal wieviel Mühe sie sich auch gab.

Doch, endlich ging ein Ruck durch ihren Körper. Sie spannte ihren Rücken an, hob das Kinn und antwortete fast schon trotzig: »Natürlich kann ich warten. Kein Problem.«

»Okay«, erwiderte Jil. Sie schien etwas überrascht zu sein. Ihre graublauen Augen ruhten unverwandt auf Nadjas Gesicht. »Ich muss dann mal los«, sagte sie schließlich, aber zögernd, als wünschte sie, es gäbe eine andere Wahl. »Die Tiere müssen versorgt werden, und ich muss heute auch noch nach Cache Creek.« Eine Sorgenfalte bildete sich auf ihrer Stirn. »Es gibt ein Problem mit einem Fohlen, das ich dort hingebracht habe«, fügte sie erklärend hinzu. Doch dann kehrte ein warmes Lächeln in ihr Gesicht zurück. Sie zwinkerte Nadja noch kurz zu und sagte: »Ich wünsche dir einen schönen Tag.«

Jil war schon fast zur Tür hinaus, als Nadja reagierte. »Darf ich nicht mitkommen?«, sprudelte es hastig aus ihr heraus. »Vielleicht kann ich dir ja behilflich sein, sozusagen als Gegenleistung für deine Mühen wegen des Trucks.« *Bitte, lass mich hier nicht so stehen,* flehte sie innerlich.

Jil hielt inne und drehte sich langsam wieder zu ihr um. Sie schmunzelte leicht. »Wobei willst du mir denn helfen?«

Nadja hob etwas ratlos die Schultern. »Ich weiß nicht genau. Aber vielleicht hast du ja eine Aufgabe für mich. Ich möchte hier nicht einfach nur die Zeit absitzen.«

»Hm.« Nachdenklich kratzte Jil sich am Hinterkopf. »Verstehst du denn was von Pferden?«

Mist! Das war genau die falsche Frage. Nadja seufzte schwer. Jetzt musste sie Jil gleich zu Beginn enttäuschen. »Nein, leider nicht«, antwortete sie kleinlaut. Sie sah, dass Jil bereits wieder im Begriff war, sich der Tür zuzuwenden. Fieberhaft dachte sie nach. Dann kam es wie aus der Pistole geschossen: »Aber ich lerne schnell, und ich mag Pferde.« Ihre Worte überschlugen sich fast.

Ein Anflug von Verblüffung zeichnete Jils Gesichtszüge. »Na, das werden wir ja sehen«, sagte sie dann. Mit einer geschmeidigen Bewegung setzte sie ihren Cowboyhut auf. Sie nickte Nadja zu, was wohl eine Aufforderung sein sollte, ihr zu folgen. Gleich darauf war sie in der Dunkelheit verschwunden.

Wie in einer Endlosschleife gefangen konnte Nadja sich einen Moment lang überhaupt nicht rühren. Warum nur hatte sie das Gefühl, Jil würde ihr bei jeder passenden Gelegenheit aus dem Weg gehen? Immer dann, wenn sie sich gerade einander näherkamen, hatte Jil diesen Augenblick unversehens beendet. Dabei wünschte Nadja sich so sehr, mehr über sie zu erfahren, sie besser kennenzulernen. Aber Jil tat so, als wäre jedes längere Gespräch mit ihr reine Zeitverschwendung.

Nadja blies die Wangen auf und ließ die angestaute Luft langsam entweichen. Mit großen Schlucken trank sie den Kaffee aus. Ein Brennen auf ihrer Zunge signalisierte ihr, dass sie das noch heiße Getränk viel zu schnell getrunken hatte. Sie biss die Zähne zusammen und verzog schmerzlich das Gesicht. Schnell stellte sie die Tasse noch in die Spüle, dann hastete sie Jil hinterher.

Als sie nach draußen trat, war die Sonne schon ein wenig höher geklettert. Nadja blickte sich um und entdeckte Jil unweit der Scheune. Sie trug zwei große Blechschüsseln und begab sich soeben zu einem mit Bäumchen und Sträuchern begrünten Freigehege.

Zwei Holzunterstände mit Schilfdach dienten als Unterschlupf für ein Dutzend Enten und eine Handvoll Gänse. Auch Ronja war schon aktiv und wuselte um Jils endlos wirkende Beine herum. Sie sprang auf und nieder, und Jil lachte und sagte irgendetwas zu ihr. Sie gaben so ein harmonisches Bild ab, dass es Nadja ganz warm ums Herz wurde.

Als sie an das Gehege herantrat, lauschte sie ein Weilchen dem Geschnatter der Entenvögel, die sich über das Fressen hermachten, kaum, dass Jil die eine Schüssel entleert und die andere auf dem Boden abgestellt hatte. Sie musste schmunzeln, als sie das aufgeregte Treiben beobachtete.

Jil war bereits dabei, den Wassertrog aufzufüllen. Plötzlich hob sie den Kopf und sah in Nadjas Richtung. Sie schob ihren Hut zurück und schlenderte gemächlich auf Nadja zu.

»Es sind ja keine Pferde«, sie lachte leicht, »aber vielleicht hätte ich mit der Fütterung auf dich warten sollen?«

Nadja begegnete ihrem Blick, dieses Mal fest gewillt, sich nicht verunsichern zu lassen. Dann schaute sie an ihr vorbei auf die gefiederten Tiere. Mit einem Kopfnicken wies sie auf die Schüsseln und sagte: »Fallobst für die Gänse und in Milch eingeweichtes Brot, vielleicht mit Haferschrot vermengt, für die Enten. Richtig?«

»Wow!« Jil nickte anerkennend mit dem Kopf. »Du siehst mich beeindruckt.« Sie lächelte schief, sodass für Nadja nicht ganz klar war, ob sie das nun ernstgemeint hatte oder nicht.

»Ich bin auf dem Land aufgewachsen. Das ist alles«, erwiderte Nadja lapidar. Aber sie hatte Mut gefasst, also sprach sie weiter: »Jetzt im Sommer finden sie hier sonst alles, was sie noch brauchen. Übrigens, ein hübscher Teich da drüben.«

»Findest du?« Jils Mundwinkel hüpften nach oben, während sie Nadja einen langen Blick zuwarf.

»Jaaa«, antwortete Nadja gedehnt. Wenn Jil sie noch länger so ansah, dann konnte sie bald für nichts garantieren. Dieser stechende Blick machte sie völlig irre. »Ähm, was machen wir jetzt?«, versuchte sie, dem Sog zu entrinnen.

Jil schob sich den Hut wieder ein wenig tiefer ins Gesicht und wandte ihren Blick von Nadja ab. »Jetzt kommen die Pferde dran.«

Da war es wieder, dieses schelmische Lächeln, als freute sie sich schon diebisch auf dieses Erlebnis. Irgendwie ahnte Nadja dabei nichts Gutes.

3

Jil grinste erheitert vor sich hin, während sie Nadja dabei beobachtete, wie die sich mit der Stute abmühte. Adya, die stolze Dame, bewegte sich keinen Millimeter vorwärts und verharrte störrisch wie ein Esel an ihrem Platz.

Jil hatte Nadja großzügig die Wahl gelassen, als sie ihr erklärte, dass sie die Pferde von der einen Koppel auf die andere bringen mussten. Sie war sich sicher, dass Nadja sich nicht für Thunder, den furchteinflößenden Hengst, und auch nicht für Shadow, ihren Lieblingswallach, entscheiden würde. Das wäre auch nicht gut gewesen, denn dann hätte Jil ihr helfen müssen. Denn vor allem Thunder war unberechenbar, und niemals würde sie Nadja solch einer Gefahr aussetzen. So aber konnte sie sich das Schauspiel ganz entspannt aus einigen Metern Entfernung anschauen.

Normalerweise genügte es, das Gatter zu öffnen, das die beiden Koppeln voneinander trennte. Meistens liefen die Pferde dann ganz von allein los. Und wenn nicht, dann reichte ein einfaches *Go* oder ein kleiner Klaps aus, um sie zu überzeugen.

Zugegeben, Jil kam sich schon ein bisschen gemein vor, dass sie das Gatter heute noch geschlossen hielt. Aber der Reiz, es Nadja nicht ganz so einfach zu machen, war irgendwie größer.

Schmunzelnd dachte sie an deren skeptischen, fast schon ehrfürchtigen Gesichtsausdruck eben. Sie fand das überaus reizend und süß, wie so einiges an dieser schwarzhaarigen Frau mit den sanften, braunen Augen. Sie vermutete, dass Nadja ein paar Jahre jünger als sie war, höchstens dreißig. Und sie, Jil, war gut und gern einen Kopf größer.

Automatisch glitten ihre Gedanken weiter, und sie dachte daran zurück, wie Nadja sich vorhin auf dem Weg ins Bad wieder einmal verirrt hatte. Scheinbar besaß sie ein Talent dafür. Aber der Ausdruck in ihren dunklen Augen, als sie wie aus dem Nichts vor ihr gestanden hatte, der war nicht mit dem von eben zu vergleichen.

Erneut hatte Jil dieses sehnsuchtsvolle Verlangen gesehen, wie schon tags zuvor am Truck. Nicht nur gesehen. Sie hatte es tief in sich drin gespürt. Und ihre Libido, die die letzten zwei Jahre schon fast eingeschlafen war, war sprunghaft angestiegen und hatte sich ins Unermessliche gesteigert.

Aber meine Güte, Nadja hatte nur dieses dünne Flatterhemdchen getragen, oder wie auch immer man diesen Hauch von Stoff bezeichnete. Es war ein atemberaubender Anblick gewesen, und sie hatte wirklich alle Mühe gehabt, sich zusammenzureißen, weil ihr Begehren eine ganz andere Sprache sprach. Schon mehr als einmal musste sie sich deswegen innerlich zurechtweisen.

Die Deutsche hatte es ihr aber wirklich angetan. Das musste sie sich eingestehen. Und ihre plötzliche Anwesenheit hatte sie kurzzeitig aus dem Gleichgewicht gebracht.

Nadja war ausgesprochen hübsch mit ihren langen, dichten Wimpern, die ihre großen Kulleraugen noch intensiver zur Geltung brachten. Dazu diese kleinen Sommersprossen um ihre schmale Nase herum. Und ihre sexy geschwungenen Lippen erst, die geradewegs zum Küssen einluden. Jil hatte schon bei ihrer ersten Begegnung nicht anders gekonnt, als ihre Augen über die attraktive Erscheinung gleiten zu lassen.

Außerdem fand sie Nadja durch und durch interessant. Sie hatte Mut, dass sie hier so ganz allein durch Kanada tourte. Dafür zollte Jil ihr großen Respekt. Und sie schien eine gehörige Portion Selbstbewusstsein zu haben, wie ihre ganze Körperhaltung und ihr Gang verrieten. Wenn denn nicht gerade alles an ihr bebte ... Jil senkte die Augenlider und lächelte sinnierend.

Letztendlich war es aber auch die Art, wie Nadja gegen ihre süßen Verlegenheitsanfälle, die sich dann wie ein zarter Schleier über ihr schön geschnittenes Gesicht legten, anzukämpfen versuchte. Das machte Jil ganz schwach. Sie hatte es vom ersten Augenblick an geliebt.

Natürlich, sie wusste sonst kaum etwas über Nadja. Aber wollte sie das denn überhaupt? Mehr über sie wissen? Nie wieder würde Jil einer anderen Frau ihr Vertrauen oder gar ihre Liebe schenken. Wofür sollte das dann also gut sein? Also hatte sie nur darüber nachgedacht, sich auf ein sexuelles Abenteuer mit ihr einzulassen. Nadja war eine Touristin, und bald schon würde sie weiterziehen. Was wäre also schon dabei? Sie waren zwei Frauen mit offenbar denselben Bedürfnissen.

Aber irgendetwas hielt Jil ab. Als gäbe es da eine unsichtbare Macht, die sie gewaltsam in Ketten legte.

Früher hätte sie sich so eine Gelegenheit nicht entgehen lassen. Auf gar keinen Fall. Da wäre ihr so eine kleine Schmusekatze wie Nadja gerade recht gewesen. Tja, früher, da war eben alles anders. Seufzend schüttelte sie den Kopf.

Neben ihr wurde Shadow langsam ungeduldig. »Calm down«, sagte sie leise zu ihm. Sie schaute hinüber zu Nadja. Der Moment der Traurigkeit verschwand, und das Schmunzeln kehrte in ihr Gesicht zurück.

Nadja redete unentwegt auf die Stute ein. »Komm schon ... Nun mach doch endlich ... Sei ein liebes Pferdchen«, während ihre Hand über den Rücken strich und gegen die Flanke drückte. Doch Adya interessierte das nicht die Bohne.

»Sie versteht kein Deutsch«, sagte Jil lachend.

»Oh, stimmt ja«, rief Nadja zu ihr herüber. »Was sagst du denn immer zu ihr?«

»Gar nichts«, erwiderte Jil amüsiert.

Nadja brummelte irgendetwas Unverständliches vor sich hin. »Das hilft mir jetzt aber auch nicht gerade weiter«, sagte sie dann. Sie schleuderte Jil einen missbilligenden Blick zu.

Jil warf lachend den Kopf zurück. »Heißt das, du brauchst wieder einmal meine Hilfe?« Sie konnte kaum an sich halten.

»Haha, sehr witzig«, schimpfte Nadja wie ein Rohrspatz. Doch plötzlich, und für Jil ganz unerwartet, stapfte sie von der Koppel an ihr vorbei und lief geradewegs in die Scheune.

Die gibt aber schnell auf, dachte sie. So etwas wie Enttäuschung machte sich in ihr breit. Doch nur Sekunden später tauchte Nadja wieder auf und ging entschlossenen Schrittes zurück zur Stute. Ungläubig verfolgte Jil das Szenario.

Sie konnte es nicht fassen, als Nadja auf einmal eine Möhre hervorzauberte und dem Pferd vor die Nüstern hielt. Natürlich ließ die Stute sich kein zweites Mal bitten. Aber Nadja gab sie ihr nicht einfach zu fressen. Nein, sie hielt die Karotte immer dicht vor Adyas Maul und ging dann langsam voraus. Und tatsächlich setzte Adya sich in Bewegung und trabte ihr willig hinterher. *Cleveres Mädel!*

Als Nadja bei Jil ankam, lag ein undefinierbares Funkeln in ihren Augen. Noch während sie über dessen Bedeutung nachdachte – war es Stolz auf das Erreichte oder war Nadja vielleicht wütend auf sie? – marschierte die auch schon weiter zum Gatter.

Immer noch das Gemüse davorhaltend, als führte sie die Stute an einer unsichtbaren Leine.

»Schon gut, schon gut. Ich mach auf.« Jil lachte und hob geschlagen die Hände. Der Punkt ging wohl eher an Nadja. Merkwürdigerweise störte sie das aber überhaupt nicht. Es gefiel ihr, dass Nadja sich zu helfen wusste. Und außerdem würde es sowieso noch die eine oder andere Situation geben, in der sie Nadjas Durchhaltevermögen testen und sie ein wenig herausfordern konnte.

4

Es war gerade mal acht Uhr an diesem Morgen, als sie ihre Arbeit auf der Ranch fürs Erste erledigt hatten. Sie hatten die Fußböden der dreiseitig geschlossenen Unterstände gereinigt, frisches Wasser in die Tröge gefüllt, ein wenig Pferdepflege betrieben und den Tieren noch eine zusätzliche Ration zuckerarmes Kraftfutter gegeben.

Als sie gemeinsam zum Haus gingen, um zu frühstücken, da fühlte Nadja sich gänzlich unbefangen in Jils Nähe. Zum ersten Mal überhaupt. Sie war so konzentriert und von der Arbeit abgelenkt gewesen, dass sie es doch tatsächlich mal zwei Stunden geschafft hatte, mit Jil zusammen zu sein, Seite an Seite, ohne dass ständig die Hormone und ihre Fantasie mit ihr durchgingen.

Sie schielte zur Seite, um einen Blick auf Jils Gesicht zu erhaschen. Jil schien über etwas nachzudenken. Ihre geschlossenen Lippen bewegten sich hin und her, als würde sie mit den Zähnen mahlen. Sie wirkte ein wenig angespannt. Machte sie sich Sorgen um das Fohlen, von dem sie heute früh in der Küche, wenn auch nur ganz kurz, erzählt hatte? Nach dem Frühstück wollte sie deswegen nach Cache Creek fahren.

Dieser Ort sagte Nadja überhaupt nichts. Wie weit mochte es bis dorthin sein? Und wie lange würde es dauern, bis Jil wieder zurückkehrte?

Verwundert schüttelte sie den Kopf. Seit wann machte sie sich über solche Dinge Gedanken? Vielleicht seit dem Augenblick, als

Jil ihr mitgeteilt hatte, dass Nadja sie nicht dorthin begleiten konnte. Es hatte ihr kurzzeitig einen kleinen Stich verpasst. Da hatte sie sich wohl schon ausgemalt, dass sie eine weite Strecke zu fahren hätten ... und viel Zeit, um mit Jil allein zu sein.

So viel zu ihrer Fantasie. Glücklicherweise hatte Jil gleich wieder das Thema gewechselt. Und die Pferde hatten Nadjas vollste Aufmerksamkeit gefordert.

Jetzt kannte sie die Namen der sechs Pferde und um welche Rasse es sich dabei handelte. Sie hatte gelernt, wie man ein Pferd richtig striegelt und putzt und wie das Auskratzen der Hufe funktioniert. Geduldig und ohne Hast hatte Jil ihr alles erklärt. Und bei Thunder, einem braunen Vollbluthengst, wies sie eindringlich darauf hin, dass Nadja ohne ihr Beisein nicht in seine Nähe kommen durfte. *Das wird mir nicht schwerfallen*, hatte Nadja spontan gedacht, denn dieser große, vor Kraft strotzende Kerl jagte ihr schon ein bisschen Angst ein.

Außerdem hatte sie erfahren, dass Thunder der einzige Hengst dieser kleinen Herde war. Dazu drei Stuten und zwei Wallache.

Früher hatten sie noch einen weiteren Hengst gehabt, aber die beiden Rivalen hatten einander nicht akzeptiert. Zuweilen hatte das zu bösen Kämpfen zwischen ihnen geführt. Und auf der Ranch war zu wenig Platz, um die beiden permanent zu trennen. Also haben sie den anderen wieder verkauft.

Jetzt durfte Thunder sich allein um die drei Stuten kümmern. Der Glückliche!

Als ahnte Jil, was ihr gerade durch den Kopf ging, schaute sie auf und sagte mit einem bezaubernden Lächeln: »Auch bei Shadow solltest du ein bisschen vorsichtig sein ... wenn du mal vorhast, allein zu den Pferden zu gehen.« Sie zuckte mit den Schultern, ehe sie weitersprach. »Mit Shadow reite ich am liebsten durch die Gegend. Ich mag seinen Charakter. Er ist temperamentvoll und leidenschaftlich, aber dennoch sanfter Natur.« Bei diesen Worten hatte sie ihre Stimme gesenkt, während sie Nadja unverwandt ansah.

Nadja schluckte. Wieso kam es ihr plötzlich so vor, als spräche Jil gar nicht mehr von dem Pferd? Sie blinzelte von ihrem eigenen Gedanken überrascht mit den Augen.

Jils seltsam verklärter Blick schien wie eingefroren. Dann durchbrach sie den Bann, indem sie sich räusperte und sich mit der Hand über die Stirn wischte. »Allerdings ist er Fremden gegenüber nicht sehr zugänglich. Da benimmt er sich unter Umständen ziemlich merkwürdig«, setzte sie mit ihren Ausführungen fort.

»Ach, schau an. Von wem er das wohl hat?« Ups. So schnell, wie die Worte aus Nadja herausgepurzelt kamen, konnte sie gar nicht den Mund schließen. Normalerweise hätte sie sich über einen solch unqualifizierten Kommentar geärgert. Jetzt aber lachte sie Jil nur neckend an. Es war ja ohnehin zu spät, um das Gesagte zurückzunehmen.

Jil starrte sie verdutzt an. »Kann es sein, dass du frech wirst?«, fragte sie mit einem drohenden Unterton.

»Ich? Nein ... Ähm ... wie kommst du denn auf so was?«, stammelte Nadja.

Jil blickte mit todernstem Gesichtsausdruck auf sie herunter. Er besaß durchaus das Potential, sie einzuschüchtern. Aber alles, woran sie denken konnte, war *Heiß! Sehr heiß!* Ihre Mundwinkel verzogen sich zu einem schiefen Grinsen.

Es folgte Stille, weil Jil nichts darauf erwiderte. Stattdessen zog sie mürrisch die Augenbrauen zusammen und schob ihre Unterlippe nach vorn, was bei Nadja aber eher eine Assoziation zu einem sexy Schmollmund auslöste. Es ging nicht anders. Sie musste Jil einfach anstrahlen, auch, um ihre eigene, bereits wieder aufkommende Nervosität zu überspielen.

Sie legte ihren Kopf ein wenig in den Nacken und neigte ihn zur Seite. »Sorry«, sagte sie mit einem Schmunzeln.

Ganz langsam wichen die harten Züge aus Jils Gesicht. Zwar sah es so aus, als wehrte sie sich noch ein bisschen gegen den Verlust ihrer Strenge, weil der unerbittliche Ausdruck sich mit sanftmütiger Güte abzuwechseln schien.

Aber als sich ihre Lippen kräuselten und sie Nadja mit einem Auge zuzwinkerte, konnten sie sich beide nicht mehr zurückhalten. Wie auf Kommando brachen sie gleichzeitig in ein heiteres Lachen aus.

Als sie die Wohnküche betraten und dort auf Stella trafen, hatten sie sich von ihrem Lachanfall noch kaum erholt.

Stella, die gerade einen Korb mit aufgebackenen Brötchen auf den Tisch stellte, schaute verwundert dreinblickend auf. Dann stahl sich ein Lächeln um ihre Mundwinkel. »Guten Morgen, Mädels«, sagte sie. »Sieht so aus, als hättet ihr Spaß gehabt.«

Nadja nickte eifrig. Sie spürte eine Röte in den Wangen aufsteigen, aber diesmal lag es eher an der Anstrengung. Und Jil? Die blieb völlig cool und lächelte einfach nur lässig. Gott, wie sehr sie das liebte. Schnell schaute sie weg.

»Frühstück ist fertig«, sagte Stella auch schon.

Und Nadja war wirklich sehr dankbar für die willkommene Ablenkung. Da war sie gerade noch mal davongekommen, bevor sie sich ein weiteres Mal in dem leuchtenden Blau von Jils Augen verloren hätte.

Der Tisch war üppig gedeckt, und Nadja fragte sich, ob die zwei Schwestern sich immer so ein reichhaltiges Frühstück gönnten, oder ob es daran lag, weil sie hier zu Gast war.

Während sie aßen kam eine lockere Unterhaltung auf. Wie Nadja bereits festgestellt hatte, war Stella aber bei weitem die Redseligere. Sie schien es tatsächlich zu genießen, dass Nadja mit ihrer Anwesenheit ein bisschen Abwechslung in ihren Alltag brachte.

Dagegen fielen Jils Antworten zumeist kurz und knapp aus, und sie beteiligte sich deutlich zurückhaltender an den Gesprächen. Offenbar war sie keine Frau großer Worte. Aber draußen bei den Pferden, da war sie richtiggehend aufgeblüht. Nadja hatte sofort gespürt, dass eine tiefe Liebe sie mit den scheuen Tieren verband.

»Und, wie hat sich unsere verirrte Reisende gemacht?«, fragte Stella neugierig an Jil gewandt.

Jil schob sich erst noch ein Stück Brötchen in den Mund und kaute bedächtig. »Für den Anfang gar nicht übel«, antwortete sie schließlich. Sie hob den Kopf und griente ihre Schwester an. »Die Karotten hat sie schon mal gefunden.«

Nadja schnappte empört nach Luft. »Das ist alles, was du dazu zu sagen hast?« Kopfschüttelnd griff sie nach einer Weintraube. Als wäre es eine besondere Spezialität schob sie sich die Traube sanft zwischen die Lippen und ließ sie dann langsam in den Mund gleiten.

Stella lachte amüsiert, aber Jil, die gerade an ihrem Kaffee genippt hatte, fing plötzlich an zu husten. Offensichtlich hatte sie sich verschluckt.

Gerade, als Nadja ihr zwischen die Schulterblätter klopfen wollte, wehrte sie mit einer Hand ab. »Geht schon wieder«, krächzte sie, immer noch vom Hustenreiz geplagt.

Nadja lehnte sich auf ihrem Stuhl zurück und warf Stella einen fragenden Blick zu. Aber die grinste nur belustigt. Genauso wie Jil es sonst üblicherweise tat. Da hatten die beiden Schwestern also doch noch etwas gemeinsam.

Noch ehe Nadja sich weiter darüber Gedanken machen konnte, stand Jil auf. »Ich muss los«, sagte sie nur. Und schon war sie weg.

Wie machte das diese Frau immer, sich von jetzt auf gleich davonzustehlen und dabei nicht einmal unhöflich zu wirken? Hatte sie denn überhaupt schon fertig gefrühstückt? Irritiert starrte Nadja auf die Küchentür, hinter der Jil in Windeseile verschwunden war.

»Ähm, entschuldigst du mich bitte mal kurz?« Nadjas Blick wanderte unruhig zwischen Stella und der Tür hin und her.

»Aber sicher doch«, antwortete Stella, die immer noch wie ein Honigkuchenpferd griente.

Es blieb keine Zeit, Stellas gute Laune zu hinterfragen. Nadja nickte Stella kurz zu und hastete hinaus. Auf dem Hof lief sie Jil direkt vor den Wagen, als die gerade um die Ecke geschossen kam.

Jil bremste so stark ab, dass es unangenehm quietschte. Augenblicklich wurde Nadja von einer Staubwolke eingehüllt.

»Bist du verrückt geworden?«, fluchte Jil. Sie sprang aus ihrem Ford Ranger, und sie sah wirklich sehr erschrocken aus. Ihre Augen waren weitaufgerissen. »Ich hätte dich fast über den Haufen gefahren.«

»Tut mir leid. Ich konnte doch nicht …« Nadja wedelte um Worte ringend mit den Armen. »Aber du solltest hier auch nicht so schnell fahren.«

»Willst du mir etwa vorschreiben, wie ich auf meinem Grundstück zu fahren habe?« Jil stemmte die Hände in die Hüften. Ihr verärgerter Gesichtsausdruck täuschte allerdings nicht darüber hinweg, dass ihr wohl immer noch der Schreck in den Gliedern saß.

Nadja ging es genauso. Ihr Herz klopfte wild, aber sie verdrängte jeglichen Gedanken daran. »Ja … äh, ich meine, nein …«, stammelte sie. »Aber ich wollte …«

»Was wolltest du?«

Die Art, wie Jil sie anstarrte, drohte sie aus dem Konzept zu bringen. Sie räusperte sich laut. »Gestern hast du mich gefragt, ob ich das immer so mache, dass ich einfach davonstürze, als wäre ich auf der Flucht. Und was ist mit dir?«, fragte sie dann eilig, ohne dabei Luft zu holen.

»Was soll schon mit mir sein?«, wehrte Jil unwirsch ab.

»Na, du machst das doch nicht anders.«

»Ich hab Termine«, grummelte Jil. Es war ihr anzumerken, dass ihr das Thema nicht behagte.

Doch Nadja setzte unbeirrt fort. »Das weiß ich. Aber sind sie so dringend, dass du wie von der Tarantel gestochen vom Frühstückstisch aufspringen musst?«

Völlig unerwartet huschte ein leichtes Lächeln über Jils Lippen. Ihre finstere Miene, mit der sie Nadja eben noch bedachte, verschwand. »Können wir das vielleicht später klären? Ohne dass du mich damit so überfällst?«

»Na… natürlich.« Nadja senkte betreten den Kopf. Plötzlich war sie sich nicht mehr so sicher, ob es richtig war, dass sie einer spontanen Eingebung gefolgt war. Was hatte sie sich eigentlich davon versprochen? Sie lächelte scheu, ehe sie sich umdrehte, um ins Haus zurückzugehen.

»Bist du okay?«, fragte Jil hinter ihr.

Nadja drehte sich ihr wieder halb zu und winkte ab. »Na klar. Ist ja nichts passiert.« Sie sah, wie Jil sie mit zur Seite geneigtem Kopf musterte. Sogleich wurde ihr ganz anders zumute. Hitze durchflutete ihren Körper wie eine Heizdecke, die zu heiß eingestellt war und auf der Haut brannte.

Oh Mann, das war ja nicht zum Aushalten. Allmählich wurden ihre äußerlich wohl kaum zu übersehenden Körperreaktionen peinlich.

Eine Hand verfing sich direkt in Ronjas Fell, die wie eine heimliche Beschützerin neben ihr aufgetaucht war. Das Streicheln beruhigte Nadjas strapazierte Nerven.

»Sie mag dich«, stellte Jil fest. Ein Anflug von Bewunderung lag in ihrer dunklen Stimme.

Nadja schaute auf Ronja hinunter und ließ ihren Blick liebevoll über die Hündin gleiten. »Ich weiß zwar nicht, warum das so ist. Aber ich mag sie auch.«

Jil lachte leise auf, während sie wieder in den Pickup stieg. Doch bevor sie die Fahrzeugtür schloss, sagte sie: »Ronja hat eben einen guten Geschmack.« Begleitet von einem spitzbübischen Grinsen startete sie schließlich den Motor.

Nadja trat schnell noch einen Schritt zurück. Sie bemerkte nicht einmal, dass ihr der Mund offenstand. Das wurde ihr erst bewusst, als Jil bereits an ihr vorbeigefahren und in die Ausfahrt abgebogen war.

Sie kam sich auf einmal vor wie eine kleine Leuchtboje zwischen großen Wellen, irgendwie dahintreibend und doch so fest verankert, dass es kein Entrinnen gab.

Mit pochendem Herzen ging sie ins Haus zurück. Bestimmt wunderte Stella sich schon, was sie hier draußen so lange machte.

Als sie wieder in der Küche eintraf, blätterte Stella gerade in einer Zeitschrift. Nadja wollte schon zu einer Entschuldigung ansetzen, denn sie fand, dass es sehr unhöflich von ihr gewesen war, ihre Gastgeberin einfach so allein am Tisch sitzen zu lassen.

Aber Stella blickte in diesem Moment auf und hob sofort die Hand. Mit einem verständnisvollen Blick gab sie ihr zu verstehen, dass das nicht erforderlich war.

»Ich wollte Jil noch etwas fragen«, sagte Nadja dennoch, um ihr Verhalten wenigstens zu erklären.

»Hm, das konnte ich mir schon denken.« Stella lächelte gütig. »Und, hat es geklappt?«

»Was meinst du?« Fragend runzelte Nadja die Stirn.

»Na, hast du Jil noch erwischt?«

»Ach so ...« Nadja lachte unbeholfen. »Ja, ja ... hab ich.« *Auch wenn ich nicht wirklich eine Antwort auf meine Frage bekommen habe. Später, hat Jil gesagt. Aber was bedeutet das bei ihr?*

Bei einer Frau wie Jil musste sie wohl lernen, sich in Geduld zu üben. Wenn die über etwas nicht reden wollte, dann würde sie es auch später nicht tun. Dessen war Nadja sich ziemlich sicher.

Sie atmete tief aus und versuchte, die ungebetenen Gedanken aus ihrem Kopf zu vertreiben.

»Was hat es eigentlich mit dem Fohlen auf sich, weshalb Jil jetzt zu diesem Ort fährt?« Auch wenn ihre Frage ein wenig der

Ablenkung dienen sollte, interessierte sie das tatsächlich. Denn den tief besorgten Ausdruck in Jils Augen konnte sie einfach nicht vergessen.

Stella schlug die Zeitschrift zu und legte sie beiseite. Dann stützte sie die Ellenbogen auf den Tisch und bettete ihr Kinn auf die gefalteten Hände. »Sissy, eine unserer drei Stuten, du hast sie bestimmt schon kennengelernt.«

Nadja nickte, sagte aber nichts, um Stella nicht zu unterbrechen.

»Sissy ist noch eine junge, unerfahrene Stute. Sie hat das Fohlen bei der Geburt verstoßen. Sie war furchtbar nervös und hätte das Kleine beinahe totgetreten. Wenn Jil nicht dagewesen wäre. Meine Schwester hatte von Anfang an so ein komisches Gefühl gehabt. Manchmal glaube ich, sie ist so etwas wie eine Pferdeflüsterin.« Stella lachte leicht, aber sie wirkte sehr bekümmert. »Die ersten Tage haben wir versucht, das Fohlen mit der Flasche aufzuziehen«, fuhr sie fort. »Aber irgendetwas stimmte mit dem Kleinen nicht. Er war offenbar krank, doch wir konnten ihm nicht helfen.« Stella zog sorgenvoll die Stirn in Falten. »Auf der Ranch in Cache Creek wohnt und arbeitet ein Tierarzt. Es wäre zu weit gewesen, ihn permanent hierher zu bestellen. Also haben wir uns entschieden, das Fohlen in seine Obhut zu geben. Dort würde es die Pflege bekommen, die es braucht, bis es kräftig genug ist, um es zurückzuholen.« Ein Seufzen drang aus ihrer Kehle. »Aber dem kleinen Forrest ...« Plötzlich lachte sie herzhaft. »So haben wir ihn getauft, weil er uns bei seinen ersten Gehversuchen irgendwie an Forrest Gump aus dem Film erinnert hat.«

Auch Nadja musste jetzt lächeln, trotz der bedrückenden Stimmung, die sie mittlerweile erfasst hatte. »Aber Forrest geht es wieder schlechter, oder?«, fragte sie behutsam, während sie ihre Hand auf Stellas Arm legte.

»Ja ... sehr viel schlechter«, antwortete Stella mit einer Traurigkeit in der Stimme, die Nadja erschütterte. »Ich fürchte, er wird es nicht schaffen.«

Nadja hielt sich entsetzt die andere Hand vor den Mund. »Das ist ja schrecklich.«

»Für Jil wäre der Verlust noch viel schmerzlicher. Die Pferde sind ihr ein und alles, seit ...« Abrupt brach Stella ab. »Ich sollte wirklich nicht so viel plappern«, sagte sie wohl mehr zu sich selbst. »Jil würde mir den Marsch blasen, wenn sie davon erführe.« Schmunzelnd schüttelte sie den Kopf.

»Dann werde ich es ihr einfach nicht verraten«, wagte Nadja trotzdem noch einen kleinen Vorstoß. Sie lächelte verschmitzt, aber sie ahnte schon, dass sie an einen Punkt angekommen waren, über den Stella nicht hinausgehen würde. Schließlich war sie nur eine Fremde.

»Netter Versuch«, foppte Stella sie prompt. »Aber ich glaube, ich habe jetzt wirklich genug geredet. Zur Abwechslung muss ich auch langsam mal wieder an die Arbeit. Die macht sich schließlich nicht von allein.« Sie warf Nadja einen um Verständnis bittenden Blick zu.

Und Nadja erwiderte ihn mit einem stummen Kopfnicken. Sie hatte verstanden, dass es Dinge im Leben anderer gab, die sie vielleicht auch einfach nichts angingen. Waren die Neugier und ihr Bedürfnis, mehr über Jil zu erfahren, auch noch so groß. Aber das musste sie einfach akzeptieren. Und das tat sie auch, zumindest für den Moment.

5

Der Nachmittag war bereits angebrochen, und Nadja kehrte mit Stella gerade vom Heuwenden zurück, als Jil mit ihrem Pickup in die Zufahrt zur Ranch einbog.

Vor Freude machte Nadjas Herz einen verräterischen Hüpfer. *Na endlich,* dachte sie aufgeregt, als hätte sie monatelang auf Jil verzichten müssen. Nicht, dass sie sich mit Stella nicht wohlfühlte. Es war sehr unterhaltsam mit ihr, und sie hatten viel geplaudert und Späße miteinander gemacht. Aber Nadja brauchte nur an Jil zu denken, und eine heiße Welle des Begehrens überflutete sie.

Verdammt noch mal, sie kommt von einem todkranken Fohlen zurück. Sie hat jetzt andere Sorgen. Also krieg dich endlich mal in den Griff, wies sie sich innerlich zurecht. Nadja seufzte gequält auf. Sie wünschte wirklich, sie könnte ihre Gefühle für Jil unterdrücken, sie einfach nur als eine nette Bekanntschaft ansehen, wie eine von vielen, die sie auf ihrer Reise bislang schon gemacht hatte. Aber je mehr sie sich um Abstand bemühte, umso schlimmer wurde es.

»Und? Wie geht es Forrest?«, fragte Stella, kaum, dass ihre Schwester aus dem Wagen gestiegen war.

Jil sah erschöpft aus. Ihre Stirn war von einem kleinen Schweißfilm überzogen. »Nicht gut«, antwortete sie mit brüchiger Stimme. »Der Kleine verweigert seit zwei Tagen jegliche Nahrung. Owen meint, dass er organisch gesund zu sein scheint. Das Problem muss woanders liegen. Wenn wir das nicht bald herausfinden, dann war's das.« Sie atmete tief durch und wischte sich mit dem Handrücken über das Gesicht.

»Mist«, murmelte Stella. »Aber du hast doch so ein gutes Gespür für die Pferde, schon immer gehabt. Was glaubst du, woran es liegen könnte?«

Mit einem Ausdruck von Resignation ließ Jil die Schultern hängen. »Wenn du mich fragst ... Ich glaube, er braucht seine Mutter. Owen denkt auch, dass Forrest eher so etwas wie ein Trauma hat.«

»Dann lass uns den Kleinen hierher zurückholen. Wenn es irgendjemand schafft, ihn an Sissy heranzuführen, dann bist du das.«

Stella hörte sich so energisch an, dass bei Nadja kein Zweifel aufkam, dass sie absolut überzeugt von ihren Worten war.

Jil stöhnte leise auf. »Ich weiß nicht, Stella. Was ist, wenn es mir nicht gelingt?«

Sofort machte Stella eine wegwischende Handbewegung. »Dann hast du es wenigstens versucht. Du hast doch selbst gesagt, dass Forrest organisch gesund ist. Owen kann ihm daher sowieso nicht helfen. Was haben wir also zu verlieren?« Sie strich Jil mit einer Mut zusprechenden Geste über den Arm.

Jil würde diesen Kampf nicht allein kämpfen müssen. Nein. Sie hatte Stellas vollste Unterstützung. Das war Nadja sofort klar geworden, während sie die Beiden still beobachtete. Ununterbrochen blickte sie zwischen den Schwestern hin und her. Sie bewunderte Stella für ihre Energie und für ihr Vertrauen in Jil. Einmal mehr wurde ihr dadurch bewusst, wie nah sich die beiden offenbar standen.

»Ich glaube auch, dass du es schaffen wirst«, sagte sie aus einem Impuls heraus. Sogleich schalt sie sich, dass sie ihre Klappe nicht gehalten hatte. Was mischte sie sich hier ein? Sie hatte doch überhaupt keinen Schimmer und wusste rein gar nichts.

Jil legte den Kopf schief und blickte an Stella vorbei auf Nadja. Ein paar Sekunden, die Nadja wie eine Ewigkeit vorkamen, sagte sie kein Wort. Ihre Augen waren von Traurigkeit erfüllt. Und doch begann sie auf einmal sacht zu lächeln. »Na dann kann ja nichts mehr schiefgehen«, witzelte sie ein bisschen.

Stella lachte unvermittelt auf. Es hörte sich irgendwie befreit an. Sie zog ihre Schwester in die Arme und drückte ihr einen Schmatz auf die Wange. Jil zog eine Grimasse, als wäre ihr das peinlich.

»Also abgemacht. Gleich morgen holen wir den Kleinen hierher.«

Stella sagte das so bestimmt, dass selbst Jil offenbar keine Widerworte fand. Vielleicht war sie auch erleichtert, dass ihre Schwester so einen schnellen Entschluss getroffen hatte. Nadja verstand vielleicht nicht viel von Pferden, aber dass sie bei Forrest keine Zeit mehr verlieren durften, das war selbst ihr klar.

Als sie alle drei ins Haus gingen, drehte Stella, die vorausgegangen war, sich plötzlich zu ihnen um. »Dann werde ich am besten heute zu Ryan fahren. Damit ich morgen hier sein kann.« Sie lächelte ein wenig verlegen, und eine zarte Röte überzog ihr Gesicht.

Das hatte Nadja noch gar nicht an ihr gesehen. Überrascht blickte sie in die Runde.

»Ihr Lover«, erklärte Jil schmunzelnd.

»Ah«, entfuhr es Nadja, wobei sie sich recht albern vorkam. Sie hatte mit keiner Silbe daran gedacht, dass Stella einen Freund oder Lebenspartner haben könnte. Sie konnte sich das selbst nicht erklären. War es vielleicht, weil die beiden offenbar nicht zusammenlebten? Nadja hatte im Haus bislang nichts entdeckt, was auf einen männlichen Bewohner schließen ließ. Und was war mit Jil? War sie vielleicht auch mit jemandem zusammen, während sie, Nadja, davon ausgegangen war, dass es da niemanden gab? Wie kam sie denn dazu? Sie spürte, wie sich ein dicker Kloß in ihrer Kehle festsetzte.

Stella stupste sie in die Seite und riss sie aus ihren trübsinnigen Gedanken. »Ich kann euch zwei doch über Nacht allein hierlassen. Oder?«, fragte Stella auffällig grinsend.

Während sie sich längst von ihrer kleinen Verlegenheit erholt hatte, hatte Nadja das Gefühl, rot wie eine Tomate anzulaufen.

Oh mein Gott! war das Erste, was ihr durch den Kopf schoss. Gefolgt von einem rasant ansteigenden Kribbeln in ihrem Bauch, das sich wie ein Flächenbrand ausbreitete. Sie wusste vor lauter Schreck nicht mehr, wo sie hinschauen sollte und stierte schließlich vor sich auf den Boden. *Interessantes Muster*, dachte sie angesichts der in braunen Farbtönen schraffierten Karofliesen.

»Kann sie oder kann sie nicht?«, fragte Jil sie mit einem herausfordernden Unterton.

Aber wenn Nadja sich nicht völlig täuschte, dann war Jil ganz und gar nicht so gelassen, wie sie sich gerade gab. Denn der Klang ihrer Stimme war heiser und leicht kratzig gewesen.

Zögernd hob sie den Kopf. Sie rollte die Augen nach oben und sagte: »Aber natürlich. Wieso denn auch nicht?« Cool bleiben, war die Devise. Aber warum hörten sich ihre Worte dann so wacklig und wenig überzeugend an? Das war wirklich sehr ärgerlich.

»Prima. Dann pack ich mal mein Zeug zusammen«, plapperte Stella drauflos. Entweder wollte sie die eigenartige Stimmung zwischen Jil und Nadja nicht bemerken oder sie tat einfach nur so. »Heute Abend müsstet ihr dann mal mit einer Pizza vorliebnehmen. Wenn das okay ist?«, fragte sie an Nadja gewandt.

»Aber sicher doch«, beeilte Nadja sich zu sagen.

Was dachte Stella denn von ihr? Dass sie sich den ganzen Tag nur verwöhnen lassen wollte und sich ausschließlich von ausgewählter Kost ernährte? Klar, es würde ihr sicher nicht schaden, wenn sie ein bisschen mehr auf ihre Ernährung achten würde. Aber sie aß gern Pizza, und so für sich allein verspürte sie nur selten die Lust, sich an ihren Kochkünsten auszuprobieren. Und dadurch blieben die leider sehr überschaubar.

Jils Mundwinkel zuckten verdächtig. Offensichtlich hatte sie Nadja bei ihren Überlegungen beobachtet. »Kannst du eigentlich kochen?«, fragte sie provokant.

»Ähm . . .« Nadja kratzte sich leicht beschämt am Kopf. »Nicht so besonders.« Prompt fühlte sie sich ertappt. Manchmal hatte sie wirklich das Gefühl, Jil konnte ihre Gedanken lesen.

Das Lächeln auf Jils Gesicht verstärkte sich, als sie hinzufügte: »Schade eigentlich.«

Nadja schluckte. Jil war doch nicht etwa enttäuscht? Aber sie vermittelte doch nun wirklich nicht den Eindruck, die geborene Hausfrau zu sein. War es das, was Jil an ihrer Seite suchte? Eine Frau, die sie bekochte, ihre Wäsche machte und das Haus in Schuss hielt, während sie den ganzen Tag draußen bei den Pferden zubrachte?

»Lass dich nicht ärgern, Nadja«, schaltete Stella sich dazwischen. »Jil kann kaum den Kochlöffel vom Esslöffel unterscheiden.« Sie grinste ihrer Schwester frech ins Gesicht.

»Moment mal. Wie lässt du mich denn hier dastehen?«, grummelte Jil gespielt verärgert. »Sei froh, wenn wir die Küche nachher nicht in ein Schlachtfeld verwandeln.« Sie zwinkerte Nadja zu und hatte noch immer dieses heitere Lächeln auf ihren Lippen.

Stella winkte ab. »Pah, das ist mir völlig egal. Sofern die Küche morgen wieder blitzblank ist, wenn ich zurückkomme, könnt ihr euch hier gern austoben.« Sie blinzelte übertrieben mit den Augen, bevor sie sich umdrehte und die Treppe ins Obergeschoss hinaufging.

»Ich schätze, jetzt wissen wir Bescheid«, gluckste Jil. Sie warf Nadja einen flammenden Blick zu, der bis auf den Grund ihrer Seele drang.

Als Jil ins Badezimmer ging, lehnte Nadja ihren Kopf gegen die Wand im Flur. Während sie die angestaute Luft ausatmete, starrte sie ins Leere. Jetzt würde sie also die Zeit bekommen, die sie sich doch so gewünscht hatte. Ganz allein mit Jil zu sein. Aber im Moment verspürte sie nur eine tiefe Unruhe in sich. Und wer konnte schon sagen, ob Jil nicht wieder den ganzen Abend in der Scheune oder wo auch immer zubrachte, nur um ihr aus dem Weg zu gehen? So wie sie es gestern getan hatte.

Aber bildete sie sich da auch nicht zu viel ein? Schließlich wusste sie doch gar nicht, was es auf so einer Ranch alles zu tun gab, auch wenn sie heute schon mal einen Vorgeschmack darauf bekommen hatte.

Seufzend stieß sie sich von der Wand ab. Stella kam bereits mit einer Tasche über der Schulter wieder herunter.

Sie blieb vor Nadja stehen und lächelte sie gutgelaunt an. »Also, dann bis morgen.« Dann senkte sie die Stimme und sagte fast verschwörerisch: »Und keine Angst, Jil beißt nicht. Sie bellt nur ab und zu mal.«

Nadja zog wahrscheinlich ein ziemlich verdutztes Gesicht, denn Stella tätschelte ihr lachend die Wange. Sie konnte sie sogar noch lachen hören, als sich die Tür schon hinter ihr geschlossen hatte.

◆

Jil kehrte ein paar Minuten später zurück. Sie hatte sich frischgemacht und dann umgezogen und ihr schwarzes Shirt gegen eine legere Hemdbluse eingetauscht.

Sie fand Nadja im Flur, die aussah, als wäre sie ein wenig durch den Wind. Ihr hübsches Gesicht war gerötet wie nach einem Saunabesuch. Die dunklen, welligen Haare wirkten ungebändigt. Und ihre schönen braunen Augen waren starr geradeaus gerichtet und fixierten einen unbestimmten Punkt. Ein verdammt süßer Anblick.

Jil folgte mit ihren Augen Nadjas Blick, aber sie konnte nichts Aufregendes entdecken. Da war nur die Wand, die in einem warmen, ockerfarbenen Ton das schwach hereinfallende Sonnenlicht einfing.

Wie Nadja so dastand, irgendwie unentschlossen, während ihre Hände rastlos an den Nähten ihrer braunen Outdoorhose nestelten, sah sie wirklich bezaubernd aus.

Jil räusperte sich, um auf sich aufmerksam zu machen, denn offenbar hatte Nadja sie noch gar nicht bemerkt. »Ist Stella schon weg?«, fragte sie.

Ein aufgeschrecktes Zucken ging durch Nadjas schlanken Körper. Ihr Kopf ruckte nach oben und sie starrte Jil an, als wäre die eine Erscheinung aus einer anderen Welt. »Ähm, ja … gerade eben«, antwortete Nadja. Ihre Stimme zitterte leicht.

Jil unterdrückte ein begehrliches Seufzen, das bei Nadjas rauem Flüstern automatisch ihrer Kehle entweichen wollte. Ein seltsames Gefühl, irritierend und brennend zugleich, breitete sich in ihrer Brust aus. Fast hätte sie darüber den Kopf geschüttelt, weil sie gar nicht begreifen konnte, dass eine kleine Geste oder der Klang einer Stimme jemals wieder so eine Wirkung bei ihr auslösen könnte.

Sie räusperte sich noch einmal, diesmal freilich aus einem anderen Grund. »Meine Schwester hat es wohl sehr eilig gehabt«, sagte sie dann. Sie schmunzelte leicht, als sie daran dachte, dass Stella sich wie ein verliebter Teenager benahm, seit sie vor ein paar Monaten mit Ryan zusammenkam. Sie, Jil, würde sich niemals so aufführen. Oder etwa doch? *Never ever*, meldete sich das kleine Männlein in ihrem Kopf recht ironisch zu Wort. Sie presste die Lippen aufeinander, um nicht zu lachen.

Nadja sah sie mit einem neugierigen Ausdruck an. »Stella scheint glücklich zu sein«, sagte sie leise. »Das ist doch schön.«

Ein Schleier legte sich über Jils Augen. Sie kniff sie zusammen, um besser sehen zu können, während sie Nadja weiter aufmerksam betrachtete.

Was hatte sie denn da in ihren Haaren? Ohne weiter nachzudenken überbrückte sie mit wenigen Schritten die Distanz zwischen ihnen und blieb ganz dicht vor ihr stehen. Nadjas warmer Atem streichelte ihre Wangen. Zögernd hob sie eine Hand an Nadjas Kopf, die unwillkürlich ein Stück zurückzuckte. Jil hielt kurz inne. Dann senkten sich ihre Finger in das weiche, dunkle Haar. Diese plötzliche Nähe jagte ihr einen heißen Schauer über den Rücken. Es war sehr verlockend, ein paar der widerspenstigen Strähnen hinter die süßen Ohren zu streichen.

Doch als sie spürte, wie Nadja sich unter ihrer Berührung versteifte, zog sie ihre Hand wieder zurück. »Du hattest da noch etwas Heu in deinem Haar«, raunte sie. Sie hielt das Beweisstück zwischen ihren Fingern.

»Na so was«, japste Nadja. Offensichtlich hatte sie Probleme, Luft zu bekommen.

Jil trat reflexartig ein Stück zurück. Sie hatte ganz gewiss nicht die Absicht, Nadja in irgendeiner Weise zu bedrängen. Sie wollte doch nur die verirrten Heuhalme entfernen. Hatte Nadja das etwa missverstanden? Aber selbst wenn? War es denn nicht so, dass Nadja bisher immer die Nähe zu ihr gesucht hatte? Jil hatte dieses Verlangen doch stets spüren können. Das konnte sie unmöglich falsch interpretiert haben.

Irgendwie war Nadja ihr ein Rätsel. Was wollte die hübsche Schwarzhaarige wirklich? Und was wollte sie selbst eigentlich? Sie war nicht der Typ Frau, die sich irgendwelchen Illusionen hingab. Und sie hatte schon lange aufgehört zu träumen. Und Nadja? Sie vermittelte bislang eigentlich nicht den Eindruck, dass ihre unausgesprochene Zuneigung füreinander für sie zu einem Problem werden könnte. Doch plötzlich schien das gar nicht mehr so abwegig.

Lass die Finger von ihr, meldete sich erneut Jils innere Stimme. *Aber warum? Schon bald wird Nadja wieder ihres Weges ziehen,* fing sie eine stumme Diskussion mit sich an. Es bestand überhaupt keine Gefahr. Aus den Augen, aus dem Sinn, so wird es sein.

Aber wieso zierte Nadja sich auf einmal? Das führte doch nur dazu, dass ein längst vergessener Reiz der Eroberung in Jil geweckt wurde. Ihr Jagdtrieb war wieder erwacht. Sie lächelte still und redete sich ein, dass es so doch viel interessanter war, als wenn Nadja sich einfach in ihre Arme werfen würde.

Doch da war dieses unsichere Gefühl, das ihr jetzt ein wenig auf den Magen schlug. *Also doch lieber Hände weg,* beschloss sie mit einer letzten Überlegung. Diesmal seufzte sie hörbar auf, weil sie sich im selben Moment fragte, wieso sie sich darüber überhaupt so den Kopf zerbrach.

Nadja schien sich wieder gefangen zu haben, obwohl sie nichts weiter gesagt hatte, während Jil damit beschäftigt gewesen war, ein Duell mit sich selbst auszufechten. Sie verschränkte die Arme vor der Brust. Ein spitzbübisches Lächeln schob sich auf ihre Lippen, als sie fragte: »Und? Was machen wir jetzt?«

»Hast du Lust auf einen kleinen Ausritt?«, fragte Jil spontan.

»Oh ...« Nadja wirkte mehr als überrascht. Sie blinzelte unter ihren langen Wimpern hervor. »Ich ... äh ... Lust schon ... aber ich ...«

Was für ein entzückendes Gestotter. Jil verkniff sich ein Schmunzeln. »Hast du überhaupt schon mal auf einem Pferd gesessen?«, fragte sie stattdessen.

»Aber ja«, ereiferte Nadja sich. Sie klang regelrecht brüskiert. Doch dann verzog sie spöttisch grinsend das Gesicht. »Als

Kind ... auf einem Pony.« Kleine, charmante Lachfältchen bildeten sich um ihre braunen Augen herum. Es sah aus, als würden sie tanzen.

Wie schön! Eine Frau, die auch mal über sich selbst lachen kann. Jil schüttelte lächelnd den Kopf. »Ist wie Fahrradfahren, das verlernt man nicht«, erwiderte sie salopp.

Das war natürlich sehr weithergeholt. Aber jetzt erinnerte sie sich daran, wie viel Spaß sie gehabt hatte, Nadja dabei zu beobachten, als sie sie vor eine schier unlösbare Aufgabe gestellt hatte. Aber Nadja hatte sie eines Besseren belehrt und sich erstaunlich wacker geschlagen. Also war doch jetzt ein guter Zeitpunkt, um mal zu sehen, wie Nadja sich auf dem Rücken eines Pferdes anstellen würde. Dazu musste sie aber erst mal raufkommen.

Jil gluckste vergnügt vor sich hin. »Ich würde dir vorschlagen, dass du Adya nimmst. Ihr habt euch ja nun schon ausgiebig kennengelernt.« Sie zwinkerte Nadja aufreizend zu.

»Na, wenn du das sagst«, antwortete Nadja spitz. Aber die Unsicherheit in ihrer Stimme blieb Jil trotzdem nicht verborgen.

Sie nickte Nadja lachend zu und freute sich wie ein kleines Kind auf dieses Abenteuer. Außerdem war es genau die richtige Idee gewesen, um die angespannte Stimmung zwischen ihnen wieder ein wenig aufzulockern. Innerlich klopfte sie sich auf die Schulter. »Dann lass uns mal gehen, bevor du es dir anders überlegst.« Diese schnippische Bemerkung konnte sie sich dann doch nicht verkneifen.

Nadja hob mit einem stolzen Blick ihren Kopf und streckte die Brust heraus. Die wohlgeformten Rundungen spannten unter ihrem T-Shirt. Ob ihr eigentlich klar war, was sie damit anrichten konnte? Fast war Jil geneigt, Nadja an sich zu reißen und sie einfach zu küssen – am liebsten überall. *Boah, das kann doch wohl nicht wahr sein!* Sie drehte sich von ihr weg, machte ein paar Schritte nach vorn und wies mit dem Zeigefinger zur Haustür. *Nichts wie raus hier. Ein bisschen frische Luft kann nicht schaden,* dachte sie noch, als sich ihre Hand bereits auf die Türklinke legte. Sie konnte Nadja spüren, die ihr gefolgt war und direkt hinter ihr stand. Mit einem Ruck riss sie die Tür auf und trat schnell ins Freie.

6

Während sie Shadow und Adya von der Koppel holten und Jil anschließend die beiden Pferde sattelte, blieb Nadja noch etwas Zeit, um darüber nachzudenken, was da zuvor gerade passiert war.

Jils Berührung hatte sie vollkommen aus der Bahn geworfen. Sie war so perplex gewesen, dass sie völlig falsche Körpersignale ausgesendet hatte. Umso beschämender kam ihr nun ihre Reaktion vor, weil sie viel zu spät gemerkt hatte, dass Jil gar nicht versucht gewesen war, sie anzubaggern. Aber es hatte sich wie die pure Verführung angefühlt. Und darauf war sie so plötzlich nicht vorbereitet gewesen. Es hatte ihr viel abverlangt, sich emotional aus dieser Situation zu befreien. Ihr Verhalten war ihr schlichtweg peinlich gewesen. Und sie wollte gar nicht wissen, was Jil von ihr halten mochte und wie sie darüber dachte.

»Wir üben erst mal das Aufsitzen«, sagte Jil.

Auch jetzt war ihr nicht anzumerken, ob sie überhaupt noch einen Gedanken an die Szene im Flur verschwendete. Vielleicht war ihr das auch gar nicht so aufgefallen.

Innerlich stöhnte Nadja genervt auf. *Natürlich war ihr das aufgefallen. Sie ist ja nicht blöd.*

»Mal schauen, wie du klarkommst. Ansonsten müssen wir einen Hocker holen.« Jil warf ihr einen vielsagenden Blick zu, während ihre Mundwinkel sich nach oben bogen. Ja, der Gedanke daran schien ihr viel Vergnügen zu bereiten.

»Okay.« Nadja nickte entschlossen. *Ich werde da raufkommen, ohne Hocker. Verlass dich drauf, Jil!* Auf keinen Fall wollte sie sich eine Blöße geben. Sie war sportlich und gut trainiert. Da wird sie doch wohl auf diese Stute ohne irgendein Hilfsmittel kommen. »Ich bin bereit«, fügte sie mit fester Stimme hinzu.

Jil schmunzelte fortwährend, als sie um Shadow herumging und sich auf dessen linke Seite stellte. »Also«, begann sie und setzte, ganz wie eine Lehrerin, eine wichtige Miene auf. »Mit der linken Hand hältst du beide Zügel, damit das Pferd dir nicht wegläuft. Mit der anderen Hand bringst du den Steigbügel in Position, und dann hebst du deinen linken Fuß hinein. Jetzt machst du eine Vierteldrehung, sodass du seitlich zum Pferd stehst. So etwa«, demonstrierte sie. »Deine linke Hand liegt mit den Zügeln in der Hand vorn am Sattel, mit der rechten hältst du dich hier hinten am Zwiesel fest. Und nun stößt du dich mit dem rechten Bein kräftig vom Boden ab.«

Nadja verfolgte gebannt, wie Jil mit Schwung, als würde sie fliegen, in den Sattel kam. Das sah so unglaublich leicht bei ihr aus.

»Pass auf, dass dein Bein beim Schwingen nicht die Kruppe berührt. Ich meine damit quasi den Hintern«, fügte sie schmunzelnd hinzu. »Und erst, wenn dein Fuß im Steigbügel steckt, setzt du dich behutsam in den Sattel. Du darfst dich nicht wie ein Mehlsack mit vollem Gewicht auf den Pferderücken fallen lassen.« Sie schaute auf Nadja herunter. Für einige Sekunden verweilten ihre Blicke ineinander.

Schau mich bitte nicht so an, flehte Nadja stumm. Für einen Moment war sie wieder abgelenkt. Es war wirklich zum Verzweifeln. Sie konnte froh sein, dass Jil schließlich ihren Blick von ihr abwandte und ihre Konzentration wieder auf das Pferd lenkte.

Sie nahm ihre Füße aus den Steigbügeln. Ihre schlanken Hüften drehten sich leicht im Sattel, und dann schnellte sie mit einem scheinbar federleichten Satz zu Boden. »So, und jetzt du«, sagte sie. Die Freude auf das, was da jetzt kommen mag, stand ihr förmlich ins Gesicht geschrieben.

Nadja atmete kräftig durch. Als sie sich neben Adya stellte, schlotterten ihr ein wenig die Knie. Sie versuchte sich daran zu erinnern, was Jil ihr gerade erklärt hatte. Vorsichtig nahm sie die Zügel in die Hand.

»Nicht so ängstlich«, hauchte Jil hinter ihr. Es kitzelte betörend an Nadjas Hals, und ihr lief es siedend heiß den Rücken hinunter. Wie zum Teufel sollte sie denn konzentriert und ruhig bleiben, wenn Jil so dicht bei ihr stand und mit einer Stimme sprach, die so erotisch war, dass sie alles andere um sich herum glatt vergaß?

Ein Schritt nach dem anderen, ermutigte sie sich selbst. Als sie einen Fuß schon im Steigbügel hatte, spürte sie auf einmal Jils Hände an ihren Hüften. Mit sanftem Druck drehte die sie leicht nach außen.

»Wir wollen ja nicht, dass du beim Schwungholen Adya triffst«, erklärte Jil leise, aber bestimmt.

Nadja schluckte trocken. Sie hatte das Gefühl, gleich zu verbrennen. Das Atmen fiel ihr schwer, aber diesmal zuckte sie nicht zurück. Am liebsten hätte sie die Augen geschlossen und sich einfach nur rückwärts in Jils Arme fallen lassen. Es wurde immer absurder. Angespannt nickte sie.

Jils Hände ruhten noch ein Weilchen an Nadjas empfindlichen Seiten, bevor sie nahezu ruckartig von ihr abließ. Dann trat sie einen Schritt zurück und rief: »Und jetzt abstoßen und hoch.«

Nadja tat wie ihr geheißen. Doch als sie mit dem rechten Bein schon fast über Adyas Rücken schwebte, war der Schwung plötzlich weg und sie verlor das Gleichgewicht. Ihr Oberkörper kippte unausweichlich zurück. Vor Schreck ließ sie die Zügel und auch den Sattel los, während ihr linker Fuß immer noch im Steigbügel hing. Sie erwartete bereits eine unsanfte Landung auf dem Boden. Doch Jil war zur Stelle, und sie fiel weich in die geöffneten Arme.

»Du musst dich immer schön festhalten«, ermahnte Jil sie sanft. Es klang so zärtlich, dass Nadja unwillkürlich ein tiefes Seufzen entwich.

Sie lehnte ihren Kopf gegen Jils Schulter. »Danke. Ich ... Es ... tut mir leid«, stammelte sie. »Ich war doch schon fast drüber.«

»Kein Problem. Ich bin ja da«, flüsterte Jil. Ihre Arme umfassten Nadja noch etwas fester.

Ein irres Kribbeln überwältigte Nadja mit Haut und Haar. Nur schwer konnte sie ein Stöhnen unterdrücken. Es war ein unfassbar schönes Gefühl, und sie hätte ewig in Jils Armen liegen können.

Doch Jil hatte offenbar etwas dagegen. »Am besten, wir probieren das gleich noch mal«, sagte sie jetzt ohne Umschweife. Sie half Nadja aus dem Steigbügel und gab sie – sehr zu Nadjas Bedauern – viel zu schnell wieder frei.

Ein seltsames Schweigen lag in der Luft, während Nadja sich bemühte, ihr Herzrasen unter Kontrolle zu bringen. Noch so einen Patzer konnte sie sich nicht erlauben. Das wäre nicht nur peinlich. Sie konnte es allmählich auch nicht mehr ertragen, Jil derart nah zu sein und sie doch nicht so spüren zu dürfen, wie sie sich das wünschte.

Es kostete sie eine immense Überwindung, sich jetzt wieder auf Adya zu konzentrieren. In Gedanken ging sie die einzelnen Schritte noch einmal durch. Dann gab sie sich einen Ruck.

In dem Augenblick, als sie sich abstieß und nach oben schwang, fühlte sie Jils Hand an ihrem Po, die sie scheinbar mühelos nach oben schob. Fast hätte Nadja darüber hinaus erneut vergessen, sich festzuhalten. Ihre Finger krallten sich an dem Sattel fest. Endlich fand ihr rechter Fuß in den Steigbügel, und sie sank in einem erschöpfungsähnlichen Zustand in den ledernen Sitz.

»Na, das war doch gar nicht so schwer«, sagte Jil mit rauer, tiefer Stimme. Sie lächelte leicht, ehe sie sich auf Shadows Rücken schwang, als gäbe es nichts Leichteres auf dieser Welt.

Nadja schüttelte wie benebelt leicht den Kopf. Sie war völlig fertig. Und dabei waren sie noch nicht mal losgeritten. *Verdammt noch mal, Jil. Du machst mich noch wahnsinnig.*

Auf einem Pferd zu sitzen fühlte sich unglaublich toll an, wie Nadja feststellte, nachdem sie sich ein bisschen beruhigt hatte. Es gab ihr ein Gefühl von Freiheit und Unbeschwertheit. Zum ersten Mal verstand sie jetzt, was der Spruch *Das Glück der Erde liegt auf dem Rücken der Pferde* wirklich bedeutete.

Ihr war natürlich klar, dass Jil ihr mit Adya ein Pferd gegeben hatte, das ein sanftes Gemüt hatte und nicht so schnell aus der Ruhe zu bringen war. Aber Nadja hatte auch sofort ein gutes Gespür für die Stute bekommen, und so herrschte zwischen ihnen schon nach kurzer Zeit eine einträchtige Harmonie.

Doch Shadow war irgendwie immer am Drängeln. Ihm ging das offensichtlich alles viel zu langsam. Wahrscheinlich galoppierte Jil mit ihm üblicherweise in einem Affenzahn durch die Prärie. Immer wieder musste Jil ihn ein bisschen zurechtweisen. Aber sie tat das auf eine gänzlich unaufgeregte Art. Sie hatte den ungestümen Wallach im Griff. Das war nicht zu übersehen. Die Zügel hielt sie ganz locker in einer Hand, während sie Nadja immer mal wieder aufforderte, nicht so verkrampft zu sein.

Leichter gesagt, als getan! Nadja konnte Jil ja schlecht sagen, dass es weniger an dem Pferd lag, dass sie nicht so richtig entspannt sein konnte.

Als sie schon eine Weile im Schritttempo nebeneinanderher geritten waren, fragte Nadja plötzlich wie aus heiterem Himmel: »Wo ist eigentlich Ronja?«. Da war sie die ganze Zeit so um

Konzentration bemüht, dass ihr das Fehlen der Hündin bislang gar nicht aufgefallen war.

»Wieso?«, fragte Jil. »Glaubst du, sie kann dir beim Reiten helfen?«

Nadja schüttelte verlegen den Kopf. »Nein, natürlich nicht. Ich habe es mich nur gerade gefragt, weil ich sie vorhin gar nicht mehr gesehen habe.«

Das Blau in Jils Augen blitzte schelmisch auf, als sie sagte: »Stella hat sie mitgenommen. Das macht sie immer, wenn sie zu Ryan fährt. Dort wartet nämlich ein Labrador-Rüde, dem es offenbar genau wie seinem Herrchen geht.«

Unvermittelt musste Nadja herzhaft lachen. »Ich verstehe«, kicherte sie. »Das ist wirklich süß.« Kaum hatte sie das gesagt, strömte eine himmlische Wärme durch ihren Körper. Sie ließ ihren Blick, der sich schon wieder in Jils Augen festzusetzen drohte, in die Natur schweifen. »Wo sind wir hier überhaupt?«, fragte sie. Mit Erstaunen fiel ihr auf, dass sie bis eben noch nicht einmal daran interessiert gewesen war zu erfahren, wohin es sie eigentlich verschlagen hatte.

»Wir sind in der Nähe von Lytton«, erklärte Jil. »Dort fließen der Fraser River und der Thompson River zusammen. »Der Trans Canada Highway führt direkt daran vorbei. Eigentlich kann man sich da gar nicht verfahren.« Sie grinste belustigt. »Woher bist du denn gekommen?«, fragte sie aber gleich weiter.

Nadja senkte beschämt den Blick. »Ich habe einen Zwischenstopp in Merritt eingelegt. Und von dort aus wollte ich weiter nach Lillooet.«

Jil nickte verstehend und sagte: »Na ja, da warst du doch schon fast auf dem richtigen Weg.« Wobei sie das kleine Wörtchen *fast* sehr auffällig betonte. »Wenn dir dein Camper keine Probleme bereitet hätte, wärst du wohl irgendwann auch dort angekommen.« Jetzt war es eher ein trostspendendes Lächeln, das sie Nadja schenkte.

Und Nadja war darüber ziemlich erleichtert. Denn sie wollte nicht, dass Jil sich länger über sie lustig machte und sie womöglich für ein kleines Dummerchen hielt. Sie hatte schon ganz andere Strecken zurückgelegt, aber diese Route hatte sie ursprünglich nicht geplant. Vielleicht wäre es besser gewesen, sie hätte zwischendurch noch mal einen Blick auf die Karte geworfen. Ein

Navi wäre auch nicht schlecht gewesen, aber dieser Technik hatte sie sich hier verweigert. Sie wollte einen Abenteuertrip. Und den hatte sie ja nun auch bekommen.

Sie lächelte verstohlen vor sich hin. Denn nun war sie beinahe froh darüber, dass ihr Truckcamper gerade in dieser Gegend den Geist aufgegeben hatte. Sonst wäre sie Jil mit Sicherheit nie begegnet.

Gut eine Stunde lang führte ihr Weg sie über mit Grasbüscheln bewachsene Hügel und durch weite Täler. Offene Nadelwälder dominierten die Hänge, und je näher sie dem Fluss kamen, umso grüner wurde es.

Schließlich beschlossen sie, eine Rast zu machen. Sehr zu ihrer Freude hatte Nadja beim Absitzen weit weniger Probleme als befürchtet. Und von Jil erntete sie dafür ein anerkennendes Lächeln.

»Hoffentlich wird der Ausflug nicht zu viel für dich«, gab Jil jedoch gleich darauf stirnrunzelnd zu Bedenken, während sie es sich unter einer Douglasie gemütlich machte. »Ich habe mich mit der Strecke ein bisschen verschätzt. Gewöhnlich bin ich etwas zügiger unterwegs.« Ihre Mundwinkel zuckten verschmitzt. Sie streckte ihre langen Beine aus und lehnte sich gegen den Kiefernstamm. »Du solltest dich auch ein wenig ausruhen«, sagte sie und klopfte auffordernd mit der Hand neben sich auf den Boden.

»Ehrlich gesagt würde ich jetzt lieber stehen und mir ein bisschen die Beine vertreten.«

Tatsächlich machten sich Nadjas Gesäßmuskeln schon bemerkbar. Ein leichtes Ziehen sagte ihr unheilvoll voraus, dass sie einen ordentlichen Muskelkater bekommen würde. Ihre Beine wirkten wie eingeschlafen und kribbelten etwas unangenehm. Aber allein die Vorstellung, sich neben Jil ins Gras zu legen, beschäftigte sie viel mehr und brachte ihre Hormone in Wallung.

Sie schaute über Jil hinweg, weil sie von ihr natürlich einen ironischen Kommentar erwartete. Doch zu ihrer Verwunderung blieb dieser aus. Jil sagte gar nichts. Das trug allerdings auch nicht gerade zu Nadjas Beruhigung bei. Sie seufzte leise, weil sie nicht wusste, was sie noch sagen sollte, ohne Gefahr zu laufen, sich lächerlich zu machen.

Sie wartete noch ein Weilchen, während sie mit den Füßen wippte und die Hände in den Hosentaschen vergraben hielt. Aber von Jil kam kein Mucks mehr. Als Nadja zögernd ihren Blick auf Jils Gesicht senkte, sah sie, dass deren Augen geschlossen waren und ihr Brustkorb sich gleichmäßig hob und senkte. Es sah aus, als machte sie ein Nickerchen.

Deine Ruhe möchte ich haben, dachte Nadja bedrückt.

Langsam ging sie zum Fluss hinunter, der sich mit einem lauten Rauschen seinen Weg durch die Stromschnellen bahnte. Am Ufer stellte sie sich auf einen der großen Steine, die es hier zuhauf gab.

Während sie auf das Wasser starrte, begann sie vor sich hinzuträumen. Sie liebte diese unberührte Natur. Hier gab es keine Hektik. Und solange sie einen großen Bogen um die auf Tourismus ausgelegten Orte machte, waren auch keine lärmenden Menschenmassen zu befürchten. Nur der Zug, der sich kilometerlang und schwer beladen auf der anderen Seite des Ufers durch die Landschaft schob, war nicht zu überhören. Und vor allem nachts, wenn in regelmäßigen Abständen die Lokpfeife in hohen oder tiefen Tönen erklang, da konnte es schon mal passieren, dass man aufschreckte und aus dem Schlaf gerissen wurde.

Aber inzwischen hatte Nadja sich daran gewöhnt. Denn hier im Westen Kanadas war die Railway ein stetiger Begleiter, und ihre Route zog sich nahezu durch das gesamte Gebiet.

Sie sprang wieder auf den Boden und sammelte ein paar kleinere Steine auf, die sie schwungvoll und im hohen Bogen in den Fluss warf.

»Pass auf, dass du nicht reinfällst«, übertönte Jils Stimme alle anderen Geräusche.

»Was?« Nadja wirbelte herum und rutschte prompt auf einem der glatten Steine aus. Sie verlor den Halt und ruderte hilflos mit den Armen, auf der Suche nach etwas Greifbarem, woran sie sich festhalten konnte. In diesem Bruchteil der Sekunde sah sie ein magisches Funkeln in Jils Augen. Es war, als konnte Nadja plötzlich durch sie hindurchsehen, in ihre Vergangenheit und in ihr Herz und als wüsste sie, was Jil gerade dachte.

Aber es war eben nur ein ganz kurzer Moment, der sofort wieder verblasste und sich in Rauch auflöste.

Als nächstes spürte Nadja, wie Jil sie an den Schultern packte und sie mit einem kräftigen Ruck zu sich heranzog. Sie prallte mit dem Kopf unsanft gegen Jils Brustkorb, und sie konnte hören, wie Jil einen dumpfen Laut von sich gab.

Sie erstarrte und war wie gelähmt. *Oh mein Gott. Ich habe ihr wehgetan*, wurde ihr entsetzt klar. »Das wollte ich nicht. Es tut mir furchtbar leid«, rang sie um Worte.

Trotzdem blieb sie weiter an Jils durchtrainierten Körper gepresst. Es fühlte sich so unheimlich gut an. Doch das schlechte Gewissen holte sie sofort ein. Sie durfte es nicht genießen, denn zum zweiten Mal an diesem Tag war es nur einem Missgeschick geschuldet, dass sie in diesen starken, beschützenden Armen gelandet war, die ihr ein Gefühl von Sicherheit und Geborgenheit gaben.

»Ist schon gut«, erwiderte Jil langsam und mit stockendem Atem. »Es war ja nicht deine Schuld. Ich hätte dich einfach nicht so erschrecken dürfen.«

Ob sie Schmerzen hat? fragte Nadja sich. Ihr wurde ganz bange. Sie wollte sich schon von Jil lösen, um ihr mehr Luft zu verschaffen. Doch da merkte sie, dass Jil es war, die nicht losließ. Ihre Hand streichelte zärtlich über Nadjas Rücken, sodass Nadja ganz weiche Knie bekam. Ihr schwirrte der Kopf, als wäre er ein Brummkreisel. Vorsichtig sank sie in die Umarmung zurück und lauschte Jils Herzschlag, der genauso zu rasen schien wie ihr eigener.

Nadja wusste nicht, wie lange sie so verharrten. Sie traute sich kaum, sich zu bewegen, aus Angst, diesen besonderen und intimen Moment zu zerstören. Sie wagte nur einen Blick über Jils Schulter. Sie sah die Pferde, die zufrieden im Schatten grasten. Denen war es egal, was sie beide hier gerade trieben. Sie hatten nicht diese Sorgen und mussten sich nicht mit Herzensangelegenheiten beschäftigen.

Jil bewegte sich leicht. Ihre Hand auf Nadjas Rücken glitt langsam nach oben und schob sich unter das gewellte Haar. Mit den Fingerspitzen strich sie kleine Kreise malend sanft über die Nackenhärchen.

Nadja hielt den Atem an. Eine Gänsehaut überzog sie von Kopf bis Fuß und sie spürte, dass ihre Brustwarzen sich vor Erregung aufstellten. Sie konnte nichts dagegen tun, selbst wenn sie es gewollt hätte. Sie erschauerte und seufzte tief, während sie ihr glühendes Gesicht in den Stoff von Jils Hemdbluse drückte.

Mit der anderen Hand strich Jil ihr ein paar Strähnen hinter das linke Ohr. Dann fühlte sie Jils Mund an ihrem Kopf, wie ihre

Lippen über ihre Haare streiften, bis sie das freigelegte Ohr berührten.

Jetzt blieb Nadja nichts anderes übrig, als heftig nach Luft zu schnappen, sonst wäre sie wahrscheinlich erstickt. Sie hatte das Gefühl, die Beine gaben gleich unter ihr nach. Es war, als würde sie schweben. Und sie wünschte sich in diesem Moment nichts sehnlicher, als diese wunderschönen Lippen auf ihren eigenen zu spüren, sie zu schmecken und zu liebkosen.

Doch es sollte anders kommen.

»Ich glaube, wir müssen allmählich wieder zurück«, sagte Jil auf einmal.

Gott, Jil, doch nicht jetzt! Nadja stöhnte auf. Es war ihr völlig egal, dass sie ihre Enttäuschung nicht unterdrücken konnte. Sie hatte alles erwartet, aber ganz bestimmt nicht das.

Mit einem Ruck riss sie sich aus Jils Armen. Ihr Gesicht brannte, jetzt wahrscheinlich auch vor Wut. *Was gibt es denn da zu grinsen?* dachte sie erbost, als sie Jil ansah und ihr sofort dieses hintergründige Lächeln ins Auge sprang. Was war das hier für Jil? Nur ein blödes Spiel?

Sie schleuderte ihr einen zornigen Blick entgegen. »Klar doch. Reiten wir zurück«, presste sie noch mühsam hervor, ehe sie sich umdrehte und mit großen Schritten zu den Pferden stapfte.

»Du kannst ja richtig launisch sein«, sagte Jil, die ihr offensichtlich sofort gefolgt war und jetzt wieder ganz nah bei ihr stand.

»Und wenn schon«, knurrte Nadja.

Sie schnappte sich Adyas Zügel. Sie wollte nur noch weg von hier. Innerlich war sie so aufgebracht, dass ihr zitternder Fuß kaum in den Steigbügel fand. Ihre Hände griffen nach dem Sattel, und im selben Moment schwang sie sich nach oben. Es wäre zu schön gewesen, um wahr zu sein, wenn sie es ausgerechnet jetzt gleich beim ersten Mal geschafft hätte. Kraftlos fiel sie wieder zurück und riss viel zu sehr an den Zügeln. Adya schnaubte und machte einen Satz nach vorn.

»Hohoho, immer schön ruhig«, griff Jil sofort ein. Sie nahm Nadja die Zügel aus der Hand und streichelte Adya beruhigend über den Rumpf. Ihre graublauen Augen blitzten auf wie bei einem Gewitter, als sie nun ihren Blick auf Nadja richtete. »Adya ist zwar wirklich sehr gutmütig und umgänglich, aber wenn du so an ihr zerrst, dann wird das selbst ihr zu viel. Ein Pferd spürt ganz genau, wie sein Reiter drauf ist, und dann reagiert es entsprechend. Das sind extrem sensible Tiere.«

Nadja kam es so vor, als hätte sie der Schlag getroffen. Ihr brummte der Schädel, und sie war den Tränen nah. Wie konnte sie sich nur so gehenlassen? »Entschuldige, ich weiß auch nicht …«, stammelte sie. Fahrig strich sie sich die Haare aus der Stirn. »Es wird nicht wieder vorkommen. Das verspreche ich«, murmelte sie kleinlaut.

Sie hob ihre Hand und strich Adya behutsam über die Flanke, während sie sich auch bei ihr entschuldigte. Sie fühlte sich schrecklich mies. Wahrscheinlich hatte sie nun alles kaputtgemacht und das nur, weil sie ihre Gefühle nicht unter Kontrolle hatte. Und weil sie mehr wollte, als Jil offenbar zu geben bereit war.

Wenigstens schien Jil ihre Entschuldigung zu akzeptieren. Sie lächelte sanft, als sie ihr die Zügel zurückgab. »Na dann mal rauf mit dir«, forderte sie Nadja auf. »Und immer mit der Ruhe. Eins nach dem anderen. Okay?«

Nadja nickte ihr wortlos zu. *Eins nach dem anderen.* Es war schon seltsam, aber sie vermutete, dass Jil das ganz anders gemeint hatte, als sie es für sich interpretierte. Schon wieder! Sie schüttelte den Kopf, weil sie sich selbst nicht mehr verstand. Wo sollte das eigentlich noch hinführen? Dass sie ständig mit sich haderte und ihr einstiges Selbstbewusstsein den Bach runterzugehen drohte. Sie führte sich auf wie ein pubertierender Teenie.

Reiß dich endlich zusammen, maßregelte sie sich.

Es schien zu wirken. Denn nun war sie nicht nur sorgsam darauf bedacht, Adya kein weiteres Mal in Angst und Schrecken zu versetzen, sondern sie brachte auch die nötige Konzentration auf, sich auf das Pferd zu schwingen. Und siehe da, es funktionierte. Und das ganz ohne Jils Hilfe, die zwar in der Nähe, aber trotzdem mit gebührendem Abstand zu ihr stand. Als hätte sie gewusst, dass Nadja es allein schaffen würde.

Der Rückweg verlief schweigsamer, was allerdings auch nicht verwunderlich war. Nadja hing immer noch ihren Gedanken nach. Ein ums andere Mal streichelte sie über Adyas Hals, um zu bekräftigen, wie leid ihr ihre Unbeherrschtheit vorhin tat. Und Adya hob ihr manchmal den Kopf entgegen, als wollte sie ihr mitteilen, dass sie ihr längst verziehen hatte.

Auf der Hälfte der Strecke gab Jil ihr ein Zeichen. Nadja dachte schon, sie hätte irgendetwas gesehen und wollte anhalten. Aber Jil setzte sich nur schräg vor sie. Dann zog sie Shadow herum, sodass sich die Pferde nun fast gegenüberstanden.

Während Jil auf Shadow jetzt rückwärts trat, was wirklich beeindruckend aussah, sagte sie: »Lass Adya weiterlaufen, aber jetzt probierst du es mal im Trab. Geh mit den Fäusten noch etwas weiter vor und fass die Zügel nach, damit sie kürzer sind. Dann setz dein Becken etwas energischer ein und schieb das Pferd wie eine Schaukel vorwärts. Und treib es ein bisschen mit den Beinen. Ich zeig es dir.« Sie drehte sich mit Shadow wieder um und wartete, bis Nadja wieder auf gleicher Höhe war. In bester Reitlehrermanier demonstrierte Jil, was genau Nadja tun sollte. Dann trabte sie auch schon los.

Nadja jedoch hatte noch ein paar Verständigungsprobleme mit Adya. Die Stute wandte den Kopf zur Seite, als fragte sie sich, was Nadja eigentlich von ihr wollte. Innerlich fluchte Nadja ein wenig, aber dann schien Adya ein Einsehen zu haben. Denn plötzlich trabte sie los, obwohl Nadja nicht das Gefühl hatte, an ihrer Reithaltung allzu viel verändert zu haben.

Zu traben war merkwürdig, fand Nadja. Ihr kam es vor, als würde sie über eine Buckelpiste hoppeln. Irgendwie kam ihr Becken mit dem Pferderücken nicht so richtig in Einklang.

Schon nach wenigen Metern hatte sie das Gefühl zu verkrampfen. Sie presste ihre Oberschenkel in Adyas Seiten. Um ihr Becken zu entlasten, hob sie ihr Gesäß aus dem Sattel und beugte sich weiter nach vorn. Automatisch stieg sie fester in die Steigbügel.

Das hatte Adya aber offenbar missverstanden. Denn plötzlich galoppierte sie los, und sie wurde immer schneller. Nadja pfiff an Jil vorbei, und deren verdutzten Gesichtsausdruck bekam sie nur noch aus den Augenwinkeln mit.

Eine Mischung aus Panik und einem Gefühl völliger Losgelöstheit überkam sie, während der Wind ihr durch die Haare fegte. Wie sollte sie Adya dazu bringen anzuhalten? Ein einfaches *Brrrrr* würde hier wohl nicht ausreichen. Sie merkte, dass ihre Hände schwitzten. Mit Entsetzen dachte sie daran, was passieren würde, wenn ihr die Zügel aus der Hand glitten.

Plötzlich tauchte Jil neben ihr auf. »Lehn dich nach hinten und straff die Zügel«, rief sie ihr zu.

Nadja gab sich alle Mühe, aber so richtig wollte sich der Erfolg nicht einstellen. In Gedanken sah sie sich schon vom Pferd segeln. War Adya überhaupt schon langsamer geworden?

Mit weitaufgerissenen Augen starrte sie Jil an, die ihr jetzt so nah gekommen war, dass ihre Beine sich fast berührten. »Lass bloß nicht die Zügel los«, rief Jil. Dann streckte sie ihren Arm zur Seite aus und drückte Nadjas Oberkörper weiter zurück. »Du muss dein Gewicht verlagern«, sagte sie noch mit eindringlicher, aber dennoch gefasster Stimme. Selbst in dieser Situation schien sie absolute Ruhe zu bewahren.

Endlich reagierte Adya. Wie von selbst wechselte sie in eine langsamere Gangart und blieb schließlich stehen. Puh, das war knapp. Nadja wischte sich den Schweiß von der Stirn. Sie saß da wie ein begossener Pudel, bereit, Jils Standpauke über sich ergehen zu lassen.

Jil legte einen Finger unter ihr Kinn und zwang Nadja, sie anzuschauen. »Ganz schön flott unterwegs, muss ich sagen. An einen Galopp hatte ich heute eigentlich noch nicht gedacht.« Sie schmunzelte und hob die Augenbrauen. »Wie ich sehe, kannst du also auch ziemlich temperamentvoll sein.«

Nadja war so perplex, dass es ihr die Sprache verschlug. Als Jil ihr auch noch zuzwinkerte und sich ein breites Lächeln auf ihren Lippen zeigte, brachte sie gleich gar keinen Ton mehr heraus. Nur ihre Gedanken waren noch sehr aktiv und überschlugen sich fast. *Was für ein Tag. Und er ist noch lange nicht vorbei*, geisterte ihr fortwährend durch den Kopf.

Zum Glück verlief der Rest des Ausrittes ruhig und ohne weitere Zwischenfälle. Noch mehr hätte Nadja im Moment auch nicht vertragen.

Zumeist flüchtete sie sich in Gedanken oder schaute sich die Umgebung an. Sie fragte sich, ob es hier auch Wapitis gab, wie sie sie auf ihrer Reise durch die Rocky Mountains gesehen hatte. Bären würden sich wahrscheinlich eher selten hierher verirren. Aber so genau wusste sie das nicht. Bislang hatte sie nur einen ausgewachsenen Schwarzbären gesehen, als er in der Nähe von Jasper ihren Weg gekreuzt hatte.

Sie spürte, dass Jil sie musterte und linste vorsichtig zu ihr hinüber.

Jil lachte lautlos. Sie wirkte ganz verzückt und strahlte übers Gesicht. Das kam Nadja etwas seltsam vor. Es war, als heckte sie irgendetwas aus.

»Was ist?«, fragte Nadja leicht verunsichert. Jil würde doch hoffentlich nicht auf die Idee kommen, ihr heute noch mehr Erlebnisse mit den Pferden zuzumuten.

»Wollen wir Stella ein bisschen ärgern und der Küche ein neues Antlitz verleihen?«, fragte Jil mit einem ironischen Unterton in der Stimme. Sie zog eine Augenbraue hoch und schaute Nadja von der Seite mit einem abenteuerlustigen Blick an wie ein Kind, dem der Schalk im Nacken sitzt.

Nadja atmete erleichtert auf. Gleichzeitig bogen sich ihre Mundwinkel nach oben. »Du erwartest doch aber hoffentlich nicht, dass ich dann morgen früh allein die große Küche auf Hochglanz poliere? Vielleicht müssen dann ja sogar die Wände neu gestrichen werden.« Sie musste heftig schmunzeln bei der Vorstellung daran.

»Wer redet denn hier von allein?« Jil zuckte gleichmütig mit den Schultern.

»Aber du holst doch morgen den kleinen Forrest. Da wirst du bestimmt beizeiten los wollen«, antwortete Nadja jetzt doch ein wenig überrascht.

Augenblicklich legte sich ein dunkler Schatten über Jils Gesicht, das doch gerade noch so voller schelmischer Freude war. »Stimmt. Wie konnte ich das nur vergessen?« Sie schaute Nadja an, als würde sie von ihr eine Antwort erwarten. Der Kummer schien an ihrem Herzen zu nagen, so gequält, wie sie den Mund verzog.

Nadja schluckte trocken. »Ich bin ein Idiot«, murmelte sie. »Ich wollte dir wirklich nicht die gute Laune verderben.« Sie schlug betreten die Augen nieder. Verflixt noch mal. Warum hatte sie nicht ihre Klappe halten können?

»Nicht doch«, wehrte Jil ab. Ihre Stimme war eine Nuance dunkler geworden und klang immer noch traurig. Aber sie gab sich offensichtlich Mühe, ihre Traurigkeit nicht die Oberhand gewinnen zu lassen. »Du hast ja recht. Ich muss morgen früh los, weil ich mit dem Hänger und dem Fohlen an Bord auch deutlich langsamer fahren muss.«

Zögernd schaute Nadja wieder auf.

Ein kleines Lächeln huschte über Jils Lippen. »Dabei habe ich mir das mit der Küchenschlacht gerade so lustig vorgestellt«, seufzte sie entsagungsreich.

»Ja, ich mir auch«, gluckste Nadja leise. *Und noch so einiges mehr.* Sie scheuchte den Gedanken von sich wie eine lästige Fliege. Sie wollte nicht, dass schon wieder Hoffnung in ihr aufkeimte, die am Ende doch unerfüllt blieb.

Natürlich hätte sie sich gut vorstellen können, gemeinsam mit Jil den Kochlöffel zu schwingen. Aber sie brauchte sich nichts vorzumachen. In erster Linie wäre es ihr nur darum gegangen, Jil auf diese Weise länger um sich zu haben. Denn tatsächlich verspürte sie überhaupt keinen Hunger auf etwas Essbares, ganz egal, ob nun Gourmetmenü oder Tiefkühlpizza. In ihrem Bauch ging es sowieso drunter und drüber. Und ihr Herz schlug Purzelbäume, wenn Jil sie nur ansah. Wie sollte sie da irgendwas runterbekommen?

Und dann war da ja noch die Befürchtung, dass sie womöglich den ganzen Abend allein in dem fremden Haus saß. Schon bei dem Gedanken daran wurde ihr ganz unbehaglich zumute. Aber auf keinen Fall wollte sie den Fehler machen, Jil wie ein Dackel hinterherzulaufen und sich aufzudrängen. Wenn Jil später also für sich sein wollte, dann musste sie das wohl oder übel akzeptieren. Auch wenn es sie noch so schmerzte.

Als sie die Ranch erreichten, war Nadja einerseits froh, dass sie den Ausritt schadlos überstanden hatte. Andererseits spürte sie auch so etwas wie Bedauern in sich. Denn obwohl ihre überschäumenden Gefühle auf eine harte Probe gestellt worden waren, hatte sie die vergangenen zwei Stunden doch auch sehr genossen.

Es gab Momente, da kam es ihr so vor, als würde sie Jil schon ewig kennen. Als hätte sie die vergangenen Monate nichts anderes getan, als gemeinsam mit ihr auszureiten. Zwischen ihnen war eine gewisse Vertrautheit entstanden, und Jil wirkte längst nicht mehr so distanziert ihr gegenüber.

Nadja fragte sich, ob das auch mit den Pferden zusammenhing. Schließlich war das Jils Terrain. Bei den Tieren fühlte sie sich offensichtlich am wohlsten. Wie konnte Nadja also annehmen, dass Jil sich ihretwegen verändert hatte? War das nicht eher nur Wunschdenken?

Kaum waren sie bei den Ställen angekommen, schwang Jil sich wieder wie eine Artistin aus dem Sattel. Allein dieser Anblick ließ Nadja jeglichen Trübsinn vergessen.

»Willst du da oben etwa übernachten?«, fragte Jil auffallend keck. Ihre wunderschönen Augen schmunzelten, als sie zu Nadja hochschaute.

Nadja fuhr sich mit den Fingern über die trockenen Lippen, die plötzlich wie verrückt kribbelten, als hätte Jil sie nur mit ihrem Blick berührt. »Hab ich nicht vor«, stieß sie heiser hervor.

Bitte, lass mich hier heil herunterkommen, flehte sie ein imaginäres göttliches Wesen an, obwohl sie sich doch eher als Atheistin bezeichnen würde. Aber vielleicht würde sich das ja von nun an ändern.

Fast übervorsichtig rutschte sie vom Rücken der Stute und fing sich prompt einen verwunderten Blick von Jil ein. Als sie endlich sicheren Boden unter den Füßen hatte, zog sie eine Grimasse. Sie biss leicht die Zähne zusammen, als sie sich mit einer Hand über den Hintern rieb.

»Muskelkater?« Jil lachte amüsiert. »Ich verspreche dir, es wird noch schlimmer.«

»Na, vielen Dank auch«, schimpfte Nadja ein wenig pikiert. Trotzdem schlich sich ein Lächeln in ihre Mundwinkel. »Ich schätze, ich werde es überleben.«

Jil stellte sich vor sie, so dicht, dass kaum ein Blatt Papier mehr zwischen sie beide passte. Links und rechts von ihnen standen die Pferde. Und Nadja hatte plötzlich das Gefühl, in einem schmalen Tunnel zu stehen. Ihre Atemzüge wurden flacher, und sie rang um ihre Selbstbeherrschung, während ihr Herz zu donnern begann.

»Das wirst du«, hauchte Jil. Sie strich ihr eine Strähne aus der Stirn. »Was hältst du davon, wenn du dich ein bisschen ausruhst, während ich mich noch um die Pferde kümmere? Danach werfe ich eine Pizza in den Ofen, und wir machen es uns gemütlich. Du kannst auch gern ein Entspannungsbad nehmen. Das soll Wunder wirken.«

Wie? Was hat sie da gerade gesagt? Ein Entspannungsbad? Wir machen es uns gemütlich? Nadja erinnerte sich gerade noch daran, zur Abwechslung auch mal wieder Luft zu holen. Das Blut in ihrem Körper schien zu kochen. Sie schaffte es kaum noch, Jils Blick standzuhalten. »Gute Idee«, krächzte sie, und fast hätte sie sich sogar noch an diesen zwei kleinen Wörtern verschluckt.

Sie hüstelte und drehte verlegen den Kopf zur Seite. Sie hatte einfach keine Chance. Sie konnte sich ihrer Gefühle für Jil nicht erwehren.

Und so blieben ihr eigentlich nur zwei Optionen: es einfach zuzulassen und zu sehen, was passiert, oder davonzulaufen. Wofür sollte sie sich entscheiden? War es nicht sowieso schon viel zu spät, um einfach wegzugehen und sich Jil aus dem Kopf zu schlagen?

Nadja zuckte mit den Schultern, weil sie die richtige Antwort nicht kannte. Vielleicht war das auch besser so.

7

Als Jil das Haus betrat, umgab sie völlige Stille. Sie war das ja inzwischen schon gewöhnt, wenn ihre Schwester mit Ronja, dann meist übers Wochenende, bei Ryan war. Und es störte sie auch nicht.

Nur zu anfangs kam es ihr ungewöhnlich vor, so allein in dem großen Haus zu sein. Vor Jahren herrschte oft ausgelassener Trubel, als noch ihr Vater und ihre Mutter – beim Gedanken an ihre geliebte Mom schluckte Jil schwer – und später auch Cecilia hier wohnten. Aber von einem Tag auf den anderen war nichts mehr, wie es mal war.

Sie schüttelte sich, weil die Erinnerung ihr die Kehle zuschnürte, als hätte sich eine schwere Eisenkette um ihren Hals gelegt.

Seufzend verschwand sie im Gästebad, um sich ein wenig frisch zu machen. Das Wasser lief an ihr herunter, wusch nicht nur den Schmutz, sondern auch die düsteren Gedanken von ihr ab und spülte alles mit sich fort in den Abfluss.

Als sie danach in die Küche ging, fühlte sie sich auch innerlich wie gereinigt. Sie stellte den Backofen an und summte leise die Melodie eines fast vergessenen Songs vor sich hin, dessen Text ihr aber beim besten Willen nicht mehr einfallen wollte.

Noch immer vernahm sie keinerlei Geräusche, die ihr verrieten, wo Nadja steckte. Hatte sie vielleicht ihren Vorschlag angenommen und lag oben in der Badewanne? Jil merkte, dass sie zu schmunzeln anfing, während sie sich vorstellte, wie Nadjas schöner, schlanker Körper mit den sanften Rundungen sich im Schaumbad rekelte.

Sie musste zugeben, dass die Versuchung sehr groß war, einfach mal nachzuschauen. Sie könnte ja so tun, als bräuchte sie etwas. *Ach, und was machst du dann, Jil Hooper? Sie wie ein notgeiler Kerl von oben bis unten anglotzen?* Eher ungewollt stieß sie einen knurrenden Laut aus. Was sollten diese lüsternen Gedanken, die sich da so penetrant in ihren Kopf schlichen?

Aber Nadja machte es ihr auch wirklich nicht gerade leicht zu widerstehen. Diese wundervollen braunen Augen, dieser manchmal feurige und dann wieder sehnsüchtige Blick und ihre faszinierende Art, beherztes Auftreten mit süßer Verlegenheit zu vermischen. *Wen soll das denn bitteschön kaltlassen?*

Kopfschüttelnd holte sie eine große Pizza aus dem Eisfach und befreite sie von der Verpackung. Sie legte das Backpapier auf den Rost und drapierte die Pizza darauf. Dann schob sie alles in den Ofen. *Ob Nadja ein Glas Rotwein dazu möchte?* fragte sie sich. *Hatte sie gestern nicht auch Wein getrunken, mit Stella auf der Veranda?* Enttäuscht stellte Jil fest, dass sie es nicht genau wusste, weil sie kaum darauf geachtet hatte. Sie war eine miserable Gastgeberin, und wäre Stella nicht gewesen …

Nachdenklich kratzte sie sich am Kopf. Dann warf sie einen schnellen Blick auf die Uhr am Herd, bevor sie in die Vorratskammer ging, um aus dem gutgefüllten Weinregal einen geschmackvollen Rotwein auszuwählen. *Dann werde ich es eben heute besser machen*, dachte sie beinahe trotzig.

Sie öffnete die Flasche und goss den Inhalt in einen Dekanter, damit der Wein besser atmen konnte. Wenn es schon nur eine Fertigpizza gab, dann wollte sie wenigstens mit dem optisch schönen Glasdekanter etwas stilvoller sein.

Sie holte zwei Gläser, Teller und Besteck aus dem Schrank und ging ins Wohnzimmer. Als sie in den nur schwach beleuchteten Raum kam, sah sie Nadja, die zusammengerollt wie ein Kätzchen auf der Couch lag. Es schien so, als schliefe sie.

Jil lächelte still in sich hinein, während sie Nadja ausgiebig betrachtete. Im Vergleich zu vorhin, als sie noch bei den Pferden gestanden hatten, gingen Nadjas Atemzüge jetzt ruhig und gleichmäßig.

Unvermittelt schoben sich auch Bilder in Jils Kopf, wie sie Nadja in ihren Armen gehalten hatte. Zweimal innerhalb kurzer Zeit, und beide Male hatte es sich fantastisch angefühlt.

Sie wusste selbst, dass sie sich draußen am Fluss hätte fast dazu hinreißen lassen, Nadja zu küssen und ihre sinnlichen, vollen Lippen zu erkunden. Sie hatte dieses Beben unter ihren Händen gefühlt. Es war ein gefährlicher Moment gewesen, in dem sie beinahe ihre guten Vorsätze vergessen hätte. Aber sie hatte auch Nadjas zarte, verletzliche Seite gespürt. Und das hatte sie aufgehalten. Sie wäre sich egoistisch vorgekommen, wenn sie sich einfach genommen hätte, wonach ihr Körper, aber auch ihr Herz in jenem Augenblick verlangte.

Was Nadja wollte, war offensichtlich. Aber war sie auch eine Frau, der ein kleines Abenteuer, um ihrer beider Bedürfnisse zu befriedigen, genügte? Dachte sie überhaupt über solche Dinge und mögliche Konsequenzen nach? Oder war sie, Jil, die einzige, die sich darüber Gedanken machte? So richtig wusste sie selbst nicht, warum das so war. Es könnte ihr doch vollkommen egal sein. Aber das war es ihr eben nicht.

Leise stellte sie das Geschirr auf dem Tisch ab. Ihr blieben noch zehn Minuten, dann musste die Pizza aus dem Ofen.

Zögernd ging sie zur Couch und blieb direkt davor stehen. Nadja bewegte sich nicht. Sie sah aus wie ein schlafender Engel, so friedlich, wie sie da lag. Ihr liebliches Gesicht hatte einen gesunden Teint angenommen, und im Lichtschein schimmerte es wie Bronze.

Sollte sie sie jetzt wirklich aufwecken? Ihre Fingerkuppen kribbelten und verlangten danach, Nadja zu streicheln. Vorsichtig streckte sie eine Hand aus und strich ganz sacht über Nadjas Arm. Es passierte nichts, sodass sie ihre Finger diesmal über die schlanke Hüfte gleiten ließ.

Nadja begann zu seufzen. Sie drehte sich auf den Rücken und schlug die Augen auf. Der Sekundenzeiger auf der Uhr schien stillzustehen, während die braunen Augen immer größer wurden.

Dann setzte Nadja sich ruckartig auf. »Ich bin doch nicht etwa eingeschlafen?«, murmelte sie mit belegter und schlaftrunkener Stimme.

Jil lächelte nur und nickte. Wieder einmal fiel ihr auf, wie süß sie es fand, wenn Nadja so durcheinander war. Und dann der Klang ihrer Stimme. Wirklich sehr sexy. »War heute vielleicht doch ein bisschen zu viel für dich«, besann sie sich, dann doch noch etwas zu sagen.

»Ach was ...« Nadja verzog mürrisch das Gesicht. »Das ist mir wirklich peinlich. Ich wollte mich doch nur ein paar Minuten ausruhen.«

Jil hockte sich vor Nadja, um mit ihr auf Augenhöhe zu sein. *Na bloß gut bin ich nicht gleich auf die Knie gegangen.* Innerlich musste sie grinsen über diesen albernen Gedanken.

Nadja saß im Schneidersitz und fuhr sich ununterbrochen durch ihre zerzausten Haare. Sie wirkte wie eine zerstreute Professorin, die ihre Brille nicht finden konnte, obwohl sie ihr auf der Stirn saß.

»Das muss dir doch nicht peinlich sein. Es war ein anstrengender Tag für dich. Du bist die Arbeit mit den Pferden nicht gewöhnt. Und dann noch der Ausritt. Das ist ja nichts Alltägliches. Mein Angebot mit dem Entspannungsbad steht übrigens immer noch.« Jil spürte, wie ihre Mundwinkel nach oben zuckten, als sie Nadja ansah, die ihren Kopf ein wenig gesenkt hatte und nun unter ihren langen Wimpern hervorblickte. »Und jetzt sollten wir erst mal ...« Sie riss erschrocken die Augen auf. »Verdammt! Die Pizza!« Sie schnellte in die Höhe und stürmte schnurstracks in die Küche.

◆

Nadja blieb noch einen Moment lang auf der Couch sitzen, denn irgendwie war sie wohl immer noch nicht ganz wach. Jils Worte hallten noch in ihren Ohren nach. Aber daran lag es nicht, dass ihre Glieder nicht funktionieren wollten. Als Jil so vor ihr gehockt hatte, da hatte sie wirklich kaum mehr an sich halten können. Der unwiderstehliche Drang, Jil einfach zu packen und auf die Couch zu werfen, um dann über sie herzufallen, hätte sie fast ihre guten Manieren über Bord werfen lassen.

Das war doch nicht mehr *sie*, die hier wie ein hormongesteuertes Tier durch die Gegend taumelte. Verärgert über sich selbst schüttelte sie den Kopf. Das musste endlich aufhören, wenn sie nicht riskieren wollte, sich noch mehr zum Deppen zu machen, als sie es vermutlich ohnehin schon tat. Wahrscheinlich fand Jil heute Nacht vor Lachen nicht in den Schlaf, so wie sie sich ihr an den Hals warf.

Apropos nicht in den Schlaf finden. Nadja runzelte genervt die Stirn. Als würde sie um Zuneigung betteln müssen. Jil wirkte immer so beherrscht. Sie schien keine Probleme damit zu haben, ihre Hormone zu kontrollieren. Und dabei hätte Nadja wetten können, dass Jil ihr ebenfalls nicht abgeneigt war. Aber dieses fortwährende Zurückziehen, um ja auch keine Grenze zu überschreiten, das machte sie völlig verrückt. Und so fühlte sie sich zunehmend wie ein zappelnder Fisch am Haken, darauf angewiesen, ob der, oder besser gesagt die Anglerin sie zu erlösen gedachte oder eben nicht.

Vorsichtig streckte sie ihre Beine aus. Mit den Gelenken schien noch alles in bester Ordnung zu sein. Sie wackelte ein paar Mal mit den Zehen und ließ ihre Schultern kreisen. Dann gab sie sich einen Ruck und stand auf.

Ein Blick an sich herunter ließ sie fast wieder auf die Couch zurückfallen. *Himmel!* Sie hatte sich ja noch nicht mal saubergemacht und umgezogen. Über ihre Frisur wollte sie erst gar nicht nachdenken. Aber so konnte sie sich doch nicht mit Jil an einen Tisch setzen.

Hastig lief sie in die Küche. »Gibst du mir bitte fünf Minuten?«, sprudelte es sogleich aus ihr heraus. Erst danach atmete sie durch, was zur Folge hatte, dass ihr ein merkwürdig verbrannter Geruch in die Nase stieg.

Jil, die regelrecht angespannt auf die Pizza vor sich starrte, drehte sich langsam zu ihr um. »Ich kann dir auch zehn Minuten geben. Die Pizza ist nämlich leider hinüber. Zum Glück haben wir noch genug Vorrat im Kühlschrank.« Sie grinste leicht, aber es wirkte ein wenig missglückt. Als wäre ihr das Malheur extrem unangenehm.

Nadja machte ein paar Schritte auf sie zu und schaute an ihr vorbei auf das halb verkohlte Etwas, das nicht mehr viel Ähnlichkeit mit einer Pizza hatte.

Plötzlich musste sie heftig schmunzeln. Ach, was war das doch für ein schönes Gefühl zu sehen, dass auch Jil offensichtlich nicht alles im Griff hatte.

Mit dem Finger zeigte sie auf das misslungene Backwerk und fragte: »Sind das Ananasstückchen? Dann war es wohl eine Pizza Hawaii. Mmhh, lecker!«

»Haha ... wirklich sehr lustig, Nadja. Ich lach mich gleich tot«, grummelte Jil mit verkniffener Miene.

Nadja hob entschuldigend beide Hände in die Höhe. »Sorry, ich wollte dich nicht verärgern.«

Sie bemühte sich sehr, ein ernsteres Gesicht zu machen, aber es wollte ihr einfach nicht gelingen. Ihre Mundwinkel zuckten ungefragt, als würde sie unter einer Nervenerkrankung leiden.

Es wird Zeit, das Weite zu suchen, dachte sie sich, während sie Jils unveränderte Mimik beobachtete. »Ich geh dann mal duschen und mir was Frisches anziehen«, nuschelte sie, nun doch ziemlich verunsichert. Dass Jil sauer auf sie war, das lag nun wirklich nicht in ihrer Absicht.

Sie wandte sich bereits zum Gehen, als sie noch sah, wie Jil belustigt die Augen verdrehte. Wie angewurzelt blieb sie stehen und musterte Jil mit zusammengezogenen Augenbrauen.

»Bist du immer so leicht zu verunsichern?« Ein spöttisches Lächeln stahl sich auf Jils Lippen. »Gut zu wissen«, schob sie zu allem Übel auch noch hinterher.

Nadja schnappte entrüstet nach Luft. *Was für eine unerhörte Frechheit!* Sie wollte ihrer Empörung schon mit passenden Worten Ausdruck verleihen, doch dann lachte sie lauthals los. Die Retourkutsche war bei ihr angekommen. Jil hatte den Spieß einfach so umgedreht. Das beherrschte sie offenbar in Perfektion. Das musste Nadja ihr lassen. »Alles klar. Ich hab's kapiert«, sagte sie, als sie wieder bei Atem war.

Und Jil nickte ihr grinsend zu, um sich dann in ihrer typisch lässigen Art abzuwenden, als wäre nichts gewesen.

Doch Nadja machte immer noch keine Anstalten zu gehen. Sie kaute auf ihrer Unterlippe und zuckte leichthin mit den Schultern. Dann schenkte sie sich eben noch ein paar Sekunden, um Jils Kehrseite zu betrachten. Es war ja nicht so, dass die ihr nicht ausgesprochen gut gefiel.

Sie ließ ihren Blick bewundernd über Jils durch und durch trainierte Figur gleiten. An ihr schien kein Gramm Fett zu viel zu sein. Jeder Muskel ihres Körpers strahlte Kraft und Stärke aus. Doch ihre Bewegungen waren geschmeidig und voller Anmut wie die einer Raubkatze.

Nadjas Augen schweiften weiter nach unten, und als sie bei den Schlappen, in denen Jils nackte Füße steckten, angekommen war, wanderte ihr Blick langsam wieder nach oben. Auf dem knackigen Hintern verweilte sie diesmal etwas länger. Aber vielleicht hätte sie das besser nicht getan. Kleine Wellen der Erregung breiteten sich in ihrem Unterleib aus, und sie seufzte ganz leise auf.

Jil hatte es offenbar trotzdem gehört, denn nun drehte sie sich doch noch einmal zu Nadja um. Sie verzog amüsiert die Mundwinkel, während sie sich mit verschränkten Armen gegen die Anrichte lehnte. »Wolltest du nicht duschen gehen?«, fragte sie. In ihren graublauen Augen lag etwas Triumphierendes.

»Bin schon weg«, murmelte Nadja. Da hatte sie mal wieder den Salat. Jetzt wurde es aber wirklich höchste Zeit, dass sie sich aus dem Staub machte. Sie salutierte zum Spaß und verzog sich eiligst aus der Küche.

Nach einer schnellen, dafür aber intensiven Dusche schlüpfte Nadja in eine schwarze Jeans. Weil es immer noch recht warm war – oder vielleicht kam ihr das auch nur so vor – entschied sie sich für ein kurzes Oberteil. Das strahlende Weiß brachte ihre schwarzen Haare vorteilhaft zur Geltung, und der tiefe V-Ausschnitt des enganliegenden Shirts betonte ihre Brüste.

Sie warf einen Blick in den Spiegel, der an der Schranktür angebracht war. Ein zufriedenes Lächeln huschte über ihr sonnengebräuntes Gesicht.

Irgendwie musste Jil doch beizukommen sein. Wenigstens ein bisschen, ohne dass sie sich ihr aufdrängte oder gar anbiederte. Nadja wusste natürlich, dass Jil nicht so leicht aus dem Konzept zu bringen war. Und so lange sie immer halb den Verstand verlor, nur weil die ihr mal einen Blick zuwarf, standen ihre Chancen wohl eher schlecht, Jil auch mal aus der Reserve zu locken.

Es klopfte an der Tür. »Nadja, kommst du?«, hörte sie Jil fragen. »Die Pizza wird sonst –«

Schwungvoll öffnete Nadja die Tür, und Jils Blick landete direkt in ihrem Dekolleté.

»– heiß ... äh, ich meine kalt ... also die Pizza«, stammelte Jil verdattert. Sie riss den Kopf hoch und blinzelte ein wenig, als hätte sie Sand in die Augen bekommen. Dann drehte sie sich abrupt um und war erstaunlich schnell wieder verschwunden.

Nadja lächelte verschmitzt. Das hat doch schon mal ganz gut funktioniert. Ihr Selbstbewusstsein war frisch gestärkt, als sie Jil nach unten folgte. Die Hitzewelle, die ihren Körper wie Lava überschwemmt hatte, ignorierte sie stur.

An der Türschwelle zum Wohnzimmer blieb sie stehen. Ihr Blick schweifte umher. Lächelnd betrachtete sie den Kerzenständer im Landhaus-Stil, der den gedeckten Tisch zierte. Die in Naturtönen gehaltenen Kerzen darauf verströmten einen rustikalen Charme. Aber Jil hatte sie nicht angezündet, und Nadja fragte

sich, ob sie das später noch vorhatte oder ob sie einfach nur zur Dekoration gedacht waren. *Stand der Kerzenständer eigentlich vorhin schon auf dem Tisch?* grübelte Nadja vor sich hin. Nun, sie konnte es nicht sagen, weil sie mit ganz anderen Dingen beschäftigt gewesen war.

Sie drehte den Kopf zur Seite und entdeckte Jil, die am hinteren Fenster stand und nach draußen blickte. Ihre Hände hatte sie in den Hosentaschen vergraben, und sie wippte auf den nackten Fußballen vor und zurück. Ihre Schlappen standen daneben, und sie wirkten genauso verloren wie Jil in diesem Moment. *Woran sie wohl gerade denkt?*

Nadja räusperte sich kurz und zupfte schnell noch ihr Shirt zurecht, obwohl es da gar nichts glattzustreichen gab.

Jil hörte auf zu wippen und zog schnell die Hände aus den Taschen. Es sah aus, als hätte sie sich erschreckt, so plötzlich, wie sie herumfuhr. Nadja wunderte sich ein bisschen darüber, denn Jil musste doch damit rechnen, dass sie in jeden Augenblick hier auftauchte. Die Schlappen ließ Jil achtlos zurück, als sie barfuß auf Nadja zukam.

Als nur noch der Tisch sie trennte, entdeckte Nadja die kleinen Furchen, die sich auf Jils Stirn gebildet hatten. Sie wirkte in der Tat sehr nachdenklich.

Doch diesmal ließ Nadja sich nicht davon verunsichern. Sie konnte sich den Grund denken, warum Jil jetzt geradezu unschlüssig und zurückhaltend wirkte. Es entlockte ihr ein weiteres Lächeln. Noch immer verspürte sie keinen Hunger, und sie hatte das Gefühl, dass es jetzt noch schwieriger werden würde, wenigstens ein bisschen was zu essen.

Schweigend standen sie sich gegenüber, dann schien ein Ruck durch Jil zu gehen. »Willst du dich nicht setzen?«, fragte sie. Mit der Hand wies sie auf einen der freien Stühle. »Bitte sehr, du hast die freie Wahl«, fügte sie etwas ironisch hinzu. Jetzt wirkte sie schon wieder ganz selbstsicher.

Doch Nadja zögerte. Einer Eingebung folgend ging sie um den Tisch herum, und als sie vor Jil stand, lehnte sie sich gegen die Tischkante und fasste nach Jils Händen. Mit den Daumen streichelte sie kreisend über beide Handrücken. Entschlossen schaute sie Jil in die Augen, deren Blick erst auf ihren Händen ruhte, ehe sie langsam aufblickte.

»Wir können natürlich auch im Stehen essen«, raunte Jil. Sie schmunzelte leicht, als sie fragte: »Oder magst du erst mal von dem Rotwein probieren?«

Nadja kniff die Augen zusammen. »Willst du mich etwa betrunken machen?«

Ein heiseres Lachen verließ Jils Lippen. »Wieso sollte ich das wollen?« Ihr verwegener Gesichtsausdruck ließ Nadja erschauern.

Sie schüttelte verblüfft den Kopf, zog ihre Hände zurück und fuhr sich damit übers Gesicht. »Du bist unglaublich, Jil. Weißt du das eigentlich?«

Jil schob sich noch näher an Nadja heran. Ihr Becken berührte ganz sacht Nadjas Mitte, die gehandicapt vom Tisch hinter sich keinerlei Ausweichmöglichkeit hatte. Abgesehen davon, dass sie die auch gar nicht wollte.

Plötzlich hatte Nadja eine Vision vor Augen, wie sie im nächsten Moment quer über dem Tisch lag. *Wo genau standen gleich noch mal die Pizza und der Wein?*

Als Jil sich leicht nach vorn beugte und ihre Lippen immer näherkamen, raste Nadjas Puls in einem Höllentempo. Ihre Finger fingen an zu zittern und sie krallte sich haltsuchend an der Tischkante fest. Sie zwang sich, ihre Augen offen zu halten, was ihr allerdings unfassbar schwerfiel, weil sie Jils Lippen auf ihren eigenen schon fast spüren konnte.

Jils Atem strich wie eine laue Sommerbrise über ihre glühenden Wangen, kitzelte sie und lockte ungeahnte Gefühle hervor. Nadja roch diesen unverwechselbaren sportlich-femininen Duft, der Jil umwehte. Er macht sie fast schwindelig. Sie merkte, dass ihre Lippen sich automatisch einen Spalt öffneten.

Sie zuckte auf, als Jils Arm ihre Seite streifte und hinter sie griff. Unerwartet trat Jil einen Schritt zurück. In ihrer Hand hielt sie ein Stück Pizza. »Also doch im Stehen essen?«, fragte sie wie beiläufig, um kurz darauf in die Pizza zu beißen.

Am liebsten hätte Nadja ihr eine gescheuert. Sie hatte sich wieder einmal aufs Glatteis führen lassen. Und spätestens jetzt war sie sich sicher, dass Jil nur ein Spiel mit ihr spielte. »Du kannst mich mal«, grollte sie leise, aber mit scharfer Stimme. »Ich ziehe den Wein vor«, sagte sie noch.

Dann drehte sie sich um, um sich ein Glas von dem dunkelroten Trunk einzuschenken. Ein paar Tränen drängten hervor und ließen sich nicht zurückhalten.

Das Stück Pizza, das Jil gerade noch in der Hand gehalten hatte, flog schwungvoll auf den Teller zurück, als hätte sie es geworfen.

Nadja vernahm hinter sich ein Rascheln und vermutete, dass Jil eine Papierserviette benutzte, um sich die Hände zu säubern. Sie blinzelte gegen die Tränen an, während sie sich gleichzeitig eine Närrin schimpfte.

Wütend nahm sie einen großen Schluck von dem Wein, der viel zu köstlich war, um so verschwendet zu werden. Samtweich rann er ihre Kehle hinunter und wärmte ihr Inneres, lockerte die verärgerte Anspannung, die ihr Herz fest im Griff hielt.

Jil stand noch immer dicht hinter ihr. Nadja konnte ihren Atem im Nacken spüren. Die kleinen Härchen reagierten sofort und stellten sich auf. Prompt trank sie noch einen Schluck. Der edle Tropfen hinterließ eine Spur von dunklen Beeren und Vanille an ihrem Gaumen und berauschte um ein weiteres ihre Sinne.

»Du bist wunderschön, Nadja«, vernahm sie Jils Worte, die sie mitten ins Herz trafen. »Selbst wenn du so wütend bist.«

Ein sanftes Beben erschütterte Nadjas Körper. Vorsorglich stellte sie das Glas ab. Ihr Kopf sank auf ihre Brust, und sie stützte sich am Tisch ab und verharrte reglos.

Auf einmal spürte sie Jils Hände, die sich zärtlich auf ihre Hüften legten. So intensiv, und doch blieb Nadja keine Zeit, sich näher mit diesem Gefühl zu befassen. Denn bevor sie sich's versah, wurde ihr Shirt ein Stück nach oben geschoben. Und dann waren Jils Finger plötzlich auf ihrer nackten Haut. Hauchzart, beinahe schwebend, streichelten sie über ihren unteren Rücken nah am Hosenbund entlang, um dann weiter an ihrer Lendenwirbelsäule emporzugleiten und nach vorn zu ihrem Bauch zu wandern.

In Nadjas Ohren begann es zu rauschen, und das Prickeln auf ihrer Haut wurde immer stärker. Ein Sturm tobte in ihr. Sie riss den Mund auf, weil sie schon fürchtete, gleich zu ertrinken. Sie wollte es nicht zulassen, unter keinen Umständen. Ihr Verstand, zumindest das, was noch übriggeblieben war, wehrte sich mit Händen und Füßen. Und gleichzeitig wollte sie es doch und das bedingungslos.

Die wenigen Tränen, die ihre Wangen erreicht hatten, waren inzwischen längst getrocknet. Wahrscheinlich waren sie regelrecht verdunstet, so sehr wie ihre Haut glühte.

Sie spielt nur mit dir. Sie meint es nicht ernst, rief sie sich immer wieder ins Gedächtnis. Die Stimme in ihrem Kopf schrie sie geradezu an. An einem Punkt angelangt, an dem sie jede Warnung nur noch ignorieren wollte, um sich Jil einfach hinzugeben, regte sich doch noch Widerstand in ihr. Noch einmal bäumte sie sich gegen die Übermacht ihrer Gefühle auf. Hart stieß sie sich von der Tischkante ab und schob sich um den Tisch herum, weg von Jils Händen, die sich so wundervoll angefühlt hatten.

Als sie zwischen sich und Jil wieder genug Abstand gebracht hatte, schaute sie zaghaft auf.

Jil hielt ihre Hände immer noch so vor sich, als wäre ihr völlig entgangen, dass Nadja sich ihr entzogen hatte. Ihr Mund war leicht geöffnet, und sie starrte Nadja nahezu entgeistert an. Nur allmählich schien sie zu begreifen, was passiert war.

Ihre Arme fielen schlaff an ihr herunter. Sie presste ihre Lippen zusammen, runzelte die Stirn, und über ihr Gesicht floss eine Welle aus verletztem Stolz.

Die Sekunden verrannen, ohne dass auch nur eine von ihnen ein Wort sagte. Dann hatte Jil offenbar genug von der unerträglichen Stille. »Verstehe ich das richtig, dass du dich jetzt doch lieber zum Essen an den Tisch setzen willst?«, fragte sie mit gefasster Stimme. Und doch hörte es sich ein wenig unnatürlich an, als müsste sie ihre ironische Selbstverständlichkeit erst wiederfinden.

»Ich denke schon«, krächzte Nadja tonlos. Langsam sank sie auf den Stuhl, an dem sie gerade stand.

Jil setzte sich ihr gegenüber und schob das noch halbgefüllte Weinglas zu ihr herüber. Dann schob sie den Pizzateller in die Mitte und griff nach dem Stück, von dem sie bereits abgebissen hatte. »Kalte Pizza ... Na, dann guten Appetit«, murmelte sie kauend.

Wenn Nadja sich nicht völlig getäuscht hatte, dann hatte sich sogar so etwas wie ein kleines Lächeln in Jils Mundwinkel eingeschlichen. Davon ermutigt lächelte sie kurz zurück, ehe sie sich ein Stück der erkalteten Pizza schnappte und herzhaft hineinbiss.

◆

Nachdenklich ließ Jil ihren Blick über Nadja gleiten, die mit trotzig gehobenem Kinn die Pizza in ihren zuckersüßen Mund schob. Sie schmunzelte leicht, weil Nadjas Anblick so bezaubernd war. Dabei war Jil gar nicht nach Lächeln zumute. Denn auch wenn Nadja sich große Mühe gegeben hatte, es zu verbergen, so hatte sie die Spuren der getrockneten Tränen auf ihren Wangen doch gesehen.

Du bist ein Scheusal, dachte sie betrübt. Nie im Leben wollte sie Nadja verletzen. Obwohl sie sich nicht einmal sicher war, ob es nicht eher Tränen der Wut oder rein aus Frust waren.

Natürlich, sie wollte ein bisschen spielen. Denn so ein Ausloten der Grenzen beim Verführen von Frauen hatte schon seinen Reiz. Aber ging es ihr wirklich nur noch darum? Oder machte sie sich da selbst etwas vor? So oder so, sie hatte es wohl übertrieben. Und alles nur, weil sie oben vor dem Schlafzimmer für einen Moment die Fassung verloren hatte.

Es fiel ihr immer schwerer, dieser hübschen Schwarzhaarigen mit dem feurigen Temperament, das immer mal wieder bei ihr aufblitzte, zu widerstehen. Dabei war sie doch diejenige, die die Grenze zog und die bestimmte, inwieweit sie sich auf ein Abenteuer einließ und an welcher Stelle es endete. Für tiefergehende Gefühle war doch da überhaupt kein Platz.

Jil seufzte gedämpft auf, während sie Nadja dabei beobachtete, wie sie sich dem nächsten Pizzastück widmete, obwohl es ganz offensichtlich war, dass sie gar keinen Hunger hatte. Vielleicht schmeckte es ihr auch einfach nicht. Wenn das so war, dann ließ sie es sich aber nicht anmerken. Nadja schien gar nicht bestrebt zu sein, sich in irgendeiner Weise zu beklagen.

»Wieso tourst du eigentlich allein durch Kanada?«, fragte Jil, nicht nur aus reiner Neugier, sondern auch, um sich auf andere Gedanken zu bringen.

Nadjas Hand, die gerade auf dem Weg zum Mund war, hielt mitten in der Bewegung inne. Dann senkte sie sie langsam auf den Tisch zurück. »Ähm … Ich reise gern allein«, antworte sie eher wortkarg.

Jil neigte lächelnd ihren Kopf zur Seite. »Und? Wartet da nicht jemand auf dich in Deutschland? Ich meine …«, fragend hob sie eine Augenbraue, »gibt es da irgendjemand, den du vermisst, wenn du so lange fernab von der Heimat bist?«

Nadja schüttelte den Kopf. Es sah fast widerwillig aus. Ihre Augen huschten umher und blieben schließlich am Kerzenständer hängen.

Hm, die Kerzen hätte ich ruhig anzünden können. Schon allein wegen der Wohlfühlatmosphäre. Jil verzog den Mund. Was waren denn das für abstruse Gedanken, die ihr durch den Kopf spukten? »Also, das hätte ich jetzt nicht erwartet, wenn ich ehrlich bin. Du bist nämlich sehr …«, überlegend strich sie sich über den Nasenrücken, »hübsch.« *Herrje, plumper ging es wohl nicht.* »Und du wirkst so aufgeschlossen anderen Menschen gegenüber«, fügte sie noch schnell hinzu, in der Hoffnung, dass Nadja sie nicht missverstand.

Die Unterhaltung kam nur schleppend in Gang, wie Jil besorgt feststellte. Seit wann hatte sie eigentlich Probleme, ein bisschen

Smalltalk mit einer gutaussehenden Frau zu führen? Doch Nadja hatte entweder keine Lust auf Konversation oder sie war ihr immer noch böse.

Du hast es gründlich vermasselt, gestand Jil sich zähneknirschend ein. So hatte sie sich den Abend nun wirklich nicht vorgestellt.

Lustlos schob sie den Teller von sich. Sie griff nach dem Weinglas und hob es an ihre Lippen. Über den Rand des Glases hinweg musterte sie Nadja, die wie aus einer Starre erwacht nun endlich reagierte.

Wie in Zeitlupe hob Nadja den Kopf, und dann grinste sie Jil unverblümt ins Gesicht. »So, so … Du findest mich also hübsch?« In ihren rosigen Wangen zeigten sich zwei süße Grübchen. Sie gluckste vergnügt vor sich hin, während Jil ihre Augen einfach nicht von ihr abwenden konnte.

»Ja … Das ist nun mal eine Tatsache«, antwortete Jil, während sie sich ebenfalls um ein Lächeln bemühte, das ihr aber nicht so richtig gelingen wollte. »Ich könnte mir vorstellen, dass du dich kaum retten kannst vor lauter Verehrern … oder Verehrerinnen.«

Nadja prustete lachend über den Tisch. »Ich weiß genau, worauf du hinaus willst. Warum auch immer dich das so sehr interessiert.«

»Oh, nein.« Jil stellte das Glas ab und hob abwehrend die Hände. »Ich versuche mich nur ein wenig mit dir zu unterhalten. Wir können auch gern über etwas anderes reden, zum Beispiel …«, sie tat so, als müsste sie nachdenken, »wie alt du bist oder woher du genau kommst und was du sonst so machst.« Sie zog einen Mundwinkel nach oben, als ihr bewusst wurde, dass sie sich mit ihrer Fragerei ziemlich blöd anhören musste.

»Das sind ja gleich drei Fragen auf einmal.« Lächelnd legte Nadja das Stück Pizza, das sie noch zwischen Daumen und Zeigefinger hielt, auf den Teller zurück. Sie verdrehte die Augen, als sie sich genüsslich die Finger ableckte.

Jil schluckte trocken, und sie nahm hastig einen Schluck von dem Wein, um ihre Kehle zu befeuchten.

»Okay, Jil. Warum willst du wissen, wie alt ich bin?« Nadja stützte ihr Kinn auf die gefalteten Hände. »Spielt das denn eine Rolle für dich?«

»Nein.« Jil schüttelte verwirrt den Kopf. »Ich will einfach nur ...«

»Mit mir plaudern. Ich weiß.«

War das etwa ein spöttisches Lächeln, das da auf Nadjas Gesicht lag? Was sollte das hier werden? Verkehrte Welt? Jil rümpfte die Nase. Es passte ihr ganz und gar nicht, in welche Richtung sich das hier gerade entwickelte. Hatte sie Nadja vielleicht unterschätzt?

»Einunddreißig«, drang Nadjas Stimme zu ihr durch.

Fragend zog Jil die Augenbrauen zusammen.

»Ich bin einunddreißig Jahre alt«, wiederholte Nadja. Sie lachte leicht und warf Jil einen amüsierten Blick zu. Doch als sie weitersprach, wurde sie wieder ganz ernst. »Ich bin in einem kleinen Dorf in der Nähe von Hamburg aufgewachsen. Wegen meines Heilpädagogik-Studiums bin ich nach der Schule in die Stadt gezogen. Und seit einigen Jahren arbeite ich in einer Einrichtung für verhaltensauffällige und seelisch gestörte Kinder. Mein Privatleben«, sie winkte seufzend ab, »war praktisch gar nicht vorhanden. Für feste Beziehungen blieb einfach keine Zeit. Zuerst habe ich gar nicht gemerkt, wie sehr mich der Berufsalltag vereinnahmt hat. Es kam auch ganz plötzlich, als ich merkte, dass es mir nicht mehr so richtig gelang, die emotionale Distanz zu wahren. Mein seelisches Wohlbefinden war irgendwie aus dem Gleichgewicht geraten. Da wurde mir klar, dass ich eine längere Auszeit brauchte. Und so bin ich hier in Kanada gelandet.«

»Wow«, entfuhr es Jil. Sie musste zugeben, dass sie von Nadjas Offenheit beeindruckt war. »Du bist also Heilpädagogin. Dein Job ... mit diesen kleinen Wesen, ich stelle mir das schwierig vor. Das ist doch bestimmt auch eine große nervliche Belastung für dich.«

»Manchmal schon«, murmelte Nadja. Irgendwie abwesend nahm sie das Weinglas zwischen ihre schlanken Finger und schwenkte es hin und her. Ihr Blick schien sich in der Bewegung des rubinroten Weins zu verlieren.

Jil tat es ihr gleich. Ihre Augen folgten der schaukelnden Bewegung wie bei einem Pendel, das in die eine oder in die andere Richtung ausschlug. Und sofort spürte sie die beruhigende Wirkung. »Jetzt hast du mir ja quasi schon alle Fragen auf einmal beantwortet.«

Große, braune Augen begegneten ihrem Blick, auf eine tiefe und innige Weise, dass Jil das Gefühl hatte, ein ganzer Schwarm Schmetterlinge flatterte durch ihren Bauch. Doch gleichzeitig schnürte es ihr die Brust zu. Sie räusperte sich nervös und versuchte gleichmäßig zu atmen.

»Dann erzähl mir doch ein bisschen was von dir«, schlug Nadja vor. »Dein Alter brauchst du mir aber nicht zu verraten, das weiß ich schon.« Sie zwinkerte Jil kokett zu.

»Ach, wirklich?«, stieß Jil beschwerlich hervor, mit einer Anstrengung, als hätte sie eine ganze Salve von Wörtern abgefeuert. Sie nahm noch einen weiteren Schluck von dem Wein, um gegen das lästige Kratzen in ihrem Hals anzukämpfen. »Ah, meine Schwester …« Sie nickte verstehend in Nadjas Richtung. »Die kleine Plaudertasche konnte mal wieder ihren Mund nicht halten.«

Nadja kräuselte ihre Lippen und zuckte wortlos mit den Schultern.

»Was willst du denn wissen?«, fragte Jil zögernd, als ahnte sie schon ein Unheil auf sich zukommen. Bislang hatte sie es immer vermieden, über ihre Vergangenheit zu reden. Und Nadja? Warum sollte sie es bei ihr anders handhaben? Sie war nun mal nicht so gesprächig wie ihre Schwester. Aber das war sie noch nie, auch früher nicht, als alles noch besser war. In dieser Hinsicht waren sie sich nicht sehr ähnlich.

Nadja legte den Kopf schief. Sie zog ihre Stirn in Falten, dass es so aussah, als wollte sie etwas ganz Bestimmtes in Erfahrung bringen. Aber offenbar war sie sich nicht sicher, ob sie wirklich danach fragen sollte.

Jil hielt angespannt die Luft an. Doch dann fiel ihr ein, dass sie Nadja auch zuvorkommen könnte, indem sie einfach von etwas Unverfänglichem erzählte. »Ich nehme an, dass Stella dir bestimmt schon gesagt hat, warum wir beide so gut deutsch sprechen. Schließlich hast du mich nicht einmal danach gefragt.« In ihren Mundwinkeln zuckte es, als sie sah, dass Nadja regelrecht aufschreckte.

»Ja, sie erwähnte es«, erwiderte Nadja zaghaft. Offenbar wollte sie vermeiden, dass Jil ihrer Schwester den Stempel einer Klatschtante aufdrückte.

Es rührte Jil, dass Nadja so bemüht war, Stella zu schützen. Dabei war das gar nicht nötig. Denn Jil wusste auch so, dass ihre Schwester niemals etwas ausplaudern würde, was Jil nicht behagen oder sie gar in Bedrängnis bringen würde. Sie beschloss daher, Nadjas Unsicherheit zu übergehen.

»Die Familie unseres Vaters lebt in Vallendar. Das ist ein Städtchen am Mittelrhein, ganz in der Nähe von Koblenz. Früher waren wir oft zu Besuch dort, hauptsächlich in den Ferien. Ich liebe meine Heimat und würde niemals von hier wegwollen, aber vor allem als Kind war ich sehr gern in Vallendar. Es ist eine wunderschöne Gegend, und Dad war ein begeisterter Weinbauer. Unsere Mutter hingegen war eine erfolgreiche Dressurreiterin in Kanada, und später widmete sie sich der Pferdezucht. Sie mussten sich irgendwann entscheiden, ob sie hier oder in Deutschland leben wollten. Und Mom hat sich offensichtlich durchgesetzt. Und darüber bin ich wirklich sehr froh. Denn hier«, sie machte eine ausschweifende Armbewegung, »habe ich die Pferde und alles, was ich brauche.« Sie schwelgte einen Moment lang in der Erinnerung. Dadurch merkte sie gar nicht, dass sie aufgehört hatte zu reden.

»Aber … Wo sind eure Eltern jetzt?«, fragte Nadja so leise, dass es kaum zu hören war. Und doch schlug die Frage wie ein ohrenbetäubendes Donnergrollen bei Jil ein.

Genau dieses Thema wollte sie unbedingt vermeiden. Warum hatte sie überhaupt angefangen, über ihre Eltern zu sprechen? War es denn nicht eine logische Konsequenz, dass Nadja diese Frage stellen würde?

Sie fühlte sich ermattet, aber es war kein angenehmes Gefühl. Seufzend strich sie sich durch die Haare. »Mama ist tot«, begann sie mit brüchiger Stimme. »Sie starb vor zwei Jahren bei einem Autounfall.« Aus den Augenwinkeln vernahm sie nur verschwommen, dass Nadja sich eine Hand vor den Mund hielt. »Ein paar Wochen später ist Vater nach Deutschland zurückgekehrt. Er …«, sie stockte, »hat es hier nicht mehr ausgehalten.« Abrupt erhob sie sich vom Tisch. Sie konnte nicht mehr ruhig sitzen. »Nimm es mir bitte nicht übel, Nadja, aber ich möchte nicht weiter darüber reden.«

»Oh, Jil«, flüsterte Nadja. Eilig war sie aufgesprungen und kam um den Tisch herum auf sie zu. »Ich kann dich gut verstehen. Es tut mir so leid. Ich wollte nicht –« Kopfschüttelnd brach sie ab. Ihre Augen glitzerten feucht. Sie hatte so viel Mitgefühl, dass Jil einen kurzen Moment spüren konnte, wie ihre eigene Fassade zu bröckeln begann.

◆

Zögernd hob Nadja ihre Hand. Sie schluckte unterdrückt, während sie sanft über Jils Wange strich. Fast ein wenig überrascht stellte sie fest, dass Jil dieser Berührung nicht auswich. Im Gegenteil, sie drückte ihre Wange noch ein bisschen fester gegen ihre Hand.

Mit gesenkten Augenlidern legte Jil einen Arm um Nadja und zog sie zu sich heran.

Sofort spürte Nadja, wie das Herzklopfen in ihrer Brust zunahm. Sie legte ihren Kopf in den Nacken und musterte still Jils Gesichtszüge, die jetzt gar nicht mehr so angespannt wirkten. Sie waren deutlich weicher. Die Souveränität, die Jil zumeist ausstrahlte, wich plötzlich einer sichtbaren Verletzlichkeit.

Aufmerksam verfolgte Nadja diese Veränderung, die sie so noch nie an Jil gesehen hatte. Mit ihren Augen fuhr sie die hauchfeinen, sichelförmigen Linien, die Jils Mund umgaben, entlang.

»Ich möchte dich küssen«, hörte Nadja sich zu ihrem eigenen Erstaunen, ja eigentlich schon zu ihrem Entsetzen, sagen. Verwirrung machte sich in ihr breit, und die Hitze schoss wie ein Feuerball mit Wucht in ihren Kopf. *Hatte sie das jetzt wirklich gesagt?*

Jil begann zu lächeln. Ganz leicht nur. Da war nichts Ironisches. Trotzdem hätte Nadja einen coolen Spruch oder so etwas in der Art erwartet. Doch stattdessen antwortete Jil nur: »Ich dich auch.« Ihre Stimme war sanft, nur ein Flüstern, das Nadja tief berührte.

Langsam senkte Jil den Kopf, bis sich ihre Lippen sacht berührten, so zurückhaltend und doch voller Zärtlichkeit.

Nadja glaubte, ihr Herz würde auf der Stelle aufhören zu schlagen. Ein überaus sinnliches Kribbeln strömte durch ihren Körper. Sie schlang ihre zitternden Finger in Jils Schopf und hielt ihn fest, aus Angst, Jil könnte diesen Kuss, nach dem sie so brennend verlangte, einfach wieder beenden.

Seufzend öffnete sie ihre Lippen, als Jils Zunge liebkosend um Einlass bat. Fast zeitgleich schloss sie die Augen, um dieses überwältigende Gefühl tief in sich aufzusaugen.

Behutsam tasteten sie sich in diesen Kuss hinein, während ihre Zungenspitzen sich umkreisten und liebevoll neckten. Doch das Feuer der Leidenschaft ließ Nadja schnell forscher werden. Sie konnte sich einfach nicht mehr zurückhalten. Wie eine Ertrinkende hing sie an Jils Lippen. Leise stöhnte sie auf, als Jil ihren Kuss jetzt mit derselben Hingabe erwiderte. Ihre Münder pressten sich aufeinander, sehnsuchtsvoll und wie berauscht, während ihre Zungen miteinander tanzten. Ein flammender Rhythmus dominierte ihren Tanz. Davon getragen schmolz Nadja dahin. Ihr schien, als würde sie sich auflösen.

Während eine Hand von Jil immer noch auf Nadjas Rücken lag, glitt ihre andere Hand federleicht über den Stoff des T-Shirts, bis ihre Finger den Brustansatz berührten. Als Nadja geräuschvoll ihren Atem ausstieß, hielt Jil inne. Dann setzte sie fort, streichelte sanft über die Wölbung und strich mit dem Daumen über die bereits harte Knospe, die sich energisch gegen den Stoff drängte, sodass es Nadja schon fast schmerzte.

Jils Liebkosungen überschwemmten sie mit einer Flut von Hitzewellen. Die Schwäche in ihren Knien überwältigte sie. Aber Jil stützte sie mit ihrer Hand am Rücken und gab ihr Sicherheit. *Lass mich nur nicht los*, dachte sie, weil ihr ganz schwindlig wurde. Alles an ihr bebte vor Erregung, und als sie zärtlich in Jils Unterlippe biss, entfuhr Jil ein tiefer, inbrünstiger Seufzer.

Als wäre es das Stichwort gewesen, lösten sich ihre Lippen voneinander. Nach Atem ringend schlug Nadja die Augen auf, und wie schon so oft verlor sie sich auch diesmal wieder in diesem geheimnisvollen Blick, der sie regelrecht in Hypnose versetzte.

Jil betrachtete sie mit einem warmen Lächeln, das ihre Mundwinkel zart umschmeichelte. Ihre Hände sanken nach unten, um gleich darauf fest ihre Taille zu umschließen. Unerwartet hob sie Nadja hoch, und Nadja brauchte einen Moment, bis ihre Gliedmaßen zu einer Reaktion fähig waren. Dann schlang sie ihre

Schenkel um Jils Hüften, ließ ihren Kopf nach hinten fallen und atmete schwer.

Erst jetzt bemerkte sie, dass ihre Finger immer noch in Jils Haaren steckten, in denen sie sich ganz verfangen hatten. Vorsichtig zog sie sie zurück und legte ihre Arme um Jils schlanken Hals. Jil drückte sie an sich, sodass ihre Brüste sich aneinanderpressten. Automatisch entfachte dies ein weiteres Feuer, das in einem lustvollen Ziehen zwischen Nadjas Beinen mündete.

Mit sicheren Schritten, als würde es ihr keinerlei Mühe bereiten, trug Jil sie zur Couch, auf der sie heute schon einmal gelegen hatte. Die Erinnerung daran, wie Jil vor ihr gehockt hatte und wie schwer es ihr gefallen war, ihr Begehren im Zaum zu halten, ließ sie erregt erschauern.

Langsam begann Jil sie auszuziehen. Nadjas Augenlider wurden schwer, während sie wie im Dämmerzustand das sinnliche und zugleich fordernde Ertasten ihres Körpers genoss.

Und auch sie glitt mit ihren sehnsüchtigen Fingern unter Jils Hemdbluse, um die warme Haut darunter zu spüren. Aber noch machte sie keine Anstalten, Jil davon zu befreien. Bald jedes Kleidungsstückes entledigt lag sie fast nackt und nur noch mit ihrem Slip bekleidet auf der Couch.

Jil hatte sich zwischen ihre gespreizten Beine geschoben und hing mit dem Oberkörper über ihr. Ihre begehrlichen Blicke wanderten gedankenverloren über Nadjas Leib, schienen sie zu streicheln und in sich aufzusaugen, während ihre Hände zartfühlend die Konturen erkundeten. Ihr Atem strich über ihre Haut, während erst ihre Nasenspitze, dann ihre Lippen zart ihr Ohr streiften.

Blitze jagten durch Nadjas Körper, und sie krallte ihre Fingernägel in Jils Oberarme. Unruhig begann sie mit ihrem Hintern über das Polster der Couch zu rutschen, als Jil ihr auf einmal ganz tief in die Augen schaute.

»Du bist unglaublich sexy«, hauchte sie. Ihre Stimme vibrierte leicht und ihre blauen Augen glänzten.

Dann beugte sie sich hinunter und senkte ihren Mund auf Nadjas Brüste, nahm abwechselnd die nach Berührung schreienden Knospen zwischen ihre Lippen, ließ ihre Zunge darübergleiten und brachte sie mit kleinen Bissen fast um den Verstand.

»Ahhh«, stöhnte Nadja auf. Sie drückte Jil ein bisschen von sich, weil sie spürte, dass sie kurz davorstand, von einem Orgasmus überrollt zu werden. *Noch nicht*, befahl sie ihrer pulsierenden Vulva, die sich bereits in köstlichem Schmerz zusammenzog.

Mit fliehenden Fingern öffnete sie die Knöpfe von Jils Bluse und schob sie ihr zitternd über die Schultern. Ihre Augen weiteten sich, als sie sah, dass Jil nichts darunter trug. *Wieso ist mir das bislang nicht aufgefallen?* Sie schluckte schwer und starrte wie gebannt auf die festen Rundungen.

»Du darfst sie auch an. . .fassen«, wollte Jil sie wohl ein wenig necken. Doch ihre Worte endeten in einem Keuchen, als Nadja unvermittelt eine Hand hart zwischen ihre Beine schob.

Jils Blick wurde glasig. Mit dem Mund umschloss Nadja einen der so verlockenden Nippel, die sich ihr steif entgegenstreckten, und saugte daran mit hitzigem Hunger.

Jil stieß einen überraschten Schrei aus. Sie warf ihren Kopf zurück und schnappte nach Luft. Geschwind öffnete Nadja den Knopf der Jeans und zog sie mit einem Ruck über den knackigen Hintern.

Schweratmend stemmte Jil ihren athletischen Körper nach oben. Mit Nadjas Hilfe schob sie ihre Hose bis zu den Knien herunter und streifte sie dann mit ihren Füßen ab.

Jil trug schwarze Hotpants, und in Nadjas Fingern juckte es verlangend. Doch als sie kurz aufschaute, sah sie, dass Jil lächelnd den Kopf schüttelte und gleichzeitig ihre Hand festhielt, die bereits in freudiger Erregung danach gierte, das, was sich in dem Höschen verbarg, zu erkunden.

Sie protestierte schwach, aber es war kaum mehr als ein langgezogener Seufzer, der ihr über die Lippen kam.

Offenbar davon übermannt presste Jil stöhnend ihren Mund auf den ihren. Sie versanken in einem leidenschaftlichen Kuss, und Nadja fühlte sich wie von einer Wolke getragen. Regelrecht benebelt nahm sie erst verzögert war, dass Jil ihr den Slip ausgezogen hatte.

Mit der Handfläche glitt Jil zwischen ihre Schenkel, hielt jedoch kurz vor der Berührung des weichen Fleisches ihrer Liebesgrotte inne. Sie konnte Jils Hand nur erahnen, und dieser bloße Hauch entfachte einen lustvollen Schauer in ihr. Sie streckte ihr das Becken entgegen wie eine Blüte dem Licht.

»Bitte ... Jil«, bettelte sie im Taumel der Leidenschaft. »Ich kann nicht mehr warten.«

Jil blickte zärtlich auf sie herunter. Ihre Augen waren eine Nuance dunkler geworden. Sie wandte ihren Blick nicht von Nadja ab, während sie sich langsam nach unten schob. Sie streifte über Nadjas Schenkel und legte sie sich über die Schultern. Dann tauchte sie in ihren Schoß ab.

Nadja hielt den Atem vor Anspannung an, und als Jils Lippen sich um ihre Klit legten und sanft daran saugten, zuckte sie vor Lust zusammen. Ihr entfuhr ein lautes Stöhnen, und ihre Hände krallten sich links und rechts in das Polster. Mit jeder Berührung wuchs ihre Erregung ins Unermessliche. Sie keuchte, konnte sich nicht mehr bändigen.

Sie wollte mehr von Jil. Ihre Hände wanderten nach unten zu ihrem Kopf, sie fuhr über ihr Haar und umfasste ihren Kopf mit den Fingern. Näher und näher presste sie sie an sich heran.

Jils Zunge glitt über ihre geschwollene Perle, immer und immer wieder. Und Nadja bäumte sich nur noch stoßweise atmend auf. Und als sich zusätzlich Jils Finger tief in ihre Lusthöhle schob, verlor sie jegliche Kontrolle. Ihr Hinterkopf bohrte sich in die Couch. Sie schloss die Augen und riss den Mund auf, um ihre Ekstase hinauszuschreien, als der Orgasmus mit einer Urgewalt über ihr hereinbrach und sie scheinbar endlos schüttelte.

Das Beben ebbte nur allmählich ab, und zwischen ihren Beinen zuckte es nach wie vor. Etwas geschwächt fasste sie Jil an den Schultern und massierte sie leicht. Jil lächelte sie verheißungsvoll an. Dieser Blick war genauso erotisch wie jeder ihrer Küsse.

Im nächsten Moment spürte sie eine Hand, die im gleichmäßigen Takt, aber nur ganz sacht, gegen ihre angeschwollenen Schamlippen drückte, und Finger, die durch ihre nasse Spalte fuhren und sofort wieder den Punkt fanden, der bereits von Reizen überflutet schien. Sie stöhnte aus tiefster Seele auf. Ihr Innerstes brannte heiß, und das Blut rauschte durch ihre Adern. Wie ein Feuer, das plötzlich wieder hoch aufloderte, presste sie vibrierend ihr Becken gegen die Hand. »Oh mein Gott«, wisperte sie nur noch. Ihr Mund zitterte wie ihr ganzer Körper, als sie unaufhaltsam auf den nächsten Höhepunkt zusteuerte. Heiser schrie sie auf, als erneut eine Welle der Erlösung über sie hinwegrollte und sie im Rausch der Sinne mit sich riss.

Jil schien ihr etwas Zeit geben zu wollen, um zu sich zu kommen. Sie wartete, während sie beruhigend über Nadjas Bauch streichelte. Dann erst rutschte sie geschmeidig nach oben und legte sich sanft auf Nadjas verschwitzten Körper, umhüllte ihn zärtlich. Liebevoll strich sie ihr ein paar feuchte Strähnen aus der Stirn. Ein zarter Kuss folgte, sinnlich und ohne jede Eile.

Nadja seufzte wohlig auf. Ihre Hände streichelten über Jils warme Haut, wollten keine Stelle auslassen. Dann fühlte sie plötzlich den Stoff und warf Jil einen gespielt tadelnden Blick zu.

Die grinste nur und zuckte mit den Achseln, als könnte sie sich gar nicht erklären, warum sie immer noch diese jetzt doch ziemlich störende Unterhose trug.

Aber das war Nadja völlig egal. Kurzum schob sie sie so weit herunter, wie es ihr nur möglich war. Den Rest erledigte Jil selbst, in einem atemberaubenden Tempo, wie Nadja fand. Sie musste ein wenig schmunzeln, als sie die kaum mehr zu kontrollierende Erregung in Jils Augen sah, während sie sich zutiefst befriedigt fühlte. *Selbst schuld*, hätte sie fast gesagt. Aber natürlich war sie nicht so unverschämt. Also zog sie Jil mit einem stillen Lächeln wieder auf sich herunter.

Ihre Finger krallten sich in die verführerischen Pobacken, kneteten sie ein Weilchen. Es begann wie ein sanftes Schaukeln, doch Jils Bewegungen wurden drängender und energischer. Ihr Seufzen ging in ein Keuchen über, als Nadja ihre Backen auseinanderspreizte und sich mit einem Finger einen Weg durch die Ritze bahnte. Die andere Hand schob sie zwischen ihre schweißbedeckten Körper, bis sie die winzigen kleinen Löckchen an ihren Fingerkuppen spüren konnte.

Jil stöhnte unvermittelt laut auf. Sie bewegte ihr Becken in einem stetigen Auf und Ab, immer schneller werdend, während Nadja sie von vorn und von hinten verwöhnte.

Sie schaute fasziniert in Jils Gesicht, die mit geöffneten Lippen abgehackt atmete. Ihre Pupillen waren leicht verdreht und ihr Blick ganz entrückt. Nadja drang tief in die Nässe, die sie wie eine heiße, überschäumende Quelle empfing, ein.

»Oh jaaa. Hör ... bitte ... nicht ... auf«, stöhnte Jil mit rauer Stimme.

Der erotische Klang ließ Nadja erschauern. Seufzend drückte sie ihren Mund an Jils Hals und sog die weiche Haut zwischen ihre Lippen. Sie spürte den Puls, der rasend schnell unter ihren Lippen pochte.

Jil begann heftig zu zucken. Sie rieb sich am Handballen, den Nadja gegen ihre glühende Mitte presste.

Und dann sah Nadja den Moment kommen, als Jil kurz davor war, noch bevor sie die leichten Kontraktionen der tiefliegenden Muskeln fühlte, die ihren Orgasmus ankündigten.

»Jaaa, das ist ...«, Jil erzitterte, »... perfekt.« Dann krampfte sie sich zusammen, schien sekundenlang in dieser angespannten Starre zu verharren, ehe ein langgezogenes, inbrünstiges Stöhnen tief aus ihrer Kehle drang und ihr zuckender Körper schließlich entkräftet in sich zusammensank.

Kaum zu beschreibende Glücksgefühle übermannten Nadja, als sie ihre Arme um Jils bebenden Oberkörper schlang und sie einfach nur festhielt. »Wahnsinn«, rutschte es unbewusst aus ihr heraus.

»Hmmm«, brummte Jil undeutlich. Ihr Gesicht vergrub sie im Polster der Couch. Noch immer atmete sie schwer.

Nadja genoss diesen Augenblick in vollen Zügen und wünschte, er würde nie zu Ende gehen. Sie mochte gar nicht darüber nachdenken, wie es von nun an zwischen ihnen sein wird. Und trotzdem drängten sich die Gedanken darüber hartnäckig in ihren Kopf. Sie wusste zu wenig über Jil, um wirklich einschätzen zu können, wie sie tickte, was sie bewegte und vor allem, was sie fühlte.

Na, jetzt eben hat sie doch sehr intensiv gefühlt. Ein seliges Lächeln verließ ihre Lippen. Am liebsten hätte sie Jil für immer festgehalten, sie nie wieder losgelassen. Doch ihr war klar, dass dies nicht nur ein frommer Wunsch, sondern schlichtweg unmöglich war. Jil war keine Frau, die sich ihrer Freiheit berauben ließ. So gut kannte Nadja sie dann doch. Und es war auch nicht so, dass sie Jil in Ketten legen oder gleich vor den Traualtar schleppen wollte. Aber im Moment konnte sie sich auch nicht vorstellen, Jil einfach wieder zu verlassen.

Die Vorstellung, dass der Zeitpunkt ihrer Abreise nahte, früher oder später, aber unausweichlich, schnürte ihr die Kehle zu. Zwei Tage, und ihre Gefühle spielten völlig verrückt. Sie schluckte. Vergeblich. Es war, als hätte ihr jemand die Hände um den Hals gelegt und zugedrückt. Sie fing an, an ihrer Lippe zu zupfen, zwang sich aber sofort, wieder damit aufzuhören, als sie es bemerkte.

Jil regte sich leicht über ihr. Dann hob sie den Kopf und schaute Nadja an. Doch in ihrem Blick war nichts. Vergebens suchte Nadja den Glanz der Leidenschaft, die bis eben noch allgegenwärtig war. Jil sah sie einfach nur etwas länger an, irgendwie ausdruckslos, und es schien, als würde sie durch Nadja hindurchsehen.

Nadja stockte der Atem bei der Kühle, die sie plötzlich umgab. Sie fing an zu frösteln. Die Gänsehaut, die in ihr hochkroch, war jetzt nur noch unangenehm. *Was ist los mit dir?* wollte sie fragen, doch die Worte blieben ihr im Hals stecken.

Als wäre sie aus einem schlechten Traum erwacht und hätte sich darüber erschrocken, riss Jil plötzlich die Augen auf. Ihre Lippen bewegten sich, aber sie sagte nichts. Stumm senkte sie ihren Kopf und drückte Nadja einen flüchtigen Kuss auf den Mund. Dann erhob sie sich und suchte sofort nach ihren Sachen. Sie warf sich die Hemdbluse über und schlüpfte schnell in ihre Hotpants, so schnell, als hätte sie es eilig, Nadja zu entkommen.

Wie gelähmt, unfähig, auf Jils seltsames Verhalten in irgendeiner Weise zu reagieren, starrte Nadja sie an. *Nein! Tu mir das bitte nicht an!* flehte sie innerlich. Die Verzweiflung raubte ihr die Luft. Sie lag einfach nur da und fühlte sich auf einmal so schrecklich entblößt. Nicht nur körperlich. Sie hatte ihr Herz, ihre Seele geöffnet. Sie waren beide zu einer Einheit verschmolzen. Das hatte sie doch genau spüren können. »Was machst du denn da?«, quälte sie sich die Worte heraus, weil ihr die Stimme fast versagte.

Unschlüssig, als hätte sie gar keine Antwort darauf, wandte Jil sich ihr wieder zu. Ihre Augenlider flatterten unruhig. »Ich muss doch morgen sehr früh raus. Du weißt doch …«, sagte sie, obwohl sie mit Sicherheit ganz genau wusste, dass sie damit Nadjas Frage nur ausgewichen war. Ihr Blick glitt nervös umher. Sie fühlte sich eindeutig nicht wohl in ihrer Haut.

Die Erkenntnis traf Nadja wie ein Schlag, als hätte ihr jemand einen Hammer über den Schädel gezogen. Verstört griff sie nach der Decke, die auf der Couch lag, um ihren nackten Körper damit zu bedecken. Und um ihn zu wärmen, weil die heiße Glut einer eisigen Kälte gewichen war.

Jil streckte zögernd eine Hand nach ihr aus, doch sie zog sie wieder zurück, bevor sie Nadja erreichte. Seufzend stand sie auf. »Gute Nacht«, murmelte sie leise.

Unruhig wälzte Nadja sich im Bett hin und her. So sehr sie auch versuchte, in den Schlaf zu finden, es wollte ihr nicht gelingen. Jil ging ihr nicht mehr aus dem Kopf. Die hatte sie tatsächlich einfach so auf der Couch zurückgelassen. Nackt! Ohne auch nur ein weiteres Wort zu verlieren. Wie konnte sie ihr das nur antun?

Nadja hatte doch nun wirklich nicht erwartet, dass Jil ihr gleich die große Liebe gestand, nur weil sie Sex miteinander hatten. Aber das? Sie schniefte und wischte sich wütend die Tränen weg. Doch stattdessen quollen weitere Tränen unter ihren Augenlidern hervor, liefen über ihre Wangen und tropften auf die Bettdecke.

Ich muss hier weg. Sofort! Ihre Hand klatschte auf den Schalter der Nachttischlampe. Mit einem Satz sprang sie aus dem Bett. Als wäre sie nicht ganz bei Sinnen fing sie an, ihre Klamotten in die Reisetasche zu werfen. *Gleich geschafft! Noch irgendwas vergessen?*

Plötzlich hielt sie inne und starrte ins Leere. Ihre Mundwinkel begannen zu zucken, und dann lachte sie hysterisch auf. Wo sollte sie denn hin mit einem defekten Truck? Hier war weit und breit nichts. Absolut nichts!

Wie ein eingesperrter Tiger lief sie im Zimmer auf und ab. *Das Essen. Der Wein. Jemand muss doch wenigstens noch den Tisch abräumen.* Ja, das war eine hervorragende Idee. Mitten in der Nacht würde sie jetzt den Abwasch machen und den Wein trinken. Jawohl! Sie würde die ganze verdammte Flasche leertrinken.

Barfuß huschte sie aus dem Zimmer. Die Treppe hinunter nahm sie immer zwei Stufen auf einmal. Sie sollte wirklich leiser sein. *Ach, was soll's,* dachte sie verärgert. Jil würde einen Teufel tun und sich aus ihrem Schlafzimmer wagen, während sie hier im Haus herumturnte. Sie könnten sich ja begegnen. Das wäre ja nicht auszudenken. Verbissen presste sie die Lippen aufeinander.

Im Wohnzimmer angekommen blieb sie im nächsten Augenblick wie angewurzelt stehen. *Das darf doch nicht wahr sein.* Trotz der Dunkelheit und dem nur schwachen Mondlicht, das durch die Fenster schien, sah sie sofort, dass der Tisch abgeräumt war. Nur noch der Kerzenständer stand darauf.

Sie lief in die Küche und fand vor lauter Aufregung den Lichtschalter nicht. Sie fluchte unterdrückt, während ihre Hand suchend an der Wand entlangtastete. Endlich wurde sie fündig und drückte auf den Knopf. Das Licht flackerte kurz auf und erstrahlte dann so hell, dass es Nadja in den Augen wehtat. Sie blinzelte dagegen an. Mit pochendem Herzen ließ sie ihren Blick schweifen. Von der Pizza war nichts zu sehen. Kein Teller stand mehr herum. Aber die Weinflasche, die stand einsam auf dem Tresen, als wollte sie sagen: *Trink mich und lass mich nicht allein*.

Nadja war nach Schreien zumute. Am liebsten hätte sie irgendwas gegen die Wand geworfen. Wann war Jil hier unten gewesen und hatte alles aufgeräumt? Hatte sie etwa nur gewartet, bis sie in ihr Zimmer gegangen war? Missmutig schüttelte sie den Kopf. Allmählich fühlte sie sich wie eine Aussätzige. Als hätte sie die Pest oder die Cholera und man müsste einen riesigen Bogen um sie machen. Sie seufzte bedrückt und rieb sich über die Stirn.

Ohne es richtig wahrzunehmen griff sie nach der Weinflasche und drückte sie an ihre Brust, beschützend, als wäre es ein besonderer Schatz.

Sie sank auf den Küchenboden und lehnte sich mit dem Rücken gegen den Spülschrank. Bedächtig hob sie die Flasche an. Sie hielt sie ins Licht, kniff die Augen zusammen und streckte den Arm dabei immer weiter aus. Die Flasche war noch halbvoll. Soviel konnte sie erkennen. Sie machte sich nicht die Mühe, sich ein frisches Weinglas zu holen. Trotzig prostete sie in die Luft. »Auf dich, Jil!«, rief sie sarkastisch. Dann setzte sie zu einem großen Schluck aus der Flasche an.

Die bleierne Müdigkeit drückte ihr zunehmend auf die Augen, und mit jedem weiteren Schluck machte der Alkohol sie ganz schläfrig. Sie fragte sich, wieso ihr der Wein derart in den Kopf stieg. Anscheinend war das heute alles ein bisschen zu viel für sie.

»Was soll das werden, Nadja?«

Ihr gesenkter Kopf schoss in die Höhe und sie schlug mit dem Hinterkopf unsanft gegen die Schranktür. »Autsch«, stöhnte sie, während sie sich die schmerzende Stelle rieb.

Als nächstes sah sie Jil an der Tür stehen wie durch einen verschwommenen Schleier. Aber sie schien real zu sein. Oder? »Träume ich das, oder bist du es wirklich?«, fragte sie verzögert. Ihr kam es so vor, als hätte sie so ihre Probleme, sich vernünftig zu artikulieren. Irgendwie wollte ihr ihre Zunge nicht so recht gehorchen. »Was hast du gerade gesagt?«

Jil sog hörbar Luft durch die Nase. »Ich möchte von dir wissen, was du hier mitten in der Nacht treibst«, wiederholte sie. War ihre Stimme etwa eine Spur schärfer geworden?

»Ich trinke«, antwortete Nadja schnippisch. Sie zog einen Schmollmund, doch sogleich senkte sie schuldbewusst die Augenlider. »Also, ich habe getrunken.« Sie hob Jil die Flasche entgegen. »Sie ist leer. Tut mir leid«, nuschelte sie mit noch schwererer Zunge.

Ein mildes Lächeln zeigte sich auf Jils Gesicht. »Macht nichts. Der Wein ist ja zum Trinken da.« Sie winkelte ein Bein an und lehnte sich gegen den Türpfosten, während sie die Hände auf ihren nackten Oberschenkeln ablegte.

Gott, wenn sie wüsste, wie sexy das aussieht. Nadja konnte gar nicht mehr hinschauen, ohne die Beherrschung zu verlieren. Sie starrte auf die leere Flasche, drehte sie hin und her, als könnte sie so noch einen letzten Tropfen herbeizaubern. »Ich konnte nicht schlafen. Deshalb …«, versuchte sie sich ein wenig zu rechtfertigen. Sie hob die Schultern und schob die Unterlippe nach vorn. Der Wein hatte definitiv ihre Sinne benebelt, und im Moment befand sie sich in einer Stimmung, in der ihr so ziemlich alles egal war. Na ja, fast alles.

Sie hatte gar nicht gemerkt, dass Jil sich von der Tür entfernt und auf sie zu gekommen war. Langsam ging sie vor ihr in die Hocke.

Das hatten wir heute doch schon mal, erinnerte Nadja sich. Ein Déjà-vu der besonderen Art. Sie grinste schief.

Jil fuhr sich mit ihren langen Fingern durchs Haar. Finger, die heute schon ganz andere Wege gegangen waren und Tiefen erreicht hatten, die … *Huch!* Erschrocken zuckte Nadja zusammen.

»Hör mal, Nadja«, begann Jil.

Sofort sträubte sich alles in ihr, und sie wedelte abwehrend mit dem Arm durch die Luft. »Ich will es gar nicht hören«, murrte sie. Sie konnte sich gerade noch zurückhalten, sich nicht auch noch die Ohren zuzuhalten. »Ich hatte Spaß. Du hattest Spaß. Wir hatten miteinander Spaß. Alles prima!«

»Ist das dein Ernst?«, fragte Jil, während sie ihr ruhig in die Augen blickte. Falls Nadja ihr jetzt gerade einen heillosen Wortsalat geliefert hatte, so ließ sie es sich zumindest nicht anmerken.

»Natürlich ist das mein Ernst. Es ist keine Diskussion wert«, erwiderte sie patzig. »Ist ja nicht so, dass die Erde plötzlich aufgehört hätte, sich zu drehen.« *Ups*. Offenbar hatte der Wein ihr Hirn doch mehr beeinflusst, als sie dachte.

Erschöpft ließ sie die Schultern hängen. Sie wich Jil aus und senkte ihren Blick, der nun wie gebannt auf den Fliesen des Küchenbodens klebte.

Jil fasste sie behutsam an den Händen. »Komm, ich bring dich ins Bett.« Sie stand auf und zog sie vorsichtig hoch.

Nadja merkte, dass sie schwankte. Sie blinzelte unter den fast geschlossenen Augenlidern hervor. Wie gern hätte sie sich jetzt an Jil gekuschelt. Aber sie stand einfach nur stocksteif da, bemüht, Haltung zu bewahren.

Jil griff ihr unter die Arme, um sie zu stützen. Langsam gingen sie die Treppe hinauf, und als sie das Zimmer betraten, ließ Nadja sich der Länge nach aufs Bett fallen. Eine süße Schwere ergriff von ihr Besitz. Seufzend drückte sie ihr Gesicht ins Kopfkissen. Ihre Hände tasteten noch ein wenig umher, als suchten sie etwas, das sie umarmen konnte. Als sie schon auf dem Weg ins Land der Träume war, fühlte sie noch eine sanfte Berührung an ihrer Wange. Dann schlief sie ein.

8

Ein schepperndes Geräusch, gefolgt von einem aufgeregten Hundegebell, riss Nadja unsanft aus dem Schlaf. Aufgeschreckt rollte sie sich auf den Rücken. Ein stechender Schmerz bohrte sich in ihren Kopf, als sie versuchte, die Augen zu öffnen. Stöhnend fuhr sie sich über die pochenden Schläfen.

Sogleich kam die Erinnerung wieder und sie wünschte, sie hätte nicht so viel getrunken. Und als wäre das nicht genug, erschien Jil vor ihrem geistigen Auge.

»Oh nein. Bitte lass es nur ein Traum gewesen sein«, beschwor sie die Zimmerdecke. Aber es half nichts. Ihr brummender Schädel signalisierte ihr allzu deutlich, dass alles, woran sie sich jetzt erinnerte, wirklich passiert war.

Schamgefühl stieg in ihr auf, und sie schlug entsetzt die Hände vors Gesicht. Wie sollte sie Jil jemals wieder unter die Augen treten? Sie hatte nie gewollt, dass Jil sie so zu Gesicht bekam, in einem ihrer schwächsten Momente.

Wieso war sie überhaupt aus ihrem Zimmer gekommen? Hatte Nadja doch zu viel Lärm gemacht, oder hatte Jil sie vielleicht für einen Einbrecher gehalten? Einbrecher? Hier mitten im Nirgendwo? Nadja lachte höhnisch auf. Doch die Quittung folgte auf dem Fuße, und sie biss sich schmerzverzerrt auf die Lippe.

Vorsichtig setzte sie sich auf. Ihr Blick fiel auf den kleinen Radiowecker, der auf dem Nachtschränkchen stand, und ihr fiel abrupt die Kinnlade herunter. *Ach du Schande!* Sie wandte ihre Augen davon ab, nur um gleich darauf noch einmal auf die digitale Anzeige zu starren. Die Uhrzeit blieb dieselbe. Da konnte sie noch so sehr hoffen, dass ihre schlaftrunkenen Augen ihr nur einen Streich gespielt hatten. Es war immer noch mittags halb eins.

Schlagartig schob sich nun auch die Ursache dafür, dass sie geweckt wurde, in ihr Gedächtnis. *Ronja!* Wenn die Neufundländerdame hier war, dann konnte das nur bedeuten, dass auch Stella bereits zurückgekehrt war. Und Jil? Wann war sie heute Morgen losgefahren?

Ächzend wie eine alte Frau stieg Nadja aus dem Bett. Jetzt merkte sie, dass ihr nicht nur der Kopf schmerzte, sondern wahrscheinlich auch jeder einzelne Muskel ihres Körpers. Sie gab ein gurgelndes Geräusch von sich, als sie sich über ihren Hintern und die Oberschenkel rieb. Vielleicht hätte sie doch besser Jils Angebot, ein Entspannungsbad zu nehmen, angenommen.

Sie fragte sich, ob der gestrige Abend dann anders verlaufen wäre. Genervt rollte sie mit den Augen. Solche sinnlosen Überlegungen führten doch zu rein gar nichts. Der Sex mit Jil war atemberaubend schön gewesen, und darauf hätte sie um nichts auf der Welt verzichten wollen. Wahrscheinlich nicht einmal, wenn sie vorher gewusst hätte, wie der Abend enden würde.

Aber ganz sicher war sie sich dann doch nicht. Denn jetzt fühlte sie etwas, das die Muskel- und Kopfschmerzen regelrecht verblassen ließ. Dieser tiefsitzende Schmerz in ihrem Herzen, der ihr fast die Luft zum Atmen nahm.

Schwerfällig schleppte sie sich ins Bad. Dort duschte sie so kalt, dass sie anfing wie Espenlaub zu zittern. Am liebsten wäre sie zwischen den einzelnen Wasserstrahlen hin- und hergesprungen. Doch stattdessen biss sie die Zähne zusammen und ließ das Martyrium über sich ergehen. Das taube Gefühl in ihren Gliedern versuchte sie zu ignorieren. Doch die Kopfschmerzen blieben und waren nach wie vor sehr präsent. Dagegen hätte wahrscheinlich nicht mal ein Eisbad geholfen. Aber sie musste sich wenigstens optisch soweit auf Vordermann bringen, damit Stella ihr nicht gleich von weitem ansah, dass sie eigentlich völlig hinüber war.

Als sie mit dem Ergebnis halbwegs zufrieden war und ihr Gesicht eine rosige, frische Farbe angenommen hatte, wie sie mit einem Blick in den Spiegel feststellte, machte sie sich auf den Weg nach unten.

Auch die Treppenstufen stellten für Nadja eine mittlere Herausforderung dar, nachdem sie gestern Nacht noch leichtfüßig hier hinuntergehopst war. Sie blies die Wangen auf und ließ die Luft nur langsam entweichen, um nicht wie eine einsame Wölfin aufzuheulen.

Ihre Finger krallten sich um das Geländer, als Stella plötzlich in ihrem Blickfeld auftauchte. Die hielt in ihrer Bewegung inne, und in ihrem Gesichtsausdruck lag freudige Überraschung, während sie Nadja einen langen und dann schon amüsierten Blick zuwarf.

»Muskelkater?«, fragte sie sichtlich erheitert.

»Und wie«, murmelte Nadja mit belegter Stimme. »Aber woher weißt du …?«

Stella lachte beherzt auf. »Jil hat mich vorhin von unterwegs aus angerufen. Sie hat mir von eurem Ausritt erzählt und gemeint, ich soll dich schlafen lassen.« Sie verdrehte theatralisch die Augen. »Als hätte ich einen Grund, dich aufzuwecken.« Ihre Hand wies den Flur entlang zur Haustür. »Tut mir leid wegen des Lärms. Ronja hat draußen Haschen mit einer der Gänse gespielt und dabei die Mülltonne umgerissen.«

Nadja zuckte verständnisvoll mit den Schultern. Jetzt war sie eigentlich ganz froh darüber, geweckt worden zu sein. Sonst hätte sie wahrscheinlich den ganzen Tag verschlafen.

Jil wollte also, dass sie ausschlief. Diese Information interessierte sie viel mehr. *Das ist doch wirklich nett von ihr,* dachte sie. Doch es fühlte sich nicht wirklich gut an. Zu sehr verbitterte sie der Gedanke daran, weshalb sie heute kaum aus dem Bett gekommen war. Und das hatte definitiv nicht am Ausritt gelegen.

»War wohl gestern noch ein sehr anstrengender …«, Stella ließ eine kleine Pause dazwischen, »… Tag?«, fragte sie dann übertrieben langgezogen. Kleine Lachfältchen tanzten um ihre braunen Augen.

Natürlich ahnte Nadja sofort, worauf Stella mit ihrer Frage eigentlich hinauswollte. Wahrscheinlich hätte sie viel lieber direkt nach dem Abend gefragt. Oder der Nacht?

Sie seufzte angespannt auf, während sie immer noch mitten auf der Treppe verharrte. »Ähm, ja. Das kann man wohl sagen«, krächzte sie heiser. Ihr Mund fühlte sich furchtbar trocken an, und sie hatte riesigen Durst. Trotzdem redete sie weiter. »Ich bin das Reiten einfach nicht gewöhnt. Und wir waren gestern wirklich ziemlich lange unterwegs.« Ihre Worte hatte sie mit Bedacht gewählt. Bloß nicht zu viel verraten.

»Hm.« Stella nickte nachdenklich. »Na, nun komm erst mal runter, ehe du noch auf der Treppe festwächst.« Sie blinzelte Nadja ziemlich belustigt zu. »Ich habe gekocht. Und du musst doch einen Bärenhunger haben.«

Essen? Alles, aber bloß das nicht. Allein bei dem Gedanken daran drehte sich ihr der Magen um. »Ehrlich gesagt habe ich überhaupt keinen Hunger. Ich glaube, ich trinke erst mal nur einen Tee.« Sie merkte, dass sie anfing zu stammeln. Soviel dazu, dass sie nicht zu viel verraten wollte.

Den Kopf leicht zur Seite geneigt musterte Stella sie mit einem aufmerksamen und intensiven Blick, als wollte sie in ihr Inneres schauen. »Nur Tee? Auch gut«, sagte sie dann. Grinsend fügte sie hinzu: »Vielleicht kannst … äh, willst du ja später was essen.«

Jetzt war es eindeutig. Stella amüsierte sich köstlich über sie. *Benehme ich mich wirklich so trottelig, oder hat Jil ihr noch viel mehr erzählt?* Sie wollte schon den Kopf schütteln, besann sich dann aber, das besser bleibenzulassen. Nein! Dass Jil ihrer Schwester am Telefon gleich alle Einzelheiten berichtete, konnte Nadja sich nun wirklich nicht vorstellen. Das passte nicht zu der Jil, die sie bislang kennengelernt hatte. Dann war es wohl doch eher so, dass Stella im Moment wie in einem Bilderbuch in ihr lesen konnte. Sie war eben einfach nicht auf der Höhe.

»Ich fürchte, ich habe gestern ein bisschen zu tief ins Weinglas geschaut«, versuchte sie möglichst unverfänglich bei der Wahrheit zu bleiben. Steif stieg sie die letzten Stufen hinab.

Stella lächelte mitfühlend. »Dann hast du außer Muskelkater also auch noch einen Brummschädel? Armes Mädel.« Sie legte ihren Arm freundschaftlich um Nadjas Schultern und schob sie sanft in die Küche. »Dann ist Tee wirklich eine gute Alternative.«

»Und bitte ein großes Glas Wasser«, fügte Nadja noch hinzu.

Stella schien sofort wieder in ihrer Gastgeberrolle aufzugehen. Erst platzierte sie Nadja auf den Stuhl, stellte ein kühles Glas Wasser vor sie auf den Tisch und wuselte dann voller Elan in der Küche herum, dass es Nadja selbst in ihrem malträtierten Zustand ein Lächeln entlockte.

Gierig trank Nadja ein paar Schluck. Das kühle Nass rann wohltuend ihre Kehle hinunter. »Ich hätte nicht gedacht …«

»Dass ich heute um diese Zeit schon wieder hier anzutreffen bin?« Stella wirbelte herum und schmunzelte, als sie Nadjas verblüfftes Gesicht sah, weil sie ihr die Worte aus dem Mund genommen hatte. »Üblicherweise bekommt man mich auch erst Sonntagabend wieder zu Gesicht. Ich habe es nämlich nicht eilig, von Ryan wegzukommen.« Sie zwinkerte Nadja bedeutsam zu. »Aber Jil holt doch heute das Fohlen, und sie wusste nicht genau, wann der Automechaniker kommt, der sich deinen Truck anschauen will.«

Stimmt ja! Das hatte Nadja völlig verdrängt. Sie schluckte peinlich berührt, und sie war heilfroh, dass Stella einfach weiterplapperte.

»Ich schätze mal, Jil wollte dich nicht allein zurücklassen, falls er plötzlich auftaucht. Deshalb hat sie mich heute Morgen angerufen. Man weiß hier nie so genau, wann jemand kommt. Hier draußen«, sie machte eine ausschweifende Armbewegung, »lohnt es sich nicht, feste Termine zu vereinbaren. Da hat man es nicht so mit der Pünktlichkeit.« Sie gluckste vor sich hin. Anscheinend amüsierte sie das eher, als dass es sie störte. »Und du würdest ihn wahrscheinlich gar nicht verstehen. Sein Englisch ist grauenhaft, weil er aus dem französischsprachigen Teil Kanadas stammt. Aber«, sie hob den Zeigefinger in die Luft, »er ist der beste und vor allem preiswerteste Automechaniker weit und breit.« Jetzt lachte sie. Das schien sie tatsächlich zu erheitern.

Nadjas Mundwinkel zuckten nach oben. Stella war wirklich herzerfrischend und sie schaffte es ohne viel Aufwand, sie auf andere Gedanken zu bringen. »Ich danke dir«, sagte sie aus tiefstem Herzen.

Stella stellte eine dampfende Teetasse vor Nadja auf den Tisch. »Dank nicht mir«, sagte sie verschmitzt lächelnd. »Jil hat ihn irgendwann mal aufgetrieben, und seitdem hat er immer mal was für uns repariert.« Sie ließ sich neben Nadja auf den Stuhl plumpsen. »In diesem Land, so abseits von der Stadt, bist du auf gute Kontakte angewiesen«, erläuterte sie. »Und Jil? Tja, sie mag nicht so der gesellige Typ sein, aber um geschäftliche Kontakte zu knüpfen, dafür hat sie ein Händchen.«

Nadja merkte, dass sie zustimmend nickte. *Ja, dafür scheint sie ein Händchen zu haben. Aber wenn es um Gefühle geht, da verzieht sie sich lieber in ihr Schneckenhaus.* Tief durchatmend nahm sie vorsichtig die Tasse und trank ein paar Schlückchen. Das tat so gut. Nach dem kalten Wasser wärmte der Tee sie angenehm innerlich.

Urplötzlich musste sie an das gestrige Gespräch mit Jil denken. Jenes Gespräch, das zwischen sinnlicher Verführung, erneutem Hinhalten und dem ersehnten ersten Kuss stattgefunden hatte.

Es war genau der Moment gewesen, als Jil zum ersten Mal überhaupt über ihren Schatten gesprungen war und etwas sehr Persönliches von sich preisgegeben hatte. Nur um sich dann sofort wieder wie eine Auster zu verschließen. Fast genauso abrupt wie dann auch der Abend geendet hatte.

Doch das eine war mit dem anderen natürlich nicht zu vergleichen. Das wusste Nadja, und sie hatte Verständnis dafür, trotz ihrer Gefühlsachterbahn. Was war das gestern auch für ein Tag gewesen. Irgendwie verrückt und unvorhersehbar. Jedenfalls hätte Nadja es niemals so erwartet, wenngleich sie sich manches auch erträumt hatte. Aber dem steilen Anstieg waren ein paar phänomenale Loopings gefolgt, bevor es dann wieder rasant bergab gegangen war.

»Tut mir sehr leid, das mit eurer Mutter.« Sie drehte sich leicht zur Seite und blickte Stella über den Rand der Tasse hinweg an.

Es sah so aus, als würde Stella sich ein wenig auf ihrem Stuhl versteifen. Dann richtete sie sich kerzengerade auf, ehe sie Nadjas Blick erwiderte. Ihre Augen blickten kummervoll, aber noch etwas anderes spiegelte sich darin wider. Es war wohl Erstaunen.

»Jil hat dir davon erzählt?«, fragte sie, und nun war es offensichtlich, dass sie verblüfft war. Anscheinend konnte sie kaum glauben, dass ihre Schwester tatsächlich über dieses traurige und sensible Thema gesprochen hatte. Und schon gar nicht Nadja gegenüber.

Nadja schluckte den Kloß, der sich plötzlich in ihrem Hals gebildet hatte, herunter. »Wir haben uns gestern Abend ein wenig unterhalten. Jil hat mir von Vallendar erzählt und wie gern sie als Kind dort gewesen ist.«

Achtsam studierte sie Stellas Gesichtszüge. Doch entgegen ihrer Befürchtung sah sie kein Unbehagen darin. Stella hatte immer noch denselben Ausdruck. Sie wirkte aufrichtig interessiert, und mit großen Augen wie die eines überraschten Kindes schien sie darauf zu warten, dass Nadja weitersprach.

»Dabei sind wir auch auf eure Eltern zu sprechen gekommen. Und dann hat sie mir von dem Autounfall erzählt. Aber Jil wollte danach nicht weiterreden.« Nadja holte tief Luft. »Ich habe ihren Schmerz gesehen, und –«, sie stockte und räusperte sich schnell, »ich glaube, sie hatte gar nicht vorgehabt, mir davon zu erzählen.«

Sie stellte die Teetasse auf den Tisch zurück und rieb sich mit den Fingerkuppen über die Stirn. Für einen Augenblick hatte sie ihre Kopfschmerzen ganz vergessen, aber sie waren immer noch da.

Stellas lautes Seufzen durchbrach die kurze Stille, die den Raum erfüllt hatte. »Seit zwei Jahren hat Jil nie auch nur ein Wort darüber verloren. Sie wollte nicht einmal mit mir darüber sprechen. Sie hat sich einfach geweigert oder sofort das Thema gewechselt. Oder sie hat sich draußen bei ihren Pferden verkrochen.« Sie lachte schmerzerfüllt auf, dass Nadjas Herz sich verkrampfte.

»Es tut mir so leid. Mir war nicht klar, dass ich mit meiner dummen Fragerei so viel Leid heraufbeschwören könnte«, flüsterte Nadja schwach. Sie fühlte sich hundeelend. Jetzt noch mehr als ohnehin schon. Ihr Blick verlor sich unter dem Tisch, weil sie nicht wusste, wohin sie schauen sollte.

Doch Stella tätschelte liebevoll ihre Wange und fasste sie dann an den Schultern, als wollte sie Nadja wiederaufrichten und als wäre Nadja diejenige, die getröstet werden musste. »Was ich damit sagen will«, begann sie, »Jil scheint dich sehr zu mögen, und sie scheint dir irgendwie zu vertrauen, obwohl du erst seit zwei Tagen hier bist. Das ist wie ein kleines Wunder, und ich bin wirklich sehr froh darüber. Verstehst du?«

Skeptisch runzelte Nadja die Stirn, als sie wieder zu Stella aufsah. »Lieb, dass du das sagst. Aber ich denke, du irrst dich. Jil hat doch nur ganz wenig gesagt. Und wenn der Abend anders begonnen hätte, dann wären wir wahrscheinlich überhaupt nicht auf dieses Thema gekommen.«

Kaum hatte sie es ausgesprochen, senkte sie gequält die Augenlider und blickte starr vor sich hin. *Glückwunsch, Nadja! Die Mutter der beiden ist gestorben, und du denkst wieder nur an das Eine.*

Sie hoffte inständig, dass ihr idiotischer Kommentar von Stella unbemerkt bleiben würde. Sie fürchtete sich davor, missverstanden zu werden. Davor, dass Stella sie für selbstsüchtig und gefühlskalt halten könnte, obwohl doch genau das Gegenteil der Fall war. Es waren einfach viel zu viele Gefühle, die in kürzester Zeit hier auf sie einströmten und sie ganz durcheinanderbrachten. Und offenbar beeinträchtigte das auch ihr Denkvermögen. Oder wie war es sonst zu erklären, dass sie sich zu solch einer unüberlegten Bemerkung hatte hinreißen lassen?

Aber zu ihrer Verwunderung erhellte Stellas Miene sich zu einem heimlichen Lächeln. »Wenn der Abend anders begonnen hätte?«, fragte sie, während sie Nadja neugierig musterte.

Nadja stöhnte geplagt auf. Verlegen hielt sie sich die Hände vors Gesicht und blinzelte zwischen den Fingern hindurch. »Ach, Stella«, krächzte sie. Sie suchte ihr Heil in der Ablenkung und griff etwas zu hastig nach der Tasse, sodass Stella gezwungen war, ein Stück zurückzuweichen, damit der heiße Tee nicht noch auf ihrem Schoß landete.

»Ist das der Grund für den zu tiefen Blick ins Weinglas?«, fragte sie dennoch, wenn auch behutsam, nach.

Nadja bewegte unentschlossen den Kopf hin und her. »Na ja ... auch ... also irgendwie schon ... ein bisschen vielleicht«, stammelte sie wirr. Ihr Sprachzentrum schien ebenfalls eindeutig gestört zu sein. Funktionierte bei ihr heute überhaupt noch irgendetwas?

Stella lachte leise auf. Als verstünde sie auch so ganz genau, sagte sie jetzt nichts mehr dazu. Und sie schien auch gar keine Antwort mehr zu erwarten, als wollte sie Nadja vor einer unangenehmen Offenbarung verschonen. Sie besaß dieses Feingefühl, das Nadja offenbar abhandengekommen war.

Im selben Augenblick, als sie sich erhob und Nadja aufmunternd durch die Haare wuschelte, ertönte leises Motorengeknatter, das schnell lauter wurde und die Ankunft eines Fahrzeuges ankündigte. War das Jil oder doch der Automechaniker?

Stella lief zum Fenster und reckte ihren Hals. »Ah, das ist er«, sagte sie. »Hätte nicht gedacht, dass er schon zur Mittagszeit hier auftaucht.« Sie drehte sich zu Nadja um. »Gibst du mir den Schlüssel für deinen Camper?«

»Ja, natürlich«, antwortete Nadja etwas überrascht. Sie erhob sich schwerfällig, weil ihre Beine wie eingeschlafen wirkten und es an allen möglichen Stellen zwickte und zwackte. »Soll ich denn nicht mit rauskommen? Vielleicht hat er ja Fragen an mich wegen des Trucks.«

»Du meinst, er findet vielleicht den Hebel, um die Motorhaube zu öffnen, nicht?« Stella grinste amüsiert. »Also ich will dich bestimmt nicht aufhalten, aber ich dachte«, sie zeigte mit dem Finger auf Nadja, die so wacklig auf den Beinen stand, dass sie sich mit einer Hand am Tisch abstützen musste, »in deinem lädierten Zustand bist du vielleicht ganz froh, wenn ich mich gleich selbst um den Retter im Blaumann kümmere«.

Unschlüssig zuckte Nadja mit den Schultern. »Ich schätze, er wird es sowieso nicht sofort reparieren können. Bestimmt hat Jil recht und es liegt an der Zylinderkopfdichtung. Deshalb muss ich vorher unbedingt wissen, was da finanziell auf mich zukommt.« Sie senkte beschämt den Kopf, weil es ihr unangenehm war, dass sie erneut ihr Geldproblem ansprechen musste.

Sowohl Stella als auch Jil mussten sie für vollkommen unfähig und verantwortungslos halten. Da tourt sie durch Kanada, kauft sich von ihrem Ersparten einen heruntergekommenen Truckcamper, ohne die nötigen Reserven zu haben für einen unerwarteten Zwischenfall wie diesen hier.

Normalerweise war sie nicht so leichtsinnig. Sie war keine Frau, die das Geld mit vollen Händen zum Fenster hinauswarf. Sie behielt ihre Finanzen sonst stets im Blick und lebte niemals über ihre Verhältnisse. Aber hier in diesem scheinbar grenzenlos weiten Land, da wollte sie wenigstens einmal im Leben sich unabhängig und frei fühlen, ohne irgendwelchen Zwängen unterworfen zu sein. Sie hatte sich von dieser neugewonnenen Freiheit einfach mitreißen lassen, und sie hatte dieses Gefühl ganz und gar genossen, bis der Truck einfach nicht mehr weiterfuhr und sie in ihrer unbeschwerten Reise ausbremste.

Lächelnd kam Stella auf sie zu. »Ich mach das schon. Jetzt zerbrich dir mal nicht schon den Kopf, bevor wir überhaupt wissen, wo das Problem liegt. Darüber können wir uns danach immer noch Gedanken machen. Einverstanden?«

Nadja war sprachlos. Sie fragte sich erneut, womit sie diese Freundlichkeit und Hilfsbereitschaft eigentlich verdient hatte. Dass es so etwas überhaupt noch auf dieser Welt gab. »Ich weiß gar nicht, was ich sagen soll, außer, dass ich dir ... euch wirklich sehr dankbar bin«, flüsterte sie ergriffen.

»Du musst doch auch nichts weiter sagen.« Stella verzog lächelnd den Mund. »Hilfe anzubieten, wenn jemand in Not ist, ist doch selbstverständlich.« Sie stupste Nadja leicht gegen den Arm. »Und jetzt Abmarsch. Hol den Schlüssel.«

Widerspruchslos, aber mit einem Lächeln auf den Lippen schlurfte Nadja aus der Küche. Als sie im Flur war, hörte sie, wie draußen eine Autotür zugeschlagen wurde und eine tiefe Männerstimme erklang. Offenbar sprach der Mechaniker mit Ronja, die daraufhin die Begrüßung mit einem kurzen Bellen erwiderte.

Nadja beeilte sich jetzt. Wenn sie schon alles für sich machen ließ, dann wollte sie wenigstens niemanden unnötig warten lassen. Sie biss die Zähne zusammen, als sie die Stufen ins Obergeschoss fast schon im Sprint erklomm. Im selben Tempo lief sie wieder herunter. Ganz außer Atem drückte sie Stella den Autoschlüssel in die Hand.

Die schüttelte schmunzelnd den Kopf. »Respekt!«, sagte sie noch, während sie ein Lachen zu unterdrücken versuchte.

Dann öffnete sie die Haustür und trat auf die Veranda. Sie sprach den Mann auf Französisch an. Außer der Begrüßung verstand Nadja rein gar nichts, und so war sie jetzt doch erleichtert, dass Stella ihr eine umständliche Kommunikation ersparte.

Kurze Zeit später verloren sich die Stimmen. Wie bestellt und nicht abgeholt stand Nadja einfach nur da. Was sollte sie denn jetzt machen? Wenn doch die schrecklichen Kopfschmerzen endlich vorübergehen würden. Sie hätte Stella noch nach einem Aspirin fragen sollen.

Sie goss sich noch einen weiteren Tee auf, und mit der Tasse in der Hand schlich sie ziellos durchs Haus.

Im Wohnzimmer fiel ihr Blick auf die Couch, und sofort wurde ihr siedend heiß. Sie merkte, dass sie anfing zu schwitzen, während sie Schritt für Schritt näher herantrat. Dabei drehte sie sich mehrmals verstohlen zur Tür, als erwartete sie, dass in jedem Moment Stella hereinkommen würde.

Vor der Couch kniete sie nieder, stellte die Tasse ab und ließ erst ihre Augen und dann ihre Hände wie in Zeitlupe über das sandfarbene Polster gleiten. Es waren keine verräterischen Flecken zu sehen. Gott im Himmel, das hätte noch gefehlt.

Fast automatisch senkte sie ihr Gesicht, bis ihre Nase dicht über dem Polster schwebte. Sie schnupperte ein wenig, um zu prüfen, ob vom Duft der Leidenschaft noch etwas zu riechen war.

Als sie von irgendwoher ein Geräusch vernahm, schrak sie heftig zurück. Sofort ging ihr Blick wieder zur Tür. Doch da war niemand. Ihr Herz flatterte wie ein Vogel im Käfig.

Du benimmst dich ja wie ein Hund, schalt sie sich. Bei dem Gedanken daran kam ihr sofort Ronja in den Sinn. Die würde mit ihrer Spürnase wahrscheinlich die ganze Couch beschnüffeln. Die Vorstellung, was Stella wohl dazu sagen würde, wenn sie das sähe, führte nicht gerade zum Sinken ihrer Körpertemperatur.

Hastig sprang Nadja auf. Durch die schnelle Bewegung protestierte ihre Oberschenkelmuskulatur. Sie stöhnte auf und stolperte prompt über die Teetasse, die sie auf dem Boden abgestellt hatte. Der Tee ergoss sich über das Parkett.

»Oh nein. Geht denn nur noch alles schief?«, schimpfte sie entnervt. Aufgelöst lief sie wieder in die Küche und fand vor lauter Schreck weder einen Lappen noch Küchenpapier.

»Kann ich dir bei deiner Suche vielleicht helfen?«

Jil! Wie zur Salzsäule erstarrt war Nadja nicht fähig, sich umzudrehen. Ihr Blick bohrte sich in das Schrankinnere, das sie gerade durchsucht hatte. »Einen … Lappen … Ich … habe den Tee … verschüttet«, stotterte sie. Sie konnte Jil mit jedem Atemzug spüren, als die hinter sie trat.

»Ach ja? Wo denn?«, fragte Jil, und sie hörte sich ein wenig belustigt an. Sie griff an Nadja vorbei unter den Hängeschrank und holte die Haushaltsrolle hervor. »Dann nimm doch die hier«, raunte sie.

Vielleicht eher zufällig strich sie Nadja dabei über den Rücken. Aber es fühlte sich so zärtlich an, dass sich bei Nadja sämtliche Härchen ihres Körpers aufstellten. Ihre Finger krallten sich einen Moment um den Rand des Küchentresens.

Dann wirbelte sie herum, riss die Küchenrolle fast aus Jils Händen, und während sie bereits hinausstürmte, rief sie atemlos: »Das Parkett im Wohnzimmer.«

Wie zum Henker kam Jil denn so plötzlich hierher? Nadjas Gedanken rasten, während sie über den Boden robbte und die Pfütze mit dem Krepppapier aufsaugte. *Wenigstens ist es kein Wein,* beruhigte sie sich selbst ein bisschen.

Ein leichter Windhauch zog durch das Wohnzimmer. Vielleicht bildete sie sich das auch nur ein, aber die Tür stand sperrangelweit offen, und sie wusste auch so, dass Jil ihr gefolgt war.

Als alles aufgewischt war, setzte sie sich auf die Couch, die nassen Papiertücher in den Händen. Jil lehnte am Türrahmen, genau wie letzte Nacht, und musterte sie schweigend.

»Ist Forrest jetzt hier?«, fragte sie, um die unangenehme Stille zu durchbrechen.

Jil nickte bedächtig. »Ja. Ich habe ihn erst mal im Stall untergebracht. Er ist zu schwach für die Weide. Ich muss Sissy zu ihm führen, aber es könnte zu eng werden. Aber ich muss es trotzdem versuchen.« Sie atmete tief durch.

Erst jetzt sah Nadja die Anspannung, unter der sie offensichtlich stand. Jil wirkte angeschlagen, und sie sah übermüdet aus. Ihre sonst so klaren, graublauen Augen waren jetzt trüb, und sie wischte sich mehrmals mit dem Handrücken über die Augenlider.

Nun kam also noch ein weiterer Punkt hinzu, weshalb Nadja sich schuldig fühlte. »Kann ich dir irgendwie helfen?«, bot sie nun ihrerseits ihre Hilfe an. »Stella wollte mich schon nicht auf den Mechaniker loslassen. Aber wie man sieht«, sie hielt die Hände mit den Tüchern in die Höhe, »bin ich hier im Haus auch bloß nicht zu gebrauchen.« Sie lächelte verlegen und zugleich schuldbewusst.

»Ach ja, Jacques.« Jil kratzte sich am Hinterkopf. »Er ist gerade weggefahren, als ich ankam. Ich weiß noch nichts weiter. Stella meinte nur, dass es wohl doch etwas komplizierter wird.«

Nadja stieß den angestauten Atem aus. »Ehrlich, mich wundert heute überhaupt gar nichts mehr.« Seufzend stand sie auf. Doch dann zögerte sie, einfach an Jil vorbeizugehen und sagte: »Arbeit ist die beste Ablenkung, heißt es doch so schön.«

Warum auch immer sie das gesagt hat, aber es führte dazu, dass Jils Mundwinkel sich ein winziges Stück hoben. Das war zwar nicht viel, aber immerhin. »Wie geht's deinem Kopf?«, fragte sie. Ihre Stimme klang ganz weich.

Viel besser, seit du wieder da bist, hätte Nadja fast gesagt. Aber sie unterdrückte das Bedürfnis, ihre Freude darüber zu sehr zum Ausdruck zu bringen. Trotz allem konnte sie nicht vergessen, dass Jil sie tief verletzt hatte. Es schmerzte immer noch sehr. Und in ihrer Nähe zu sein würde vermutlich nicht so schnell Abhilfe schaffen. Sie brauchte also dringend Ablenkung.

»Alles okay«, flunkerte sie, damit Jil nicht auch noch auf die Idee kam, sie müsste weiterhin geschont werden. Sie wollte sich nicht ausruhen oder ihre Wunden lecken. Sie wollte kämpfen! Auch wenn sie noch keine Ahnung hatte, wie sie das anstellen sollte und um welchen Preis.

»Okay?«, fragte Jil nach. Sie zog skeptisch die Augenbrauen hoch. »Ich hätte wetten können, dass du heute überhaupt nicht aus dem Bett kommst.«

Nadja hätte beinahe laut aufgelacht. *Schon mal drüber nachgedacht, warum ich letzte Nacht so hinüber war?* Sie verzog trotzig das Gesicht. Es war schon erstaunlich, aber Jil schien überhaupt nicht in Betracht zu ziehen, dass sie die Ursache dafür sein könnte. Oder sie verdrängte es einfach. Im Verdrängen war sie offensichtlich eine Meisterin.

»Was willst du denn von mir hören, Jil? Oder besser, was willst du nicht hören?«, fragte Nadja schärfer als beabsichtigt.

Jils Miene verfinsterte sich ein wenig. »Ich wollte doch nur wissen, ob soweit alles in Ordnung ist.« Sie zuckte lässig mit den Schultern. Ein bisschen zu lässig für Nadjas Geschmack.

»Aber natürlich ist alles in Ordnung. Wieso denn auch nicht?« Nadja gab sich wirklich alle Mühe, die Contenance zu bewahren.

Aber Jil machte es ihr nicht gerade leicht. »Jetzt hörst du dich fast schon an wie gestern Nacht«, witzelte sie ein bisschen. Offensichtlich wollte sie so die Schärfe aus der Unterhaltung nehmen, die plötzlich eine ganz andere Richtung nahm. Als hätte sie sich verselbständigt.

Nadja winkte ermattet ab. »Lass gut sein«, murmelte sie. Sie hatte heute einfach nicht die Kraft, um sich auf Jils Spielchen einzulassen. Sie seufzte niedergeschlagen. Hatte sie bis eben noch geglaubt, dass Jil auf direktem Wege zu ihr gekommen war, weil sie sich vielleicht wirklich Sorgen um sie gemacht hatte, dann verblasste dieses Gefühl zusehends. Jetzt kam es ihr eher so vor, als wollte Jil sich lediglich vergewissern, ob Nadja ein Drama aus der für sie wahrscheinlich unwesentlichen Sache machen würde. »Also was ist nun? Kann ich dir nun helfen oder nicht?«, lenkte

sie ab. Darauf hatte sie schließlich immer noch keine Antwort.

Jil verschränkte die Arme wie ein Schutzschild vor der Brust. Ihre Mimik drückte Unentschlossenheit aus. Sie schien sich zu fragen, ob sie das, was sie zu sagen gedachte, hinterher nicht doch bereuen würde. Gut möglich, dass sie von Nadja auch einfach nur eine andere Reaktion erwartet hatte. Wie immer konnte Nadja ihre Gedanken nur erahnen. Und was Jils Gefühle betraf, da tappte sie völlig im Dunklen.

»Um Forrest muss ich mich erst einmal allein kümmern«, antwortete Jil nach einer gefühlten Ewigkeit. »Du bist fremd für ihn. Das würde überhaupt nichts bringen.« Sie rührte sich keinen Millimeter von der Stelle. Mit stoischer Ruhe machte sie deutlich, dass Nadjas Hilfe ganz offensichtlich nicht erwünscht war.

Nadja ließ resigniert den Kopf hängen. Einerseits hätte sie sich das ja denken können, dass Jil nach dem gestrigen Abend nicht viel Wert auf ihre Gesellschaft legte. Andererseits musste sie Jil jedoch recht geben. Was sollte sie bei dem Fohlen schon ausrichten können, außer im Weg zu stehen? Jil wusste am besten, was zu tun war. Sie konnte im Moment also gar nichts tun, auch wenn sie es sich noch sehr wünschte. »Ich weiß schon. Es ist nur«, ihre

Schultern sanken noch ein bisschen weiter nach unten, »ich fühle mich so unnütz.«

»Du könntest Stella fragen. Sie wird sowieso noch wegen des Trucks mit dir reden wollen. Und außerdem freut sie sich immer, wenn sie nicht allein ist.«

»Im Gegensatz zu dir?«, fragte Nadja etwas gereizt.

»Das habe ich nicht gesagt.«

»Aber bestimmt gemeint«, schoss Nadja unbeherrscht zurück.

»Sag mal, was soll das hier eigentlich werden?« Jils Gesichtszüge schienen zu entgleisen, und ihre Stimme hatte einen schroffen Ton angenommen. »Ich habe jetzt echt keinen Nerv für so eine alberne Diskussion.«

Nadja schnappte nach Luft, während ihre Lippen bereits Widerworte formten.

Doch Jil hob haltgebietend die Hand. Ihre Gesichtsmuskeln arbeiteten und verliehen ihr eine unerbittliche Härte. »Ich werde mich jetzt um Forrest kümmern. Und du«, sie tippte mit dem Zeigefinger auf Nadjas Brustkorb, »solltest vielleicht mal eine kalte Dusche nehmen.« Dann drehte sie sich um und ließ Nadja einfach stehen.

»Das habe ich heute bereits«, grummelte Nadja ihr hinterher.

Aber Jil war längst verschwunden. Die Haustür flog nicht gerade leise ins Schloss. Und schon war sie wieder da, die quälende Stille. Und die Einsamkeit, die Nadja das Gefühl gab, in einem Eisblock gefangen zu sein.

Sie lehnte sich mit dem Kopf gegen die Wand. »Verdammt noch mal«, schimpfte sie leise vor sich hin. Das Aufeinandertreffen mit Jil war vollkommen aus dem Ruder gelaufen.

Fröstelnd schlang sie die Arme um ihre Schultern und wartete, bis das Zittern wieder nachließ.

Sie wusste nicht, wie lange sie so dastand, kaum in der Lage, sich zu bewegen, während die Gedanken in ihrem Kopf wild durcheinanderwirbelten. Vielleicht waren es nur Minuten, aber ihr kam es viel länger vor. Erst als sich eine Tür öffnete, schreckte sie aus ihrer Starre auf. Das schmerzhafte Ziehen in ihren Gliedmaßen symbolisierte ihr, dass sie viel zu lange in regungsloser Position verharrt haben musste. Doch sie verbot sich jede Träne und schluckte den Schmerz hinunter und ihren Kummer gleich mit.

Stella kam um die Ecke und blieb abrupt stehen, als sie Nadja erblickte. Fragend zog sie die Augenbrauen hoch. »Was ist denn los? Du siehst ja ganz blass aus.«

»Nein, nein, mir geht es gut«, beeilte sich Nadja zu sagen. Sie versuchte zu lächeln, aber sie merkte selbst, dass sie damit kläglich scheiterte. »Ich habe den Tee verschüttet«, murmelte sie irritiert, als ihr Blick jetzt auf ihre leeren Hände fiel. Ihre Augen suchten den Boden ab und fanden die vollgesaugten Papiertücher neben dem Türpfosten. Wann hatte sie die verloren?

»Aber das ist doch kein Beinbruch.« Stella lächelte nachgiebig. »Habt ihr zwei euch gestritten?«, fragte sie just in dem Moment, als Nadja sich nach den Papiertüchern bückte.

Ein neuerlicher Schreck fuhr ihr durch die Glieder. »Wie kommst du denn darauf?«, fragte sie so unschuldig, wie es ihr gerade noch möglich war.

Zum Glück musste sie Stella jetzt nicht ins Gesicht schauen. Sie verweilte noch ein wenig länger in ihrer gebückten Haltung, als hätte sie zwei ganze Rollen von dem Haushaltspapier verbraucht, das es jetzt aufzulesen galt.

»Nadja?«

Die Art, wie Stella ihren Namen aussprach, ließen bei ihr die Alarmglocken läuten. *Mist!* War ja klar, dass Stella die Frage nicht aus purer Langeweile gestellt hatte.

Zögernd richtete sie sich auf, bis ihre Augen sich trafen. »Gibst du dich damit zufrieden, wenn ich dir sage, unser Gespräch ist nicht ganz so gut gelaufen?« Sie legte den Kopf schief und rang sich nun doch ein Lächeln ab.

Stella schüttelte sichtlich verwundert den Kopf. »Hab ich hier irgendwas nicht mitbekommen? Erst wollte Jil unbedingt zu dir, kaum, dass sie angekommen ist, und dann kommt sie vorhin wutentbrannt aus dem Haus gestürmt.«

»Jil wollte zu mir?«, wiederholte Nadja Stellas Worte, als müsste sie sich der Bedeutung erst bewusst werden. Dabei hatte sie das doch schon längst wahrgenommen, nur war ihre Interpretation letztendlich eine andere gewesen.

»Also ehrlich mal.« Stella lachte unvermittelt auf. »Du benimmst dich genauso merkwürdig wie Jil. Und wenn ich meine Schwester nicht besser kennen würde, dann könnte man meinen, ihr beide seid verliebt.«

Nadja konnte nicht verhindern, dass ihr der Unterkiefer nach unten klappte. Halb entsetzt, halb entgeistert starrte sie Stella mit großen Augen an. »Was?«, krächzte sie. Doch mehr kam einfach nicht aus ihrem Mund heraus.

Dafür lachte Stella umso lauter. Sie schien sich kaum beruhigen zu können. »Dein Gesicht müsstest du jetzt mal sehen«, prustete sie heraus, während sie sich mit einer Hand den Bauch hielt. »Das sieht so lustig aus. Und dabei«, sie japste kurz nach Luft, »muss ich dir etwas sagen, was eigentlich gar nicht so lustig ist.« Schlagartig verschwand das Lachen, und sie wurde ganz ernst, als hätte jemand mit dem Finger geschnipst und sofort erwachte man aus einer Trance. »Dein Truck ...« Sie kratzte sich nachdenklich am Kopf, als dachte sie darüber nach, wie sie es Nadja am schonendsten beibringen konnte. »Es ist nicht nur die Zylinderkopfdichtung. Das Getriebe hat leider auch Schaden genommen.« Offenbar hatte Stella sich entschieden, es direkt und geradeheraus zu sagen.

Hätte das für Nadja irgendeinen Unterschied gemacht? Wahrscheinlich nicht. Dem einen Fiasko folgte das nächste. Und sie kam gar nicht mehr hinterher. Deshalb dauerte es auch eine ganze Weile, bis die letzte Information überhaupt bei ihr angekommen war. Sie war noch so sehr mit den vorherigen Worten beschäftigt gewesen, mit dem einen Wort wohlgemerkt. *Verliebt!*

Unaufhörlich waren diese acht Buchstaben durch ihren Kopf gedonnert. Und dann sind sie auf den Boden geknallt, als das deutlich längere Wort *Getriebeschaden* zu ihr durchgedrungen war.

Das passiert nicht wirklich. Ich träum das alles nur. Sie spürte, dass sie einer Ohnmacht nahe war. *Bloß nicht umfallen*, appellierte sie an ihren Körper. Ihr Geist hatte sich schon so gut wie verabschiedet. Stellas Stimme vernahm sie nur noch wie aus weiter Ferne.

Sie spürte, wie zwei Hände sie an den Schultern packten und sie leicht schüttelten.

»Hörst du mich, Nadja?«

»Ja«, antwortete sie schwach.

»Komm, du musst dich hinsetzen«, sprach Stella leise auf sie ein. »Dein Kreislauf scheint ein bisschen verrückt zu spielen.«

Ehe Nadja sich's versah, wurde sie auch schon auf die Couch gedrückt. Ausgerechnet die Couch, der Beginn allen Übels. Sie wollte protestieren, aber es war nur ein unverständliches Gurgeln, das ihre Lippen verließ.

Kraftlos sank sie gegen die weiche Lehne und schloss die Augen. Als nächstes fühlte sie einen nassen Waschlappen, der ihr auf die Stirn gelegt wurde.

»Vielleicht solltest du doch mal eine Kleinigkeit essen, damit du etwas in den Magen bekommst. Schließlich ist jetzt schon fast Nachmittag, und mit ein paar Schlucken Tee ist es da vielleicht nicht getan. Habt ihr wenigstens gestern Abend vernünftig gegessen?«

Das waren reichlich viele Worte, die Stella da von sich gegeben hatte. Und Nadja musste sie erst einmal ordnen, ehe sie darauf antworten konnte. »Es gab Pizza«, nuschelte sie, »aber ehrlich gesagt habe ich nur wenig davon gegessen.«

»Wieso? Hat sie etwa nicht geschmeckt?« Stella schmunzelte leicht.

Nadja seufzte etwas unbehaglich auf. Sie hatte sich kaum getraut, die Augen zu öffnen, obwohl es ihr inzwischen wieder spürbar besser ging. »Doch schon, aber ich hatte einfach keinen großen Appetit. Ich war ziemlich geschafft von dem Tag und sehr müde.« Also das war ja nun wirklich nicht die reine Wahrheit.

Aber wie sollte sie das denn sonst erklären? Stella hatte die Bemerkung mit dem Verliebtsein vorhin so beiläufig fallenlassen, dass es für sie offenbar außer Frage stand, dass es tatsächlich so sein könnte. Zumindest bei ihr, bei Nadja, war das aber mal gar nicht so abwegig. Eigentlich hatte Stella damit den Nagel auf den Kopf getroffen, ohne es wahrscheinlich zu ahnen. Aber woher sollte sie das auch wissen? Und bei Jil, da hatte Stella vermutlich recht. Was auch immer Jil für sie empfand, aber es hatte ganz gewiss nichts mit Liebe zu tun. Das hatte Jil gestern Abend nach dem Sex eindeutig unter Beweis gestellt.

»Sehr müde, so, so ...«, unterbrach Stella ihre Gedanken. Ein freches Grinsen zierte ihr Gesicht, als Nadja sie unsicher anblinzelte. »Na, ich versteh schon. Zu müde zum Essen, aber Wein geht immer. Nicht wahr?«

Auf der Stelle klappten Nadjas Augenlider wieder zu. Jetzt wurde es für sie also auch noch peinlich. Ihr blieb ja heute wirklich gar nichts erspart. Sie stöhnte unterdrückt, weil sie keine Ahnung hatte, wie sie sich hier wieder herausmanövrieren sollte.

Der Truck und die Reparaturkosten, die sie sich gar nicht ausmalen wollte, kamen ihr wieder in den Sinn. Vielleicht konnte sie damit wenigstens einer Beichte vor Stella entgehen. Sie hatte das Gefühl, als wusste Stella ganz genau, was da zwischen ihr und Jil gelaufen war. Möglicherweise dachte sie nicht ganz so weit, aber so, wie Stella sie auf eine amüsierte Art und Weise durchleuchtete, wäre sie wahrscheinlich nicht einmal überrascht. Schließlich kannte sie ihre Schwester besser als sonst irgendwer.

»Was kommt da auf mich zu?«, fragte sie reichlich verkrampft.

Stella blickte sie stirnrunzelnd an. Es war offensichtlich, dass sie nicht verstand, was Nadja damit meinte. »Außer Kopfschmerzen und Muskelkater?« Ihre Miene verzog sich grübelnd.

Nun musste Nadja doch lächeln, obwohl ihr gar nicht danach zumute war. »Also ich meinte eigentlich die Kosten für die Reparatur«, klärte sie Stella auf.

»Ach so.« Stella schien über diesen abrupten Themenwechsel ein bisschen irritiert zu sein. Seufzend ließ sie sich neben Nadja auf der Couch nieder. »Also«, begann sie. »Ich trau mich ja gar nicht so richtig, dir das zu sagen. Aber Jacques, der Mechaniker, meinte, dass dein Truck in seine Werkstatt muss, damit er sich das näher anschauen kann. Von hier aus kann er nicht viel machen. Und je nachdem, wie umfassend der Getriebeschaden ist, wären die Kosten unter Umständen so hoch, dass sich eine Reparatur gar nicht mehr lohnt. Dann wäre es sinnvoller, das Getriebe zu wechseln. Aber für deinen Toyota Tundra hat er momentan gar keins auf Lager. Jedenfalls …«, sie seufzte noch einmal tief auf, »mit allem Drum und Dran reden wir hier schlimmstenfalls von etwa viertausend Dollar.«

»Du meine Güte«, stieß Nadja bestürzt aus. Sie riss sich den Lappen von der Stirn und knautschte ihn so fest in ihrer Hand, dass ein paar Wassertropfen einen nassen Fleck auf ihrer Hose hinterließen. »Das kann ich unmöglich bezahlen. Aber wenn ich den Wagen jetzt verkaufe mit einem kaputten Getriebe, da bekomme ich ja nur noch einen Apfel und ’n Ei dafür.«

Stella umschloss beruhigend ihre geballte Faust. »Jacques wird bestimmt ein Austauschgetriebe beschaffen können. Dann wird es deutlich billiger. Aber es wird seine Zeit dauern, und ich weiß nicht, wieviel du davon hast.«

»Glaub mir, Stella, Zeit ist gerade mein geringstes Problem«, presste sie mühsam hervor. »Aber ich kann doch nicht erwarten, dass ihr mich hier tage- oder wochenlang beherbergt. Vielleicht könntet ihr mich ja in die Nähe von Jacques' Werkstatt bringen, und dann suche ich mir dort irgendeine Unterkunft.« Mutlos zog sie ihre Hand zurück und legte den Waschlappen, der sich schon ganz warm anfühlte, auf den kleinen Beistelltisch. Dann stützte sie sich mit den Ellenbogen auf den Oberschenkeln ab und legte ihren Kopf in beide Hände.

Sie konnte es zwar nicht sehen, dafür aber spüren, dass Stella sie durchdringend musterte. Am liebsten hätte sie sich irgendwo in einem dunklen Loch verkrochen. Ihr Magen begann zu rebellieren. *Warum nur habe ich das gesagt?* Sie verstand sich selbst nicht mehr.

»Willst du das denn? Weg von uns?«, fragte Stella nach einer Weile. Die Enttäuschung in ihrer Stimme war nicht zu überhören.

Nadja schüttelte den Kopf zwischen ihren Händen. »Nein, will ich nicht. Aber ich dachte …« Sie schauderte, aber so sehr sie sich auch zu winden versuchte, sie musste es Stella einfach sagen. »Ich denke, dass Jil möchte, dass ich gehe.« Nun war es heraus.

»Aber warum sollte sie das wollen?«, fragte Stella sichtlich erstaunt. »Das kann ich mir nicht vorstellen. Nein, das glaube ich nicht«, fügte sie ziemlich resolut hinzu. Sie fasste Nadja bei den Handgelenken und zog sie nach vorn, sodass Nadja gezwungen war, ihren Kopf zu heben und sie anzuschauen. »Was ist denn nur zwischen euch beiden vorgefallen?«

Innerlich wehrte Nadja sich mit Händen und Füßen. »Das kann ich dir nicht sagen«, murmelte sie. »Jil würde es bestimmt nicht gutheißen.«

»Ach, schau an«, gab Stella sich überrascht. »Und ich dachte, du wärst eine Frau, die eigenständig entscheidet, worüber sie reden will oder auch nicht.« Ihre Mundwinkel hoben sich zu einem leichten Lächeln. »Aber«, sie wischte mit der Hand über das Polster, hielt kurz inne, als hätte sie etwas entdeckt, »ich werde dich ganz gewiss nicht zwingen«, setzte sie dann fort.

Unbewusst hatte Nadja die Luft angehalten, als ihre Augen Stellas Handbewegung gefolgt waren. Jetzt stieß sie die Luft in einem langen, zitternden Atemzug wieder aus. Sie fühlte sich schweißgebadet. Das T-Shirt klebte auf ihrer Haut. Nun brauchte sie wohl tatsächlich noch einmal eine kalte Dusche.

Langsam stand sie auf. Sie vergrub ihre Hände in den Hosentaschen und starrte sekundenlang auf den Parkettboden. Dann blickte sie auf und sah geradewegs in zwei freundliche, braune Augen, die sie zu ermutigen schienen, sich anzuvertrauen und ihr verwundetes Herz auszuschütten.

Ihre Worte formten sich plötzlich ganz von selbst, und als sie es endlich aussprach, kam es einer Erlösung, zumindest einer vorübergehenden, gleich: »Wir haben miteinander geschlafen.«

Stella kreuzte ihre Arme hinter dem Kopf und ließ sich gegen die gepolsterte Lehne fallen. Ihr Blick war nach innen gerichtet, und sie schien über Nadjas Worte erst nachdenken zu müssen. »Ich konnte mir ja schon so etwas denken«, sagte sie schließlich. Dann wandte sie sich Nadja wieder zu und lächelte gütig. »So seltsam, wie ihr beide heute drauf seid.« Sie beugte sich etwas nach vorn und schaute Nadja von unten herauf fest in die Augen. »Aber Jil hat sich danach offenbar nicht so verhalten, wie du es dir gewünscht oder erhofft hast. Stimmt's?« Sie nickte wissend mit dem Kopf, als wollte sie sich die Frage gleich selbst beantworten.

»Woher weißt du das?«, stammelte Nadja ganz verdattert. »Hast du hier irgendwelche Kameras im Haus versteckt?« Verschämt blickte sie zu Boden, als sie bemerkte, wie ihr die Röte ins Gesicht stieg. Was erzählte sie denn da für einen Blödsinn?

Stellas Lachen füllte augenblicklich den Raum. »Nein, ganz bestimmt nicht. Gott bewahre!«, japste sie. »An Jils Sexleben bin ich nun wirklich nicht interessiert.« Sie bog ihren Oberkörper zurück und schüttelte erheitert den Kopf. »Aber ich kenne meine Schwester«, fügte sie nun deutlich ernster hinzu. »Und ich habe Augen im Kopf. Ich sehe, dass es dir nicht gutgeht. Es darauf zu schieben, dass du ein Glas Wein zu viel getrunken hast, wäre mir zu einfach.« Sie klopfte neben sich auf die Couch. »Setz dich wieder zu mir«, forderte sie Nadja auf. »Du bist ja völlig durch den Wind.«

Zögernd zog Nadja ihre Hände aus den Taschen. Sie kam sich vor wie ein kleines Mädchen, als sie Stellas Aufforderung folgte. Nervös knetete sie ihre Finger in ihrem Schoß. »Ich hätte es wissen müssen«, murmelte sie, während sie verbissen geradeaus starrte.

»Was hättest du wissen müssen?«

»Dass ich nicht für ein schnelles Abenteuer geschaffen bin.« Nadja seufzte deprimiert und fing an, kleine Kringel auf ihrer Jeans zu malen. »Hat bei mir noch nie funktioniert. Aber ich lerne wohl einfach nicht daraus.«

Sie lachte verzerrt, als die Erkenntnis sich wie ein Dolch in ihr Herz bohrte. Doch das war nicht das eigentliche Problem, wenn sie ehrlich zu sich war. Von der ersten Sekunde an hatte sie doch gewusst, dass Jil niemals nur ein bloßes Abenteuer für sie sein würde. Seit ihrer ersten Begegnung war es um sie geschehen, als Jil hoch zu Ross auf sie herunterblickte und sie, die Fremde, sich so fühlte, als wäre sie in ihr Revier eingedrungen. Wie ablehnend Jil da noch gewesen war. Und trotzdem hatte ihre bloße Erscheinung Nadja fast den Boden unter den Füßen weggerissen.

Ihre kreative Malerei auf der Jeans wurde unterbrochen, als Stellas Hand sich auf ihre legte. »Du solltest dir deswegen keine Vorwürfe machen«, sagte sie leise, aber bestimmt. »Ich weiß, dass Jil sehr überzeugend sein kann. Und du bist nun mal genau ihr Typ.«

»Bin ich das?« Nadja schreckte förmlich auf und starrte Stella ungläubig an.

Stella nickte leicht. Sie schien zu überlegen, ob sie wirklich noch mehr dazu sagen wollte. Auf ihrer Stirn bildete sich eine nachdenkliche, geschwungene Furche. »Ja, das bist du«, bestätigte sie trotzdem noch einmal. »Schon, als du hier wie aus heiterem Himmel aufgetaucht bist, war mir das aufgefallen. Du erinnerst mich an jemanden, also, ich meine rein äußerlich. Aber das gehört eigentlich schon längst der Vergangenheit an.« Sie schüttelte den Kopf, als wollte sie die Erinnerung daran auf diese Weise vertreiben. »Doch du bist ganz anders, vom Wesen her, wie ich bislang feststellen konnte.« Sie drückte Nadjas Hand, aber jetzt wirkte es eher so, als war sie diejenige, die Halt suchte.

Instinktiv verstärkte Nadja den Händedruck, sodass es fast so aussah, als würden sie sich beide festhalten. Ihr Herz klopfte heftig in ihrer Brust, dass sie kaum vernünftig atmen konnte. Die innere Anspannung schien sie schier zu zerreißen, und sie wagte nicht, weitere Fragen zu stellen. Sie wollte Stella jetzt nicht unterbrechen, denn wer wusste schon, wie lange Stella noch etwas zu sagen bereit war.

»*Sie* war oft sehr aufbrausend, wenn sie ihren Willen nicht bekam«, sprach Stella langsam weiter. »Zwischen *ihr* und Jil, das war immer nur ein Kampf. Ich mochte sie nicht sonderlich, aber mich hat ja keiner gefragt.« Ihre Mundwinkel verzogen sich zu einem schiefen Grinsen, als sie Nadja einen entschuldigenden Blick zuwarf. »Ich kann dir nur einen Rat geben, Nadja«, fuhr sie nach einer kleinen Pause fort. »Du sagst, du bist nicht für ein Abenteuer geschaffen. Aber nun ist es ja schon passiert. Also gibt es nur zwei Möglichkeiten. Entweder, du lässt es damit gut sein, oder ...« Seufzend rieb sie sich über den Nacken. »Also, wenn du Jils Herz erobern willst, dann musst du verdammt viel Geduld und einen langen Atem haben. Aber du solltest dir auch darüber im Klaren sein, dass du nur auf der Durchreise bist. Dein Leben spielt sich nicht hier, sondern in Deutschland ab. Vergiss das bitte nicht!«

Nadja senkte betreten den Kopf. Warum nur fühlte sie sich auf einmal so schuldig? Hätte sie das, was zwischen ihr und Jil passiert ist, verhindern können? Hätte sie es denn überhaupt verhindern wollen? »Ich glaube, darüber habe ich mir noch keine Gedanken gemacht«, sagte sie vor sich hin. »Es hätte nie so weit kommen dürfen. Aber ich konnte mich nicht dagegen wehren. Jil ... sie ist so ... faszinierend ... so besonders. Ich ...«

»Du hast dich in sie verliebt«, schloss Stella ganz pragmatisch aus Nadjas Gestammel. Sie lachte leise auf, als Nadja zusammenzuckte und ihr Gesicht in ihren Händen vergrub. »Das muss dir doch nicht peinlich sein. Wenn es einen erwischt hat, dann ist es so, wie es ist. Es lohnt sich nicht, über das Wie, Wann, Wo oder Warum nachzugrübeln. Glaub mir, ich weiß, wovon ich rede.« Sie streichelte Nadja geradezu fürsorglich über den Kopf.

Das tat so gut, dass Nadja sich in dieser liebevollen Berührung hätte auflösen können. Sie hatte Mühe, nicht zu weinen, so gerührt war sie von Stellas Verständnis und Güte.

»Weißt du was?«, sagte Stella plötzlich. »Jetzt werde ich dich erst mal ein bisschen aufpäppeln. Du wirst jetzt etwas essen, ob du willst oder nicht. Ich habe eine leckere Hühnernudelsuppe gekocht. Das ist genau das Richtige für dich, damit du wieder ordentlich auf die Beine kommst. Mit leerem Magen lassen sich keine Pläne schmieden. Also untersteh dich abzulehnen.«

Als Nadja aufschaute, sah sie, dass Stella den Zeigefinger gespielt drohend durch die Luft schwang. Da musste sie einfach herzlich lachen. Und Stellas erfreute Miene führte noch mehr dazu, dass ihre Stimmung sich deutlich verbesserte. Für diesen einen Moment waren ihre Sorgen und ihr Kummer fast vergessen. Das würde nicht lange anhalten, das war ihr klar. Aber die Hoffnung war wie ein Silberstreif am Horizont zurückgekehrt, und vielleicht würde es ihr auch gelingen, ihrem Kampfgeist neue Kraft zu verleihen.

Wie auch immer Jil sich nach diesem Desaster vorhin ihr gegenüber verhalten würde – wahrscheinlich hatte sie sich schon wieder in ihr Schneckenhaus zurückgezogen –, Nadja spürte, dass sie in Stella eine Verbündete gefunden hatte.

Energisch klopfte sie sich auf die Oberschenkel. Kurz zuckte sie auf, als der Muskelschmerz sich meldete, aber sie lächelte ihn einfach weg. »Ich freue mich schon riesig auf deine Hühnernudelsuppe«, entfuhr es ihr enthusiastisch. »Du wirst es nicht glauben, aber ich habe tatsächlich wahnsinnigen Hunger.«

Stella klatschte vergnügt in die Hände. »So gefällst du mir schon viel besser.« Sie zwinkerte Nadja konspirativ zu und ging dann voraus Richtung Küche, während sie ein Liedchen vor sich hin summte.

Still lächelnd blickte Nadja ihr hinterher, ehe sie sich aufraffte, um Stella zu folgen.

9

Jil saß im Schneidersitz in der großen Stallbox, die sie mit frischem Stroh ausgelegt hatte. Ausgestreckt vor ihr lag Forrest, und sein Kopf ruhte auf ihrem Schoß.

Mit Engelsgeduld versuchte Jil ein weiteres Mal, ihm die mit Vitaminen angereicherte Spezialmilch aus der Saugflasche schmackhaft zu machen. »Komm schon, mein Kleiner. Lass mich hier nicht so hängen«, sprach sie mit leiser und ruhiger Stimme auf ihn ein.

Das Fohlen hob geschwächt den Kopf. Die Ohren gespitzt, schien es der vertrauten Stimme zu lauschen. Aber als Jil ihm den Sauger ins Maul schob, machte er weiterhin keine Anstalten, die für ihn lebenswichtige Nahrung zu trinken.

»Du musst saugen, kleiner Mann. Das ist wirklich lecker. Kannst du glauben«, versuchte Jil erneut ihn zu ermuntern. Forrest schaute sie an, beinahe fragend, als würde er gar nicht verstehen, was sie von ihm wollte.

Erst jetzt fiel Jil auf, dass sie die ganze Zeit deutsch mit dem Fohlen gesprochen hatte. Als ihr Vater vor knapp zwei Jahren nach Deutschland zurückgekehrt war, hatten sie und Stella sich kaum noch in seiner Muttersprache unterhalten. Nur manchmal, in einem unbedachten Moment, sodass sie es kaum bemerkt hatten, war ihnen das noch rausgerutscht.

Sie waren von Beginn an zweisprachig aufgewachsen. Und zu Hause, immer wenn ihr Vater dabei gewesen war, hatten sie deutsch gesprochen, weil er in all den Jahren in Kanada trotzdem nie so richtig mit der englischen Sprache zurechtgekommen war. Dabei war er es gewesen, der unbedingt in seiner neuen Heimat heiraten und den Namen seiner Frau annehmen wollte. Und so wurde aus Andreas Klasen ein Mister Hooper. In seinem Herzen war er ein halber Kanadier, trotz ein paar kleinerer Sprachprobleme. Und da ihre Mutter durch ihren Pferdesport oft die Welt bereist und viel mit deutschen Sportlern Kontakt hatte, konnte sie deren Sprache ohnehin schon sprechen und verstehen, bevor sie Vater überhaupt kennengelernt hatte.

Aber die deutsche Sprache war Jil nach dem Weggang ihres Vaters genauso fremd geworden wie er selbst.

Doch plötzlich war Nadja einfach so hier aufgetaucht, als wäre es eine Fügung des Schicksals, dem man staunend begegnet. Und die einst ihr so vertraute Sprache erlebte eine regelrechte Wiederauferstehung.

Nadja! Seufzend rieb Jil sich über die Stirn. *Wieso habe ich mich nicht beherrschen können?* Das hatte sie sich seit gestern Abend bestimmt schon hundertmal gefragt. Natürlich hatte Nadja es gewollt, genau so sehr wie sie selbst auch. Aber sie hatte es geahnt, eigentlich sogar gewusst, dass es für Nadja um weit mehr ging, nicht einfach nur um Sex. Gott! Nadjas Leidenschaft, die sich mit ihrer vermischt hatte, musste ihren Verstand vernebelt haben.

Und nun hatte sie Nadja verletzt, ohne es zu wollen, und es gab kein Zurück mehr. Sie atmete angestrengt, weil das schlechte Gewissen wie ein schwerer Stein auf ihrer Brust lastete.

Mit Nadja, das war so schön gewesen. Wunderschön. Sie hatte gar nicht mehr gewusst, wie toll sich das anfühlte. Abgesehen davon war es auch mitnichten zu vergleichen. Mit Cecilia war es zum Ende ihrer Beziehung hin mehr ein gegenseitiges Zerfleischen als eine liebevolle und zärtliche Befriedigung ihrer Bedürfnisse gewesen. Leidenschaftlich war es zwischen ihnen auch gewesen, aber diese Leidenschaft war nur noch von Misstrauen, Schmerz und Selbstaufgabe geprägt. Mit Liebe hatte das schon lange nichts mehr zu tun gehabt.

Und nach dieser schmerzlichen, aber heilsamen Erfahrung hatte Jil sich nur noch auf kurzweilige Affären eingelassen, immer darauf bedacht, sich so wenig wie möglich in irgendwelchen Emotionen zu verlieren. Und es hatte gut funktioniert, weil sie nie wieder die Kontrolle verloren hatte.

Doch dann hatte das Drama seinen Lauf genommen, und seit jenem Tag, als ihre Mutter tödlich verunglückt war, hatte sie sich komplett zurückgezogen. Ihr ganzes Leben hatte sich seither völlig verändert. Nie wieder hatte sie seitdem eine andere Frau auf diese eine bestimmte Art auch nur angesehen, geschweige denn zum Sex verführt. Und auf einmal war Nadja dahergekommen.

Als sie Nadja letzte Nacht in der Küche vorgefunden hatte, so traurig und einsam, da hatte es ihr fast das Herz zerrissen. Sie hatte wirklich lange überlegt, ob sie zu ihr gehen sollte. Schließlich hatte sie Nadja schon gehört, als die nicht gerade leise die Treppe hinuntergepoltert war. Und an Schlaf war ohnehin nicht zu denken gewesen.

Sie musste ein wenig schmunzeln, als sie jetzt daran zurückdachte, wie süß Nadja trotz ihrer Traurigkeit anzuschauen war, auf dem Boden sitzend, die leere Weinflasche in der Hand und darum bemüht, sich halbwegs vernünftig zu artikulieren.

Doch wie sollte es jetzt weitergehen? Jil starrte betrübt auf die Flasche in ihrer Hand, die immer noch randvoll war. Schon beinahe verzweifelt musste sie sich eingestehen, dass sie bei Nadja genauso wenig eine Lösung parat hatte wie bei Forrest. Doch im

Gegensatz zu dem Fohlen hatte sie es in Nadjas Nähe einfach nicht mehr ausgehalten.

Dabei war sie wirklich besorgt gewesen. Die ganze Fahrt über hatte sie an nichts anderes denken können. Immer wieder hatte sie darüber nachgedacht, ob sie mit Nadja über die Sache reden sollte.

Gestern Nacht, da war sie schon fast soweit gewesen, ihr schreckliches Verhalten wenigstens irgendwie zu erklären. Aber es war der denkbar ungünstigste Zeitpunkt gewesen. Und vorhin? Da konnte sie es plötzlich nicht mehr.

Und Nadja hatte sie deutlich spüren lassen, wie enttäuscht sie von ihr war. Das konnte sie nicht ertragen, nicht in diesem Moment.

Erschwerend kam hinzu, dass sie wirklich müde war und sich ausgelaugt fühlte. Kein Wunder, hatte sie doch nur höchstens drei Stunden geschlafen, bevor sie sich gegen sieben in der Früh auf den Weg gemacht hatte, um Forrest abzuholen. Sie seufzte gequält auf. In ihr regte sich das Bedürfnis, ihre müden Glieder zu strecken.

Und als hätte Forrest das gespürt, fing er an, sich zu bewegen. Er zog seinen Kopf von ihrem Schoß und versuchte aufzustehen.

Als er endlich stand, wacklig und zitternd, und ein paar Gehversuche durch die geräumige Box unternahm, da erinnerte Jil sich an den Tag, an dem er geboren wurde und weshalb sie ihm seinen Namen gegeben hatten. Da fanden sie das noch lustig, und alles schien normal zu verlaufen. Aber inzwischen müsste Forrest eigentlich mit der Herde über die Weide galoppieren.

Jil konnte ihm leider keinen gleichaltrigen Spielkameraden bieten. Die beiden anderen Stuten ließen mit dem Nachwuchs auf sich warten. Vielleicht sollte sie auch Thunder bei Gelegenheit mal ins Gewissen reden. Sie verzog grinsend das Gesicht. Als müsste sie diesem feurigen Hengst im besten Alter da auf die Sprünge helfen.

Instinktiv erhob auch sie sich. Behutsam ging sie ein, zwei Schritte auf das Fohlen zu. In gebührendem Abstand blieb sie stehen und ging wieder in die Hocke. Die Milchflasche hielt sie locker vor sich in der Hand.

Und auf einmal trabte Forrest, wenn auch holprig und zurückhaltend, zu ihr. Er blies seine Nüstern auf und betrachtete neugierig die Flasche, als hätte er sie jetzt zum ersten Mal gesehen.

Jil bewegte sich nicht und wartete ab. Doch dann, es war fast so, als würde die Sonne aufgehen nach einer langen, pechschwarzen Nacht, nahm Forrest geradezu spielerisch den Sauger zwischen seine Lippen und begann zu trinken.

Am liebsten hätte Jil einen Freudenschrei ausgestoßen, aber natürlich tat sie es nicht. Geduldig und ruckartige Bewegungen vermeidend verharrte sie in ihrer unbequemen Position, bis Forrest beinahe die ganze Flasche leergetrunken hatte.

»Ich danke dir, mein kleiner Prinz«, flüsterte sie ihm lächelnd zu. Sie strich ihm sanft über den Rücken und lehnte ihre Stirn gegen seinen Kopf. Jetzt würde sie ihm Zeit geben, sich ein wenig auszuruhen, und vielleicht konnte sie später doch noch einen Versuch unternehmen, ihn mit seiner Mutter zusammenzuführen.

Sie warf noch einen letzten zufriedenen Blick auf das Fohlen, dann stand sie auf und schlich lautlos aus dem Stall.

Als sie vor dem Tor stand, bemerkte sie Nadja, die gerade in ihrem Camper verschwand. Ohne Einfluss darauf zu haben bewegten ihre Beine sich in das Nebengelass der Scheune, wo sie sich halb hinter dem Berg von Strohballen versteckte.

Was mache ich denn hier? fragte sie sich noch, als Nadja bereits wieder zurückkam und am Scheunentor vorbeilief. Allerdings machte sie dabei einen großen Bogen und lief fast am anderen und äußersten Rand des Hofes entlang. In ihrer Hand hielt sie eine vollgepackte Tasche.

Oh, das sieht nach einem längeren Aufenthalt aus, schoss es Jil durch den Kopf. Vor lauter Überraschung wusste sie gar nicht, ob sie sich darüber freute oder beunruhigt war. Vielleicht wäre es besser gewesen, Jacques hätte den Toyota sofort reparieren können. Dann hätte Nadja ihre Reise zügig fortsetzen können, und ihr gemeinsames Erlebnis wäre irgendwann verblasst und unter die Rubrik *flüchtiges Abenteuer* gefallen. Vor allem hätte Jil sich nicht länger damit auseinandersetzen müssen.

Aber danach sah es jetzt nicht aus. Stella hatte ja schon so etwas erwähnt. Doch da wusste sie noch nicht, wie schlimm es tatsächlich um den Truck bestellt war. Aber nun, da Nadja offenbar all ihre persönlichen Gegenstände rausgeholt hatte, sah es ganz danach aus, dass Jacques das Fahrzeug nicht hier vor Ort reparieren konnte.

Ronja kam angesaust und sprang vor Nadjas Füßen herum. Sie verlangte nach Streicheleinheiten und bekam sie. Nadja war stehengeblieben und kraulte Ronja mit der freien Hand durchs Fell. Sie warf nicht einen einzigen Blick Richtung Scheune, und es schien so, als vermied sie es ganz bewusst, herüberzuschauen.

Zögernd kam Jil aus ihrem Versteck hervor. Es war ohnehin albern. Und im Augenblick schien auch Nadja nicht den Drang zu verspüren, sie sehen oder mit ihr reden zu wollen.

Jil lehnte sich gegen das offene Scheunentor und schob sich ihren Hut tiefer ins Gesicht, weil die Sonne sie blendete. Doch hinten am Horizont, dort, wo die Wälder vermeintlich den Himmel berührten, zogen erste dunkle Wolken auf. Auch der Wind frischte etwas auf und trieb einzelne Blätter und Strohhalme tanzend über den staubigen Boden. Ein Gewitter bahnte sich an. Das hieß, dass sie die Pferde von der Koppel holen mussten.

Auch Nadja hob jetzt ihren Kopf und schaute Richtung Himmel. Und als sie ihren Kopf wieder senkte, passierte es doch, dass ihre Blicke sich begegneten und ineinander versanken.

Nadja war es, die den schier endlosen Moment durchbrach, als würde man auf der Fernbedienung erneut auf Play drücken, um dem auf Pause gesetzten Standbild wieder Leben einzuhauchen.

Sie hob ihre Tasche ein wenig in die Höhe, als wollte sie Jil damit auch ohne Worte sagen, was dies zu bedeuten hatte.

Jil nickte ihr nur leicht zu. Ja, sie wusste, was das bedeutete. Und noch immer war sie sich nicht sicher, ob die Freude überwog.

Einerseits schon, natürlich. Das konnte sie nicht leugnen. Sie wollte nicht wirklich, dass Nadja jetzt einfach so wieder aus ihrem Leben verschwand.

Aber andererseits herrschte zwischen ihnen eine fast schon unangenehme und gedrückte Stimmung, die man nicht gerade als Wohlfühlatmosphäre bezeichnen konnte. Es war wohl auch der Befangenheit geschuldet, dass sie offenbar beide nicht wussten, wie sie jetzt miteinander umgehen sollten.

Aber Jil hatte ganz gewiss keine Lust auf irgendein Gefühlsdrama. Auf keinen Fall! Das konnte sie nun wirklich nicht gebrauchen. Also musste sie Nadja einfach nur höflich, aber unmissverständlich auf Abstand halten, bis die sich mit der Situation arrangiert hatte. Das wäre das Beste und wahrscheinlich auch das Klügste. Sie nickte bestätigend vor sich hin, um sich auch ein wenig selbst zu überzeugen.

Betont lässig schlenderte sie auf Nadja zu, während Ronja aufgeregt zwischen ihnen hin- und herlief, so lange, bis sie sich schließlich gegenüberstanden. »Sieht nach einem Gewitter aus«, ergriff Jil das Wort. »Ich muss die Pferde reinholen.«

Mit ihren braunen Augen musterte Nadja sie still, ohne eine Miene zu verziehen. »Ja. Ist mir auch schon aufgefallen«, erwiderte sie monoton. »Ich kann dir gern dabei helfen. Oder«, sie räusperte sich kurz, »ich sag Stella Bescheid, wenn dir das lieber ist.«

Jil atmete tief durch, weil sie bereits wieder drauf und dran war, Nadja zu sagen, dass sie bei den Pferden keine Hilfe benötigte. Doch sie biss sich auf die Zunge. Sie wollte Nadja nicht schon wieder brüskieren. »Wenn du willst, kannst du dich gern um die Stuten kümmern. Sissy ausgenommen. Mit ihr habe ich heute noch was anderes vor.«

Ein zartes, dankbares Lächeln zeichnete sich auf Nadjas Gesicht ab. *Sie scheint sich inzwischen beruhigt zu haben*, dachte Jil bei sich, während sie sie betrachtete. Überhaupt wirkte sie jetzt viel gefasster und auch entschlossener.

Was auch immer die plötzliche Veränderung bewirkt hatte, es verhalf Jil dazu, dass sie sich ein wenig entspannte.

»Ich weiß, wegen Forrest«, mischte sich Nadjas Stimme in ihre Gedanken. »Wie geht es ihm denn? Hat er die Milch angenommen?«

Der ernsthaft besorgte Klang in ihrer Stimme kam für Jil fast ein bisschen überraschend. Sie wusste selbst nicht so richtig warum, aber vielleicht hatte sie bislang angenommen, dass Nadja sich nicht so viel aus Pferden machte. Obwohl das eigentlich Quatsch war. Denn sie hatte sie beim Reiten erlebt und diese Begeisterung in ihren Augen gesehen. Nadja interessierte sich mehr für diese Tiere, als sie vermutlich selbst ahnte.

»Ja. Dem Himmel sei Dank«, gab Jil erleichtert Auskunft. »Allmählich wurde sein Zustand schon lebensbedrohlich. Ich hoffe nur«, sie seufzte leicht, »dass er die Nahrung heute Abend nicht plötzlich wieder verweigert. Er ist so schwach.«

»Und mit Sissy?« Nadja wandte ihren Kopf zur Koppel, dort, wo die Pferde noch ziemlich entspannt grasten. Wenn der Wind zunahm oder das erste Donnergrollen zu hören war, würde sich das schlagartig ändern. »Was sagt dir dein Gefühl? Wird sie ihn wieder verstoßen?«, fragte Nadja – Jil wieder zugewandt – mit bangem Blick.

Herrgott! Innerlich stöhnte Jil auf. So, wie Nadja sie ansah, war sie einfach zum Anbeißen süß. »Ehrlich gesagt, ich weiß es nicht. Ich kann da irgendwie gar nichts fühlen.«

Sie schob ihre Finger unter den Kragen ihrer Hemdbluse, um sich mehr Luft zu verschaffen. Dabei waren die obersten zwei Knöpfe geöffnet. Aber die Luft schien stillzustehen. Es war schwül geworden, und auf ihrer Haut bildete sich ein dünner Schweißfilm.

»Willst du nicht erst mal deine Tasche ins Haus bringen?«, fragte sie rau. Selbst ihre Stimmbänder schienen angegriffen.

Nadja blickte an sich herunter und starrte beinahe verwundert die Tasche in ihrer Hand an. »Ja, ich ... also Stella meinte, ich soll meine persönlichen Sachen besser aus dem Wagen holen. Mein Truck«, sie hielt gedankenverloren ihren Blick gesenkt, »ist nur noch ein Wrack.« Ein kleines Lächeln umspielte ihre Mundwinkel. »Das reimt sich sogar.«

»Oh shit!«, entfuhr es Jil. »So schlimm?« Sie schob ihren Hut aus dem Gesicht und neigte ihren Kopf, um Nadja besser in die Augen sehen zu können.

Nadja hob seufzend die Schultern. »Es ist das Getriebe. Ein teurer Spaß, der da auf mich wartet.« Sie wich Jils Blick aus und schaute ziemlich geknickt zur Seite. »Jil ...«, setzte sie zögernd an. »Wenn du willst, dass ich die Ranch verlasse, dann mach ich das auf der Stelle. Du ... du musst es mir nur sagen.«

Mit angehaltenem Atem zuckte Jil zurück. Ihr Blick verlor sich irgendwo zwischen Nadja und Ronja. Sie hatte nicht erwartet, dass Nadja so etwas sagen würde, vor allem nicht so plötzlich. »Wieso? Willst du etwa auf Jacques' Werkstatthof in deinem Camper übernachten?«, versuchte sie es auf die witzige Art. Ihre Lippen verzogen sich zu einem Schmunzeln, und sie hoffte ein bisschen darauf, dass Nadja jetzt keine klare Entscheidung von ihr erwartete. Dazu fühlte sie sich nämlich nicht imstande, nicht jetzt sofort.

»Das ist zwar keine Antwort, sondern eine Frage. Aber ja, das würde ich tun, wenn sich nichts anderes findet.«

Nadja sah Jil jetzt wieder fest in die Augen. Sie schien wirklich sehr entschlossen zu sein. Von ihrer Unsicherheit war nichts mehr zu spüren. Falls sie diese nur überspielte, dann machte sie das wirklich gut.

Donnerwetter! Jil merkte, dass Nadja sie fast ein wenig sprachlos machte, nur, um dann Worte aus ihr herauszulocken, die sie eigentlich gar nicht sagen wollte. »Ähm, nein. Also meinetwegen musst du nicht gehen«, druckste sie herum. Hoffentlich gab Nadja sich damit zufrieden. Ihre Schuhspitze bohrte sich in den sandigen Boden.

»Okay«, sagte Nadja leise. »Ich schätze mal, du sagst mir schon Bescheid, wenn sich deine Meinung ändern sollte.« Sie wechselte die Tasche in die rechte Hand. »Dann bring ich die jetzt mal weg. Und dann«, sie wies mit der anderen Hand zum Himmel, der sich inzwischen merklich verdüstert hatte, »helfe ich dir mit den Pferden.« Und schon setzte sie sich zügig in Bewegung.

Jil blieb nichts weiter, als ihr verblüfft hinterherzuschauen. Sie musste sich erst einmal sammeln. Aber schließlich schüttelte sie lächelnd den Kopf. *Das war eine beeindruckende Vorstellung, liebste Nadja.*

Sie blickte auf Ronja hinunter, die den Kopf hin- und herwandte, als könnte sie sich nicht entscheiden, ob sie bei Jil bleiben oder Nadja folgen sollte. »Du treulose Tomate«, schimpfte sie die Hundedame liebevoll. Ronja setzte sich sofort auf ihre Hinterpfoten und wedelte mit dem Schwanz. »Ach, und jetzt willst du dich wohl wieder einkratzen bei mir.« Lachend strich Jil ihr über den Kopf. »Na ja«, seufzte sie. »Ich kann dich ja verstehen.«

10

Die Tage vergingen, und Nadja war mittlerweile seit einer Woche auf der Ranch der zwei Schwestern.

Der Mechaniker hatte den Truckcamper zwei Tage nach seiner niederschmetternden Diagnose zu seiner dreißig Kilometer entfernten Werkstatt gebracht.

Nur einen Tag später teilte er telefonisch mit, dass er keine Reparatur mehr empfehlen würde. Zwar könnte er zeitnah ein neues Getriebe beschaffen und einbauen, aber die Kosten wären so immens, dass Nadja darum gebeten hatte, ein gebrauchtes Getriebe aufzutreiben. Dies würde allerdings bedeuten, dass es zwar billiger werden, dafür aber länger dauern würde, bis er etwas Geeignetes beschaffen konnte.

Nadja war das egal. Zeit spielte für sie im Moment ohnehin keine Rolle. Tief in ihrem Inneren fühlte sie, dass sie überhaupt nicht von hier wegwollte. Jils Anziehungskraft war einfach zu groß, als dass sie von heute auf morgen hätte einen Schlussstrich ziehen und Jil den Rücken zukehren können.

So hatte sie sogar schon darüber nachgedacht, ob sie den Truck, sobald er wieder am Laufen war, nicht doch irgendwie verkaufen sollte, um das Geld wieder reinzuholen. Und um einen Grund zu haben, länger hier zu verweilen.

Sie hatte noch fast zwei Monate bis zum geplanten Rückflug nach Deutschland zur Verfügung. Bestimmt hätte sie also noch genügend Zeit, um sich auch noch das eine oder andere schöne Fleckchen Kanadas anzuschauen. Doch sie verspürte gar kein Verlangen danach. Sie hatte bereits viel gesehen, und das Leben in diesem wundervollen Land spielte sich direkt vor ihrer Nase ab. Dafür brauchte sie nicht die entlegensten Winkel zu bereisen.

Sich über sich selbst wundernd schüttelte sie den Kopf. Noch vor ein paar Wochen hätte ihr mal jemand sagen sollen, dass sie es vorzog, ihr Sabbatjahr auf einer Pferderanch in einer abgelegenen Provinz im Westen Kanadas zu verbringen. Sie hätte ihm wahrscheinlich einen Vogel gezeigt.

Aber Jil hatte ihr Leben vollkommen auf den Kopf gestellt. Auch wenn sie es in den vergangenen Tagen nicht geschafft hatten, sich wieder anzunähern.

Zwar verbrachten sie oft Zeit miteinander, aber das beschränkte sich zumeist auf die Arbeit, von der es auf der Ranch mehr gab, als Nadja sich je hätte vorstellen können. Ihr Umgang miteinander war respektvoll, manchmal sogar amüsant, aber mehr auch nicht.

Trotzdem schaffte Nadja es irgendwie, sich abzulenken und auszupowern, damit vor allem die Einsamkeit und die Sehnsucht in den Nächten ihr nicht ständig den Schlaf raubten.

Mit jedem Tag, der verging, entwickelte sie auch eine ungeahnte Liebe für die Pferde, sodass sie jetzt verstehen konnte, was Jil so innig mit diesen Tieren verband. Und was war das für ein überwältigender Moment gewesen, als Forrest und Sissy zum ersten Mal zusammen auf der Weide waren. Ganz zögerlich und in gebührendem Abstand war Forrest seiner Mutter gefolgt. Doch Schritt für Schritt waren sie näher aneinandergerückt, und am Abend hatte die Stute ihr Junges dann liebevoll abgeleckt. Jils unerschöpfliche Geduld hatte sich ausgezahlt, und dafür bewunderte Nadja sie.

Dennoch war sie nicht glücklich. Wie sollte sie das auch sein? Jil hatte sie kein einziges Mal wieder so angesehen, wie sie das die ersten beiden Tage getan hatte. Zwar spürte Nadja, dass Jil sie immer mal wieder beobachtete und musterte. Aber dann war Jil offenbar der Meinung, dass sie es nicht bemerkt hatte. Denn stets, wenn sie dann ihren Blick gesucht hatte, hatte Jil schnell wieder weggesehen und sich in die Arbeit gestürzt.

Selbst auf ihren täglichen Ausritten hatte Jil sie bislang nur noch ein einziges Mal mitgenommen. Doch da waren sie geradezu züchtig und noch schweigsamer nebeneinanderher geritten.

Die Gespräche am Esstisch hatte meistens Stella am Laufen gehalten. Es war schon unglaublich, wie sie es immer wieder schaffte, die Stimmung ein wenig aufzulockern und für Erheiterung zu sorgen.

Aber morgen stand ein neues Wochenende vor der Tür, und das bedeutete, dass Stella wieder zu Ryan fahren würde.

Ein bisschen fürchtete Nadja sich davor, mit Jil allein zu sein, obwohl sie andererseits diesen Moment herbeisehnte.

Aber was versprach sie sich eigentlich davon? Wenn Jil das Bedürfnis nach intimer Nähe gehabt hätte, dann hätte sie gewiss nicht damit gewartet, bis ihre Schwester aus dem Haus war. Aber so wirkte es auf Nadja, als hätte Jil nie etwas anderes gewollt als einen One-Night-Stand, ein einmaliges Abenteuer. Und nun, nachdem sie ihr Ziel erreicht hatte, übte Nadja offenbar keinen Reiz mehr auf sie aus.

Das machte ihr wirklich schwer zu schaffen. Mehr noch als der Verzicht auf Zärtlichkeiten, nach denen sie sich so verzehrte. Doch selbst das führte nicht dazu, Jil aus ihrem Herzen zu verbannen. Zu stark waren ihre Gefühle für die oft so unnahbar wirkende Frau mit den faszinierenden blaugrauen Augen.

Nadja atmete gepresst aus. Der bloße Gedanke daran versetzte ihr einen schmerzhaften Stich in der Brust.

»Träumst du etwa?«, fragte Jil, die sich still und leise hinter ihr angeschlichen hatte. Sie nahm ihr die leere Blechschüssel aus der Hand, aus der Nadja eben noch die Enten und Gänse mit Futter versorgt hatte. Ein neckisches Lächeln lag auf Jils Lippen.

»Äh, ja. Ich war wohl gerade ziemlich in Gedanken«, gab Nadja unumwunden zu, nachdem sie sich von ihrem Schreck erholt hatte. »Ich bin fertig«, fügte sie unnötigerweise hinzu und tippte verlegen mit dem Finger gegen die Schüssel.

Jil bedachte sie mit einem langen, merkwürdigen Blick. Blitzschnell griff sie nach Nadjas Finger und hielt ihn fest. Langsam umschloss ihre Hand auch die anderen Finger, und dann zog sie Nadja näher zu sich heran.

Nadja schluckte angestrengt. Ihr Herz hämmerte so sehr, dass sie der Meinung war, Jil konnte es schlagen hören. Ihre Finger kribbelten, als stünden sie unter Strom. Wie gebannt starrte sie auf Jils schlanken Hals, der sich aus dem Ausschnitt ihres Shirts reckte. Sie konnte das Pochen der Halsschlagader sehen.

Es war der Augenblick, in dem sie alles um sich herum vergaß. Sie hob ihr Gesicht an, angezogen von einem unwiderstehlichen Verlangen, und folgte mit den Zähnen Jils Kinnlinie und ihrem Hals. Und ihre Lust wuchs. Wie schon einmal spürte sie auch jetzt wieder den schnellen Puls unter ihren Lippen. Sie konnte sich sehr genau daran erinnern, und diese Erinnerung ließ eine Hitzewelle in ihr aufsteigen, die dann geballt in ihren Unterleib schoss. Ihr entfuhr ein leises Stöhnen, während sie ihre Lippen noch fester an Jils Hals presste.

Jil atmete schwer. Und als Nadja zwischen ihren Liebkosungen hinauf in ihr Gesicht schaute, sah sie, dass sie die Augen geschlossen hatte. Der Anblick und der erregte Klang von Jils Atemgeräuschen, die sich mit den Klängen der Natur in dieser noch frühen Morgenstunde vermischten, machten sie mutiger.

Sie ließ ihre Zunge spielerisch über die empfindliche Haut gleiten. Jil duftete wundervoll und sie schmeckte noch besser. Der leicht salzige Geschmack wirkte wie ein Aphrodisiakum auf sie.

Mit einer Hand strich sie über Jils sonnengebräunten Arm. Bei der Schulter angefangen glitt sie langsam weiter hinab. Als sie an der Armbeuge angelangt war, streichelte sie mit dem Daumen kreisend darüber und zog mit sanftem Druck eine Schlängellinie bis zu ihrem Handgelenk.

Ihre andere Hand ging währenddessen ebenfalls auf Reise. Sie fuhr über den Oberschenkel und konnte die Muskeln darunter trotz der Hose beinahe fühlen. Etwas energischer griff sie ihr dann an die Hüfte. Und als ihre Finger sich unter das Shirt schoben und die warme, nackte Haut spürten, fiel die Schüssel scheppernd zu Boden. Blechern hüpfte sie über den Asphalt.

Wie zwei aufgescheuchte Hühner stoben sie auseinander. Mit weitaufgerissenen Augen und konsterniertem Blick sog Jil scharf die Luft ein. »Nicht gut ... Gar nicht gut«, krächzte sie heiser.

Aber warum denn? hätte Nadja am liebsten laut gebrüllt. Stattdessen brachte sie überhaupt kein Wort hervor. Wie erstarrt und zu keiner Reaktion fähig brannte sich Jils entsetzter Gesichtsausdruck in ihr Gedächtnis.

»Was wollte ich eigentlich?«, schien Jil wohl eher sich selbst zu fragen. »Ach ja, ich wollte nach Sissy und Forrest schauen.« Hastig hob sie die Blechschüssel auf, die ihren lärmenden Tanz inzwischen beendet hatte. Einen kurzen Moment noch hielt Jil inne, als war sie sich noch nicht ganz schlüssig. Doch dann drehte sie sich wortlos um und lief hinüber zu den Ställen.

»Jil, bitte«, rief Nadja ihr noch hinterher, aber ihre Stimme war so schwach, dass sie sich nicht einmal sicher war, ob Jil sie überhaupt gehört hatte.

Das kann doch alles gar nicht wahr sein. Es war zum Haareraufen, und genau das tat Nadja jetzt auch. Sie krallte ihre Finger derb in ihr Haupt, ballte die Hände zu Fäusten und rubbelte über die Kopfhaut, bis es schon wehtat. *Sie verarscht dich*, meldete sich ihre innere Stimme verächtlich. »Nein!«, widersprach Nadja lauter als beabsichtigt. Sie schüttelte vehement den Kopf. »Nein, das tut sie nicht«, wiederholte sie noch einmal, um die unerwünschte Stimme zum Schweigen zu bringen.

Doch die gab einfach keine Ruhe. *Ach ja? Hat sie dich jetzt nicht etwa wieder stehenlassen wie so ein dummes Mädchen? Sie nimmt sich, wonach ihr gerade ist, und dann lässt sie dich fallen wie eine heiße Kartoffel.*

Nadja kniff die Augen fest zusammen, auch um den Tränen, die schon in Lauerstellung lagen, keine Chance zu geben. Sie wollte sich jetzt nicht von diesen hässlichen Gedanken, die sich in ihren Kopf einzunisten versuchten, beeinflussen lassen.

Sie hatte es doch mit eigenen Augen gesehen und hatte es spüren und fühlen können. Das eben, das war kein Spiel von Jil gewesen. Aber was war es dann? Warum nur hatte Jil so reagiert – überreagiert musste man ja fast schon sagen – und war wieder einmal regelrecht vor ihr geflüchtet? Hatte es etwas mit ihrer Vergangenheit zu tun? Mit dieser Frau, von der Stella erzählt hatte und mit der sie, sehr zu ihrem Graus, auch noch eine gewisse Ähnlichkeit haben soll?

Nadja ächzte unter der Last, die sie fast zu erdrücken drohte. Erneut fand sie sich in einer Situation wieder, in der sie das Gefühl hatte, auf der Stelle zu treten. Immer dann, wenn es vorwärtszugehen schien, kam wieder ein Rückschritt. Und dieser heute tat besonders weh. Weil sie bis eben noch auf einem guten Weg gewesen war, mit Jil umzugehen, ohne dass es ihr gleich das Herz vor lauter Kummer zerriss.

Sie hatte angefangen, sich darüber zu freuen, einfach nur bei Jil sein zu können, in ihrer Nähe, sie zu sehen und ihr zuzuhören, wenn sie auf ihre ganz eigene Art mit ihr sprach. Ja, sie konnte es manchmal sogar genießen, vor allem, wenn Jil lachte. Das tat sie allerdings nur selten. Aber es hatte Nadja gutgetan. Obwohl es zu keinem Zeitpunkt so aussah, als könnte sie jemals Jils Herz erobern. *Du brauchst einen langen Atem*, hatte Stella gesagt. Aber was genau hatte das zu bedeuten? Eine Garantie für ein Happy End war das trotz allem nicht. Aber die konnte ihr auch keiner geben.

Zaudernd und ganz durcheinander stand Nadja immer noch am selben Fleck, als hätte sie auf einmal das Laufen verlernt. Sie lauschte ihrem Atem, der sich nur allmählich beruhigte. Dann blickte sie sich um und ließ alles, beinahe jeden Grashalm, auf sich wirken. Es war irritierend, aber während sie ihren Blick schweifen ließ, kam ihr das, was sie sah, plötzlich wie eine zweite Heimat vor. Ein Ort, an dem sie sich wohlfühlen könnte. An dem sie ewig *bleiben* könnte?

Was für ein Schwachsinn, wies sie ihre sentimentalen Gedanken zurecht. Sie würde hier niemals eine Zukunft finden. Und selbst wenn, wie sollte die denn aussehen? Fast war sie geneigt, sich ins Gesicht zu schlagen, um endlich wieder zu sich zu kommen. Das waren doch alles nur Hirngespinste, nichts anderes. Sie lachte betrübt auf. Und dennoch.

All das, worüber sie sich gerade noch den Kopf zermartert hatte, rückte in den Hintergrund, als etwas anderes die Regie übernahm. Gänzlich davon beherrscht bewegte sie sich fast automatisch auf die Ställe zu. Ein Szenenwechsel wie in einem Theaterstück, und sie und Jil waren die Hauptdarstellerinnen in verschiedenen Rollen.

Jil war gerade dabei, Sissy zu striegeln. Forrest, der allmählich wieder etwas bei Kräften war, stand dicht bei seiner Mutter und stupste mit dem Kopf wiederholt in ihre Seite. Er wollte offensichtlich mit ihr spielen.

Mit unaufgeregter Stimme mahnte Jil das Fohlen, sich noch ein wenig zu gedulden. Es war ein für Nadja inzwischen schon vertrautes Bild, und trotzdem berührte es sie jedes Mal aufs Neue, wie sanftmütig Jil mit den Pferden umging.

Drei Tage hatte Jil nur gebraucht, um die Stute wieder vollends an ihr Junges zu gewöhnen. Liebevoll und ausdauernd hatte sie sich um die beiden gekümmert, ohne zu drängen oder den Erfolg erzwingen zu wollen. Sie hatte ihnen einfach die Zeit gegeben, die sie benötigten.

Vielleicht war das zwischen ihr und Jil ja genauso, kam Nadja schlagartig in den Sinn. Alles brauchte eben seine Zeit. Man konnte es nicht einfach erzwingen.

Von dieser plötzlichen Eingebung überrascht trat sie ein paar Schritte zurück. Das Stroh raschelte unter ihren Füßen, und bevor sie sich hätte rausschleichen können, hatte Jil sie schon bemerkt.

Mit der Bürste in der Hand hielt sie in ihrer Bewegung inne. Sie schaute nur kurz zu Nadja herüber, dann wandte sie sich wieder dem Pferd zu und setzte ihre Arbeit fort.

Nadja schluckte. Von Jil so ignoriert zu werden war ein elendes Gefühl. Es brannte höllisch in ihrer Brust. Sie räusperte sich hektisch und wollte nun endgültig den Stall verlassen.

»Warum bist du hier?«, fragte Jil plötzlich.

Nadja drehte sich wieder um, aber Jil hielt ihren Blick weiterhin stur auf Sissy gerichtet. Trotzdem! Jetzt stand sie einmal hier, und Jil hatte sie schließlich etwas gefragt. Sie brauchte noch einen Moment, um ihre Worte zu formen. Dann endlich sprach sie es aus. »Ich dachte, wir sollten vielleicht mal miteinander reden.«

»Reden!« Jil gab ein abschätziges Geräusch von sich. »Warum wollen eigentlich alle immer über irgendwas reden? Um aus einer Mücke einen Elefanten zu machen?«

Entgeistert blieb Nadja der Mund offenstehen. *Aus einer Mücke einen Elefanten machen?* Das konnte Jil jetzt unmöglich ernstgemeint haben. Sie wusste wirklich nicht, was sie dazu sagen sollte. Bei Jil musste sie ja auf einiges gefasst sein, aber darauf war sie es ganz sicher nicht. »Ach, so siehst du das also«, erwiderte sie erstaunlich ruhig, obwohl es in ihr tobte. Doch sie gab sich geschlagen. Es war eine blöde Idee gewesen, hierherzukommen. »Dann bis später«, sagte sie noch, ohne zu wissen, warum sie das tat. Sie spürte Jils Blicke hinter sich, als sie ins Freie trat.

Als nächstes sah sie Stella, die soeben aus dem Haus kam. Schleppend ging sie ihr entgegen. Sie rang sich ein verkrampftes Lächeln ab, das bestimmt völlig schief geraten war, und wünschte ihr einen Guten Morgen. Sie wusste genau, was jetzt kommen würde. Deshalb sagte sie zu ihr, kaum dass die den Gruß erwidert hatte: »Ich habe noch keinen Hunger. Ich esse später etwas. Und Jil ist im Stall.« Letzteres hätte sie sicher nicht erwähnen brauchen. Wo sollte Jil sonst um diese Zeit sein?

Den ganzen Tag über gingen Nadja und Jil sich aus dem Weg. Nicht, dass die Ranch nicht groß genug war, um das zu tun, aber es lag wohl in erster Linie daran, dass Nadja heute vor allem Stella alles an Arbeit abnahm, was anfiel. Und das spielte sich überwiegend im Haus ab.

Am Nachmittag war Jil dann ohnehin wieder in der Prärie unterwegs. Diesmal hatte sie Thunder genommen, und sie war so lange weg, dass selbst Stella anfing, sich Sorgen zu machen.

Der Abend brach bereits herein, als Jil zurückkam. Doch sie aß nicht mit ihnen zu Abend. Stattdessen verschwand sie länger als üblich im Bad. Und als sie wieder herauskam, ließ es sich nicht mehr vermeiden, dass ihre Wege sich kreuzten.

Nadja starrte Jil mit großen Augen an. Sie fand keine Worte für den heißen Anblick, den Jil ihr bot. Sie trug eine hautenge, schwarze Lederhose, als wären ihre langen Beine da hineingegossen worden. Eine große, silberfarbene Schnalle zierte den breiten Gürtel. Ihre Füße steckten in Cowboystiefeln, ebenfalls schwarz. Überhaupt war Jils Kleidung sehr dunkel gehalten. Dazu trug sie eine nachtblaue Bluse und darüber eine schmal geschnittene Lederweste, die ihre schlanke Taille besonders betonte.

Nadja konnte einfach nicht wegsehen, doch Jil gönnte ihr den Anblick nicht länger.

»Ich bin dann mal weg«, sagte sie an ihre Schwester gerichtet, deren ungläubiger Blick nicht minder überrascht aussah. Doch Jil fühlte sich offensichtlich nicht dazu veranlasst, mehr zu sagen. Sie verabschiedete sich auch nicht von Nadja, sondern ging schweigend an ihr vorbei.

Erst als die Fahrgeräusche des Pickups verstummten, konnte Nadja sich von der Taubheit befreien, die von ihrem Körper Besitz ergriffen hatte. Fragend und zugleich sprachlos blickte sie Stella an, die mit Schwung die Tür des Küchenschrankes zufallen ließ, nachdem sie nicht gerade sanft das Geschirr, das für Jil bestimmt gewesen war, zurückgestellt hatte. War Stella etwa wütend? Jedenfalls hatte Nadja sie so noch nicht erlebt, so aufgebracht.

»Was …?« Konsterniert brach Nadja ab.

»Sie ist nach Kamloops gefahren, nehme ich an«, erklärte Stella zögernd.

»Kamloops?« Nadja runzelte verwirrt die Stirn. »Ich dachte, das wäre nur eine langweilige, reine Handelsstadt.«

Mit einem bedauernden Lächeln – vielleicht bildete Nadja sich das aber auch nur ein – schüttelte Stella den Kopf. »Nicht nur. Es gibt auch viele Seen in der Umgebung und es finden eine Menge Sportveranstaltungen wie Fußball, Baseball und Hockey dort statt.«

»Und Jil will sich ein Spiel anschauen?«, fragte Nadja nun noch verwirrter. In dem Aufzug? Auch hatte sie immer angenommen, dass Jil sich ausschließlich für den Pferdesport interessierte. Aber woher sollte sie das auch so genau wissen nach einer Woche, die sie sich kannten.

Stella atmete tief ein. Es war ihr anzusehen, dass ihr die ganze Situation nicht behagte. Sie wirkte tatsächlich sehr unruhig und trat von einem Bein aufs andere. Auch das war untypisch für sie.

Irgendetwas an der Antwort, die Nadja zwar noch nicht kannte, aber sie ahnte nichts Gutes, schien Stella ebenfalls nicht gerade glücklich zu machen. »In der Stadt gibt es auch ein, zwei Szenekneipen ... Du weißt schon ...«

Wie vom Blitz getroffen schoss Nadjas Kopf in die Höhe. »Oh«, konnte sie nur noch sagen. Sie spürte den dicken Kloß, der in ihre Kehle kroch. Ihr wurde abwechselnd heiß und kalt.

»Jil war eine Ewigkeit nicht mehr ...«, Stella schien nach dem richtigen Wort zu suchen, »ausgegangen«, beendete sie schließlich den Satz. Sie bedachte Nadja mit einem Blick, der voller Trauer war.

Nadja verstand überhaupt nichts mehr. Wieso wirkte Stella so traurig, nur weil ihre Schwester ausgehen wollte? Das war doch an sich nichts Schlimmes, und es war auch nicht verwerflich. Für sie, Nadja, fühlte es sich freilich wie ein Weltuntergang an, dass Jil sie nicht mitgenommen hatte. Denn es war ein eindeutiges Zeichen, dass die sich ohne sie vergnügen wollte. Das tat verdammt weh, schon zum zweiten Mal am heutigen Tag.

»Ich verstehe nicht, warum sie ausgerechnet jetzt dorthin zurückkehrt«, seufzte Stella. »Ich war mir sicher, dass sie ...« Mit nachdenklicher Miene strich Stella sich durch ihre blonden Haare. »Manchmal kapier ich einfach nicht, was in meiner Schwester vorgeht.«

Was meinte Stella mit *ausgerechnet jetzt dorthin zurückkehren*? Für Nadja wurde das alles immer verworrener. Bilder von Jil, wie sie eine andere Frau küsste, streichelte und verführte, so wie sie es mit ihr getan hatte, schossen wie Pfeilspitzen in ihren Kopf. Würde sie auch die Nacht dort verbringen? Schließlich lag die Stadt nicht gerade um die Ecke.

Schmerz breitete sich wie ein vom Wind getriebenes Feuer in ihrer Brust aus. Verzweifelt hob sie die Hand. Sie hatte genug gehört. Mehr konnte sie jetzt nicht ertragen.

Sie rannte fast aus dem Haus und ließ sich auch nicht mehr von Stellas Rufen aufhalten. Sie hastete die lange Einfahrt entlang zur Straße, der Abenddämmerung entgegen, und dann irrte sie ziellos umher.

Nadja lief und lief, bis sie schon am Rande eines Waldes angelangt war. Sie wusste nicht mehr, wie lange sie schon so umhergeirrt war. Sie hatte einfach nicht darauf geachtet.

Den Kampf gegen die Tränen hatte sie diesmal verloren. Dem Seelenschmerz war die Enttäuschung gefolgt, und der Enttäuschung folgte nun die Wut. Warum ließ sie das mit sich machen? Hatte sie denn überhaupt keine Selbstachtung mehr? Sie, die Heilpädagogin, konnte sich ja nicht einmal selbst helfen, um ihr blutendes Herz zu heilen. Seit sie Jil begegnet war, hatte sie sich vollkommen irrational verhalten, sich nur noch von ihren Gefühlen leiten lassen, als wäre sie nicht ganz bei Trost.

Das musste ein Ende haben! Sie durfte sich nicht länger in diesen Sog hineinziehen lassen. Früher oder später würde sie daran zerbrechen. Und dann? Sollte sie so nach Deutschland zurückkehren, als gebrochene Frau?

Sie war nach Kanada gekommen, um sich eine Auszeit zu nehmen, um Abstand zu gewinnen von der harten Realität, die sie tagtäglich bei ihrer Arbeit begleitet hatte. Aber jetzt fühlte sie sich emotional erschöpfter und ausgebrannter als je zuvor. Wie konnte das passieren? Sie war doch kein Teenager mehr, der in all den Wirrungen und Irrungen des Erwachsenwerdens seine erste große Liebe erlebte.

Und das mit Jil, konnte man da überhaupt schon von Liebe sprechen? Sie hatten Sex – einmal – und sie kannten sich gerade mal gut eine Woche. Woran lag es also, dass sie wegen Jil das Gefühl hatte, komplett den Boden unter den Füßen verloren zu haben? Sie war verliebt, ja, aber musste sie deshalb denn gleich so kopflos durch die Gegend stolpern? Das war doch völlig absurd.

Ein knisterndes Geräusch riss sie gewaltsam aus ihren Gedanken. Erschrocken schaute sie sich um. Es war inzwischen stockdunkel geworden, und sie konnte kaum mehr die Hand vor Augen sehen.

Entsetzt drehte sie sich in die Richtung, aus der das Geräusch kam. Ihr Puls schnellte nach oben, und ihr Brustkorb hob und senkte sich rapide. Sie war eigentlich kein Angsthase, aber sie konnte nicht wissen, was für Tiere sich hier alles herumtrieben.

Stumm starrte sie der Schwärze entgegen, bis ein auf sie gerichtetes glühendes Augenpaar fast ihren Herzschlag aussetzen ließ. Außer den Augen konnte Nadja nichts erkennen. Aber selbst auf die Entfernung einiger Meter lagen sie so hoch, dass Nadja sofort erfasste, dass es sich um ein ziemlich großes Tier handeln musste.

Bleib ruhig, mahnte sie sich. Sie wusste, dass sie jetzt weder weglaufen noch in Panik geraten durfte. Doch das war leichter gesagt als getan. Sie hatte nicht einmal ihr Bärenspray dabei, falls es überhaupt ein Bär war. Aber als sie aus dem Haus gestürmt war, hatte sie an alles Mögliche gedacht, jedoch gewiss nicht an das Spray. Genaugenommen hatte sie überhaupt nicht nachgedacht.

Nun mach schon. Geh weiter und such dir einen anderen Weg, flehte sie lautlos das Ungetüm an, weil es sich wie Nadja nicht von der Stelle bewegte. Fieberhaft überlegte sie, was sie nun machen sollte. Sie konnte doch nicht die ganze Nacht hier stehenbleiben. Außerdem wurde ihr allmählich kalt. Sie hatte nicht einmal eine Jacke mitgenommen, und die Nächte in dieser Gegend waren auch im Sommer manchmal recht kühl. Leise seufzte sie in sich hinein.

Das unbekannte Tier, das versteckt zwischen zwei Bäumen verharrte und nur einen dunklen, formlosen Schatten warf, machte auch weiterhin keine Anstalten, seinen Platz zu verlassen. Daher entschied Nadja sich für einen geordneten Rückzug. Fast hätte sie gelacht, weil ihr ausgerechnet diese Worte – *geordneter Rückzug* – durch den Kopf gespukt waren. Sie war doch nicht beim Militär und das Tier da vorn nicht ihr Feind. Zumindest hoffte sie das.

Langsam und vorsichtig, darauf bedacht, keine unnötigen Geräusche zu verursachen, trat sie Schritt für Schritt zurück, ohne ihren Blick abzuwenden. Das Tier schien ihr nicht zu folgen.

Der Abstand zwischen ihnen wurde größer, und Nadja wollte gerade erleichtert aufatmen, als sie mit dem Rücken gegen etwas Hartes prallte. Ein Schrei entfuhr ihrer Kehle. Das Adrenalin schoss durch ihren Körper. Sie konnte beinahe spüren, dass sie kreidebleich wurde.

Von Panik erfüllt fuhr sie herum. *Krieg dich wieder ein. Es ist nur ein blöder Baum.* Doch gegen das Herzrasen konnte sie nichts ausrichten. Als sie sich wieder umdrehte, kam es ihr so vor, als sei das Ungetüm wieder nähergekommen.

Ihr brannten die Sicherungen durch und sie rannte einfach los, als würde es um ihr Leben gehen. Ihre Lunge pfiff und ihre Beine schmerzten, aber sie ignorierte beides. Nur weg hier, das war alles, woran sie noch denken konnte.

Doch dann passierte es. Plötzlich brach sie mit dem rechten Fuß durch ein paar Zweige in ein Erdloch. Sie knickte um und stürzte. Vor Schmerz stöhnte sie laut auf. Mit zusammengebissenen Zähnen zog sie ihren Fuß heraus. Kalter Schweiß trat ihr auf die Stirn, und ihre Finger zitterten, als sie ihr Fußgelenk abtastete. Schon nach kurzer Zeit konnte sie fühlen, wie ihr Knöchel anschwoll. Das unerträgliche Stechen trieb ihr beinahe erneut die Tränen in die Augen.

Sie versuchte aufzustehen und mit dem verletzten Fuß aufzutreten. Doch es war sinnlos. Die Schmerzen wurden nur noch stärker. So hatte sie keine Chance, auch nur einen Meter vorwärtszukommen.

Entkräftet sank sie wieder auf den Boden und lehnte sich an die furchige Rinde einer riesigen Kiefer. Ihr Atem rasselte, als sie mit angstvollem Blick die Dunkelheit zu durchdringen versuchte. Doch außer dem Wind, der durch die Büsche streifte und in den Wipfeln der Bäume tanzte, war nichts weiter zu hören. Sie schien allein zu sein.

War das nun ein gutes oder ein schlechtes Zeichen? Sie schluchzte auf, doch sogleich erstickte sie den Laut wieder. Sie wollte jetzt nicht weinen. Bangend und hoffend zugleich stieß sie ein kleines Stoßgebet in den Nachthimmel.

◆

Als Jil zur Ranch einbog, sah sie schon von weitem, dass im Haus noch Licht brannte. Langsam rollte sie vorbei, fuhr um die Ecke und hielt schließlich an. Seufzend rieb sie sich über die müden Augenlider. Dann legte sie ihre Arme über das Lenkrad und bettete ihren Kopf darauf. Sie hatte gehofft, dass Nadja und Stella inzwischen schlafengegangen waren. Aber dem war offensichtlich nicht so, und wenn sie Pech hatte, bedeutete das wohl, dass sie sich noch eine Moralpredigt ihrer Schwester anhören durfte.

Am liebsten wäre sie einfach im Auto sitzengeblieben. Sie fühlte sich sowieso schon erbärmlich. Besonders ihr grässliches Verhalten Nadja gegenüber drückte ihr schwer auf den Magen. Das hatte Nadja einfach nicht verdient.

Sie atmete geplagt aus. Doch während sie noch darüber nachdachte, ob sie sich in die Höhle des Löwen wagen sollte, wurde die Fahrertür plötzlich aufgerissen. Drohend baute Stella sich vor ihr auf.

»Spinnst du jetzt total?«, fuhr Jil ihre Schwester erschrocken an.

»Ich? Die Frage ist doch, ob du noch alle Sinne beisammen hast«, donnerte Stella mit lauter Stimme zurück, sodass Jil regelrecht zusammenzuckte.

Was war denn mit ihrer Schwester los? So kannte Jil sie gar nicht. »Stella, mir ist jetzt wirklich nicht nach Reden zumute«, erwiderte sie matt.

Stella winkte verächtlich ab. »Ja, das wissen wir beide, dass das nicht gerade deine Stärke ist.« Ihre Stimme war keinen Deut leiser geworden. »Aber sei ganz beruhigt. Auf eine Diskussion mit dir lege ich jetzt sowieso keinen Wert.«

Autsch! Das hatte gesessen. Jils Augen wurden immer größer. War das wirklich noch ihre Schwester? »Und warum reißt du mir dann fast die Autotür ab? Du hättest warten können, bis ich ins Haus komme«, ereiferte sie sich. Irritiert stieg sie aus dem Wagen, und erst als sie Stella direkt gegenüberstand, sah sie, dass deren Gesicht von einer dunklen Röte überzogen war. Was zum Teufel war hier eigentlich los?

»Nein, hätte ich nicht«, brüllte Stella nun schon fast. Sie warf die Hände in die Luft, und im selben Atemzug, als sie sie wieder sinken ließ, sagte sie nun wieder leiser: »Nadja ist weg!«

»Was sagst du da?« Jil schüttelte verwirrt den Kopf. Sie musste sich verhört haben. »Was meinst du damit, sie ist weg?«

»Sie ist abgehauen, kurz nachdem du losgefahren bist.«

Jil schnappte bestürzt nach Luft. »Aber wo wollte sie denn hin?« Das war doch Wahnsinn. Nadja kannte sich hier überhaupt nicht aus.

»Verdammt noch mal, das weiß ich doch nicht, Jil«, grollte Stella. »Ich habe erst gedacht, sie wäre nur auf dem Hof oder bei den Pferden. Als sie nicht zurückkam, habe ich die ganze Ranch abgeklappert und überall nach ihr gesucht. Aber sie war nicht da. Und es wurde immer dunkler. Also habe ich Ryan angerufen.« Sie redete wie ein Wasserfall, ohne Punkt und Komma. »Er ist immer noch unterwegs, um nach ihr zu suchen. Aber bis jetzt hat er sie noch nicht gefunden. Und ich bin hiergeblieben, damit jemand da ist, falls sie zurückkommt.« Die Sorge um Nadja war aus jedem ihrer Worte herauszuhören.

Stella mochte Nadja. Das wurde Jil erst jetzt so richtig bewusst. Sie war die ganzen Tage so sehr mit sich selbst beschäftigt gewesen, dass sie das gar nicht wahrgenommen hatte. »Ich verstehe das nicht. Wieso läuft sie denn einfach weg?«, murmelte sie ratlos.

»Na, wenn du die Antwort darauf nicht weißt, wer dann?« Theatralisch legte Stella eine Hand auf ihre Brust.

Jil zog missbilligend die Augenbrauen zusammen. »Was hast du ihr erzählt, Stella?«

Ein Kieselstein machte Bekanntschaft mit Stellas fußballerischen Qualitäten und flog im hohen Bogen über den Hof. »Ich habe ihr nur gesagt, dass du wahrscheinlich nach Kamloops in diese ...«, sie wedelte abschätzig mit der Hand, als suchte sie nach einer passenden Beschreibung, »Szenelokalität fährst. Das«, sie schüttelte betrübt den Kopf und ließ die Schultern hängen, »war wohl ein Fehler. Aber ich war so wütend auf dich. Und das bin ich immer noch.«

»Na großartig«, schnaubte Jil. »Ich hätte ebenso gut auch etwas anderes vorhaben können.«

Stella lachte zynisch. »Sag mal, wem willst du hier eigentlich was vormachen, Jil? Schau dich doch mal an. Hätte ich Nadja etwa weismachen sollen, dass du zum neunzigsten Geburtstag unserer Großmutter fährst? Sie ist doch nicht bescheuert und erst recht nicht blind.«

Betroffen senkte Jil den Kopf. »Du weißt darüber Bescheid ... über das mit Nadja und mir. Nicht wahr?« Sie schaute wieder auf. »Hat sie dir davon erzählt?«

»Und wenn schon«, wand Stella sich ein wenig. »Es war nicht gerade ein Blick in die Glaskugel erforderlich, um zu sehen, was mit euch beiden los ist.« Sie holte kurz Luft. »Ich begreife nicht, was in dich gefahren ist, Jil. Wieso behandelst du Nadja so mies? Sie kann nichts für das, was damals passiert ist.«

Jil schloss für einen Moment die Augen und fuhr sich über die Stirn. »Ich weiß«, murmelte sie leise. »Durch Nadja ist alles wieder in mir hochgekommen. Aber mir ist klar, dass das mein Verhalten nicht entschuldigt.« Sie seufzte schwer. »Stella ... Ich ... ich muss sie finden. Wenn Nadja bei den Wäldern ist, dann wäre das fatal.« Sie schluckte. Alles in ihrem Inneren zog sich zusammen. »Auf dem Weg in die Stadt habe ich ein paar aktuelle Aushänge gesehen. Es wurden Schwarzbären gesichtet, ganz in der Nähe.«

»Oh mein Gott!« In Stellas Augen lag Bestürzung. »Ich glaube nicht, dass Ryan bislang dort nach ihr gesucht hat. Wir sind gar nicht davon ausgegangen, dass Nadja so weit und abseits der Straße gegangen sein könnte. Er wollte zuerst in Richtung Lytton fahren. Nadja würde doch nicht einfach den Weg verlassen. Oder?«

»Ich habe keine Ahnung«, stöhnte Jil gequält auf. »Aber ich sollte jetzt wirklich los. Ich zieh mich nur schnell um.« Sie griff nach Stellas Hand und drückte sie kurz. »Kannst du in der Zwischenzeit bitte Shadow satteln?«

Stella warf ihr einen entsetzten Blick zu. »Du willst im Dunkeln da hochreiten? Das ist doch viel zu gefährlich.«

Jil zuckte mit den Schultern. »Hast du eine bessere Idee? Mit dem Auto komme ich dort jedenfalls nicht hin. Und Ryan klappert bereits die Straße ab. Das hast du eben selbst gesagt.«

»Ja, schon.« Stellas Stimme zitterte leicht. »Aber dann komme ich mit.«

»Nein, Stella.« Jil schüttelte den Kopf. »Du hast das schon richtig gemacht. Jemand muss hier sein, falls Nadja doch noch von allein zurückkommt.«

Ihrem Gesichtsausdruck nach zu urteilen war Stella ganz und gar nicht überzeugt. Unruhig schüttelte sie den Kopf. »Dann nimm wenigstens Ronja mit. Bitte!«, flehte sie.

Stella so zu sehen riss bei Jil erneut alte Wunden auf. Nach Atem ringend zog sie ihre Schwester in die Arme. »Okay«, stieß sie gepresst aus, weil sie gar nicht fähig war, mehr als dieses eine Wort über ihre Lippen zu bringen. Mühsam beherrscht löste sie sich wieder aus der Umarmung. Dann wandte sie sich schnell ab und lief ins Haus.

Als sie wenige Minuten später zurückkehrte, wartete Shadow bereits auf sie. Und auch Ronja sprang schon aufgeregt über den Hof. Normalerweise war die Hündin um diese Zeit nicht zu einem Ausflug zu bewegen. Es war, als spürte sie, dass es hier um mehr ging. Dass eine wichtige Aufgabe auf sie wartete.

Stella drückte Jil die Satteltasche in die Hand. »Ich hoffe, ich habe nichts vergessen«, sagte sie. Ihr Blick war in sich gekehrt, und dann zählte sie alles noch einmal auf: »Eine Taschenlampe, eine Decke, ein bisschen Proviant und das Erste-Hilfe-Päckchen.« Versunken strich sie erst Shadow über die Flanke und kraulte dann Ronjas Kopf. »Bringt mir die Mädels ja wieder heil zurück«, murmelte sie an die beiden gewandt.

Jil merkte, dass sie lächeln musste. »Ist dir eigentlich schon mal aufgefallen, dass wir nur noch deutsch reden, selbst jetzt, obwohl Nadja gar nicht dabei ist?«

Überrascht hob Stella die Augenbrauen. »Du hast recht.« Ein Schmunzeln schlich sich in ihre Mundwinkel. »Na ja, ich habe diese Sprache schon ein bisschen vermisst, wenn ich ehrlich bin. Und so lange mir das nicht bei Ryan passiert.« Sie lachte beherzt. »Ich stelle mir sein Gesicht vor, wenn ich ihm was erzähle und er nur Bahnhof versteht.«

Grinsend drückte Jil ihrer Schwester einen Kuss auf die Stirn. Doch dann wurde sie wieder ernst. Sie wollte schon aufsitzen, als sie sich doch noch einmal zu Stella umdrehte. Einen Augenblick lang rang sie noch mit sich, doch dann sagte sie: »Bitte verzeih mir, Schwesterchen. Du gibst dir immer so eine Mühe mit mir, und ich habe mich viel zu oft nur wie ein Arschloch aufgeführt.«

Eilig schwang sie sich nun auf den Pferderücken. Nach wie vor bereitete es ihr Probleme, offen über ihre Gefühle zu sprechen. Doch sie hatte lange genug geschwiegen und alles nur in sich hineingefressen. Und das hier war doch wenigstens schon mal ein Anfang.

Stella lächelte weich zu ihr hinauf. »Pass bitte auf dich auf.« Ihre Stimme klang ganz gerührt. Die Wut schien verraucht. »Hast du dein Handy und das Bärenspray dabei?«, fragte sie noch.

Jil nickte bestätigend und klopfte sich an die Gürteltasche. Dann drückte sie Shadow ihre Fersen in die Seiten und ritt hinaus in die finstere Nacht. Ronja sprintete sofort los und lief voraus, als wüsste sie ganz genau, welche Richtung Jil einschlagen würde.

◆

Mit jeder Minute, die verging, wuchs in Nadja die Angst, dass niemand sie würde hier finden können. Schon gar nicht in der Nacht.

Ein stärker werdendes Gefühl der Kälte befiel sie. Frierend schlang sie die Arme um sich. Ihr Fuß tat höllisch weh, und ihr Knöchel war mittlerweile auf die Größe eines Tennisballs angeschwollen.

Nachdem sie ihren Turnschuh unter unsäglichen Schmerzen abgestreift hatte, bekam sie ihn nun natürlich nicht mehr an. Aber der Druck war so immens gewesen, dass sie es kaum mehr ausgehalten hatte.

Und dann war da noch dieses ständige Rascheln und Knacken zwischen den Bäumen. Manchmal wusste Nadja gar nicht, aus welcher Richtung all die Geräusche kamen. Als wären sie um sie herum, und sie saß mittendrin.

Um sich abzulenken, dachte sie viel an Jil. Das war vielleicht nicht unbedingt eine angenehme Ablenkung, aber es half ihr, ihre momentane und scheinbar ausweglose Situation ein wenig auszublenden. Es würde ja auch nichts bringen, sich jetzt verrückt zu machen. Dieses große Tier vorhin konnte ebenso gut ein Elch oder ein Wapiti gewesen sein. Obwohl sie in dieser Gegend eher weniger zu finden waren. Doch es war nicht ausgeschlossen, und so hielt Nadja sich an der Hoffnung fest, dass sie nicht in Gefahr war. Auch wenn diese Tiere genauso wenig zu unterschätzen waren. Aber sie wusste, dass erst im Herbst, wenn die Brunftzeit war, man sich vor ihnen besonders in Acht nehmen musste.

Ihre Gedanken glitten wieder zu Jil. Dieses Outfit, das sie getragen hatte, war sexy und niederschmetternd zugleich gewesen. Denn Jil hatte es nicht für sie getragen. Sie hatte sich so herausgeputzt, um sich anderswo und vor allem mit anderen zu amüsieren. Darauf zielte es ab. Da bestand für Nadja kein Zweifel. Vielleicht wollte Jil ihr damit auch etwas sagen. *Es war ganz nett mit dir gewesen, aber du wirst niemals den Platz in meinem Herzen einnehmen.*

Nadja schluckte die Enttäuschung, die einen bitteren Geschmack auf ihrer Zunge hinterließ, hinunter. Je länger sie hier saß, umso mehr wurde ihr klar, dass sie nicht dazu auserkoren war, Jil zu retten. Falls die überhaupt gerettet werden musste. Manchmal hatte sie diesen unbändigen Schmerz in ihren Augen gesehen, und der Verlust ihrer Mutter schien sie traumatisiert zu haben. Ihre Schwester Stella schien dieses furchtbare und tragische Ereignis besser verarbeitet zu haben. Aber sie war auch ein ganz anderer Typ. Sie wirkte viel aufgeschlossener und lebensfroher.

Wie wichtig es war, über solch schmerzliche Erfahrungen mit jemandem zu reden, das wusste Nadja durch ihre Arbeit mit all den geschundenen Seelen nur zu gut. Wenn die Seele krank war, dann heilte sie sich nicht einfach so von allein. Schon gar nicht, wenn man sich völlig für andere, schöne Dinge im Leben verschloss, als würde man eine Tür absperren, den Schlüssel wegwerfen und keiner kam mehr herein.

Die Zeit heilt alle Wunden? Ja, vielleicht war das so. Aber einen geliebten Menschen zu verlieren bedeutete auch, dass er eine riesige Lücke hinterließ, die zu füllen ein langwieriger Prozess war. Und er fand nicht immer ein Happy End.

Ein erneutes Rascheln, diesmal jedoch viel lauter, als wäre es direkt hinter ihr, katapultierte Nadja in die Realität zurück. Automatisch fing sie an zu zittern, während ihr der Atem stockte. Der Angstschweiß drang aus all ihren Poren. Die tapsenden Schritte kamen näher, und Nadja getraute sich nicht, Luft zu holen, obwohl sie allmählich dringend Sauerstoff benötigte. Dann plötzlich ein … Bellen. Wie gelähmt klebte Nadja am Baum. War das wirklich ein Bellen? Von einem Hund? Nadja zweifelte, ob die

Angst ihr nicht nur einen Streich spielte. Vielleicht litt sie auch gerade unter einer Panikattacke, die ihr das Gehirn vernebelte.

»Ronja! Wo steckst du?«, hallte der Ruf durch den Wald.

Die angestaute Luft zischte geräuschvoll aus Nadjas Kehle. Sie wusste nicht, ob sie lachen oder weinen sollte. Ronja tauchte neben ihr auf und schleckte ihr das ganze Gesicht ab.

Erst dann war Nadja überhaupt zu einer körperlichen Reaktion fähig. Sie vergrub ihre Hände und ihren Kopf in dem weichen Fell und schluchzte leise auf.

Ronja bellte noch ein weiteres Mal, um auf sich aufmerksam zu machen. Auch Nadja versuchte nach Jil zu rufen, doch ihre Stimme verlor sich in Heiserkeit. Doch dann drang ein heller Lichtschein wie eine aufgehende Sonne zwischen den Bäumen hindurch, strich suchend über das Gras und den bemoosten Boden, bis der Scheinwerfer in ihr Gesicht strahlte. Nadja kniff geblendet die Augen zusammen. Ihr Mund zuckte, und sie lachte Jil lautlos entgegen.

Jil legte die Taschenlampe auf den Boden und hockte sich neben sie. Im schwachen Schein des Lichts konnte Nadja pure Erleichterung in ihrem Gesicht erkennen. Sorge und Freude schienen sich miteinander abzuwechseln, sodass Jils Mundwinkel sich gar nicht entscheiden konnten, ob sie sich nach oben oder nach unten ziehen sollten.

Kurz wandte Jil ihr Gesicht noch einmal von ihr ab. »Fein gemacht«, lobte sie Ronja, während sie sie ausgiebig herzte und hinter den Ohren kraulte. Doch dann galt ihre volle Aufmerksamkeit nur noch ihr. »Wie geht es dir? Bist du verletzt?«, fragte sie leise. Ihr Blick glitt an Nadja herunter und blieb schließlich an dem Fuß ohne Schuh hängen. »Oh je«, entfuhr es ihr, noch bevor Nadja ihr antworten konnte.

»Ich glaube nicht, dass etwas gebrochen ist«, hauchte Nadja. Ihre Stimmbänder waren immer noch belegt, und sie zitterte nun am ganzen Körper. Aber jetzt war es nicht die Angst und auch nicht die kühle Nachtluft, sondern weil die Anspannung wie eine Erlösung von ihr abfiel.

Sanft lächelnd schüttelte Jil den Kopf. »Was machst du nur für Sachen?« Sie schien keine Antwort darauf zu erwarten, als wüsste sie ganz genau, weshalb Nadja weggelaufen war. Stattdessen stieß sie einen kurzen Pfiff aus, und nur Sekunden später war das

Schnauben eines Pferdes zu vernehmen. »Warte kurz. Ich bin gleich wieder da«, sagte sie, während sie Nadja mit einem beruhigenden Blick bedachte.

Am liebsten hätte Nadja sie festgehalten. Sie wollte nicht, dass Jil sie zurückließ, und sei es auch nur für eine Minute. Aber dann hätte sie sich bloß lächerlich gemacht. Eine Frau wie Jil würde ihre Ängste bestimmt nur schwer nachvollziehen können.

Sie erinnerte sich daran, wie bewundernd Jil sich gezeigt hatte dafür, dass sie ganz allein durch Kanada getourt war. Wie würde das also aussehen, wenn sie sich jetzt wie ein kleines Äffchen an ihr festklammern würde? Also sagte sie im Spaß: »Keine Sorge. Ich werd' schon nicht abhauen.« Sie verzog ihren Mund zu einem Grinsen und war wirklich froh, dass ihr Gesicht nicht vom Lichtkegel der Lampe eingefangen wurde.

Jil lachte leise auf. »Ich lass Ronja hier bei dir.« Etwas Spitzbübisches blitzte in ihren Augen auf, soweit Nadja das erkennen konnte. Mit deutlich ernsterer Miene sagte sie dann jedoch: »Wir sollten aber wirklich zusehen, dass wir schleunigst von hier wegkommen.«

Sie erläuterte das nicht näher, aber das war auch nicht nötig. Nadja wusste auch so, dass sie vermutlich Glück im Unglück hatte.

Jil stand auf und nahm die Taschenlampe an sich. »Ich darf nicht vergessen, Stella anzurufen, um ihre Nerven zu beruhigen.« Sie drehte sich um und bahnte sich einen Weg aus dem Wald.

Nadja blickte ihr nach, immer dem Lichtschein hinterher. Als das Pferd erneut schnaubte, wusste sie instinktiv, dass Jil bei ihm angekommen war. Erleichtert stellte sie fest, dass sie offenbar nicht sehr tief in den Wald hineingelaufen war. Es wäre nicht auszudenken gewesen, und sie bezweifelte, dass Ronja sie dann auch gefunden hätte.

Die Hündin hatte inzwischen Jils Platz eingenommen und sich geradezu beschützend vor ihr ausgebreitet. Trotz der Schmerzen entlockte es Nadja ein weiteres Schmunzeln.

Ronjas Herz hatte sie anscheinend schon erobert. Es war wirklich sehr bedauerlich, dass ihr das bei Ronjas Besitzerin offensichtlich niemals gelingen würde.

Sie seufzte in sich hinein. *Jetzt ist nicht der Zeitpunkt, um schon wieder Trübsal zu blasen*, rief sie sich zur Ordnung. Sie hatte lange genug hier herumgesessen und genug Zeit gehabt, um für sich eine Entscheidung zu treffen. Und die würde sie Jil auch schon bald mitteilen. Auch wenn Jil gerade sehr nett und offenbar wirklich besorgt um sie war. Wer konnte schon sagen, wann Nadja das nächste Mal ihre ablehnende Haltung zu spüren bekam.

Jedenfalls hatte Jil Wort gehalten. Sie war tatsächlich erstaunlich schnell wieder da. Als erstes gab sie Nadja etwas zu trinken. Dankbar nahm Nadja ein paar große Schlucke aus der Wasserflasche und begann sogleich zu husten.

Jil warf ihr einen tadelnden Blick zu, aber dennoch schlich sich ein Lächeln in ihre Augenwinkel. »Nicht so hastig, schöne Frau«, sagte sie mit samtweicher Stimme.

Nadjas Augen weiteten sich vor Erstaunen. Wie wunderschön diese Worte in ihren Ohren geklungen hatten und immer noch nachwirkten. Dabei hatte Jil gar nicht viel gesagt. Aber ihr Nachsatz und die Art, wie sie es gesagt hatte, brachten ihr Herz kurzzeitig zum Hüpfen. So konnte sie dann auch nichts dagegen tun, dass ihr Brustkorb sich schnell und wahrscheinlich auch viel zu auffällig hob und senkte. Immer wieder schluckte sie, um wenigstens ihren Atem halbwegs unter Kontrolle zu bringen.

Jil, die gerade dabei war, Nadjas Fuß zu bandagieren, schaute flüchtig auf. Zumindest hatte sie das wohl so vor, doch dann verlor sich ihr Blick doch länger als vermutlich beabsichtigt auf Nadjas Lippen. Sie holte einmal tief Luft, ehe sie sich wieder dem Verband widmete.

Als sie fertig war, holte sie eine Decke aus der Tasche und stopfte stattdessen den losen Schuh hinein. Dann stand sie auf und half auch Nadja auf die Beine. Skeptisch begutachtete sie Nadjas wackligen Stand.

Mit zusammengebissenen Zähnen gab Nadja keinen Ton von sich. Aber mit dem verletzten Fuß würde sie definitiv nicht auftreten können, ohne vor Schmerzen zu schreien.

Jil schien es zu spüren. Geradezu zärtlich legte sie die Decke um ihre Schultern. Und dann, ganz plötzlich, warf sie sich die Satteltasche über die Schulter, hob Nadja hoch und trug sie behutsam auf ihren Armen bis zum Waldrand, wo Shadow auf sie wartete. Vorsichtig hob sie Nadja im Seitsitz auf das Pferd, sorgsam darauf bedacht, dass Nadja mit ihrem Fuß nicht irgendwo hängenblieb. Dann schwang sie sich hinter sie und presste sich eng an sie heran.

Die intensive Berührung, Jils Körper so nah an sich zu spüren, ließ Nadja wie elektrisiert aufzucken, als hätte ein Stromschlag sie erwischt. Stoßweise atmete sie aus. Ihr Kopf fiel zurück gegen Jils Brust, die sie daraufhin noch ein wenig mehr in die warme Decke hüllte. Dann schlang sie ihre Arme um sie herum und hielt sie fest. Es war wie eine Liebkosung. Fast zu schön, um wahr zu sein.

Mit den Zügeln in der Hand brauchte es nicht viel, um Shadow in Bewegung zu setzen. Ein leises, schnalzendes Geräusch von Jil, und schon trabte er los. Ronja drehte halbe Pirouetten, als wüsste sie mit ihrer Freude nicht wohin. Es ging wieder nach Hause, und bald würde sie ihren wohlverdienten Schlaf bekommen.

Die ersten Minuten, während sie auf Shadow in gemächlichem Tempo zurücktrabten, schwiegen sie. Nadja war noch zu aufgewühlt, um irgendetwas zu sagen. Aber das machte überhaupt nichts. Sie war einfach nur heilfroh, dass Ronja und Jil sie gefunden hatten.

Als ihr das beruhigende Gefühl gewiss war, dass Jil sie sicher und behütet festhielt, schloss sie sogar die Augen. Eingehüllt in die Decke und an Jils Brust gelehnt rieselte eine wohltuende Wärme durch ihren Körper, die sich bis in die Zehenspitzen ausbreitete. Und momentan verspürte sie auch keinerlei Schmerzen in ihrem Fuß. Das sanfte Dahinschaukeln machte sie ganz schläfrig.

Ihre Gedanken schweiften lose umher. Woher konnte Jil eigentlich wissen, dass sie hoch in den Wald gelaufen war? Das hatte sie ja selbst nicht mal registriert, bis sie sich dann mittendrin befunden hatte. Ob sie Jil danach fragen sollte?

Wie spät war es überhaupt? Die Zeit im Wald war ihr ewig vorgekommen. Tatsächlich waren es wahrscheinlich aber nur drei, vier Stunden gewesen. Und jetzt war Jil bei ihr. Sie hatte nicht bei einer anderen Frau übernachtet. Aber für gewisse Vergnügungsaktivitäten brauchte man ja auch keine ganze Nacht.

Nadja schüttelte leicht den Kopf, weil ihr nicht gefiel, in welche Richtung ihre Gedanken sie trugen. Sie wollte nur an etwas Schönes denken. Und dieser Moment hier war wunderschön. Sie seufzte leise und kuschelte sich noch ein bisschen mehr in die Decke.

»Es tut mir leid«, flüsterte Jil plötzlich in die Stille der Nacht hinein, die bislang nur vom gleichmäßigen Aufschlagen der Hufe durchbrochen worden war.

Nadjas Atem setzte für einen Augenblick aus. Jils Stimme so dicht an ihrem Ohr ließ sie erschauern, nur um gleich darauf ihre Körpertemperatur nach oben schnellen zu lassen. Die angenehme Wärme war einer Hitze gewichen, die nicht nur ihren Kopf zum Glühen brachte.

»Was tut dir leid?«, verließen ihre Worte zeitverzögert und eher gehaucht als gesprochen ihren Mund. Aber nachdem sie einen tiefen Atemzug genommen hatte, hatte sie zumindest wieder genug Luft, um überhaupt sprechen zu können.

Jil seufzte auf und verlagerte ihr Gewicht, aber nur ein wenig, um Shadow nicht aus dem Rhythmus zu bringen. Als Nadja sich mit dem Oberkörper leicht nach vorn beugte, um sich etwas mehr aufzurichten, drückte Jil sie sanft wieder an ihre Brust zurück.

»Ich habe mich dir gegenüber sehr schäbig verhalten. Das ist es, was mir leidtut und wofür ich mich bei dir entschuldigen möchte.« Sie räusperte sich hörbar, ehe sie erneut in Schweigen versank. Und als Nadja schon glaubte, dass Jil nichts weiter dazu sagen würde, weil allein das, was sie bereits gesagt hatte, schon an ein kleines Wunder grenzte, setzte sie auf einmal doch fort: »Ich habe weder deine noch sonst wessen Liebe verdient. Genaugenommen verdiene ich es nicht einmal zu leben.«

Nadja konnte kaum fassen, was sie da gehört hatte. Als wäre ein Amboss vom Himmel direkt auf sie draufgefallen. Ihre Gedanken überschlugen sich fast. *Um Gotteswillen!* Was war da nur passiert, dass Jil der Meinung war, keinen Anspruch auf Liebe zu haben? Sie gestattete sich ja nicht mal eine Existenzberechtigung zu. Hatte Jil sich bislang so gut hinter einer Fassade versteckt, dass ihr gar nicht aufgefallen war, welch schwere Last sie mit sich herumschleppte? War sie, Nadja, von ihren Gefühlen so geblendet gewesen, dass sie Jils Verhalten immer nur auf sich bezogen hatte?

Fragen über Fragen, auf die sie vielleicht nie eine Antwort bekommen würde. Schon gar nicht, wenn sie jetzt fortgehen würde, um wieder zu sich selbst zu finden und Jil ein für alle Mal zu vergessen. So, wie sie es geplant hatte.

Und noch immer hielt sie das für die einzig richtige Entscheidung. Nur der Zeitpunkt schien sich gerade ein wenig zu verschieben.

Allmählich verstand Nadja auch, warum Jil ausgerechnet jetzt diese Dinge sagte. Hier oben auf dem Pferd und so aneinandergepresst musste Jil sie dabei nicht anschauen. Und Nadja hätte sich noch so viel Mühe geben können, um nur einen einzigen Blick in Jils Gesicht zu erhaschen, das doch ihren Kummer und ihr Leid in allen Facetten widerspiegeln musste. Aus ihrer Sitzposition heraus und dann noch in völliger Finsternis war das schlichtweg unmöglich. Aber ihr Spürsinn war dadurch umso mehr geschärft worden. Es war nicht nur Schmerz, der in Jils Worten gelegen hatte. Da war auch eine Selbstverachtung herauszuhören gewesen, die Nadja regelrecht erschreckte.

»Warum sagst du so etwas?«, fragte sie leise. Sie streckte ihre Hand unter der Decke vor, um Jils Arm zu berühren, der sie umschlungen hielt.

Jil zuckte auf. Dann atmete sie lang aus, bis das kurze Beben, das ihren ganzen Körper zu erschüttern schien, vorüber war. »Weil es so ist«, antwortete sie knapp.

Eigentlich war das ja typisch für sie, nie mehr Worte zu verlieren als unbedingt nötig. Und doch war dieser Moment ein ganz anderer und nicht vergleichbar.

Nadja wusste sofort, dass Jil sich ihr nicht weiter offenbaren würde. Nicht jetzt und nicht heute. Weil sie es nicht konnte und weil sie es sich vermutlich selbst verbat.

Dennoch wollte Nadja das Gesagte nicht einfach so stehenlassen. Losgelöst, ohne auch nur den Versuch zu unternehmen, sich selbst Einhalt zu gebieten, sagte sie: »Ich glaube nicht, dass das so ist. Ich weiß nicht, was passiert ist, und mir ist klar, dass du darüber nicht mit mir reden möchtest. Das kann ich verstehen. Aber du kannst mir nicht verbieten, dich zu lieben.«

Fast im selben Augenblick wie Nadja das letzte Wort ausgesprochen hatte, stöhnte Jil hinter ihr auf. Unruhig rutschte sie umher, sodass Nadja schon befürchtete, dass sie gleich vom Pferd fallen würden. Seitlich sitzend hatte sie nämlich keinen besonders guten Halt. Ihr den zu geben, das hatte bisher Jil übernommen. Aber jetzt war sie sich nicht mehr sicher, ob Jil sich dessen immer noch bewusst war. Sie merkte, dass sie verkrampfte. »Jil«, flüsterte sie besorgt.

Und als hätte es nur die Erwähnung ihres Namens gebraucht, atmete Jil noch einmal tief durch, und sofort beruhigte sie sich wieder. Sie straffte ihre Arme und zog Nadja, die ihr schon zu entgleiten drohte, wieder fester zu sich heran. »Sorry«, murmelte sie heiser. Und es hörte sich fast ein wenig verschämt an.

Nadja spürte deutlich Jils Herz gegen ihren Rücken pochen. Vielleicht war es unangebracht und ungehörig von ihr und sie interpretierte mal wieder alles falsch, aber das Lächeln um ihre Mundwinkel bildete sich von ganz allein. Fast schon genießerisch schloss sie erneut die Augen. Sie hatte gesagt, was sie sagen wollte. Daran konnte nichts falsch sein.

Als Jil einen weiteren Seufzer ausstieß, dachte Nadja schon, dass sie vielleicht doch noch reden wollte. Obwohl sie das nicht so recht glauben mochte. Dafür klang das Seufzen einfach viel zu erleichtert.

Blinzelnd öffnete sie die Augen, und dann sah sie den Grund für Jils Erleichterung. Sie waren nur noch wenige Meter von der Ranch entfernt. Und auf dem Hof konnte Nadja schon von hier aus Stella und eine weitere Person, die an einen Jeep gelehnt stand, erkennen.

Ronja sprintete auch sofort los, als konnte sie es – wie Jil – gar nicht erwarten, nach Hause zu kommen.

Nadja nickte wohlwissend vor sich hin. Sie konnte es Jil nicht verübeln, dass sie froh war, dass sie endlich zurück waren. Genauso wenig wie sie erwarten konnte, dass Jil auf ihr Liebesgeständnis, das für sie selbst überraschend kam, mit Worten reagieren würde. Nein, das würde Jil nicht tun. Aber sie hatte Nadja Vertrauen entgegengebracht und ihr einen kurzen Blick in ihre Seele gewährt.

Sie waren eine ganze Weile unterwegs gewesen – Nadja vermochte es zeitlich gar nicht einzuschätzen – und in dieser Zeit hatten sie nur wenige Worte miteinander gewechselt. Aber die waren von einer unglaublichen Intensität und Bedeutsamkeit geprägt. Nadja wusste, dass sie noch lange darüber nachdenken würde, wenn sie nachher in ihrem großen, leeren Bett lag. Mochten die Müdigkeit und Erschöpfung auch noch so groß sein.

Als sie auf dem beleuchteten Hof eintrafen, erkannte Nadja, dass es sich bei der anderen Person neben Stella um einen Mann handelte. Er war groß und von kräftiger Gestalt. Er begegnete ihr mit einem freundlichen Blick aus dunklen Augen. Nadja schätzte ihn auf Mitte Vierzig. Er trug einen Hut mit der Aufschrift BC Parks, und aus dem Jeep, der wohl zu ihm gehörte, war das Knacken und eine Stimme aus einem Funkgerät zu hören. Seitlich am Fahrzeug prangte das Abzeichen der Canadian Rangers.

Nadja erschrak. Ein Ranger? Hatte er etwa auch nach ihr gesucht? *Oh mein Gott.* Was hatte sie da mit ihrem überstürzten Abgang bloß angerichtet?

Jil schien ihre Unruhe zu bemerken. »Das ist Ryan«, flüsterte sie ihr zu. »Keine Sorge, er wird dir nicht den Kopf abreißen. Aber bei meiner Schwester bin ich mir da nicht so sicher.«

Nadja konnte es zwar nicht sehen, aber so, wie Jil sich anhörte, lag wohl ein Schmunzeln auf ihren Lippen. Überhaupt wirkte Jil jetzt wieder ganz selbstsicher. Ihre kurze emotionale Phase war vorüber, und Nadja fragte sich, mit welcher Jil sie es jetzt zu tun hatte. Mit der echten oder mit der, die sich wieder hinter einer Maske verbarg?

Vorsichtig schob Jil sich hinter ihr aus dem Sattel.

Stella trat sofort auf sie zu und warf einen sorgenvollen Blick auf Nadjas bandagierten Fuß. »Nadja«, erhob sie vorwurfsvoll ihre Stimme. »Du hast mir vielleicht einen Riesenschrecken eingejagt.«

Betreten senkte Nadja den Kopf. Da sie aber immer noch auf dem Pferd saß, konnte sie Stellas Blick kaum ausweichen. »Ich bin eine Idiotin, und es tut mir wirklich sehr leid«, murmelte sie eine Entschuldigung.

»Wir müssen morgen zum Arzt«, schaltete Jil sich sofort dazwischen, als wollte sie erst gar keine weiteren Emotionen aufkommen lassen. Blieb nur die Frage, ob sie damit Nadja oder sich selbst schützen wollte. »Das muss auf jeden Fall geröntgt werden«, fügte sie hinzu. Und Stella nickte bestätigend mit besorgter Miene.

Ach du Schande. Nicht auch das noch, dachte Nadja entsetzt. Das würde sie eine weitere Stange Geld kosten. »Ich bin umgeknickt. Es ist bestimmt nur eine Bänderdehnung«, gab sie sich betont lässig. »Ein bisschen Kühlen und entzündungshemmende Salbe drauf reicht da bestimmt aus.«

Auf der Stelle waren zwei Augenpaare auf sie gerichtet. Sie hatten denselben Ausdruck. Wahrscheinlich fragten Stella und Jil sich gerade, ob Nadja noch ganz dicht war oder ob sie vielleicht bei ihrem Sturz auf den Kopf gefallen war.

Ryan schaute verdutzt zwischen den beiden hin und her. Anscheinend verstand er nicht, was Nadja gerade gesagt hatte. Aber es fiel ihm offenbar nicht schwer, eins und eins zusammenzählen. Und so starrte er Nadja nun ebenfalls an, wenn auch eher grübelnd.

»Da gibt es doch überhaupt keine Diskussion«, wies Jil sie ein wenig schroff zurecht.

Nadja schloss augenblicklich ihren Mund. Sie hatte verstanden, und auf ein Wortgefecht mit Jil wollte sie sich nun wirklich nicht einlassen.

Als Ryan sich vom Jeep abstieß und an das Pferd herantrat, anscheinend, um Nadja herunterzuheben, stellte Jil sich ihm halb in den Weg. »I'm doing this. Okay?«, gab sie ihm klar zu verstehen.

»Oh, I'm sorry«, erwiderte er. Dann streckte er Nadja dennoch die Hand entgegen. »Hello. I'm Ryan. I am pleased to meet you«, begrüßte er Nadja, die sich daraufhin mit einem Lächeln bedankte und den Gruß erwiderte. Erst dann trat er einen Schritt zurück und schwang gestenreich seinen Arm, um Jil den Vortritt zu lassen.

Jil zog die Augenbrauen zusammen und warf ihm einen Blick zu, der einen Mammutbaum hätte entwurzeln können. Doch Ryan störte das offenbar überhaupt nicht. Das Grinsen in seinem Gesicht schien wie eingemeißelt. Es war ein groteskes Bild, und oben vom Pferd aus kam es Nadja fast so vor, als würde sie auf einem erhöhten Rang in einer Arena sitzen und gebannt das Geschehen, das sich vor ihr und unterhalb abspielte, verfolgen.

»Nun hol sie schon runter, Jil«, unterbrach Stella das Szenario. Kopfschüttelnd verdrehte sie die Augen, aber um ihre Mundwinkel hatte sich ein vergnügtes Lächeln gebildet.

Noch ein letzter, warnender Blick, dann wandte Jil sich von Ryan ab. Sie streckte ihre Hände aus, umfasste Nadjas Hüften und hob sie mit scheinbarer Leichtigkeit von Shadow herunter. Ganz behutsam setzte sie Nadja auf dem Boden ab, die vorsichtshalber ihren verletzten Fuß angewinkelt hielt. Das war kein Problem, weil Jil sie immer noch festhielt.

Und dann tat Jil das, was sie vorhin schon einmal getan hatte. Sie nahm Nadja auf ihre Arme und trug sie an Stella und Ryan vorbei ins Haus.

Als sie mit Nadja die Treppe hinaufging, atmete sie ruhig und gleichmäßig. Ihr war keinerlei Anstrengung anzumerken.

Sie steuerte direkt auf das Schlafzimmer zu und setzte Nadja auf dem Bett ab. Dann streifte sie ihr den zweiten Schuh ab, legte ihre Füße hoch und schob noch ein Kissen darunter. Ein weiteres Kissen drapierte sie unter ihren Kopf, damit sie etwas erhöhter liegen konnte. Mit nachdenklicher Miene blieb sie dann vor dem Bett stehen.

Nadja musste unwillkürlich schmunzeln, während sie schweigend und nahezu erstaunt Jils fürsorgliches Tun geschehen ließ.

»Ich werde mal schauen, ob ich noch eine Kühlsalbe finde«, murmelte Jil vor sich hin. »Aber so«, sie blickte auf Nadja herunter, »kannst du nicht schlafen. Also in den Klamotten ...« Sie kratzte sich am Hals.

War das etwa ein verlegener Schimmer, der sich da über ihre leicht geröteten Wangen legte? Jil und verlegen? Das war doch ausgeschlossen.

Trotzdem lachte Nadja jetzt auf, weil ihr das langsam schon unheimlich wurde. »Stimmt! So kann ich auf keinen Fall schlafen«, gab sie Jil kopfnickend recht. Ein Anflug von unerwartetem Selbstbewusstsein überkam sie plötzlich, und so fügte sie hinzu: »Keine Angst, ich kann mich allein ausziehen. Ich denke, das krieg ich noch hin.«

Jils Augen wurden nicht nur größer, ihre Pupillen wurden auch dunkler. Viel dunkler, während ihr Blick ganz verschleiert wirkte. »Ähm, ja«, war alles, was sie dazu sagte.

Suchend schaute sie sich im Zimmer um – offenbar dankbar, eine Ausweichmöglichkeit gefunden zu haben –, bis sie Nadjas Schlafzeug auf dem Stuhl entdeckte. Sie hob das dünne Flatterhemdchen und das dazugehörige Höschen hoch und betrachtete beides versunken. Ihre Gesichtsmuskeln bewegten sich zögernd. Und dann schließlich rollte ein heiseres Glucksen über ihre Lippen.

Kaum merklich reckte sie das Kinn vor und deutete auf die Nachtwäsche in ihren Händen. »Und du bist dir sicher, dass du darin nicht frieren wirst?« Sie wandte sich Nadja wieder zu und lächelte verschmitzt.

Das war wieder die Jil, wie sie leibt und lebt! Fast wäre Nadja ein inbrünstiger Seufzer entwichen, doch sie konnte sich gerade noch zurückhalten. »Ich hab doch eine warme Decke«, krächzte sie. Wohin hatte sich denn plötzlich ihre Stimme verkrochen?

Das Herz schlug ihr bis zum Hals, als Jil geschmeidig wie eine Katze die wenigen Meter vom Stuhl bis zum Bett überbrückte. Galant ließ sie sich auf dem Rand nieder. Ihren Oberkörper leicht über Nadja gebeugt, mit hungrigem Blick, schien es so, als dachte sie ernsthaft darüber nach, das Ausziehen doch selbst zu übernehmen.

Nadjas Finger zitterten, als sie nach dem Stoff griff, den Jil immer noch in ihren Händen hielt. Vorsichtig zog sie daran, und als Jil ihre Hände öffnete und Hemd und Höschen freigab, presste sie beides schützend an ihre Brust.

Jil ließ Nadja nicht aus den Augen, als wollte sie jede noch so kleine Regung in dem Gesicht vor ihr um keinen Preis verpassen. Ihr heißer Atem flirrte wie Lippen über Nadjas Wangen.

Eins, zwei, drei, zählte Nadja stumm vor sich hin. Dann hielt sie es nicht mehr aus. Sie hatte das Gefühl, ihr Kopf würde gleich explodieren. Unüberhörbar ließ sie die Luft entweichen, die auch noch Sekunden später zwischen ihnen zu flimmern schien.

Ganz langsam nur setzte Jil sich wieder aufrecht. Wie souverän sie sonst auch immer tat, es vielleicht sogar war, aber Nadja sah es ihr an, dass sie mit sich kämpfte. Das Zucken ihrer Augenbrauen und wie ihr Kiefer vor lauter Anspannung mahlte, verrieten, dass auch sie dieser Moment nicht kaltließ.

Jil räusperte sich vernehmlich. »Ich geh dann mal und hol die Salbe«, sagte sie mit einer verführerisch rauen Stimme.

Wie gern hätte Nadja sie aufgehalten, sie in ihre Arme gezogen und leidenschaftlich geküsst. Doch innerlich schrie sie ihr Herz an, endlich Ruhe zu geben. Sie hatte doch eine Entscheidung getroffen. Verdammt noch mal! Also quetschte sie nur ein mühsames »Okay« hervor.

Jils Hand suchte ihre Wange und strich sanft darüber. »Bis gleich«, sagte sie leise. Dann stand sie auf und verließ schnell das Zimmer.

Es dauerte einen langen Moment, bis Nadja sich wieder rühren konnte, weil sie wie gelähmt auf die inzwischen geschlossene Tür starrte. Erst dann begann sie sich hektisch aus ihren verschmutzten Klamotten zu schälen. Jetzt hatte sie es besonders eilig, weil sie auf gar keinen Fall nackt im Bett sitzen wollte, wenn Jil zurückkam. Dabei machte sie sich weniger Sorgen darüber, wie Jil darauf reagieren könnte. Aber sie war sich sicher, dass sie gleich mehrere und eindeutige Körpersignale aussendete, die sie besser vor Jil verbergen sollte.

Trotzdem schaute sie nun kurz an sich herunter und sah die Gänsehaut, die ihren Körper wie eine zweite Haut überzogen hatte und dabei keine Stelle auszulassen schien. Die Spitzen ihrer Brüste spannten und waren zu harten Murmeln geworden. Sie glitt mit den Fingerkuppen darüber und zuckte stöhnend auf. Ihr Unterleib zog sich zusammen und hinterließ ein süßes Brennen. Sie spürte, wie die Nässe sich zwischen ihren Beinen sammelte und musste sich regelrecht zwingen, ihrem Verlangen, sich dort zu berühren, nicht nachzugeben.

Sie warf den Kopf zurück und atmete angestrengt ein und aus. Jäh schoss ihr Oberkörper in die Höhe und sie kollabierte fast, als sie Schritte auf der Treppe vernahm. Entsetzt zerrte sie sich das Hemdchen über. Doch beim Versuch, fast zeitgleich in ihr Höschen zu steigen, blieb sie an ihrem verletzten Fuß hängen. Sie jaulte vor Schmerz auf, und sofort traten ihr die Tränen in die Augen.

Es klopfte leise an der Tür. »Nadja? Ist alles in Ordnung?«, hörte sie Jil fragen.

Verzweifelt schnappte Nadja nach Luft. »Ich bin gleich fertig«, krächzte sie schon halb hysterisch in Richtung Tür. *Danach hatte Jil doch gar nicht gefragt*, wurde ihr im selben Augenblick bewusst.

Und Jil antwortete auch nicht darauf. Stattdessen entfernten sich die Schritte wieder.

Endlich gelang es Nadja, sich die Hose überzustreifen. Der dünne Stoff rieb an ihrer Mitte. Sie zupfte das Höschen wieder etwas nach unten, aber sie konnte nicht mehr verhindern, dass es bereits die Feuchtigkeit aufgenommen hatte. *Himmel noch mal!* fluchte sie lautlos vor sich hin.

Sogleich spürte sie einen starken Druck auf ihrer Blase. Entgeistert riss sie die Augen auf. Sie musste auf Toilette. Und zwar dringend! Wegen der ganzen Anspannung, unter der ihr Körper stundenlang gestanden hatte, merkte sie erst jetzt, dass ihre Blase gleich zu platzen drohte. Doch ohne Jils Hilfe würde sie es niemals bis ins Bad schaffen.

Beinahe hätte sie zu wimmern angefangen, aber sie riss sich zusammen. Sie zog die Bettdecke über sich und wischte sich hastig die Tränen ab. Vielleicht hätte sie das Taschentuch besser zwischen ihre Beine stopfen sollen. Sie lachte verzerrt und zog eine gequälte Grimasse.

Und dann klopfte es erneut. »Darf ich reinkommen?«, fragte Jil mit leicht zögerlicher Stimme.

Nadja nickte mit festgeschlossenen Lippen, bis ihr klar wurde, dass Jil sie doch gar nicht sehen konnte. »Ja«, sagte sie gepresst, als wäre jedes weitere Wort zu viel und würde dazu führen, dass sie sich in die Hosen machte.

Leise öffnete sich die Tür, und Jil trat mit einer Salbe in der Hand und einem Lächeln so süß wie Sahnetorte ein. »Die habe ich zum Glück noch gefunden«, sagte sie, während sie die Tube zwischen ihren Fingern jonglierte.

Vor dem Bett ging sie in die Hocke. Ihr Blick wirkte etwas irritiert, weil sie vermutlich erst jetzt bemerkte, dass Nadja sich die Decke bis zum Hals hochgezogen hatte und keinen Mucks von sich gab. Zögernd schob sie die Decke beiseite, bis Nadjas notdürftig verbundener Fuß freilag. Als sie die Salbentube öffnete, hielt Nadja es nicht mehr aus.

»Jil«, hauchte sie, die daraufhin fragend aufschaute. »Ich muss ganz dringend mal«, brachte sie den Satz gerade noch so zu Ende.

Frech grinsend verzog Jil das Gesicht. Das schien sie zu amüsieren, während Nadja das Wasser im wahrsten Sinne des Wortes schon in den Augen stand. »Soll ich dir einen Nachttopf holen, oder hältst du es noch bis ins Bad aus?«, scherzte sie.

Nadja stöhnte dumpf. Sie wusste, dass sie rot angelaufen war, auch ohne dass sie sich im Spiegel sehen konnte. »Bitte«, jammerte sie leise.

»Schon gut, schon gut«, erwiderte Jil und erhob sich. Sie schien sich zu bemühen, eine andere, der Notlage entsprechende Miene aufzusetzen. Aber so richtig wollte das Grinsen aus ihrem Gesicht nicht weichen. »Dann mal los«, forderte sie Nadja auf.

Sie schlug die Decke zurück, hielt aber einen Moment inne und ließ ihren Blick über Nadjas Gestalt schweifen. Sich räuspernd trat sie schließlich einen Schritt zurück, damit Nadja ihre Beine aus dem Bett schwingen konnte. Dann zog sie Nadja behutsam hoch, legte sich deren Arm um ihre Schultern, um sie zu stützen.

Humpelnd und viel zu langsam für das drängende Bedürfnis, sich zu erleichtern, ließ Nadja sich von Jil aus dem Schlafzimmer führen. Im Bad platzierte Jil sie direkt vor dem Toilettenbecken.

»Den Rest schaffst du allein?«, fragte sie augenzwinkernd.

Die angestaute Luft ausatmend, warf Nadja ihr einen empörten Blick zu, woraufhin ein rauchiges Lachen Jils Kehle entwich.

»Ruf mich einfach, wenn du fertig bist«, gluckste Jil. Erfreulicherweise beeilte sie sich nun aber doch, das Badezimmer zu verlassen.

Die Tür war noch nicht mal richtig ins Schloss gefallen, da riss Nadja sich die Schlafhose herunter und ließ sich auf die Toilettenbrille plumpsen. Sie hätte es keine zehn Sekunden länger ausgehalten, und sie wollte sich wirklich nicht vorstellen, wie entsetzlich peinlich das geworden wäre.

Ein bisschen Wut mischte sich in das erleichterte Gefühl, das nun eintrat. Wie konnte Jil sich da noch einen Spaß draus machen? *Du wirst schon noch sehen, was du davon hast,* grummelte sie vor sich hin. Das andere Stimmchen in ihrem Kopf schob sich gehässig und ungefragt dazwischen. *Natürlich wirst du Jil zeigen, wo es langgeht. Ganz sicher doch. Hat doch bisher immer super funktioniert.*

Wäre diese Stimme eine Fliege gewesen, dann hätte sie heute definitiv ihren letzten Tag, oder besser ihre letzte Nacht, erlebt.

Mürrisch stierte Nadja die gegenüberliegende Wand an. Nachdem sie gefühlt eine halbe Toilettenpapierrolle verbraucht und ihr natürlich immer noch feuchtes Höschen wieder hochgezogen hatte, hüpfte sie auf einem Bein zum Waschbecken.

Ein Blick in den Spiegel sagte viel, eigentlich alles über die vergangenen Stunden aus, die Nadja in einem Auf und Ab von Gefühlen durchlebt hatte. Ihr Gesicht war gezeichnet von roten

Augenrändern und Müdigkeitsfalten, dass Nadja sich fast vor sich selbst erschrak.

Sie wusch sich die Hände und spritzte sich anschließend das warme Wasser ins Gesicht und rubbelte sich über die Wangen und die Stirn, als könnte sie so die Falten mindern. Automatisch griff sie noch nach der Zahnbürste, um wenigstens noch einen frischen Geschmack zu bekommen, wenn schon alles andere an ihr nicht mehr frisch war.

So rannen die Minuten dahin, und auf einmal fragte Nadja sich, ob Jil eigentlich die ganze Zeit vor der Tür wartete. Wie wollte die sie sonst hören, wenn sie nach ihr rufen sollte?

Erneut legte sich eine Schamesröte über ihr Gesicht. Eben auf der Toilette, da hatte sie doch hoffentlich nicht laut gedacht?

Sie seufzte ihr Spiegelbild an. Auf einem Bein stehend, das nun merklich zu zittern begann, stützte sie sich mit beiden Armen am Waschtisch ab. Sie spürte, dass die Kräfte sie allmählich verließen. *Schlaf. Ich brauche nur etwas Schlaf,* versuchte sie sich selbst zu beruhigen. Dann wandte sie ihren Kopf zur Tür. »Jil. Ich bin soweit«, rief sie.

Und tatsächlich, kaum einen Wimpernschlag später, war Jil zur Stelle, was Nadja dazu bewog, einen weiteren Seufzer auszustoßen.

Jil stellte sich hinter sie und begegnete Nadjas Blick im Spiegel. Im warmen Licht der Badbeleuchtung schimmerten ihre Augen in einem tiefen Ozeanblau. Weich wie eine Feder legten sich ihre Hände auf Nadjas Hüften. »Soll ich dich tragen?«, flüsterte sie zärtlich. Ihr Atem streifte über Nadjas Hals, und ihre Lippen berührten das linke Ohr.

Ein Schauer der Lust jagte durch Nadjas Körper und ließ sie erbeben. Ihre Augenlider wollten sich schließen, doch sie kämpfte dagegen an. Schwach schüttelte sie den Kopf. »Es geht schon«, flüsterte sie.

Es kostete sie einiges an Überwindung, diesem lieblich zarten Umschmeicheln zu widerstehen. Nur mit großer Anstrengung gelang es ihr, sich zu lösen und zu Jil umzudrehen. Erschöpft legte sie ihren Arm über deren Schultern, die sich auch jetzt wieder so stark anfühlten und zum Anschmiegen einluden.

Jil lächelte sanft und verständnisvoll, während sie mit einem Arm Nadjas Taille umschlungen hielt. »Wir haben es gleich geschafft«, sprach sie ihr aufmunternd zu.

Nadja hob den Kopf und schmunzelte leicht. »Hier im Haus gibt es nicht zufällig irgendwelche Gehhilfen?«

Überrascht lachte Jil auf, ehe sie gespielt entrüstet die Augenbrauen zusammenzog. »Ich bin doch deine Gehhilfe. Du willst mir doch nicht sagen, dass ich dir nicht gut genug bin?«

»Nein, ganz gewiss nicht«, kicherte Nadja kopfschüttelnd. »Aber ich kann doch nicht bei jedem Toilettengang deine Dienste in Anspruch nehmen.« Schon allein der Gedanke daran, wie die letzten Minuten verlaufen waren, verursachte bei ihr Herzrasen.

»Hm.« Jil wiegte grübelnd den Kopf hin und her. »Das ist natürlich ein Argument. Obwohl ich kein Problem damit hätte.« Sie griente übers ganze Gesicht und zwinkerte Nadja aufreizend zu. Doch auf Nadjas rügenden Blick hin lenkte sie wohlwollend ein. »Ich bin mir sicher, dass du morgen beim Doc ein Paar Krücken bekommst. Bis dahin musst du leider noch mit mir vorliebnehmen.« Sie machte ein betrübtes Gesicht und zuckte bedauernd mit den Schultern, als wollte sie sich dafür entschuldigen.

»Okay. Ich denke, damit kann ich leben«, flachste Nadja ein wenig. Sie war nicht mehr ganz klar bei Verstand und schrecklich müde. Wahrscheinlich würde sie im Moment so ziemlich allem zustimmen, nur um endlich ins Bett zu kommen.

Gleich darauf erfüllte sich ihr Wunsch. Und nachdem Jil die Salbe auf ihrem dick geschwollenen Knöchel mit einer Sanftheit einmassiert hatte, dass Nadja zwar auf die Zähne beißen, aber keine Schmerzenslaute von sich geben musste, merkte sie bereits, wie der Schlaf an ihren Gliedern zerrte, um sie ins Traumland zu entführen. »Danke«, hauchte sie matt mit halb geschlossenen Lidern.

Jil deckte Nadja zu und beugte sich noch einmal über sie. Sie küsste ihre Stirn und strich mit einem Finger zärtlich die Konturen ihrer Lippen nach.

Es kitzelte sinnlich und verlockend, und Nadja öffnete leicht ihren Mund. Weil Jil zögerte, griff Nadja nach dem Finger, nahm die Kuppe zwischen ihre Lippen, begann daran zu saugen und mit ihren Zähnen zu reizen.

Jil stöhnte unterdrückt auf, und das ließ Nadjas Sinne neu erwachen. Sie spürte Jils und ihre eigene Erregung, die bei ihr noch gar nicht abgeklungen war. Sie war nur im Nebel der Erschöpfung ein wenig zurückgewichen.

Als Nadja nach Atem ringend ihren Mund wieder einen Spalt öffnete, zog Jil ihren Finger langsam zurück. Wie im Taumel sank Nadjas Hand auf die Bettdecke. Sie seufzte enttäuscht auf, fühlte sich aber zu schwach, um zu protestieren. Ihre Augenlider zuckten, während sie Jil nur schweigend betrachtete.

Sie glaubte schon, Jil würde jetzt einfach aufstehen und gehen. Doch sie hatte sich geirrt. Unerwartet umfasste Jil ihr Gesicht mit beiden Händen, beugte sich erneut tief zu ihr hinab, bis ihre Lippen sich sacht berührten. Ganz zart nur verharrten sie einen Augenblick lang aufeinander.

»Träum süß«, wisperte Jil in ihren Mund hinein. Mit einem zufriedenen Lächeln schloss Nadja nun endgültig die Augen. Sie fühlte, dass sie sich immer mehr entspannte. Kurz darauf überwältigte sie der Schlaf.

11

Am nächsten Morgen wurde Nadja vom Zwitschern der Vögel geweckt. Die Sonnenstrahlen, die durch das Fenster schienen, kitzelten sie an der Nase.

Wohlig seufzend rollte sie sich auf die Seite. Ein leicht stechender Schmerz in ihrem Fuß brachte die Erinnerung an das gestrige Geschehen zurück. Doch sie weigerte sich, negative Gedanken aufkommen zu lassen. Sie kniff wieder die Augen zu und konzentrierte sich nur noch auf das, was nach ihrer Rettung passiert war. »Jil«, murmelte sie verträumt vor sich hin.

Es waren nur drei Buchstaben, und doch klang der kurze Name wie eine Sinfonie in ihren Ohren. Sie könnte ihn noch tausendmal aussprechen. Es hätte vermutlich immer zur Folge, dass das Kribbeln in ihrem Bauch sich wie ein Lauffeuer ausbreitete.

Natürlich wusste sie, dass es nicht der Name war, der dieses irre Gefühl in ihr verursachte, sondern dass es allein an der Frau lag, die diesen Namen trug. Sie holte tief Luft, um der nervösen Unruhe, die sie plötzlich überkam, nicht noch mehr Raum zur Entfaltung zu geben.

Was war gestern mit Jil geschehen, während sie da draußen ohne Sinn und Verstand herumgeirrt war? Nadja hatte sie danach kaum wiedererkannt. Jil war so lieb, so fürsorglich gewesen, und es schien, als hätte sie ihre Nähe geradezu gesucht. Und dann diese Offenheit, wenn auch nur bruchstückhaft, mit der sie Nadja begegnet war.

Was war in Kamloops passiert? Hatte dieser Ort, diese Kneipe, überhaupt etwas damit zu tun? Nadja fand keine Erklärung darauf. Dafür wusste sie einfach zu wenig. Sie drehte sich wieder auf den Rücken und drückte ihren Kopf in das weiche Kissen. Sie schlug die Augen auf und starrte an die holzvertäfelte Decke.

Sie wollte es nicht, und doch musste sie jetzt wieder daran denken, wie schnell sich Jils Verhalten ihr gegenüber wieder ändern konnte. Manchmal von einer Minute zur anderen. Diese leidvolle Erfahrung hatte sie schon mehrmals machen müssen. Und nun, da es sie persönlich betraf, beeinflusst von Gefühlen, so stark, dass sie glaubte, noch ganz irre zu werden, hatte sie nicht die Kraft für den langen Atem, den es bei Jil brauchte. Nicht, wenn sie tagein und tagaus mit ihr zusammen war.

Jil war immer omnipräsent, entweder körperlich oder in ihrem Herzen, wenn sie draußen unterwegs war. Dass sie sich gut verkriechen oder aus dem Staub machen konnte, wusste Nadja nur zu gut. Aber das brachte ihr genauso wenig den nötigen Abstand. Es quälte sie nur noch mehr.

Und genau deshalb war sie gestern so fest entschlossen gewesen, für immer fortzugehen. Und heute wollte sie es Jil sagen und schnellstmöglich Taten folgen lassen. Aber nun konnte sie es nicht. Schon gar nicht mit einem verletzten Fuß. Und weil trotz allem noch eine klitzekleine Hoffnung in ihr aufkeimte, dass Jil sich ihr gegenüber weiter öffnen würde. Vielleicht eines Tages sogar ihre Liebe erwidern würde?

Nadja seufzte und hielt sich die Hände vors Gesicht. *Du bist wirklich naiv. Wartest wie Dornröschen darauf, wachgeküsst zu werden.* Verwirrt schüttelte sie den Kopf. Irgendetwas daran stimmte nicht. Ach ja, richtig. Es war doch wohl eher Jil, die wachgeküsst werden musste. Ihr, Nadja, konnte man doch nur noch helfen, wenn jemand sie endlich wachrüttelte.

Aber so sehr sie von sich auch verlangte, einen klaren Schnitt zu machen und ihre bereits getroffene Entscheidung unwiderruflich umzusetzen, so wurde ihr quasi über Nacht doch eins bewusst: Wenn sie Jil jetzt den Rücken zukehrte, dann würde sie niemals herausfinden, ob es sich am Ende nicht doch gelohnt hätte, für diese Liebe zu kämpfen, statt einfach aufzugeben. Denn tief in ihrem Herzen wusste sie, dass sie Jil nicht egal war.

Ein Geräusch, als ob sich eine Tür öffnete, ließ sie aufschrecken. Sie war so in Gedanken versunken gewesen, dass sie nichts um sich herum wahrgenommen hatte. Sie riss ihre Hände vom Gesicht und zuckte mit dem Kopf hoch.

»Guten Morgen, du Langschläferin«, begrüßt Jil sie mit einem Schmunzeln auf den Lippen. »Hast du gut geschlafen?«

Nadja starrte Jil an wie ein Wesen aus einer fremden Welt. Auf ihren Händen balancierte sie ein Tablett mit allerlei duftenden Sachen darauf. Der Geruch von frischem Kaffee, gebackenen Brötchen und gebratenem Ei stieg Nadja verführerisch in die Nase. »Du bringst mir Frühstück ans Bett?«, fragte sie perplex.

Jil lachte vergnügt auf. »Nun, wenn ich mich recht erinnere, hast du es letzte Nacht nicht mal allein bis zur Toilette geschafft.« Sie stellte das Tablett auf dem Nachtschrank ab und setzte sich auf den Rand des Bettes. Es stand ihr unglaublich gut, wenn sie lachte. Dann wirkte sie beinahe glücklich.

Und dieser hoffnungsvolle Gedanke ließ Nadja wieder einmal regelrecht dahinschmelzen. Wie sollte sie sich aus den Fängen dieser Frau jemals befreien? Sie hatte keine Chance. Absolut keine!

»Tja, da hast du natürlich recht.« Nadja lächelte verlegen, weil es ihr ein wenig unangenehm war, von Jil wieder an die gestrige Szene erinnert zu werden. »Aber um deine Frage noch zu beantworten«, plapperte sie daher schnell weiter. »Ich habe wunderbar geschlafen. Und ich danke dir für das hier.« Sie zeigte auf das Tablett, das wirklich üppig gefüllt war mit süßen und herzhaften Köstlichkeiten sowie einer Menge Obst. »Sieht mir nach einem Rundumwohlfühlpaket aus«, sagte sie und lächelte dabei.

»Na ja, was tut man nicht alles für eine schöne Frau«, erwiderte Jil mit einem unwiderstehlichen Augenaufschlag. Ihr Arm schweifte großzügig durch die Luft, und auf ihren Lippen lag ein Lächeln, das einfach nur zauberhaft war.

Jemand hat sie vertauscht. Irrtum ausgeschlossen, dachte Nadja, während sie mit großen Augen Jil von oben nach unten musterte, um das kleine Detail zu entdecken, das die Mogelpackung entlarvte. »Wow«, entfuhr es ihr, weil sie jenes Detail, von dem sie selbst nicht wusste, wie es eigentlich aussehen sollte, nirgends finden konnte.

»Wollen wir nicht langsam mal frühstücken, ehe alles kalt wird?«, unterbrach Jil Nadjas visuelle und gedankliche Reise. Es hörte sich ironisch an, aber da lag auch ein leichtes Flattern in ihrer Stimme, als wäre sie ein wenig nervös.

»Gern«, beeilte Nadja sich zu sagen, weil sie nicht riskieren wollte, dass Jil sich aus einer für sie ungewöhnlichen Verlegenheit heraus womöglich wieder zurückzog.

Sie konnte sie diesbezüglich nicht einschätzen, aber sie wusste sehr wohl, dass die Stimmung in solchen Situationen sehr schnell umschlagen konnte.

»Ich glaube, ich bin gestern im Wald einem Bären begegnet«, begann Nadja zu erzählen, während sie ihre Gabel mit Rührei volllud und zum Mund führte. »Kann das sein?«

Jil, die gerade in ihr mit Käse belegtes Brötchen beißen wollte, hielt abrupt inne. »Bist du dir sicher?«, fragte sie, und eine Sorgenfalte zeichnete sich quer über ihre Stirn.

»Nein«, antwortete Nadja kopfschüttelnd. »Es war einfach zu dunkel. Ich weiß nur, dass es ein ziemlich großes Tier war und dass ich eine Heidenangst hatte. Anfangs bin ich einfach nur stehengeblieben. Aber dieses Tier rührte sich nicht von der Stelle. Es war, als hätte es mich beobachtet und abgewartet, was ich als Nächstes tun würde. Also bin ich langsam rückwärtsgegangen. Doch dann war dieser blöde Baum im Weg.«

»Soll vorkommen im Wald«, neckte Jil sie ein wenig. Aber ihr war anzusehen, dass ihr nicht wohl zumute war.

Nadja grinste verschämt und konzentrierte ihren Blick auf die Gabel. Kurz dachte sie darüber nach, ob sie das wirklich zu Ende erzählen sollte. Sie wollte nicht, dass Jil sie für einen Feigling hielt.

»Was ist dann passiert?«, fragte Jil jedoch weiter. Und damit erübrigten sich ihre Überlegungen.

»Ich weiß, dass ich genau das Falsche getan habe. Aber ich bin in Panik geraten, weil ich mich so erschreckt habe.« Sie schluckte und rutschte unruhig umher. »Und dann bin ich einfach losgerannt. Und dann ...«

»Bist du mit deinem Fuß hängengeblieben und umgeknickt«, beendete Jil für sie den Satz.

Nadja nickte stumm, legte die Gabel beiseite und nahm das Messer, um die leicht angewärmte Butter auf ihr Brötchen zu schmieren.

»Dann war es wahrscheinlich kein Bär«, sagte Jil, während sie einen tiefen Seufzer der Erleichterung ausstieß.

Zögernd blickte Nadja auf. »Du meinst, wenn es ein Bär gewesen wäre, hätte er mich verfolgt?« Sie merkte, dass sie schon wieder zu zittern anfing.

Jil legte das Brötchen, von dem sie bislang höchstens zweimal abgebissen hatte, nun endgültig auf den Teller zurück. Mit sorgenvoller Miene betrachtete sie Nadja, weil ihr deren Zittern sicherlich nicht entgangen war. »Ich fürchte ja«, antwortete sie leise. »Natürlicher Jagdtrieb. Du verstehst?«

»Ja, ich verstehe«, murmelte Nadja. Sie schwang die Brötchenhälfte unschlüssig in ihrer Hand, als könnte sie sich nicht entscheiden, ob sie Marmelade, Wurst oder Käse draufmachen sollte. »Ich schätze, da habe ich verdammt viel Glück gehabt«, fügte sie stockend hinzu.

Jils Hand fasste nach Nadjas zitterndem Arm. Sanft streichelte sie mit ihrem Daumen darüber. »Es ist ja noch mal gutgegangen«, flüsterte sie. »Mehr oder weniger«, merkte sie mit einem Blick auf Nadjas Fuß noch an.

Ohne es zu wollen schluchzte Nadja plötzlich auf. »Ich wollte dir und Stella keine Sorgen machen«, krächzte sie. Ihre Worte erstickten fast.

»Das weiß ich«, erwiderte Jil. Noch immer streichelte sie sacht über Nadjas Arm. »Aber ich war krank vor Sorge, während ich nach dir gesucht habe. Ich hatte so eine Angst, dass ich dich nicht finde. Und das ist alles meine Schuld. Wieder einmal«, stieß sie verächtlich aus, als hätte sie soeben ein vernichtendes Urteil über sich gefällt.

Erschrocken schaute Nadja ihr ins Gesicht und sah Zorn und Wut darin, aber vor allem Schmerz. »Aber das stimmt doch nicht«, widersprach sie. »Ich allein bin für mein Handeln verantwortlich. Ich hätte mich wie eine erwachsene Frau benehmen sollen und nicht wie ein Kind, das sich der Gefahren noch nicht bewusst ist. Doch ich war blind vor«, sie biss sich kurz auf die Unterlippe, »vor Kummer gewesen und habe überhaupt nicht nachgedacht.«

Bei Nadjas Worten zuckte Jil zusammen. Doch dann schüttelte sie energisch den Kopf. Sie senkte ihren Blick und starrte sekundenlang auf den Teller, der auf ihren Oberschenkeln ruhte. Ganz leise, sodass Nadja es gerade noch so verstehen konnte, sagte sie: »Wenn dir da draußen etwas Schlimmes zugestoßen wäre, dann wäre das mein Ende gewesen. Ich kann mir so vieles nicht verzeihen, aber das hätte ich nicht mehr ertragen können. Niemals!« Sie nahm den Teller und stellte ihn auf das Tablett zurück.

Als sie aufstand, konnte Nadja ihr für einen kurzen Moment von unten ins Gesicht schauen. Tränen drängten sich in ihre Augenwinkel und perlten über ihre Wangen hinab.

Erschüttert hielt Nadja den Atem an. Sie konnte sie fast am eigenen Leib spüren, diese Qualen, unter denen Jil litt. Ihr Herz brannte, und sie wollte das Tablett vom Bett werfen, um Jil in ihre Arme ziehen zu können.

Doch Jil war schneller und war schon ein, zwei Meter zurückgewichen. Sie wandte sich von Nadja ab und wischte sich hastig mit dem Handrücken ihre Tränen weg. Wie ein eingepferchtes Tier, das nur einen Ausweg sah, steuerte sie auf die Tür zu.

»Jil«, stieß Nadja flehend aus. »Bitte, lauf jetzt nicht weg.«

Eine Hand schon auf der Türklinke stoppte Jil abrupt. Ihre Schultern bebten, während sie nach Luft schnappend verharrte. Nadja fühlte, wie sehr sie mit sich kämpfte, wie sehr es in ihr arbeitete, sich jetzt nicht einfach zurückzuziehen, so wie sie es schon mehrfach getan hatte.

»Bleib bei mir, Jil«, sprach Nadja deshalb mit ruhiger Stimme ihren sehnlichsten Wunsch noch einmal aus.

Es folgte ein tiefer und langer Atemzug. Dann schob Jil ihre Hände in die Hosentaschen. Sie hielt Nadja den Rücken weiter zugewandt, als sie mit gesenktem Haupt vor das Fenster trat. Stumm blickte sie hinaus.

Nadja verfluchte ihren verletzten Fuß, der sie zur Untätigkeit zu verdammen schien. Sie wollte aber irgendetwas tun. Nein, sie *musste* etwas tun.

Pfeif drauf. Sie schleuderte ihrem geschwollenen Knöchel einen entschlossenen Blick zu. Vorsichtig schob sie das Tablett zur Seite, um den Kaffee nicht zu verschütten, von dem sie kaum getrunken hatten. Eigentlich schade um das schöne Frühstück. Die Geschichte mit dem Bären war kein gutes Gesprächsthema gewesen. Aber woher hätte Nadja wissen sollen, was sie damit bei Jil auslöste?

Seufzend schob sie ihre Beine über den Bettrand und stellte die Füße sacht auf den Boden. Sie versuchte, sich innerlich auf den Schmerz vorzubereiten. Dann gab sie sich einen Ruck und stieß sich kräftig von der Bettkante ab. Als sie in den Stand überging, schoss ein unerträglicher Stich in ihr Fußgelenk, sodass ihr fast schwindlig wurde. Schnell stützte sie sich am Nachtschränkchen ab und zog scharf die Luft durch die zusammengebissenen Zähne ein. Sie hielt einen Moment inne, bis der Schmerz erträglicher wurde und blinzelte die erneut aufkommenden Tränen eisern weg. Dann hob sie den Kopf und schätzte den Weg bis zu Jil ab, die immer noch regungslos aus dem Fenster starrte, als wäre sie nur noch körperlich anwesend.

Es waren nur drei, höchstens vier Meter, die Nadja zu bewältigen hatte. *Das werde ich doch wohl schaffen*, ermutigte sie sich.

Sie hüpfte auf einem Bein an der Wand entlang, an der sie sich mit einer Hand abstützte, um etwas mehr Halt zu bekommen. Als nächstes erreichte sie den Stuhl, dann den kleinen Tisch. Sie musste um ihn herum, um zu Jil zu gelangen.

Endlich hatte sie es geschafft. Behutsam legte sie die Arme um Jils Taille und lehnte sich an ihre Schulter.

Erst jetzt reagierte Jil, indem sie überrascht zusammenzuckte. Ihr Körper versteifte sich ein wenig, und Nadja konnte fühlen, wie sich die Muskeln unter ihrer Haut anspannten. Die drückende Luft stand wie eine unüberwindbare Mauer zwischen ihnen.

»Was soll denn dieser Unfug, Nadja?«, fragte Jil auf einmal mit kratziger Stimme.

Unfug? Was meinte sie denn damit? Verwirrt blickte Nadja auf, aber von Jils Gesicht konnte sie nur das Seitenprofil sehen. Die schönen, hohen Wangenknochen mahlten. *Ich hab sie verärgert*, dachte Nadja. Traurigkeit übermannte sie. Zweifelsohne hatte sie sich eine andere Reaktion von Jil erhofft. Hatte sie sich etwa schon wieder getäuscht? »Ich wollte dir nicht zu nahe treten«, murmelte sie betroffen. »Entschuldige!« Sie ließ ihre Arme sinken und hüpfte umständlich einen Schritt zurück. Wacklig blieb sie stehen. Einem Flamingo würde sie so keine Konkurrenz machen können.

Jil drehte sich langsam zu ihr um. Ihr durchdringender, tadelnder Blick traf Nadja völlig unvorbereitet und ließ sie noch mehr wanken. Im Bruchteil einer Sekunde war Jil jedoch bei ihr und hielt sie mit beiden Händen fest.

»Kannst du eigentlich auch mal brav sein?«, fragte Jil sie mit einem strengen Unterton.

»Ich bin doch meistens brav«, wisperte Nadja. Sie blinzelte Jil unschuldig an. Das Blut rauschte in ihren Ohren, und sie war sich sicher, dass sie auf der Stelle umfallen würde, falls Jil die Absicht hatte, sie wieder loszulassen.

Jils Mundwinkel begannen verdächtig zu zucken. »Ach, wirklich?«, fragte sie gedehnt. Sie rollte mit den Augen und schmunzelte ein Weilchen vor sich hin. Doch plötzlich änderte sich ihr Blick, wurde noch intensiver und begehrlich, als er über Nadjas Gesicht und weiter über ihre Brüste bis zu den Beinen hinunterglitt. »Du machst mich ganz verrückt, Nadja. Weißt du das?«, hauchte sie.

In Nadjas Kopf summte es wie in einem Bienenstock. Sie schluckte trocken, aber nur ein einziges Mal. »Im positiven oder im negativen Sinne?«, kam es ihr unerwartet kess über die Lippen.

Ein gelöstes Lachen durchbrach die angespannte Atmosphäre. Im nächsten Augenblick hob Jil sie schwungvoll auf die Arme, trug sie zum Bett zurück und legte sie behutsam auf dem blütenweißen Laken ab. Das Tablett stellte sie achtlos auf den Boden und schob es mit dem Fuß unters Bett.

Mit gespreizten Schenkeln stieg sie über Nadjas Hüften, ergriff ihre Arme und hob sie ihr über den Kopf, um ihre Handgelenke dann mit einer Hand festzuhalten. Tief über sie gebeugt funkelte sie Nadja mit leuchtenden Augen an. »Das muss ich erst noch herausfinden«, gurrte sie.

Nadja wusste gar nicht, wie ihr geschah. Die leichte Nachtwäsche, die sie immer noch trug, klebte an ihrem glühend heißen Körper. Die Hitze, die von Jils Schoß auf sie überströmte, verstärkte das Feuer noch, obwohl Jil nicht mal mit vollem Gewicht auf ihr saß. Sie schnappte verblüfft nach Luft und fing an, ihre Hüften unruhig unter Jil zu bewegen.

»Schön stillhalten«, hauchte Jil ihr ins Ohr, woraufhin Nadja ein Stöhnen entwich. »Wie war das gleich noch mit dem Bravsein?«, neckte Jil weiter, während sie kleine Küsse um Nadjas Ohr herum verteilte.

»Was hast du vor?«, quetschte Nadja mühsam zwischen den Zähnen hervor. Selbst wenn sie gewollt hätte, sich nur auf ihren Körper zu konzentrieren, um ihn ruhig zu halten, es wäre unmöglich gewesen. Ihre Beine zappelten unkontrolliert, genauso unkontrolliert wie ihre Atemfrequenz sich katapultartig erhöhte. Das unangenehme Ziehen in ihrem Fuß, jedes Mal, wenn sie aufzuckte, ignorierte sie. Das war nicht schwer, weil sie von ganz anderen, viel stärkeren Reizen überschwemmt wurde.

Jil richtete sich wieder ein wenig auf und bedachte Nadja mit einem geheimnisvollen, sinnlichen Lächeln. »Ich sagte doch, ich muss erst noch herausfinden, ob du mich positiv oder negativ verrückt machst.« Ihr Kopf senkte sich erneut hinab, und sie begann mit ihrer Zungenspitze spielerisch über Nadjas Hals zu kitzeln.

»Boah«, stieß Nadja aus, was in einem vibrierenden Seufzen mündete. Ihre Haut prickelte, während ihr der Zitrusduft von Jils Shampoo in die Nase stieg. Sie drehte ihren Kopf von einer Seite auf die andere. Wenn sie doch wenigstens ihre Hände freihätte, um Jil anfassen zu können.

Als hätte Jil ihre Gedanken gelesen, lockerte sie den Druck auf Nadjas Handgelenken und ließ dann ganz davon ab.

Nadja gluckste zufrieden, behielt ihre Arme aber noch oben, weil Jil ihr fast im selben Atemzug das Oberteil über den Kopf zog. Zu spät begriff sie, dass Jil nur deshalb ihre Hände freigegeben hatte. Noch ehe sie reagieren konnte, hielt Jil sie wieder fest.

Doch anstatt enttäuscht zu sein, steigerte es ihr Verlangen nur noch mehr. Sie hob ihr zuckendes Becken und rieb ihren Schoß an Jils Hose. Leise stöhnte sie auf, als die robuste Naht der Jeans durch den dünnen Stoff ihrer Schlafhose direkt auf ihre Schamlippen traf.

Doch unmittelbar drückte Jil mit der freien Hand ihr Becken nach unten und stellte somit den Abstand zwischen ihnen wieder her. »Das nennst du brav und still sein?«, fragte sie mit einem lausbübischen Grinsen im Gesicht.

Nadja verdrehte die Augen. »Was ... machst ... du ... mit ... mir?« Ihre Worte kamen nur noch abgehackt.

Jils Lippen umschmeichelten nur sacht ihre steinharten Knospen, während ihre Hand sich an ihrem Höschen zu schaffen machte und es kurzerhand bis zu den Knien herunterschob.

Das machte Nadja fast wahnsinnig. Sie wurde immer ungeduldiger. Ihr Körper schien in Flammen zu stehen. Sie konnte es fast fühlen, wie Jils Finger über ihrer pulsierenden Mitte schwebten, ohne sie wirklich zu berühren.

Bedächtig und mit einem lauten Seufzen löste Jil sich von Nadjas Brüsten. Wie in Zeitlupe hob sie den Kopf und schaute ihr direkt ins Gesicht. Ihre Lippen waren leicht geöffnet, die Wangen gerötet und ihre Augen lächelten. »Nadja?«, erklang ihre rauchige Stimme.

»Hm«, murmelte Nadja abwesend. Warum machte Jil denn nicht einfach weiter? Wollte sie etwa reden? Ausgerechnet jetzt?

Das Lächeln breitete sich über Jils gesamtes Gesicht aus. Sie beugte sich zu Nadja herab und raunte dicht an ihrem Ohr: »Es ist schon spät und wir müssen zum Doc. Ich dachte mir, wenn ich dir heute beim Ausziehen helfe, dann geht es vielleicht etwas schneller.«

Schlagartig erwachte Nadja aus ihrem Lusttaumel. Fassungslos riss sie die Augen auf. »Das ist nicht dein Ernst?«, japste sie.

Jils Mundwinkel hüpften mit Nadjas Puls um die Wette. »Oh doch«, erwiderte sie. Sie legte sich eine Hand auf die Brust. »Ich würde dich doch nicht anlügen.«

Als Jil obendrein auch noch einen treuherzigen Blick aufsetzte, reichte es Nadja. Sie riss ihre Hände los, griff automatisch nach dem Kissen und schleuderte es Jil an den Kopf. »Du verdammtes Biest«, fluchte sie aufgebracht. Ihr Oberkörper schoss förmlich in die Senkrechte.

Hinter dem Kissen, das Jil sich schützend vors Gesicht hielt, lachte es unterdrückt. Ein paar Augenblicke später lugte sie vorsichtig an der Seite hervor. »Das war aber jetzt frech. Von wegen, du bist meistens brav.« Ihr grinsendes Gesicht verschwand schnell wieder hinter dem Kissen, als Nadjas geballte Hände wie ein Trommelwirbel auf das Polster einprügelten. »Schon gut, ich gebe mich geschlagen. Hab Erbarmen«, bat Jil lachend.

Nadja hörte auf, das Kissen zu malträtieren. War sie eben noch ziemlich frustriert gewesen, so musste sie jetzt doch über das ulkige Bild, das Jil abgab, schmunzeln. Kopfschüttelnd verschränkte sie die Arme vor der Brust.

Jil schien dem Frieden jedoch noch nicht so recht zu trauen, denn sie zögerte, das Kissen endlich beiseite zu legen.

»Nun werd' nicht albern, Jil. Ich tu dir schon nichts«, kicherte Nadja belustigt.

Ein paar Sekunden verstrichen noch, dann wagte Jil sich hinter ihrem Schutzschild hervor. Sie lachte jetzt nicht mehr, aber sie lächelte immer noch verschmitzt, während sie auf ihrer Unterlippe kaute. Es war wirklich ein Bild für die Götter.

Blitzschnell packte Nadja sie an ihrem Shirt. Sie zog sie zu sich heran, bis ihre Münder sich berührten. Jil schnappte überrumpelt nach Luft, doch sie ließ es widerstandslos geschehen.

Als Nadja mit ihrer Zunge streichelnd über die warmen, weichen Lippen fuhr, öffnete Jil seufzend ihren Mund. Nadjas Zunge glitt neugierig hinein, während ihre Lippen sich aufeinanderpressten.

Ihr Kuss war zärtlich und gleichzeitig ein bisschen verzweifelt. Wunderbar, weil es sich anfühlte wie bei einem ersten, innigen Kuss, und bitter durch die Befürchtung, dass es der letzte sein könnte.

Nadja schloss ihre Augen und vergaß für einen Moment ihre Sorgen. Ihr heißer, flatternder Atem vermischte sich, und Jil stöhnte leise in ihrem Mund.

Längst hatte Nadja ihre Arme um Jil geschlungen, die immer noch mit gespreizten Beinen über ihr kniete. Sanft rieb sie über die festen Pobacken. Die Versuchung war da, Jil die Hose zu öffnen und ihre Finger auf die Reise zu schicken, um Jil größte Lust zu bescheren. Doch das hatte die gar nicht verdient. Denn warum sollte es Jil besser ergehen als ihr?

Plötzlich und mitten in den Kuss hinein musste Nadja schmunzeln. Atemlos lösten sie sich voneinander. Jil schaute sie etwas verwirrt an. Sie schien ein wenig durcheinander zu sein.

»Und?«, fragte Nadja lächelnd und doch zurückhaltend. »Positiv oder negativ?«

Jil lachte kehlig. »Ich frage mich gerade, wer hier das Biest ist.« Augenzwinkernd schwang sie ihr Bein über Nadjas Oberschenkel und schob sich vom Bett. Kurz bevor sie aufstand flüsterte sie Nadja zu: »Das kann ich dir noch nicht beantworten. Ich schätze, dafür kenne ich dich zu wenig.«

12

Wo ist eigentlich Stella?«, fragte Nadja, weil sie Jils Schwester nirgends entdecken konnte.

»Es ist Samstag. Schon vergessen?«, grinste Jil.

Nadja klatschte sich die Hand an die Stirn. »Stimmt ja.« Beinahe wäre sie rot angelaufen, aber nur, weil ihr sogleich der Grund für ihren akut auftretenden Gedächtnisschwund bewusst wurde.

Jil hatte sich nämlich nicht damit zufriedengegeben, sie *nur* auszuziehen. Nein, sie hatte sie wieder einmal zur Toilette gebracht, und danach hatte sie ihr geholfen, unter die Dusche zu steigen. Logischerweise war Nadja die ganze Zeit nackt gewesen.

Es war ein prickelndes und zugleich seltsames Gefühl gewesen, vor Jil so entblößt zu sein. Sie hatte ihr sogar noch einen Kunststoffhocker organisiert, falls es ihr zu anstrengend geworden wäre, sich auf einem Bein stehend zu waschen. Natürlich hatte Jil ihr mit einem schelmischen Blick auch angeboten, das Einseifen zu übernehmen, aber Nadja hatte dankend abgelehnt. Die Spuren ihrer Lust wollte sie schon lieber selbst und unbeobachtet beseitigen und nicht dafür sorgen, dass noch weitere hinzukamen.

Nun, eine halbe Stunde später, saßen sie in dem schwarzen Ford Ranger. Bereit zur Abfahrt, nachdem Jil sich vergewissert hatte, dass Nadja es auch wirklich bequem hatte. Sie startete den Motor und rollte langsam von der Ranch.

»Wohin genau fahren wir denn?«, fragte Nadja, während sie aus dem Fenster blickte und die Landschaft an sich vorbeiziehen sah.

»Wir müssen in die Klinik nach Kamloops, weil sie nur dort gleich deinen Fuß röntgen können«, erwiderte Jil, wobei Nadja nicht entgangen war, dass sie bei der Erwähnung des Ortes ein bisschen zögerte.

»Kamloops. Verstehe«, murmelte Nadja, ohne ihren Blick vom Fenster abzuwenden.

In ihrem Bauch begann es zu grummeln. Das lag nicht daran, dass sie Hunger hatte, auch wenn sie nicht viel gegessen hatte. Zwar hatte Jil vorgeschlagen, ihr Frühstück fortzusetzen. Aber alles war kalt geworden, der Kaffee und natürlich auch das Rührei. Also hatte sich Nadja nur noch eine Banane reingedrängelt, weil Jil darauf bestanden hatte.

Der Name der Stadt konnte eigentlich auch nichts dafür, aber verständlicherweise verband sie mit diesem Ort nichts Gutes.

Sie spürte, dass Jil sie von der Seite beobachtete, weil die Haut an ihrem Hals zu brennen anfing, als hätte man ein Streichholz entfacht und sie mit der Flamme berührt.

Jil räusperte sich und Nadja wandte sich ihr zu. Sie sah, dass Jil das Lenkrad fest umklammert hielt und ihren Blick nun wieder auf die staubige Straße gerichtet hatte.

Eine kleine Denkfurche auf ihrer Stirn ließ Nadja vermuten, dass Jil am Überlegen war, ob sie schweigen oder reden wollte.

Mitten in den Song *Coward of the Country* von Kenny Rogers hinein, der gedämpft aus dem Autoradio drang, sagte sie dann: »Ich weiß, was Stella dir gestern erzählt hat, kurz bevor du weggelaufen bist.«

Nadja atmete tief durch und lehnte sich mit geschlossenen Augen gegen die Kopfstütze. »Du sahst heiß aus, wirklich sehr sexy«, wisperte sie.

»Danke für das Kompliment.« Jil lächelte verdrossen. »Aber deswegen bist du nicht weggelaufen. Nicht wahr?«

»Nein, bin ich nicht«, antwortete Nadja angespannt. »Hör zu, Jil. Du musst mir das nicht erzählen, wenn du nicht willst. Du bist mir keine Rechenschaft schuldig.«

Ihre Hand fuhr unruhig über die Armlehne. Sie bedauerte ihre Worte sogleich. War sie es doch, die sich wünschte, dass Jil sich ihr anvertraute. Doch jetzt fürchtete sie sich davor, was Jil ihr womöglich zu erzählen hatte.

»Ich weiß«, murmelte Jil. »Aber ich denke, dass ich dir eine Erklärung schuldig bin.« Ihr Brustkorb unter dem weißen Shirt hob und senkte sich deutlich, als sie einen ungewöhnlich kräftigen Atemzug nahm. »Ich wollte mich abreagieren, weil ich es hier nicht mehr ausgehalten habe«, begann sie stockend. »Ich wollte wenigstens für ein paar Stunden auf andere Gedanken kommen. Früher hat das bei mir ganz gut funktioniert«, sie verzog bitter die Mundwinkel, »wenn ich mir einfach mal das Hirn rausgevögelt habe.«

Nadja hielt abrupt den Atem an. Nein, sie wollte das nicht hören. Ihr ganzer Körper verkrampfte sich, und die Schmerzen überrollten sie in Wellen.

Abrupt drehte sie ihren Kopf zur Seite. Die Scheibe beschlug, als sie die Luft keuchend ausstieß. Jils Hand, die plötzlich auf ihrem Oberschenkel lag, besänftigte sie kein bisschen. Sie versuchte die Hand abzustreifen, aber Jil ließ es nicht zu. Die Finger weit gespreizt bohrten sie sich in ihren Schenkel.

»Es ist nichts passiert gestern, Nadja. Ich konnte es nicht«, sprach Jil leise weiter. »Ich wollte es, das stimmt. Aber ich konnte es nicht«, wiederholte sie noch einmal.

»Warum nicht?«, presste Nadja zwischen zwei schnellen Atemzügen hervor. Sie starrte weiter aus dem Fenster, ohne von da draußen irgendetwas wahrzunehmen. Es hätte ebenso gut auch Nacht sein können.

Ein kurzes, gurgelndes Geräusch drang aus Jils Kehle, als würde sie keine Luft bekommen. Der Pickup kam leicht ins Schlingern.

Nadjas Kopf ruckte zu Jil hinüber. Hastig griff sie nach ihrer Hand und drückte sie sanft. »Ist schon gut, Jil«, versuchte sie sie zu beruhigen.

Plötzlich lachte Jil auf. Es war ein verzweifeltes Lachen. Aber wenigstens kam sie so wieder zu sich und brachte den Wagen wieder unter Kontrolle. Zum Glück hatten sie keinen Gegenverkehr gehabt.

Das war das Schöne an diesem Land. Fernab von den Städten und Touristenattraktionen begegnete man hier höchstens aller zehn Minuten mal einem anderen Fahrzeug. Wenn überhaupt.

Und dann auch nur, weil es viele Urlauber herzog, die mit ihren großen und kleinen Wohnmobilen die Straßen, meistens aber die Highways, bevölkerten.

Noch immer ruhte Nadjas Hand auf Jils. Zärtlich streichelte sie mit ihrem Daumen darüber.

»Ich verstehe wirklich nicht, warum du so viel Verständnis für mich hast.« Jil räusperte sich kurz, dann sprach sie weiter. »Obwohl ich dir so wehgetan habe. Du müsstest mich doch eigentlich dafür hassen.«

»Ich hasse dich aber nicht«, erwiderte Nadja sofort. *Das solltest du doch bemerkt haben*, dachte sie leicht betrübt.

Sie war keine Frau, die von Hass erfüllt war. Das war sie nie gewesen. Obwohl sie in ihrem Job, wenn sie in den Augen mancher Kinder die Pein gesehen hatte, allen Grund dafür gehabt hätte. Aber so war sie nicht. Sie hatte stets das Positive im Leben gesehen. Da war kein Platz für Hass. Sie hatte sich aufgeopfert für die kleinen, leidgeprüften Wesen. Wollte ihnen helfen und sie auf dem Weg in eine bessere Zukunft begleiten.

»Ja, du hast mir wehgetan«, setzte sie fort. »Aber ich weiß, dass du das eigentlich nicht wolltest.«

»Wirklich?« Jil warf einen skeptischen Seitenblick auf sie.

»Ja«, bekräftigte Nadja noch einmal.

Regelrecht verwundert schüttelte Jil den Kopf. »Aber wie hast du es geschafft, das auszuhalten? Mich auszuhalten?«

Nadja holte tief Luft und lehnte sich in den Sitz zurück. Ihre Hand umschloss Jils Finger noch ein wenig fester, als könnte ihr diese Verbundenheit mehr Halt geben. »Weil ich dich liebe, Jil«, flüsterte sie.

Zwar hatte sie das gestern Nacht schon zu verstehen gegeben, aber jetzt war die Situation eine ganz andere. Jetzt hatte sie es ganz deutlich und unmissverständlich ausgesprochen. Ihr Herz klopfte wild in ihrer Brust, während sie auf Jils Reaktion wartete.

Die Sekunden verstrichen, und im Radio war Kenny Rodgers längst von Dolly Parton abgelöst worden.

»Liebe«, seufzte Jil. »Liebe ist gefährlich.«

Nadja betrachtete den kleinen Talisman, der an der Sonnenblende baumelte. Ein kupferfarbenes Hufeisen mit winzigen, grünen Edelsteinchen versetzt. »Durchaus. Manchmal ist sie das«, stimmte sie zu. »Aber ist das auch ein Grund, sich ihr gänzlich zu verweigern?«

Jil zuckte mit den Schultern. »Damals habe ich das auch noch anders gesehen. Aber inzwischen habe ich einfach nur noch Angst davor.« Sie lächelte zart, fast ein wenig beschämt, und starrte angestrengt durch die Windschutzscheibe.

»Und gestern, da wolltest du dich von dieser Angst befreien, als du«, Nadja zögerte, »fortgegangen bist?« Sie konnte sich gar nicht vorstellen, dass Jil jemals vor irgendetwas Angst haben könnte.

»Nein, ganz gewiss nicht!« Jil schüttelte heftig den Kopf, sodass Nadja schon ein wenig Sorge hatte, sie könnte erneut das Lenkrad verreißen. Wieder lachte Jil irgendwie gezwungen, als wüsste sie sich nicht anders zu helfen. »Ich war keine halbe Stunde in dieser Kneipe gewesen«, platzte es dann aus ihr heraus. »Es hatte sich nichts verändert. Nicht mal nach zwei Jahren. Es waren dieselben ausdruckslosen Gesichter. Frauen, die nur auf der Suche nach einem schnellen Abenteuer sind. Leidenschaft?« Sie winkte ab. »Vielleicht, wenn es dann zur Sache geht. Aber keine Liebe. An diesen Ort geht man nicht, um die Liebe fürs Leben zu finden.

Nein. Dafür hättest du nicht weggehen müssen, dachte Nadja traurig. Warum hatte sie überhaupt diese blöde Frage gestellt? Jil hatte ihr doch bereits den Grund genannt. Sie hatte es zu Hause nicht mehr ausgehalten und wollte sich abreagieren. Und sie, Nadja, war eindeutig schuld daran.

Da sie nicht wusste, was sie jetzt sagen sollte, schaute sie ebenfalls auf die Straße, die jetzt breiter und sauber asphaltiert war. Kamloops lag vor ihnen. In der Ferne konnte sie schon die deutlich höheren Gebäude sehen.

»Ich war an Moms Grab«, murmelte Jil mit erstickter Stimme. »Im Dunkeln. Stell dir das mal vor.« Sie grinste leicht vor sich hin. »Ich habe ihr von dir erzählt und wie idiotisch ich mich die ganze Zeit aufgeführt habe. Ich glaube, sie hätte dich sehr gemocht.«

Nadja hielt sich eine Hand vor den Mund, um das Beben ihrer Lippen zu verbergen. Sie schluckte wiederholt und kämpfte gegen den Kloß in ihrem Hals an. »Ich hätte deine ... ich meine eure Mom auch sehr gern kennengelernt«, wisperte sie. Ein liebevoller Blick streifte sie wie ein Blatt im Wind, das sich schließlich sanft auf einer Bank herniederließ.

Auf einmal stoppte Jil den Wagen. Ein wenig benommen blinzelte Nadja durch die Scheibe.

»Wir sind da«, sagte Jil mit einem weichen Lächeln, das Nadjas Haut wie Seide umschmeichelte.

◆

»Ja, mein Schwesterherz, wir sind in der Klinik. Nadja war schon zum Röntgen, und jetzt ist sie gerade beim Doc.«

Jil hielt ihr Handy ans Ohr gepresst, während sie mit dem Getränkeautomaten im Foyer kämpfte. Sie schlug mit der flachen Hand gegen den Kasten, der nichts ausspucken wollte, obwohl sie ihn schon mit zwei Dollar gefüttert hatte. Aber sie brauchte jetzt unbedingt eine Coke.

»Kümmere dich um sie und sei nett zu ihr. Sonst bekommst du es mit mir zu tun«, drang Stellas Stimme warnend durch den Hörer.

Beinahe hätte Jil laut aufgelacht. Wenn Stella wüsste, wie intensiv und nett sie sich heute Morgen bereits um Nadja gekümmert hatte. Okay, als Nadja sich unter ihr gewunden hatte, ohne erlöst worden zu sein, da war sie nicht nett gewesen. Wohl eher ein bisschen gemein. Aber es war einfach zu verlockend gewesen. Doch dann hatte sie sich mit diesem kleinen erotischen Spielchen fast ein Eigentor geschossen. Der Kuss danach war einfach unglaublich gewesen. Verträumt lächelte sie vor sich hin.

»Jil? Bist du noch dran?«, fragte Stella, jetzt schon ein wenig ungeduldig.

»Natürlich kümmere ich mich um sie. Was denkst du denn?« Jil grinste breit. Ihre neugierige Schwester musste ja nicht alles wissen. »Ich hoffe nur, dass nichts gebrochen oder gerissen ist«, fügte sie ernster hinzu. »Dann könnte Nadja wochenlang nicht mehr ausreiten. Da würde mir echt was fehlen.«

»Du verscheißerst mich doch nicht etwa, oder?«, schnaufte Stella.

Jil konnte sich lebhaft vorstellen, wie ihre Schwester dabei die Augenbrauen zusammenzog. »Ähm, nein«, stammelte sie ein wenig aus dem Konzept gebracht. »Das meinte ich ernst.« Sie hörte, wie Stella geräuschvoll ihren Atem ausstieß. Nachdenklich drückte sie auf eine andere Auswahltaste und schlug erneut gegen den Automaten, weil sich immer noch nichts tat.

»Was ist das für ein Lärm da bei dir?«, fragte Stella.

»Der Automat. Er will mir keine …« Plötzlich rumpelte es in dem Kasten, und eine Coca-Cola-Dose purzelte in den Ausgabeschacht. »Na endlich«, murmelte Jil.

Eigentlich war sie kein Fan von Dosen. Dafür war sie zu umweltbewusst. Aber der Automat gab nichts anderes her. Und warum sie jetzt unbedingt eine Cola trinken musste, war ihr schleierhaft, weil sie dieses überzuckerte Zeug normalerweise gar nicht trank.

Ein bisschen verwirrt öffnete sie die Dose, wartete, bis das Zischen vorüber war und schüttete sich das Getränk dann in den Rachen. »Bähh.« Sie verzog das Gesicht, als hätte sie saure Milch getrunken.

»Jil?«, holte die Stimme ihrer Schwester sie wieder zurück. »Du und Nadja …«, Stella räusperte sich, ehe sie fortfuhr. »Wie ernst ist das zwischen euch? Oder, nein. Ich formuliere meine Frage anders. Liebst du sie?«

Prompt verschluckte Jil sich, weil sie gerade zu einem weiteren Schluck angesetzt hatte. Hustend riss sie sich die Dose von den Lippen, sodass ein Teil des dunkelbraunen Getränks auf ihr weißes Shirt schwappte. »Herrgott noch mal«, fluchte sie. Jetzt sah sie aus wie eine gescheckte Kuh. *Das darf doch wohl nicht wahr sein!* »Ich hab mich bekleckert«, schimpfte sie.

Stellas belustigtes Lachen drang schon fast schmerzhaft an Jils Ohr. »Alles klar. Das genügt mir eigentlich schon als Antwort«, frotzelte sie.

»Ja, ja, amüsiere dich nur ruhig über mich«, brummelte Jil leicht verstimmt. »Weißt du, wie ich jetzt aussehe?«

»Ich bin mir sicher, dass Nadja das nicht im Geringsten stören wird«, stichelte Stella weiter.

»Nun sei schon still«, murrte Jil. Und trotzdem musste sie jetzt schmunzeln. Es war schon viel zu lange her, seit sie und ihre Schwester sich das letzte Mal so geneckt hatten. Und das nur, weil sie es selbst nicht zugelassen hatte. Nicht zulassen wollte, weil sie jeglichem Recht auf ein bisschen Spaß und Unbeschwertheit die Erlaubnis entzogen hatte.

Am anderen Ende der Leitung machte Stella sich nach einer Weile des Schweigens wieder bemerkbar. »Du weißt, dass ich mir nichts mehr wünsche, als dass es dir gutgeht und du glücklich bist.« Sie machte eine kleine Pause. »Auch wenn du dir das vielleicht nicht vorstellen kannst. Aber die vergangenen zwei Jahre habe ich meine kleine Schwester vermisst, obwohl du jeden Tag da warst. Doch es war nur deine äußere Hülle. Du selbst warst nicht greifbar für mich. Und ich habe den Tag herbeigesehnt, an dem sich das endlich wieder ändern würde.«

Jil schluckte schwer. Die Dose in ihrer Hand fing an zu zittern. Sie warf sie in den Eimer, obwohl sie noch gar nicht leer war. »Stella ... ich wusste nicht ... ich konnte nicht ... ich«, stotterte sie ins Handy. »Es tut mir so leid«, schluchzte sie auf, überwältigt von dem Gefühl der Wärme und Zuneigung ihrer Schwester.

»Ich weiß, Jil, und ich verstehe dich, auch wenn es für mich manchmal verdammt hart war. Aber hey, ich bin's, deine große Schwester. Ich hab ein dickes Fell«, lachte Stella jetzt wieder.

Und plötzlich musste auch Jil lachen. Ein unbeschreibliches Gefühl der Erleichterung überkam sie, und der Druck, der auf ihrer Brust lastete, verschwand. »Ich danke dir, Schwesterchen«, flüsterte sie ergriffen.

Sie hob den Kopf und sah den langen Flur hinab. Soeben öffnete sich die Tür von einem der Behandlungsräume. Und dann kam Nadja heraus, auf blaue Krücken gestützt, aber ohne Gips am Fuß. Das konnte Jil sofort sehen, und sie atmete ein weiteres Mal erleichtert auf.

Nadjas Blick schweifte suchend umher, und als sie Jil entdeckte, lächelte sie ihr zu. Ein bisschen verkrampft zwar, aber das lag bestimmt daran, dass sie sich erst an die Gehhilfen gewöhnen musste. Sie sah dennoch zauberhaft aus.

Erst ein kratzendes Geräusch direkt an ihrem Ohr erinnerte Jil daran, dass sie immer noch Stella in der Leitung hatte. »Nadja kommt gerade raus«, sagte sie. »Ich glaube, es sieht ganz gut aus. Aber ich muss jetzt Schluss machen, damit ich mich ausgiebig um sie kümmern kann.« Sie grinste frech vor sich hin, und Stella quittierte es mit einem lauten Kichern.

Jil steckte das Handy in ihre Hosentasche und ging Nadja entgegen. »Da bist du ja wieder«, begrüßte sie Nadja überschwänglich, als hätten sie sich eine Ewigkeit nicht gesehen.

Am liebsten hätte sie Nadja in die Arme genommen, aber das war gerade gänzlich unpraktisch. Sie klopfte sich ein bisschen nervös geworden auf die Oberschenkel, weil Nadja sie einfach nur anlächelte, ohne etwas zu sagen.

»Und, wie lautet die Diagnose? Was hat der Doc gesagt? Hast du Schmerzen?« *Gott, was plappere ich denn hier nur? Ich bin die reinste Quasselstrippe.*

Nadjas Lächeln ging in ein breites Schmunzeln über. »Ist das Kaffee da auf deinem Shirt?«

»Äh.« Jil folgte Nadjas Blick und schaute an sich herunter. »Ich hatte eine kleine Auseinandersetzung mit einer Cola-Dose.«

Erst nur ganz leicht, dann heftiger fing Nadjas Oberkörper an zu zucken. Schließlich prustete es aus ihr heraus. »Das ist Cola? Echt jetzt?« Sie schüttete sich geradezu aus vor Lachen, sodass ihr Gesicht ganz rot wurde. »Sieht aus wie ein kleines, drolliges Kleckermonster«, keuchte sie undeutlich, weil sie kaum genug Luft fürs Reden übrig hatte.

Mit verkniffener Miene wartete Jil darauf, dass Nadjas Lachanfall sich ein wenig legte. Da dies aber noch zu dauern schien, stemmte sie stirnrunzelnd die Hände in die Hüften und erwiderte: »Ja, ich brauchte was Süßes. Ein Schokoriegel stand leider nicht zur Verfügung und du ja auch nicht.« *Der war gut.* Sie klopfte sich innerlich auf die Schulter, weil Nadja abrupt aufgehört hatte zu lachen.

»Oh«. Mehr kam erst mal nicht über diese zum Knutschen süße Lippen. Aber Nadja erholte sich erstaunlich schnell wieder. »Jil, du bist einfach unmöglich«, beschwerte sie sich kopfschüttelnd.

»Und du bist genauso schlimm wie meine Schwester«, konterte Jil. »Die hat sich deswegen auch halb kaputtgelacht.«

»Stella ist hier?« Verwundert schaute Nadja sich in der Wartehalle um.

»Nein. Aber ich habe gerade mit ihr telefoniert.« Jil hob die Augenbrauen und wischte sich den imaginären Schweiß von der Stirn.

»Aber dann hat sie ja das lustige Muster auf deinem Shirt gar nicht sehen können«, sinnierte Nadja vor sich hin. Ihre Mundwinkel zuckten schon wieder erheitert. »Wie ist das denn überhaupt passiert?«

Jil holte tief Luft und blies sie in einem langgezogenen Seufzer durch die geschlossenen Lippen wieder heraus. »Könntest du mir vielleicht erst mal meine Fragen beantworten?«, lenkte sie mürrisch ab.

Nadja musterte sie einen Moment lang. Fast konnte Jil das kleine Fragezeichen auf ihrer Stirn sehen. »Ja, natürlich. Ich war nur gerade so«, sie zeigte grinsend mit dem Finger auf Jils Kuhfleckenshirt, »davon abgelenkt«. Jil stieg jedoch nicht darauf ein. Und so setzte sie wieder ein ernsteres Gesicht auf. »Wie ich vermutet habe ist es zum Glück nur eine Bänderzerrung, aber es ist nichts gerissen.« Sie klopfte mit einer Krücke leicht gegen die Schiene, die ihr Sprunggelenk stabilisieren sollte. »Der Doc meinte, wenn ich meinen Fuß ordentlich schone, dann ist er in ein paar Tagen wieder belastbar.«

»Na Gott sei Dank«, seufzte Jil.

Wie selbstverständlich hob sich ihre Hand und streichelte sanft über Nadjas Wange. Und dafür schenkte Nadja ihr ein hinreißendes Lächeln, sodass sie wirklich versucht war, sie auf den Mund zu küssen. Doch dann wurde ihr bewusst, wo sie sich hier befanden, und sie zuckte ein wenig erschrocken zurück.

»Lass uns bitte von hier verschwinden. Ja?« Sie merkte, dass sie schon fast bettelte. »Ich mag Krankenhäuser nicht so besonders«, fügte sie schnell hinzu.

Das Lächeln blieb, als Nadja mit einem Augenzwinkern erwiderte: »Wer mag Krankenhäuser schon, außer vielleicht den Ärzten, Schwestern und Pflegern, die hier arbeiten.« Sie ließ ihren Blick umherschweifen. »Aber du hast recht. Es gibt schönere Orte«, stimmte sie kopfnickend zu. »Ich muss nur noch die Rechnung bezahlen. Darauf freue ich mich schon.« Sie rollte mit den Augen, drehte sich dann ein wenig umständlich mit den Krücken um ihre eigene Achse und humpelte zurück zum Anmeldebereich.

Jil sah ihr gedankenverloren hinterher. *Was für eine tolle Frau!* Sie zog entgeistert die Augenbrauen in die Höhe und fragte sich im selben Moment, was nur plötzlich mit ihr los war. Grübelnd fuhr sie sich durch die Haare. Doch als Nadja, die bereits am Tresen stand, sich noch einmal zu ihr umdrehte und sie das Strahlen in ihrem Gesicht sah, das die ganze Wartehalle mit Wärme und Licht hätte füllen können, hoben sich ihre Mundwinkel zu einem verschmitzten Lächeln.

13

Es war bereits Nachmittag, und Nadja stand am Zaun der Koppel gelehnt, während sie Jil dabei beobachtete, wie die schon fast artistisch auf dem Rand des hölzernen Futtertroges balancierte, um sich dann vorsichtig auf Thunders ungesattelten Rücken zu schieben.

Dann machte sie ein paar Geh- und Trabübungen mit ihm und schaute dabei immer wieder hinunter auf seine Vorderhufe.

Der Hengst schien ein wenig unrund zu laufen, soweit Nadja das beurteilen konnte. »Was ist mit ihm?«, rief sie zu Jil hinüber.

Langsam kam Jil zum Zaun, und als Nadja zögernd die Hand ausstreckte, um Thunder zu streicheln, denn noch immer hatte sie großen Respekt vor ihm, flüsterte Jil: »Pass auf, dass er dich nicht beißt.«

Ihre Hand blieb jäh in der Luft hängen, schwebte unterhalb von Thunders Kopf, aber sie zog sie nicht zurück. Mit geweiteten Augen blickte sie zu Jil auf, die ihr daraufhin zuzwinkerte und dabei amüsiert grinste. »Du bist gemein«, raunte sie. Sie warf Jil noch einen strafenden Blick zu, als Thunder bereits seinen Kopf senkte und warm in ihre flache Hand hineinblies und mit seiner rauen Zunge darüberleckte.

»Wow«, stieß Jil sichtlich überrascht aus. »Sieht so aus, als wäre er der nächste, dessen Herz du im Sturm erobert hast.«

Wessen Herz habe ich denn noch erobert? Deins vielleicht? wollte Nadja schon fragen, aber sie verbiss es sich.

Jil war von einem Tag auf den anderen völlig verändert. Sie hatte sich ihr gegenüber schon mehr geöffnet, als Nadja je zu träumen gewagt hätte, und Jil trug sie geradezu auf Händen. Sie wollte das nicht durch eine unbedachte Äußerung zerstören. So weit war Jil noch nicht. Das wusste sie instinktiv.

»Du meinst, davor war es Ronja?«, fragte sie stattdessen und verzog lächelnd den Mund.

Jil sah ihr tief in die Augen, sodass es Nadja schon ganz schwummerig wurde. »Ja, die auch«, entgegnete sie auffällig zurückhaltend. Schnell wandte sie ihren Blick wieder von Nadja ab. »Ich glaube, Thunder ist gestern in irgendetwas reingetreten«, lenkte sie auch sogleich ab. »Sein linker Huf hat was abbekommen. Das muss ich mir nachher im Stall noch mal genauer ansehen. Noch so ein Fußkranker.« Sie lachte leicht, und ihre Hand fuhr geistesabwesend über den Hals des Hengstes.

»Soll ich uns dann einen Tomaten-Avocado-Salat zubereiten?«, fragte Nadja vorsichtig, um sich ebenfalls ein bisschen abzulenken. Oder tat sie das Jil zuliebe oder weil sie allmählich wirklich Hunger bekam? »Vielleicht habt ihr ja auch Shrimps vorrätig?«, plapperte sie einfach weiter.

»Shrimps?« Jil wirkte immer noch ein wenig abwesend, wie ihre grübelnde Miene verriet.

»Ja, ich mag das eigentlich ganz gern in dieser Kombination. Ich kann aber auch einfach nur eine Avocado-Creme machen fürs Brot. Wenn dir das lieber ist?«

Erst jetzt schien Jil in die Realität zurückgefunden zu haben. »Du willst kochen? Mit deinem verletzten Fuß?«

»Nun, Kochen würde ich das nicht gerade nennen«, lachte Nadja. »Aber einen Salat bekomme ich schon noch hin, auch mit Handicap.«

Jil schüttelte schmunzelnd den Kopf. »Kommt gar nicht in Frage«, wehrte sie ab. »Du sollst deinen Fuß schonen und nicht in der Küche herumturnen.«

»Na irgendwas müssen wir aber essen. Oder wollen wir vielleicht darauf warten, dass Stella uns das Abendbrot vorbeibringt?« Nadja machte es Spaß, Jil ein wenig aufzuziehen. Irgendwie fiel ihr das auf einmal viel leichter. Vielleicht lag das daran, dass Jil jetzt darauf einstieg und nicht ständig versucht war, ihre Gefühle zu verbergen.

»Ich sehe schon, du hast es nicht so mit dem Bravsein.« Jil lachte herzlich auf.

Ob sie eigentlich weiß, wie umwerfend sie aussieht, wenn sie so fröhlich lacht? fragte Nadja sich. Nun ja, umwerfend war Jil eigentlich in jeder Beziehung. Aber so wirkte sie richtig glücklich, und das machte sie noch attraktiver in Nadjas Augen. Sie verdrückte sich einen Kommentar und warf Jil einen gespielt keuschen Blick zu.

Wie eine Elfe glitt Jil von Thunder herunter. »Um dich, mein stolzer Kerl, kümmere ich mich nachher«, raunte sie ihm zu, woraufhin er die Ohren spitzte. Lächelnd gab sie ihm einen leichten Klaps, und er trottete gehorsam davon. »Siehst du?«, sagte sie an Nadja gewandt. »Das verstehe ich unter *brav sein*.« Wieder lachte sie einfach herzerfrischend. Der Schalk saß ihr quasi im Nacken.

Nadja musste anerkennend einsehen, dass Jils Sticheleien sie immer noch ein wenig verlegen machten. Sie räusperte sich schnell, damit ihre Stimme sie nicht verriet, weil sie schon das Kratzen in ihrem Hals spüren konnte. »Dann nehme ich mal an, du willst keinen Salat. Oder magst du keine Avocado? Ich dachte nur ... weil ... ich hab sie in der Vorratskammer entdeckt«, stammelte sie ein wenig herum.

Grinsend stieg Jil auf den Zaun, schwang erst das eine und dann auch das andere Bein darüber, während sie sich mit den Händen auf dem obersten Balken abstützte, und dann hüpfte sie auf der anderen Seite wieder herunter.

Sofort zog sie Nadja sanft in ihre Arme. Die Krücken lehnten achtlos am Gatter. »Ich mag Salat und ich esse auch gern Shrimps und Avocado«, flüsterte sie an Nadjas Hals. »Aber meine Pizza letzten Samstag hat dir wohl nicht geschmeckt?«

Augenblicklich wurde Nadja heiß. Aber es war eine unerträgliche Hitze, die über ihr Rückgrat kroch, als würde sie gefesselt an einem glühenden Marterpfahl schmoren. Bei der Erinnerung an den Tag vor einer Woche dachte sie am allerwenigsten an die Pizza. Es war so viel mehr passiert an diesem Tag, in dieser Nacht. Sie merkte, dass sie leicht zu zittern anfing, obwohl sie sich doch eigentlich in Jils Armen geborgen fühlen müsste.

Jil ächzte plötzlich auf und umschlang Nadja noch ein wenig fester. »Entschuldige! Das war dumm von mir«, murmelte sie ganz heiser. »Eigentlich wollte ich doch nur sagen, dass wir den Salat gemeinsam zubereiten sollten.«

Nadja hob langsam ihren Kopf, der bis eben noch schwer wie Blei an Jils Schulter lag. »Heißt das, wir holen die Küchenumgestaltung heute nach?« Ihre Mundwinkel hoben sich zu einem verzeihenden Lächeln.

Schmunzelnd drückte Jil ihr einen Kuss auf die Nasenspitze. »Daraus wird auch heute nichts werden, liebste Nadja«, wisperte sie. »Weil du brav auf dem Hocker sitzen und das Gemüse schnippeln wirst.«

»Und was machst du dann?«, fragte Nadja und zog misstrauisch die Augenbrauen zusammen.

»Ich?« Jil kam Nadjas Lippen ganz nah. »Ich hole alles herbei und passe auf, dass du das auch ordentlich machst.«

Jetzt konnte Nadja wirklich nicht mehr an sich halten. Sie musste einfach lachen. »Ja, das habe ich mir gedacht«, japste sie. Sie kam gerade noch dazu, noch einmal Luft zu holen, als Jils Lippen ihren Mund verschlossen und sie in einem langen, hingebungsvollen Kuss versanken.

»Hey, der Salat ist doch noch gar nicht fertig«, lachte Nadja. Sie wollte Jil auf die Finger klopfen, aber die war schneller. Flugs hatte sie ihr die Schüssel unter der Nase weggeschnappt.

»Doch, dafür ist er perfekt.« Jil setzte ihr berühmt-berüchtigtes Lächeln auf.

Natürlich schrillten bei Nadja sofort alle Alarmglocken. *Dafür?* »Wofür ist er perfekt?«, rief sie Jil noch hinterher, aber die hatte sich mit der Salatschüssel einfach aus dem Staub gemacht.

Etwas verwundert rutschte Nadja vom Barhocker. Wo hatte sie denn bloß ihre Krücken gelassen? Halb humpelte, halb hüpfte sie aus der Küche hinüber ins Wohnzimmer. Aber dort war Jil nicht.

Sie runzelte grübelnd die Stirn. Schon vorhin war Jil so merkwürdig drauf gewesen, als sie plötzlich darauf bestanden hatte, dass Nadja sich erst noch ein wenig ausruhen sollte. Was hatte das zu bedeuten?

Langsam humpelte sie wieder in den Flur zurück und bemerkte erst jetzt die offenstehende Haustür.

Als sie hinaus auf die Veranda trat, tauchte Jil plötzlich wie ein Geist hinter ihr auf. »Ah, wir sind mal wieder unartig«, raunte sie sehr verführerisch, sodass Nadja wohlig erschauerte. »Na, du wirst schon noch sehen, was du davon hast.« Ihre Lippen senkten sich auf Nadjas Hals und hinterließen eine Gänsehaut.

»Ist doch nicht meine Schuld, wenn du einfach mit dem Salat verschwindest«, wand Nadja sich ein wenig. Jils Berührung und die rauchige, erotische Stimme machten sie ganz konfus.

»Das lass ich aber nicht als Ausrede gelten.« Jil grinste triumphierend. Und da wusste Nadja sofort, dass sie etwas im Schilde führte.

Dennoch war Nadja völlig überrascht, als Jil sie sich auf einmal schnappte und sie trotz quietschendem Protest in die Schubkarre setzte, die vor dem Haus stand. Ausgelassen und jauchzend drehte Jil dann mit ihr ein paar Runden über den Hof.

»Du bist vollkommen verrückt«, kreischte Nadja vergnügt, während sie versuchte, sich irgendwie an dem wackligen Gefährt festzuhalten. Doch vertraute sie darauf, dass Jil genau wusste, was sie tat. Sie würde nicht riskieren, dass Nadja womöglich noch herausfiel und sich noch mehr verletzte.

Schnaufend hielt Jil schließlich vor dem Scheunentor an. Ihr Gesicht war leicht gerötet, und ein paar verschwitzte Strähnen hingen ihr in die Stirn. Als sie Nadja aus der Schubkarre half, schenkte sie ihr ein entwaffnendes Lächeln.

Nadja hielt sich an ihren Schultern fest und schaute ihr grienend in die Augen, die vor Wonne glänzten. »War das jetzt die Alternative, weil ich die nächsten Tage nicht ausreiten kann?«

»Wenn du so willst«, meinte Jil achselzuckend. Dabei tat sie ziemlich cool, obwohl es permanent um ihre Mundwinkel zuckte. Außerdem wirkte sie auch ein wenig hibbelig, als wäre sie irgendwie aufgeregt. Aber womöglich bildete Nadja sich das auch nur ein, weil Jil schließlich immer noch ein bisschen außer Puste war. »Komm, meine kleine Salatexpertin«, hauchte sie ihr plötzlich zu. »Ich will dir etwas zeigen.« Sie schlang ihren Arm um Nadjas Hüfte, und Nadja stützte sich an ihr ab.

Was will sie mir denn zeigen? überlegte Nadja fieberhaft, während Jil bereits das Scheunentor öffnete. Sie gingen ein paar Schritte hinein, und dann wurden Nadjas Augen immer größer. »Jil«, wisperte sie ganz überwältigt. »Wie ... wann hast du das denn gemacht?«

Jil kratzte sich, anscheinend ein bisschen nervös, am Hinterkopf. »Na ja, ich gebe zu, es ist nicht gerade ein Fünf-Sterne-Menü. Es ist nur Fingerfood. Und das meiste davon hatte Stella gestern schon vorbereitet. Aber da das Abendessen ja für uns beide ausgefallen war ...« Sie scharrte mit dem Fuß über den Boden. »Wäre doch also wirklich schade drum.«

Spontan griff Nadja in Jils Nacken und zog sie sanft zu sich herunter. Sie drückte ihr einen zärtlichen Kuss auf die Lippen. »Das ist einfach wunderschön«, flüsterte sie. »Aber wie hast du es geschafft, dass ich davon gar nichts gemerkt habe?«

Sie ließ ihren Blick über die große Wolldecke schweifen, die über dem liebevoll hergerichteten Heubett ausgebreitet war. In der Mitte war ein niedriger Klapptisch platziert und darauf standen kleine Schalen, gefüllt mit raffiniert zubereiteten Häppchen. Dazu diverse Dips, eine Flasche Rotwein und Pain Paillasse, ein rustikales Baguette in gedrehter Form. Nun sah Nadja auch, wo ihr Tomaten-Avocado-Salat abgeblieben war.

Sie lächelte vor sich hin und fühlte sich beinahe wie eine Prinzessin im Märchenland. Der Infrarotstrahler, der über dem heimeligen Nest an einem Querbalken an der Decke hing, tauchte alles in ein warmes Licht.

»Es war gar nicht so einfach für mich, das hier rauszuschmuggeln«, gab Jil unumwunden zu, während sie eine ausschweifende Armbewegung durch die Scheune machte. »Aber zum Glück warst du ja wenigstens mal für eine halbe Stunde brav gewesen, als du auf der Couch gelegen hast.«

Ach, schau an. Das war also der Grund, warum ich mich unbedingt ausruhen sollte. »Sag mal.« Nadja zupfte neckend an Jils Jeanshemd, das sie inzwischen gegen ihr bekleckertes Shirt eingetauscht hatte. »Hast du vielleicht meine Krücken versteckt?«

Jil legte ihre Hand aufs Herz und stieß mit gespielter Bestürzung aus: »Wie käme ich denn dazu?« Doch es gelang ihr nur kurz, die Unschuldige zu mimen. »Okay, du hast mich erwischt«, gab sie kleinlaut zu. Doch ihr Mund lächelte dabei, und um ihre Augen herum hatten sich kleine Lachfältchen gebildet.

Alles an ihr wirkte so ästhetisch. Es war ein Genuss, Jil zu beobachten, und Nadja hätte sie stundenlang einfach nur anschauen können.

Die Augenlider halb gesenkt griff Jil nach Nadjas Hand und hob sie an ihre vollen Lippen. Zärtlich küsste sie ihren Handrücken. »Darf ich bitten, schöne Frau?«, raunte sie charmant und so sinnlich, dass erneut ein heißer Schauer über Nadjas Rücken lief.

Sehr davon angetan bekam Nadja ganz weiche Knie. Sie lächelte Jil an und ließ sich von ihr auf die Decke helfen, nachdem sie ihre Schuhe abgestreift hatten. Der weiche Untergrund gab ein wenig unter ihnen nach. Das Heu raschelte, während sie nach der richtigen Sitzposition suchten. Unter der Lampe war es angenehm warm, sodass von der allmählich eintretenden kühleren Abendluft nichts zu spüren war.

»Ich wusste gar nicht, dass du so romantisch veranlagt bist«, scherzte Nadja ein wenig, um zu ihrer Selbstsicherheit zurückzufinden.

Jil war auf dem besten Wege, sie wieder komplett aus der Bahn zu werfen. Aber vielleicht musste sie sich heute auch gar nicht dagegen wehren. Vielleicht durfte sie einfach geschehen lassen, was geschehen sollte. Zum Beispiel lecker zusammen zu Abend zu essen. Sie gluckste leise und merkte, dass sie zu grinsen anfing.

Wahrscheinlich zog Jil deswegen die Augenbrauen fragend nach oben, während sie das Baguette nur mit den Händen teilte. »Ich glaube, ich habe ein bisschen was gutzumachen«, murmelte sie sichtlich verlegen, auch wenn der rötliche Schimmer auf ihrem Gesicht eher von der Infrarotlampe stammen dürfte.

»Findest du?«, hakte Nadja unschuldig dreinblickend nach. »Wo du mich doch heute Morgen schon so verwöhnt hast ...«

Weiter sagte sie nichts. Sie blinzelte Jil lediglich amüsiert zu, weil deren Gesichtsausdruck einfach göttlich war. Bedächtig schob sie sich ein von Blätterteig ummanteltes Stück Wildlachs in den Mund. Es schmeckte köstlich, und sie verdrehte genüsslich die Augen.

»Wenn du so weitermachst, dann werden wir heute wieder nicht vernünftig zum Essen kommen«, tadelte Jil.

»Dann sollte ich mich vielleicht ein bisschen beeilen«, erwiderte Nadja spöttisch. »Obwohl ...« Sie fuhr sich mit der Zunge über ihre Zähne. »Es schmeckt viel zu lecker, um es nicht ausgiebig zu genießen.«

Bei Jils strengem Blick hatte sie nur einmal kräftig schlucken müssen, dann fühlte sie sich wieder gerüstet, um ihr Paroli zu bieten. *So leicht kriegst du mich nicht mehr.* Nun ja, zumindest hatte sie sich das fest vorgenommen nach Jils unerhörter Aktion heute Morgen.

Sie griff nach dem Weinglas, wischte mit dem Zeigefinger über einen am Glas verirrten Tropfen und ließ ihn langsam und aufreizend zwischen ihre Lippen gleiten.

»Nadja, sag mir später nicht, ich hätte dich nicht gewarnt«, grummelte Jil sichtlich um Contenance bemüht.

Kopfschüttelnd spießte sie einen mit Frischkäse gefüllten Champignon auf die kleine Gabel, während sie in der anderen Hand ein mit Butter bestrichenes Brotstück hielt. Ihr Blick wanderte von dem einen zum anderen, als wäre sie unschlüssig, was sie als Erstes in ihren Kussmund schieben sollte.

»Soll ich dir vielleicht bei deiner Entscheidung helfen?«, bot Nadja keck an. Sie beugte sich über den kleinen Tisch und stibitzte den Champignon von der Gabel. Noch ehe Jil protestieren konnte, hatte sie ihn sich schon in den Mund gesteckt und kaute, während sie dabei genießerisch die Augen schloss.

»Das glaube ich ja wohl nicht«, beschwerte Jil sich reichlich spät angesichts ihrer gewohnten Schlagfertigkeit. »Du versuchst mich doch nicht etwa zu provozieren, oder?« Ihre blaugrauen Augen funkelten gefährlich.

Und für einen Moment dachte Nadja tatsächlich darüber nach, ob sie vielleicht ein bisschen zu übermütig geworden war. Da sie keine Antwort darauf hatte, zuckte sie leichthin mit den Schultern. »Das würde ich mich nicht wagen«, säuselte sie dann zuckersüß.

Sie lächelte verschmitzt und nahm das Weinglas in die Hand. Ein wenig war sie nun aber doch froh, dass sie sich auf etwas anderes konzentrieren konnte, indem sie von dem vorzüglichen Rotwein kostete. Auch diesmal hatte Jil wieder ganz und gar ihren Geschmack getroffen, obwohl es heute ein ganz anderer, ein leichterer Wein war.

Sie erinnerte sich daran, dass der Vater der beiden Schwestern Weinbauer war. Jil hatte so etwas erzählt. Es war jener Freitagabend gewesen, als sie ebenfalls bei Rotwein zu Tisch gesessen hatten und Jil zum ersten Mal über ihre Familie gesprochen hatte.

Was danach passiert war, darüber wollte Nadja lieber nicht nachdenken, und doch tat sie es. Ungewollt. Ihre Heiterkeit verflog, als die Erinnerung an jenen Augenblick, der sie in einen tiefen Abgrund hatte stürzen lassen, heimsuchte. Nur acht Tage waren seitdem vergangen, und doch erschien es Nadja wie ein halbes Leben.

Ein mulmiges Gefühl beschlich sie. Wovor fürchtete sie sich auf einmal? Dazu gab es doch überhaupt keinen Grund.

Jil musste aufgefallen sein, dass Nadja etwas bedrückte. Wahrscheinlich konnte sie es auch gerade an ihrem Gesicht ablesen. »Sieh mich an, Nadja«, bat sie. »Bitte«, fügte sie hinzu, weil Nadja nicht gleich reagierte.

Vorsichtig kam sie um den leicht wackligen Tisch gekrochen, nachdem Nadja ihrem Wunsch entsprochen und den Kopf gehoben hatte. Sie nahm ihr das Glas aus der Hand, stellte es auf den Tisch zurück und bedachte Nadja mit einem herzerwärmenden Lächeln. Dann küsste sie ihre Augenlider, die Spitze ihrer Nase und ihre Lippen. »Ich werde dir nicht noch einmal so wehtun, Nadja«, sprach sie leise. »Kannst du mir wenigstens ein bisschen vertrauen?«

Nadja begegnete ihrem Blick, und Jil fing ihn auf und hielt ihn fest. »Ja«, hauchte sie nur dieses kleine Wort. Ihre Lippen trafen erneut aufeinander, streiften und liebkosten sich.

»Ich danke dir«, murmelte Jil in den Kuss hinein. Ihre Finger legten sich in Nadjas Nacken und strichen über die kleinen Härchen auf der empfindlichen Haut.

Heiß und züngelnd berührten sich ihre Zungenspitzen. Das Aroma des Weins lag auf Jils Lippen, und Nadja kostete es gierig.

Wie sie es geschafft hatten, trotzdem noch ein bisschen was zu essen, sollte Nadja ein Rätsel bleiben.

Zwischen ihren Küssen und albernen Lachanfällen hatten sie sich gegenseitig gefüttert und vom Wein aus dem Mund der anderen getrunken. Aber dabei war mehr danebengegangen, als dass es den Weg in ihre Mägen gefunden hätte.

Irgendwann hatte Jil genug gehabt und den Tisch einfach abgeräumt. Nun hatten sie endlich mehr Platz auf der breiten, kuscheligen Decke.

Jil streckte ihre langen Beine aus und zog Nadja sacht auf ihren Schoß. Ihre Zunge glitt über Nadjas Unterlippe, ehe sie ihren Weg zum Kinn fortsetzte. Zärtlich leckte und saugte sie die Spuren des Weines fort.

Den Kopf in den Nacken gelegt seufzte Nadja lustvoll auf. Jedes Molekül in ihrem Körper vibrierte vor Erregung. In ihrem

Bauch begann es heiß zu glühen, und zwischen ihren Schenkeln erwachte ein sanftes Pochen. Keuchend spürte sie, wie Jils Finger über ihre Wirbelsäule strichen und einen heftigen Schauer auslösten, der von den Schulterblättern hinab zu ihrem Po rieselte.

Mit zitternden Fingern öffnete sie Knopf für Knopf von Jils Bluse. Dann streifte sie das Jeanshemd langsam von Jils Schultern und sah die formschönen Brüste vor sich, deren Knospen sich bereits energisch gegen den Stoff des schwarzen BHs drängten.

Mit bewunderndem Blick strich sie über Jils wohlproportionierte Schulter- und Armmuskeln. »Du bist so stark«, wisperte sie. Ihre Finger wanderten über die Schulterblätter, streichelten am Rücken entlang, bis sie den BH-Verschluss ertasteten. Sie öffnete ihn und streifte den seidenen Stoff über die Arme nach unten ab.

Jil atmete laut und schnell. Ihre Hände umfassten Nadjas Taille, und sie presste sie eng an sich heran. Doch Nadja drückte sie lächelnd von sich und verschaffte sich so wieder etwas mehr Platz. Sie wollte sich die verlockende Sicht auf diese wundervollen, festen Wölbungen, die danach gierten, berührt und geküsst zu werden, nicht nehmen lassen. »Diesmal bestimme ich die Spielregeln«, raunte sie und ließ einen wild entschlossenen Blick folgen.

Offenbar doch ein wenig verblüfft schnappte Jil nach Luft. Dann jedoch schlich sich ein überlegenes Grinsen in ihr Gesicht. »Das werden wir ja noch sehen«, hauchte sie. Vermutlich fühlte sie sich siegessicher. »Und pass schön auf deinen Fuß auf«, erinnerte sie noch an Nadjas Handicap.

Davon ließ Nadja sich jedoch nicht beirren. Nicht dieses Mal. Druckvoll stieß sie gegen Jils Oberkörper, sodass Jil die Balance verlor und der Länge nach auf die Decke fiel. Nadja blieb auf ihr sitzen und schaute verlangend auf sie herunter. Gerade noch rechtzeitig bemerkte sie, dass Jil sie direkt mit nach unten ziehen wollte.

Sie wand sich aus dem Griff und stellte zufrieden lächelnd fest, dass Jils Hände plötzlich nicht zu wissen schienen, welchen Körperteil Nadjas sie nun zuerst streicheln sollten. Fahrig fuhren sie über die Seiten, den Bauch und die Leisten.

Vorhin, als Jil ihr die Salatschüssel gemopst hatte, da war sie ihr noch einmal entwischt. Aber jetzt hatte sie die Macht. Und so hielt sie Jils Hände fest und drückte sie auf die Decke zurück.

»Keine Sorge. Die Schiene leistet mir wirklich gute Dienste«, flüsterte sie.

Bedächtig zog sie sich ihr Shirt über den Kopf und warf es achtlos auf den Boden. Ihr BH folgte sogleich. Wieder versuchte Jil, sie anzufassen, aber Nadja wusste es erneut zu verhindern. Im Gegenzug schickte sie ihre eigenen Hände auf die Reise.

Das weiche Fleisch von Jils Brüsten presste sich warm in ihre Handflächen. Steif reckten sich die roten Knospen ihrem Mund entgegen. Hungrig nach ihrem Geschmack leckte Nadja sich über die Unterlippe und beugte sich vornüber. Flatternd züngelte sie über die Brustwarzen, kostete das süße Aroma und genoss die Sinnlichkeit dieses Augenblicks.

Ein Schauer erfasste Jil und ließ die glatte Haut unter Nadjas Fingern ein wenig rau werden. Jil bog sinnlich seufzend ihren Rücken durch und rieb ihre Brüste an Nadjas Lippen.

Animiert biss Nadja fester in eine der geschwollenen Knospen hinein. Der bittersüße Lustschmerz ließ Jil heiser aufschreien.

Es war ein wahnsinnig erregender Moment, und er durchzuckte Nadjas Mitte wie ein gewaltiger Stromschlag. Keuchend riss sie ihren Mund auf und schnappte heftig nach Luft.

Jil schaute ihr in die Augen mit glasigem Blick. Ein feines Lächeln umspielte ihre Mundwinkel, hoben sich um eine Nuance. Still und heimlich hatten ihre Hände nun doch wieder zu Nadjas Schenkeln gefunden. Zärtlich wanderten sie über den leichten Hosenstoff, da Nadja wegen ihrer Fußschiene eine bequeme Schlupfhose angezogen hatte. Mit gespreizten Schenkeln saß sie immer noch auf Jil, und so war es für die ein Leichtes, an genau die Stellen zu kommen, deren Berührung Nadjas Atem regelmäßig ins Stocken brachte.

Jil umfasste ihre Pobacken und zog Nadja ein Stück weiter zu sich heran. Gekonnt schob sie ihre Handfläche unter Nadjas Gesäß und drückte und rieb mit dem Ballen an ihrer glühenden Mitte, während sie mit den Fingerkuppen spielerisch gegen den Stoff tippte.

Die Nässe ergoss sich in Nadjas Slip, und sie stöhnte viel zu laut auf. Süchtig nach mehr presste sie sich den Fingern entgegen, während sie beinahe hilflos versuchte, an Jils Gürtel zu gelangen, wobei ihr Jils Arm im Wege war.

Warum musste Jil eigentlich wieder eine knallenge Jeans tragen? Es war klar, dass Nadja sie kaum ausgezogen bekommen würde, solange sie hier auf Jils Hand ritt. Aber sie konnte einfach nicht damit aufhören, weil Jil sie regelrecht dazu antrieb und in ihr ein wahres Feuerwerk entfachte.

Ihr Unterleib spannte sich immer mehr an, und sie spürte, dass ihrem Verstand allmählich die Lichter ausgingen. Sie fühlte schon die glühenden Funken, die in ihrem Bauch Samba tanzten.

»Jil ... deine gottverdammte Hose«, stöhnte sie, während sie an der Gürtelschnalle herumnestelte.

Unter ihr kicherte Jil leise, und statt einer Antwort verstärkte sie den Druck zwischen ihren Schenkeln.

Nadjas Hände krallten sich an Jils Taille fest, und ihre Fingernägel gruben sich in die nackte Haut.

Jil seufzte inbrünstig, aber sie hörte nicht auf, Nadja mit nur einer Hand und dem Stoff dazwischen zu verwöhnen.

»Zieh sie aus. Bitte«, jammerte Nadja fast ein wenig, während sie bereits von leichten Vorbeben geschüttelt wurde, die den herannahenden Höhepunkt quälend langsam ankündigten. Unter der Haut kribbelte ihr ganzer Körper wie elektrisiert.

Jil setzte sich sofort auf, ohne ihre Hand aus Nadjas Schritt zu nehmen. Ein lautloses Lachen zwischen zusammengepressten Lippen ließ lediglich ihre Mundwinkel zucken. Sie sank an Nadjas Hals, bedeckte ihn mit kleinen Küssen, während sie zielstrebig Richtung Ohrläppchen wanderte. Sie knabberte leicht daran, und für Nadja wurde der Druck immer größer, sodass sie das Gefühl hatte, es kaum mehr auszuhalten.

Und plötzlich stieß heißer Atem an ihr Ohr, als Jil hauchte: »Aber gern doch.« Ihre Stimme strich über Nadjas vibrierende Nerven. Zitternd stöhnte sie auf, und im selben Moment zog Jil ihre Hand zurück. Hätte Jil sie nicht festgehalten, sie wäre von ihrem Schoß gefallen.

Behutsam ließ Jil sie auf die weiche Decke sinken. Dann streifte sie Nadja die Hose samt Slip ab.

Moment mal! Meine Hose? Wieso meine Hose? Ich sprach von deiner, versuchte Nadja krampfhaft ihren Worten eine Stimme zu verleihen. Sie keuchte gegen ihre Sprachlosigkeit an, bis es gepresst aus ihr herausstieß: »Verdammt noch mal, Jil. Du sollst deine Hose ausziehen, nicht meine.«

Jil lachte rau. Mit einem Augenzwinkern beugte sie sich über Nadja und liebkoste die weiche Haut der nun nackten Schenkel. Sie drückte sie sanft auseinander und ließ ihren Kopf dazwischen verschwinden. »Ich weiß«, hauchte sie und blies dabei warme Luft direkt in ihre Lusthöhle.

Nadja bäumte sich stöhnend auf. Ihr Unterleib begann zu krampfen und sie spürte, wie ihre Zehenspitzen sich erregt zusammenzogen. Geschickte Fingerspitzen kreisten über ihren Kitzler, gemischt mit Jils heißem Atem, der verriet, wie nah ihr Mund war.

Nadjas Sinne schwanden, und dann überrollte der Orgasmus sie wie ein Orkan. Schnell und heftig. Viel zu schnell.

Und Jil ahnte wohl, dass sie noch nicht genug hatte und begann sie bereits wieder von Neuem zu reizen.

Doch Nadja unternahm noch einen letzten, fast verzweifelten Versuch. Sie streckte ihre Arme unter Jil durch, ergriff die Gürtelschnalle und öffnete sie mit einem derben Ruck. Unruhig und wie benebelt nestelte sie an dem Hosenknopf herum.

»Okay, okay. Ich hab verstanden«, murmelte Jil mit einem heiseren Lachen.

Ihr Kopf tauchte auf, und sie erhob sich auf die Knie. Sie öffnete ihre Hose jedoch so aufreizend langsam und mit einem unverschämten Grinsen im Gesicht, dass Nadja nun endgültig die Geduld verlor. Ihr Oberkörper schnellte nach oben, und dann zerrte sie Jil die Hose über den Hintern, hinunter bis zu den Knien. Das Unterhöschen nahm postwendend den gleichen Weg.

Nun waren Jils Beine in ihrer eigenen Hose gefangen. Nadja schob sich dicht vor sie, bis ihre Lippen die kurzrasierte Scham berührten. Ihre Hände umklammerten Jils Po, und als ihre Zunge in die Spalte stieß und die Feuchtigkeit aufnahm, warf Jil leise stöhnend ihren Kopf zurück, während ihre Finger sich in Nadjas Haare krallten.

Sie versuchte ihre Schenkel zu spreizen, soweit das mit der engen Hose um ihre Knie nur irgend möglich war. Schwer seufzte sie auf, als sie wahrscheinlich erkannte, dass ihr Versuch kaum von Erfolg gekrönt war.

Nadja lächelte still vor sich hin, auch wenn sie ihre eigene, nicht abgeebbte Erregung kaum im Zaum halten konnte. Aber Jil hatte es ja nicht anders gewollt. Ihre Beine fingen an zu zittern, als Nadjas Zunge zwischen ihren prallen Schamlippen hindurchstreifte und über ihre Klit tanzte. Dann nahm sie noch einen Finger zu Hilfe und versenkte ihn tief in Jils Lustzentrum. Sie krümmte ihn leicht und stieß ihn vor und zurück, während sie ihren Kitzler reizte und daran saugte.

Jil zuckte, seufzte und stöhnte. Ihre inneren Muskeln zogen sich krampfartig zusammen, und um ihren Bauchnabel herum sammelten sich kleine Schweißperlen, die hinab zu ihrer Scham liefen. Der süße Nektar ihrer Lust vermischte sich mit dem Salz auf ihrer Haut und hinterließ einen betörenden Geschmack auf Nadjas Lippen.

»Ich … ich komme«, stieß Jil heiser aus. Es war nur noch ein Stöhnen. Ihr Körper bebte unter Nadjas Händen, spannte sich kurz vor dem Höhepunkt an und ging dann in ein wildes Zucken über. Als sie vom Orgasmus geschüttelt wurde, kippte sie einfach zur Seite und riss Nadja gleich mit sich.

Die Augen geschlossen und mit geöffnetem Mund rang sie nach Atem, bis ihr rasender Puls sich allmählich beruhigte.

14

Es war ein Donnerstag, und die Sonne ging gerade erst auf, als Nadja an diesem Morgen erwachte. Schläfrig streckte sie ihren linken Arm seitlich aus und fühlte sogleich Jils warme, nackte Haut. Ein glückliches Seufzen entglitt ihren Lippen, während ihre Finger über Jils Rücken und weiter hinab über den runden Po strichen, der sich ihr verlockend darbot.

Jil stöhnte genüsslich auf, drehte sich zu ihr um und kuschelte sich an sie an.

Nadja ließ ihre Hand durch Jils Haar wandern. »Ich liebe dich«, hauchte sie. Das hatte sie seit dem Tag, als sie ins Krankenhaus gefahren waren, nicht noch einmal gesagt. Sie wollte Jil mit ihrer Liebe nicht erdrücken, denn sie wusste, alles brauchte seine Zeit. Doch jetzt in diesem Moment, da war ihr das ganz unbewusst herausgerutscht.

Sie spürte, dass Jil ein wenig unruhig wurde, als wollte sie etwas sagen, es aber nicht konnte. Beruhigend strich sie ihr weiter durch die Haare. »Tut mir leid, dass ich dich um deinen wohlverdienten Schlaf gebracht habe«, neckte sie ein bisschen in der Erinnerung an die letzte Nacht, deren Höhepunkte sie irgendwann aufgehört hatte zu zählen.

Jeder der vergangenen Tage und Nächte war für Nadja wie der Himmel auf Erden gewesen, und stets hatte sie gespürt, dass Jil sie auch liebte. Vielleicht auf eine andere Art. Vielleicht war Jil auch einfach nur zurückhaltender, was diese Worte betraf. Aber das war nicht schlimm, weil Nadja einfach nur glücklich war und jede einzelne Sekunde mit Jil genoss.

Und seit ihre Fußverletzung wieder vollständig ausgeheilt war und sie gemeinsam beinahe täglich mit den Pferden durch die Prärie gestreift waren, da spürte sie diese grenzenlose Zufriedenheit, nichts zu vermissen und alles zu haben, wonach ihr Herz sich sehnte.

Ein Lufthauch streifte ihre unbedeckte Brust, als Jil ihren Atem gepresst ausstieß. Es war, als würde sie mehrmals Anlauf nehmen, nun doch noch etwas zu sagen. Etwas, das sie anscheinend aber mehr belastete, als dass es ihr leicht über die Lippen käme.

»Nadja, ich ...«, sie zögerte kurz, »ich muss dir etwas beichten.«

Von einer Sekunde zur anderen stockte Nadja der Atem. Sie konnte ihren eigenen Herzschlag hören, der ihr so laut vorkam, dass es für Jil mit dem Ohr an ihrer Brust sich wie ein Paukenschlag anhören musste. Ihre Nerven spannten sich an. »Was musst du mir denn beichten?«, fragte sie nervös.

Jil hob langsam den Kopf. Dann rollte sie zur Seite und blieb auf dem Rücken liegen. Sie seufzte schwermütig. »Dein Truck ist fertig. Jacques hat mich schon vor zwei Tagen angerufen und mir gesagt, dass er abgeholt werden kann.« Sie war immer leiser geworden, sodass Nadja schon die Ohren spitzen musste, um alles zu verstehen. »Ich hätte es dir sofort sagen müssen. Ich wollte nicht ...« Sie brach räuspernd ab.

Kraftvoll ließ Nadja die angestaute Luft entweichen. Beinahe hätte sie befreit aufgelacht. *Himmel!* Sie hatte sonst was für eine Beichte befürchtet, aber doch nicht so etwas ... Banales.

Aber für Jil schien es ganz und gar nicht banal zu sein. Warum hatte sie es ihr eigentlich nicht gleich gesagt? Plötzlich musste sie lächeln. Sie kannte die Antwort darauf. Jil wollte nicht, dass sie abreiste. *Sie liebt mich*, hallte es durch ihren Kopf.

»Sag doch bitte was«, bat Jil. Sie stützte sich auf die Ellenbogen und blickte Nadja mit traurigen Augen an. »Es tut mir wirklich leid.«

Dieser Blick war ja kaum auszuhalten. Nadja rollte sich halb auf Jil, sodass ihre Gesichter sich jetzt ganz nah waren. »Ich werde den Camper wieder verkaufen«, sagte sie, ohne auf die Beichte einzugehen. »Ob Jacques mir bei der Suche nach einem Käufer behilflich sein kann? Was meinst du?«

»Du willst ihn verkaufen? Aber wieso?«, stammelte Jil. »Du hast doch noch genug Zeit, um Kanada weiter zu erkunden.«

Seufzend schüttelte Nadja den Kopf. »Glaubst du im Ernst, dass ich jetzt einfach so meine Reise fortsetzen kann? Oder willst du etwa gar nicht, dass ich hierbleibe?« Die Frage erschien ihr völlig absurd, nach alldem, was sie mit Jil erlebt hatte. Aber sie musste sie einfach stellen.

»Natürlich will ich, dass du bleibst«, ereiferte Jil sich fast ein wenig. Ihr Blick huschte unruhig umher, und ihre Hände klammerten sich um Nadjas Arme. »Aber früher oder später wirst du doch gehen. Das kann ich ja wohl schlecht verhindern.« Sie stöhnte angestrengt auf und ließ sich zurück auf den Rücken fallen.

Nadja hing über ihr und musterte sie schweigend. Jil hatte recht. Eines Tages würde sie nach Deutschland zurückkehren müssen. Sie konnte nicht einfach so tun, als gäbe es da nicht auch noch ein anderes Leben.

Noch hatte sie sechs Wochen Zeit. Aber was war dann?

Sie hatte es völlig verdrängt und in den letzten beiden Wochen nicht einen einzigen Gedanken mehr daran verschwendet. Hier bei Jil zu sein, sie lieben zu dürfen war das Einzige, was für Nadja zählte. Als hätte es nie etwas anderes gegeben.

»Ich weigere mich, jetzt schon darüber nachzudenken«, murmelte sie. »Alles, was mich glücklich macht, habe ich hier gefunden. Bitte, Jil. Können wir die Zeit, die wir füreinander haben, nicht einfach genießen?«

Ein Glucksen verließ Jils Lippen. Mit den Händen rieb sie sich übers Gesicht. »Natürlich können wir das«, erwiderte sie kurzangebunden. Ihre Stimme klang ironisch und versetzte Nadja einen kleinen Stich. Ruckartig setzte sie sich auf und lehnte sich gegen das hölzerne Bettgeländer. »Das ist der Lauf des Lebens. Ich wusste, dass mich die Vergangenheit irgendwann wieder einholt«, stieß sie voller Bitterkeit aus. Und auf einmal lachte sie. »Bald habe ich dann auch das Anwesen wohl ganz für mich allein.«

Nadja schrak zusammen. »Ich verstehe nicht. Was meinst du denn damit?«, fragte sie. Ihre Hand streichelte über Jils Wange, aber Jil wich aus und drehte ihren Kopf weg.

»Stella wird demnächst heiraten, und danach wollen sie und Ryan ein Kind adoptieren.« Jil zuckte hilflos mit den Schultern. »Sie hat mir gestern freudestrahlend die Neuigkeit berichtet. Herrgott!« Sie warf die Hände durch die Luft, ehe ihre Finger sich in ihr Haar krallten und dort Halt fanden. »Ich freu mich ja für sie. Für beide. Ryan ist ein feiner Kerl, und sie werden bestimmt eine tolle Familie abgeben. Aber das bedeutet auch, dass Stella mich verlassen wird. Und gewiss wird sie dann zu Ryan ziehen.« Sie verzog hart den Mund. »Erst Mom, dann Dad, dann …« Augenblicklich verstummte sie. »Warum erzähle ich dir das eigentlich?«, murmelte sie abwesend vor sich hin.

Ungeachtet von Jils drohender Ablehnung schob Nadja sich zu ihr hoch. Sie nahm ihr Gesicht in beide Hände und zwang sie, sie anzusehen. »Weil es vielleicht gut für dich ist, mit mir darüber zu reden, anstatt alles, was dich bedrückt, nur in dich hineinzufressen?«

Sie verfolgte Jils Regungen, die ein Durcheinander an Gefühlswallungen zutage brachten. Sie sah, wie ihre Gesichtsmuskeln zuckten und ihre Wangenknochen mahlten. Da war wieder dieser innere Kampf, ihre verzweifelte Gegenwehr, auch solche Emotionen zuzulassen.

Weil Jil auch weiterhin schwieg, dachte Nadja über deren Worte nach. »Warum wollen die beiden eigentlich ein Kind adoptieren? Ist es, weil Stella sich schon zu alt für eine Schwangerschaft fühlt?«

Jil schien froh zu sein, dass sie nicht über sich reden musste. Spürbar entspannte sie sich ein wenig. Sie griff nach Nadjas

Händen und zog sie in ihren Schoß. »Stella ist zweiundvierzig. Biologisch wäre das also schon noch möglich, wenn auch reichlich spät. Aber sie kann leider keine Kinder bekommen. Sonst würde hier wahrscheinlich schon ein ganzer Kindergarten herumhüpfen.« Sie lächelte leicht, ehe ihre Gesichtszüge sich wieder verhärteten. »Damals hat man bei ihr eine anatomische Fehlbildung der Gebärmutter festgestellt. Das war sehr schlimm für sie gewesen. Doch irgendwann hat sie akzeptiert, dass sie daran nichts ändern konnte. Seit einigen Jahren trägt sie sich schon mit den Gedanken an eine Adoption. Aber sie hat immer darauf gewartet, den richtigen Partner an ihrer Seite zu haben. In der Vergangenheit hatte Stella nicht so viel Glück mit Männern.« Jil ächzte und zog eine Grimasse. »Aber mit Ryan scheint sie einen wirklich guten Fang gemacht zu haben.«

Nadja blies ihre Wangen auf und stieß die Luft langsam nach draußen. »Was für eine Geschichte«, murmelte sie nachdenklich. »Ich habe mich zwar schon gefragt, warum Stella keine Kinder hat, aber damit habe ich nicht gerechnet. Sie wirkt immer so lebensfroh und lustig, und sie ist voller Energie. Schicksalsschläge scheinen förmlich an ihr abzuprallen.«

»Ja«, seufzte Jil. »Dafür habe ich sie immer bewundert. Sie war schon immer die Stärkere von uns beiden.« Sie schloss die Augen. Ihre Lider zuckten ruhelos. Es schien, als wollte sie eine kleine Pause machen, aber dann setzte sie doch fort. »Früher hat Stella in einem Heim für Waisenkinder gearbeitet. Welch Ironie.« Sie schüttelte betrübt den Kopf. »Aber nach Moms Tod und als Dad dann auch noch fortging, hat sie dort aufgehört, um sich um Haus und Hof zu kümmern und um mich zu unterstützen.«

Nadja beugte sich nach vorn und küsste sanft die bebenden Lippen. »Du bist ganz anders, Jil. Und du bist stärker, als du denkst. Aber du willst jeden Kampf allein ausfechten. Und dabei musst du das gar nicht, weil du nämlich nicht allein bist.«

Jil blickte auf und grinste schief. »Kommt jetzt die Heilpädagogin bei dir durch?«, fragte sie spitz.

»Nein, ich spreche zu dir als die Frau, die dich liebt«, erwiderte Nadja ohne zu zögern. Ihr war nicht entgangen, dass Jils Augen sich weiteten. Nun hatte sie das heute schon zum zweiten Mal gesagt. Aber es fühlte sich richtig an. Es war nicht einfach dahingesagt, und sie hoffte, dass Jil das spürte.

»Du bist wirklich erstaunlich«, sagte Jil leise.

Sie rutschte ein wenig hin und her, um einen bequemeren Sitz zu finden. Vielleicht tat sie das aber auch, weil sie sich unbehaglich fühlte. Ihre Finger spielten mit der Bettdecke, zupften am Stoffbezug und formten kleine Türmchen.

»Stella hat so viel für mich getan. Sie war immer für mich da«, sprach sie stockend weiter. »Und was habe ich getan?« Verächtlich schlug sie mit der Hand auf die Decke. »Ich habe ihr das Leben noch schwerer gemacht, weil ich in Selbstmitleid zerflossen bin. Nennst du das etwa stark?« Ihre Augen funkelten zornig.

»Die Jil, die ich kennengelernt habe, hat sich nicht selbst bemitleidet«, antwortete Nadja mit Bedacht. Ihr Blick ruhte auf der Frau, die sie liebte und begehrte. »Ich habe deinen Kummer und deinen Schmerz manchmal fühlen können, aber du hast dich stets als selbstbewusste und kämpferische Frau gegeben, die sich von nichts und niemanden unterkriegen lässt. Du bist zärtlich und humorvoll und hast so viel Liebe zu verschenken. Erkennst du das denn nicht?«

Endlich schlich wieder ein zartes Lächeln um Jils Mundwinkel. »Ich sagte ja schon, typisch Heilpädagogin. Du würdest wahrscheinlich auch eine gute Psychologin abgeben.« Ein feiner Spott lag in ihren Worten. Geräuschvoll atmete sie aus. »Fehlt eigentlich nur noch die Couch. Obwohl das mit dem Bett offensichtlich auch gut funktioniert«, fügte sie anzüglich hinzu.

Nadja wusste nicht, was sie dazu sagen sollte. Es war klar, dass Jil sich wieder einmal hinter ihrer Ironie versteckte. Also beließ sie es dabei, Jil lediglich mit einem lächelnden Blick zu begegnen.

»Also wenn du mich fragst, mir wird das jetzt eindeutig zu heiß«, übernahm Jil wieder das Zepter. »Ich habe sowieso schon viel zu viel erzählt. Wie auch immer du das aus mir herausgekitzelt hast.« Sie wirkte seltsam verlegen und schmunzelte zaghaft vor sich hin.

»Was schlägst du denn stattdessen vor?«, stieg Nadja sofort darauf ein. Keinesfalls wollte sie Jil in irgendeiner Weise bedrängen. Und wenn Jil jetzt nicht weiter darüber reden wollte, dann konnte sie das akzeptieren. Sich in Geduld und Verständnis zu üben war ein Gefühl, dass sie gut genug kannte.

»Na ja, ich wüsste da schon was«, grinste Jil. Ihre Augenbrauen hoben sich leicht, und sie warf Nadja einen verführerischen Blick zu. »Aber vielleicht sollten wir das doch besser auf später verschieben. Schließlich gibt es auf einer Pferderanch viel zu tun.« Jetzt war sie wieder ganz in ihrem Element. Damit kannte sie sich aus, und sie schien sich dabei ziemlich wohl und vor allem sicher zu fühlen.

Lachend kniff Nadja ihr in die Seite. »Na toll. So unbefriedigt soll ich jetzt also an die Arbeit gehen. Aber kein Problem«, sagte sie gönnerhaft, während sie eine Verbeugung andeutete.

Im nächsten Augenblick warf Jil sich auf sie. Sie balgten miteinander, bis Nadja atemlos um Gnade bettelte. Hier hatte sie einfach nichts hinzuzusetzen. Und genaugenommen wollte sie das auch gar nicht. In diesen Momenten unterwarf sie sich Jil nur allzu gern. Sie liebte diese kleinen, erotischen Machtspielchen, wenn Jil ihre Stärke demonstrierte und ihre Muskeln spielen ließ, ohne dabei jemals grob zu werden. Letztendlich führte es nämlich meistens dazu, dass Nadja ihren Willen bekam. Und dann war sie die unausgesprochene Siegerin in diesem Liebesspiel.

15

Auf der Rückfahrt von Jacques' Autowerkstatt war Jil ungewöhnlich schweigsam. Es schien, als wäre sie mit ihren Gedanken ganz weit weg.

Doch konnte Nadja sich nicht vorstellen, dass es mit ihrem Truckcamper zusammenhängen sollte, von dem sie sich vorhin ein bisschen wehmütig verabschiedet hatte. Wenn auch deutlich kürzer als geplant, so war er ihr doch ein treuer Wegbegleiter gewesen, als sie wochenlang British Columbia und Alberta bereist hatte.

Eintausendzweihundert Dollar hatte sie für die Reparatur hinblättern müssen, aber verglichen mit der ursprünglich düsteren Prognose war das fast noch ein Schnäppchen gewesen.

Jil hatte mit Jacques dann vereinbart, dass der Truck bei ihm auf dem Hof stehenbleiben konnte. Außerdem hatte er sich bereiterklärt, sich in der verbleibenden Zeit, die Nadja noch in

Kanada verweilte, um einen geeigneten Abnehmer kümmern zu wollen.

Nadja hatte den Eindruck, dass die beiden sich mochten und dass Jacques ausschließlich Jil zuliebe einen solchen Freundschaftsdienst erwies. Bei der Verabschiedung hatte er sie sogar kurz in den Arm genommen, und Jil hatte es zugelassen, obwohl sie erwartungsgemäß peinlich berührt gewesen war und eine Grimasse geschnitten hatte.

»Kennt ihr euch schon lange? Du und Jacques?«, fragte Nadja, um die bedrückende Stille zu durchbrechen.

»Hm, kann man so sagen«, nuschelte Jil nach einer Weile, während sie ihren Blick starr auf die Straße gerichtet hielt.

Nadja legte ihren Arm auf die Mittelkonsole des Geländewagens und betrachtete Jils Seitenprofil. »Ihr steht euch ziemlich nah. Oder?«

Jil reckte ihr Kinn leicht nach oben und begann unentwegt auf ihrem Kaugummi herumzukauen. »Können wir vielleicht über was anderes reden?«, murrte sie. »Jacques ist unser Mechaniker, nichts weiter«, fügte sie regelrecht barsch hinzu.

»Dann entschuldige, dass ich gefragt habe«, erwiderte Nadja ein wenig verärgert. Sie wollte doch nur ein bisschen Konversation betreiben.

Was war denn überhaupt mit Jil los? Heute Morgen war doch noch alles in Ordnung gewesen.

Sie wandte sich ab und schaute nachdenklich aus dem Fenster. Jils veränderter Gemütszustand musste irgendetwas mit diesem Jacques zu tun haben. Anders konnte Nadja sich das nicht erklären.

Sie erinnerte sich daran, dass Stella am Frühstückstisch angeboten hatte, mit ihr zur Werkstatt zu fahren. Aber da hatte Nadja angenommen, dass sie den Vorschlag nur gemacht hatte, weil sie so gut französisch sprach. Doch Jil hatte kategorisch abgelehnt und ihrer Schwester einen Blick zugeworfen, der keinen Zweifel an ihrer Entscheidung lassen sollte.

Einerseits hatte sie, Nadja, sich ein wenig gewundert, dass Jil so energisch reagiert hatte, aber andererseits war sie überglücklich gewesen, weil sie automatisch davon ausgegangen war, dass Jil eben so viel Zeit wie möglich mit ihr verbringen wollte.

Doch jetzt verwirrte sie Jils merkwürdiges Verhalten. Und der freundschaftliche Umgang zwischen ihr und Jacques passte nicht ins Bild. Was also hatte das zu bedeuten?

Sie spürte Jils Hand auf ihrem Arm und zuckte leicht zusammen, weil allein diese Berührung ein Kribbeln auf ihrer Haut auslöste. Erst danach bemerkte sie, dass die Hand sich ganz kalt und schweißig anfühlte. Besorgt blickte sie Jil an.

»Ich wollte dich nicht so anblaffen. Es tut mir leid«, entschuldigte Jil sich leise. Sie zog ihre Hand zurück und wischte sie sich hastig an ihrer Hose ab, während sie sichtlich bemüht war, Nadja nicht anzusehen. Sie schämte sich, das war offensichtlich.

Nadja legte ihre Hand über Jils Finger, die den Steuerknüppel jetzt fest umschlossen. »Ich dachte, du freust dich, dass ich mich von meinem Truck getrennt habe, weil ich mit dir zusammen sein will.«

Jil bremste ab und fuhr an den Straßenrand. Dann hielt sie an und schaltete den Motor ab. Sie atmete tief durch die Nase ein und drehte sich auf ihrem Sitz zu Nadja um. »Ich freu mich doch, sehr sogar«, flüsterte sie kaum hörbar. Es folgte ein verlegenes Räuspern. Ihre Hände rutschten über ihre Oberschenkel, als wollten sie die Jeans durchscheuern. »Es hat nichts mit dir oder deinem Truck zu tun«, fuhr sie zögernd fort. »Ich … ich kann einfach nicht darüber reden. Es tut so weh. Verstehst du das?«

Ihr Blick war voller Trauer, sodass Nadja erst mal nur nicken konnte. Die Puzzleteilchen in ihrem Kopf schwirrten chaotisch durcheinander, und sie ergaben noch längst kein vollständiges Bild. Aber sie konnte verstehen, dass Jil absichtlich ihren seelischen Schmerz unterdrückte und verdrängte, in der Hoffnung, ihn eines Tages nicht mehr fühlen zu müssen.

Es war immer schwierig, die Betroffenen davon zu überzeugen, dass es gewiss besser war, sich jemandem anzuvertrauen und den Schmerz herauszulassen, sodass es ihnen unter Umständen danach besser ging. Es konnte ein Neuanfang sein, aber den ersten und entscheidenden Schritt mussten sie selbst machen.

Nadja beugte sich zu Jil hinüber, bis ihre Lippen sich fast berührten. Gleichzeitig griff sie nach den rastlosen Händen und drückte sie sanft. »Ich bin für dich da, Jil«, hauchte sie auf den sinnlichen Mund. »Ich möchte nur sichergehen, dass du das weißt«, ergänzte sie noch, als Jil prompt ein Stück zurückwich.

»Bis zum Tag deiner Abreise, meinst du?« Jil verzog skeptisch das Gesicht.

»Das ist nicht fair«, seufzte Nadja. Manchmal kam sie bei Jils Reaktionen einfach nicht hinterher. Dann war sie so wechselhaft wie das Wetter.

Und Jil war keinesfalls überzeugt, als sie sagte: »Nein, aber es ist die Wahrheit. Oder etwa nicht?«

Enttäuscht schüttelte Nadja den Kopf. »Nein, weil meine Grenzen vielleicht nicht deine sind. Und Grenzen können überwunden werden.«

Jil lachte höhnisch auf. »Ich bitte dich, Nadja. Wollen wir uns dann jeden Tag eine E-Mail schreiben und einmal in der Woche miteinander telefonieren? Das ist doch lächerlich.« Mit einer Hand schlug sie auf das Lenkrad.

»Lächerlich finde ich das überhaupt nicht«, erwiderte Nadja jetzt doch ziemlich gereizt. »Du hast ja keine Ahnung, wozu ich alles bereit wäre, nur für dich. Aber entweder willst du es nicht oder kannst es nicht sehen.«

Die Lippen bereits für weitere Widerworte geöffnet, schloss Jil sie wieder, ohne dass ein Ton sie verließ. Große, überraschte Augen starrten Nadja an. Dann schweifte ihr Blick vorbei, als gäbe es hinter der Seitenscheibe etwas viel Interessanteres zu entdecken.

Jil legte ihren Zeigefinger auf den Mund, obwohl das gar nicht nötig gewesen wäre, weil sie im Moment ja gar nicht sprachen. Dann zeigte sie auf eine Stelle am Fluss, der sich am Rande eines Waldgebietes entlangschlängelte.

Irritiert drehte Nadja sich um. Keine fünfzig Meter von ihnen entfernt sah sie einen ausgewachsenen und daneben einen kleineren Schwarzbären. Mit ihren Pranken tatschten sie durch das Wasser. Sie waren auf Fischfang, und sie gaben ein wundervolles, harmonisches Bild ab, sodass Nadja es schon fast bereute, ihre Kamera nicht dabei zu haben.

Schlagartig wurde ihr wieder einmal bewusst, was für ein unglaubliches Glück sie vor zwei Wochen bei ihrer abendlichen Flucht gehabt hatte.

Jil wartete noch, bis die beiden Bären sich wieder vom Fluss entfernten und zurück in den Wald trotteten. Offensichtlich hatten sie nichts gefangen. Aber vielleicht waren sie auch gar nicht auf Nahrungssuche gewesen.

Dann startete Jil den Motor und fuhr schweigend los.

Nadja lehnte ihren Kopf an und faltete ihre Hände im Schoß. Was für ein glücklicher Umstand für Jil, auf diese Weise von ihrem ursprünglichen Thema ablenken zu können. Aber Nadja musste keine Hellseherin sein, um zu wissen, dass Jil ohnehin nichts mehr dazu gesagt hätte. Sie war überrascht gewesen, ohne Frage, und sie schien fast ein wenig überfordert gewesen zu sein. Also war es vielleicht besser so, ehe sie sich womöglich noch gestritten hätten. Das war nun wirklich das letzte, was Nadja wollte. Einen Streit heraufzubeschwören, der alles nur wieder komplizierter gemacht hätte.

Als sie auf den Hof fuhren, entdeckte Nadja Stella unweit der Scheune. Sie hielt irgendetwas in der Hand, ein Zettel vielleicht, den sie nun eilig in ihrer Gesäßtasche verschwinden ließ.

Nadja linste zu Jil hinüber, aber die schien davon nichts mitbekommen zu haben, weil sie sich auf Ronja konzentrierte, die aufgeregt neben dem Pickup herlief.

Kaum hatte Jil geparkt und war aus dem Wagen gesprungen, schloss sie die Hundedame in ihre Arme. Ihre Begrüßung war innig und sehr bewegend. Dann schaute Jil mit angespanntem Blick auf Nadja. Schließlich hob sie leicht die Schultern, als wüsste sie im Moment nicht, wie sie anders reagieren sollte. »Ich schau erst mal nach den Pferden«, murmelte sie noch, und schon war sie verschwunden.

Die Situation erinnerte Nadja ein wenig an ihre ersten Tage hier auf der Ranch. Aber sie wollte Jil Zeit geben, weil sie das Gefühl hatte, dass Jil ein bisschen für sich allein sein wollte. Daher ging sie mit Stella, die sich inzwischen zu ihr gesellt hatte, ins Haus.

»Wie lief es bei Jacques?«, fragte Stella, kaum dass sie in der Küche waren. Sie blickte über ihre Schulter zurück, als wollte sie sich noch einmal vergewissern, dass sie allein waren.

Nadja zuckte mit den Schultern. »Ganz gut, denke ich.« Sie seufzte leicht. »Mir ist natürlich klar, dass ich es nur Jil zu verdanken habe, dass Jacques sich jetzt sogar um einen Käufer für den Camper bemühen will.« Sie lehnte sich gegen den Küchentisch. »Ich glaube, er mag mich nicht besonders. Eigentlich kennt er mich ja überhaupt nicht, aber er war irgendwie merkwürdig zu mir.«

Stella runzelte die Stirn. »Wie kommst du denn darauf?« Sie setzte Wasser auf und portionierte das Kaffeepulver in den Filter.

Irgendwie kam es Nadja so vor, als ob Stella absichtlich den Blickkontakt zu ihr vermied. Trotzdem wollte sie die Frage beantworten. »Er hat mich so seltsam gemustert, als er sich mit Jil unterhalten hat. Ich stand da gerade zu weit weg, um was zu verstehen. Aber ich bin mir sicher, dass sie über mich gesprochen haben, jedoch nicht wegen des Trucks.«

Während Stella darauf wartete, dass das Wasser kochte, drehte sie sich nun doch wieder zu Nadja um. Die Furchen auf ihrer Stirn waren immer noch da. »Du solltest dir deswegen wirklich keine Gedanken machen. Das alles hat nichts mit dir zu tun. Glaub mir.«

»Ja, ich weiß«, antwortete Nadja leise. »Das hat Jil heute auch schon mal zu mir gesagt. Aber es ist schwierig für mich, weil Jil nicht mit mir darüber redet. Die gesamte Rückfahrt hat sie entweder geschwiegen oder war automatisch auf Abwehr eingestellt. Ich verstehe ja, dass sie über bestimmte Dinge nicht sprechen kann. Und da bin ich vielleicht auch die falsche Ansprechpartnerin. Denn warum sollte sie mir nach so kurzer Zeit schon so sehr vertrauen?« Nadja redete sich geradezu in einen Rausch hinein. »Ich möchte so gern für sie da sein. Doch ich habe das Gefühl, dass es für Jil bereits beschlossene Sache ist, dass unsere gemeinsame Zeit vorbei sein wird, sobald ich nach Deutschland zurückkehre.«

Das Wasser kochte, und Stella widmete sich wieder ihrer Beschäftigung. »Das kannst du ihr doch aber nicht verübeln, dass sie so denkt«, erwiderte sie, während sie einen ersten Schwapp des heißen Wassers in den Filter gab. »Erinnerst du dich, was ich dir an dem Tag gesagt habe, als du wie ein Häufchen Elend neben mir auf der Couch gesessen hast?« Sie drehte ihren Kopf zur Seite und blickte Nadja abwartend an.

»Ich erinnere mich, als wäre es gestern gewesen«, murmelte Nadja. »Und ich habe es auch nicht vergessen. Aber ich muss gestehen, dass ich es verdrängt habe. Ich wollte nicht an Abschied denken, schon gar nicht seit Jil und ich …« Räuspernd brach sie ab. Sie drückte sich mit den Händen von der Tischkante ab und lief unruhig in der Küche umher. »Ich war noch nie so glücklich gewesen wie mit ihr.«

Stella schüttete ein weiteres Mal Wasser nach, dann stellte sie den Topf ab und kam zu Nadja. Sie blieb hinter ihr stehen, legte ihr eine Hand auf die Schulter und tätschelte sie wie zum Trost. »Mir graut es ehrlich gesagt auch schon vor dem Tag, an dem du fortgehen musst. Und weißt du auch, warum?«

Unsicher schüttelte Nadja ihren Kopf, während sie mit den Augen die Uhr an der Wand fixierte.

»Weil du es geschafft hast, Jil wieder zum Lachen zu bringen. Weil du sie verändert und aus ihrem tiefen Loch herausgelockt hast. Etwas, was ich zwei quälende Jahre lang leider nicht vermocht habe.«

Nadja schloss die Augen und schluckte gegen die aufkommenden Tränen an. »Das muss furchtbar für dich gewesen sein«, schluchzte sie unterdrückt. »Ich spüre doch diese tiefe Verbundenheit zwischen euch und kann mir gar nicht vorstellen, dass Jil sich auch von dir so zurückgezogen hat.«

»Aber so war es nun mal.« Stella holte tief Luft. »Bis du hier aufgetaucht bist. Als hätte dich der Himmel geschickt. Und deswegen würde ich dich am liebsten hier festbinden«, scherzte sie ein bisschen.

»Ich will doch auch nicht weg«, bemühte Nadja sich um eine feste Stimme. »Aber ich muss nach Deutschland zurück. Ich kann nicht einfach hierbleiben und zu Hause alles stehen- und liegenlassen. Doch ich werde wiederkommen.«

»Na, das hoffe ich doch stark.« Stella lachte leicht. »Spätestens zu meiner Hochzeit im Oktober solltest du nicht fehlen.«

»Oh, du und Ryan, ihr heiratet. Das ist ja wundervoll«, tat Nadja ein bisschen überrascht, weil sie nicht wusste, ob es Stella recht war, dass Jil es ihr bereits erzählt hatte. Sie drehte sich zu Stella um und sah in ihr freudestrahlendes Gesicht. »Meinen herzlichen Glückwunsch schon mal vorab und vielen Dank für die Einladung. Ich werde mir deine Hochzeit auf keinen Fall entgehen lassen.« Jetzt konnte sie schon wieder ein bisschen lächeln.

»Die Flugkosten werden wir natürlich übernehmen«, plapperte Stella gleich drauflos. »Das versteht sich von selbst«, fügte sie noch schnell hinzu, weil sie offenbar sah, dass Nadja bereits zu einem Protest ansetzte. Sie kniff ihr lächelnd in die Wange, ehe sie wieder zum Tresen ging, um auch das restliche Wasser über das Kaffeepulver zu träufeln.

Just in diesem Moment betrat Jil die Küche. Ihr stechender Blick unter zusammengezogenen Augenbrauen wanderte zwischen Stella und Nadja hin und her.

Ob sie was von dem Gespräch mitbekommen hat? fragte Nadja sich. Es war überhaupt erstaunlich, wie Jil es immer schaffte, so still und leise aufzutauchen, genauso wie sie von einer Sekunde zur anderen verschwinden konnte. Manchmal war diese faszinierende Frau Nadja wirklich ein absolutes Rätsel.

Plötzlich hoben sich Jils Augenbrauen. Ihr Kopf neigte sich von links nach rechts, während sie ihre Schwester intensiv musterte, die immer noch mit dem Kaffee beschäftigt war.

Dann machte Jil ein paar schnelle Schritte auf sie zu. Sie klopfte ihr auf den Hintern und zog den Umschlag aus ihrer Hosentasche. »Ein Liebesbrief von Ryan?«, witzelte sie.

Der Topf mit dem heißen Wasser knallte auf die Ablage. Zum Glück schien nicht mehr viel drin zu sein, sonst hätte Stella sich womöglich noch verbrüht.

Sie fuhr herum und versuchte Jil den Brief aus der Hand zu reißen.

Aber Jil war größer und hielt den Umschlag mit gestrecktem Arm in die Luft. »Was bekomme ich dafür, wenn ich ihn dir gebe?«, neckte sie lachend.

Doch Nadja, die die Szene aus einigem Abstand verfolgte, sah es an Stellas verstörtem Blick, dass ihr gerade ganz und gar nicht nach solchen Späßen zumute war.

»Jil, bitte«, flehte Stella. »Du solltest ihn nicht lesen.«

Nun war Jils Neugier aber offenbar erst recht geweckt. Sie legte den Kopf in den Nacken und drehte den Brief zwischen ihren Fingern.

Auf einmal erstarrte sie. Ihr Arm sank nach unten, und sie hielt sich das Papier vors Gesicht. Zuerst begann der Umschlag in ihrer Hand zu zittern, dann ging das Zittern auf ihren Körper über. »Wie kann sie es wagen«, stieß sie laut aus. Ihre Stimme bebte vor Wut, und ihre Wangen hatten eine zornige Röte angenommen.

Stella seufzte leidvoll. Sie bedeckte ihr Gesicht mit den Händen und rieb sich über die Augenlider. »Verdammt«, schimpfte sie. »Ich hätte ihn einfach wegwerfen sollen, als ich noch die Gelegenheit dazu hatte.«

Ziemlich aufgelöst stürmte Jil mit dem Brief aus der Küche. Kurz dachte Nadja darüber nach, ihr zu folgen und ging bereits zwei, drei Schritte auf die Tür zu. Doch dann sagte ihr ihre innere Stimme, dass Jil sie jetzt vielleicht nicht um sich haben wollte.

Ratlos schaute sie zu Stella, die nur stumm den Kopf schüttelte. Ihr Gesicht war ganz blass. Sie wandte sich der Kaffeekanne zu, hob den Filter ab und pfefferte ihn in die Spüle. Dann stützte sie sich an der Arbeitsplatte ab und stierte vor sich hin, offenbar selbst unschlüssig, was sie nun als Nächstes tun sollte.

Behutsam setzte Nadja einen Fuß vor den anderen und schlich sich in den Kochbereich. Dann drehte sie den Deckel auf die Kanne, um den Kaffee nicht kalt werden zu lassen und holte die Milch aus dem Kühlschrank. »Möchtest du auch?«, fragte sie Stella, während sie sich selbst einschenkte.

Stella nickte schwach, verharrte aber weiterhin in ihrer leicht gebeugten Körperhaltung.

Nadja stellte alles auf dem Esstisch ab und kehrte dann zu Stella zurück. »Kann ich irgendetwas tun?«, fragte sie leise.

Ein kleiner Ruck schien durch Stella zu gehen, als sie sich nun aufrichtete, die Tassen auf dem Tisch erblickte und darauf zusteuerte.

Ächzend sank sie auf den Stuhl, goss sich Milch in den Kaffee und rührte mit nachdenklichem Blick in der Tasse. »Ich fürchte, nein«, antwortete sie nach einiger Zeit mit dumpfer Stimme.

Nadja setzte sich neben sie und trank ein paar Schlückchen. Über den Rand der Tasse hinweg blinzelte sie verstohlen zu ihr hinüber.

»Warum hab ich diesen bescheuerten Brief bloß mit hierhergebracht, anstatt ihn gleich am Postfach zu entsorgen«, fluchte Stella. Mit der flachen Hand schlug sie auf die Tischplatte, sodass der Kaffee aus ihrer Tasse zu schwappen drohte.

»War er an euch beide adressiert?«, fragte Nadja vorsichtig. Sie wollte nicht neugierig wirken, weil die Sache mit dem Brief sie vermutlich genauso wenig etwas anging wie so einige andere Dinge im Leben der Schwestern auch.

»Nein.« Stella riss den Kopf zur Seite und starrte zur Tür, die immer noch sperrangelweit offenstand. »Der Brief war an Jil gerichtet. Aber als ich den Absender gelesen habe«, sie spuckte die Worte verächtlich heraus, »wollte ich den Wisch am liebsten sofort in der Luft zerreißen.« Mit finsterer Miene nahm sie ihre Tasse zwischen beide Hände. »Hätte ich es nur mal getan«, grummelte sie jetzt etwas leiser.

»Hast du ihn denn gelesen?« Nadja beugte sich etwas vor, um Stella besser ins Gesicht sehen zu können. Die schüttelte sofort den Kopf. »Aber wenn du den Inhalt nicht kennst ...« Sie stoppte unvermittelt ab. Wie kam sie denn dazu, Stella derart auszuhorchen? »Entschuldige«, murmelte sie. »Ich wollte mich nicht einmischen.«

»Schon gut«, widersprach Stella. »Ich weiß, dass das für dich keine angenehme Situation ist, so im Dunkeln zu tappen. Das hast du nicht verdient, weil du inzwischen für mich und vor allem natürlich für Jil viel mehr bist als nur eine Besucherin.« Seufzend nippte sie an dem Kaffee. »Der Brief, er ist von ...« Sie hielt inne, als müsste sie erst abwägen, ob sie Nadja wirklich davon erzählen sollte.

»Er ist von Cecilia, meiner Ex«, brach Jils Stimme grollend wie ein Unwetter über sie herein. »Du kannst es ihr ruhig sagen, Schwesterchen.«

Während Stella und Nadja sich gleichermaßen heftig erschraken und auffuhren, schritt Jil mit gleichgültiger Miene durch die Küche, um sich ebenfalls Kaffee einzuschenken.

Sie lehnte sich gegen den Tresen und blieb dort stehen mit der Tasse in der Hand und einem Blick, der jetzt von Hass und Schmerz gezeichnet war. »Willst du wissen, wie sie aussieht, Nadja?« Sie wartete keine Antwort ab. Mit der freien Hand wedelte sie durch die Luft. »Stella, du hast doch bestimmt irgendwo noch ein Familienfoto aus glücklichen Tagen, auf dem wir alle zusammen drauf sind.« Sie lachte höhnisch.

»Bitte tu das nicht, Jil«, sprach Stella leise und doch eindringlich auf ihre Schwester ein. »Diese Frau existiert für uns nicht mehr, und dieser Brief von ihr wird daran nichts ändern«, setzte sie im gleichen Ton fort.

Jil gluckste abfällig und trank den heißen Kaffee fast in einem Zug. »Nein, natürlich nicht«, erwiderte sie, wobei ihre Stimme verzerrt und gekünstelt klang. Dann zog sie den Brief, der reichlich zerknüllt war, aus ihrer Hosentasche und warf ihn achtlos auf die Küchenablage. »Weißt du, was sie da geschrieben hat?«, stieß sie voller Verachtung aus. »Dass sie auf einen Besuch von mir hofft, weil sie sich mit mir versöhnen will. Versöhnen!« Jil war noch lauter geworden. »Ist das zu fassen?«

Stella war aufgesprungen und zu ihrer Schwester geeilt. Jil schien kurz davor zu stehen, völlig auszurasten. Ihre Lippen bebten, und sie knallte ihre Kaffeetasse so derb auf den Tresen, dass das Porzellan splitterte.

Nadja klebte wie versteinert auf ihrem Stuhl fest. Was passierte hier gerade? Es schien aussichtslos zu sein, Jil beruhigen zu können, so aufgebracht, wie sie war.

Stella versuchte sie aufzuhalten, doch im nächsten Augenblick drängte Jil sich an ihr vorbei und flüchtete nach draußen.

Nein, nicht schon wieder, dachte Nadja schon fast panisch. Noch einmal würde sie das nicht zulassen.

Mit einem Satz sprang sie vom Stuhl auf und stürmte ebenfalls nach draußen. Sie erwischte Jil gerade noch, als die schon in den Pickup steigen wollte. »Willst du schon wieder abhauen?«, brüllte sie ihr hinterher. »Glaubst du etwa, dass das die Lösung für deine Probleme ist? Dass Flucht deinen Schmerz lindern könnte?«

Sie merkte, dass sie sich im Ton vergriffen hatte und verspürte den Drang, sich dafür entschuldigen zu wollen. Selbst Ronja hatte den Schwanz eingezogen und sich in die äußerste Ecke der Veranda verkrümelt.

Doch bei Jil schien sie zumindest nicht auf taube Ohren gestoßen zu sein. Etwas regte sich bei ihr. Es passte gar nicht zur aufgeheizten Stimmung, dass sie die schon geöffnete Autotür jetzt ganz sanft und leise zudrückte, sodass kaum ein Geräusch zu vernehmen war. Sie blieb am Wagen, doch sie drehte sich langsam zu Nadja um. Ihre blaugrauen Augen waren geweitet, aber ansonsten wirkte sie plötzlich ganz ruhig und gefasst.

Nadja verkürzte den Abstand zu ihr, ließ aber genug Platz zwischen ihnen, damit Jil sich nicht bedrängt fühlen musste. Sie holte tief Luft und sagte: »Es interessiert mich nicht, wie deine Ex aussieht. Und es ist mir völlig egal, was in diesem Brief steht. Es gibt nur eins, was mich wirklich interessiert. Was hat diese Frau dir angetan, dass du so darunter leidest?«

Jil starrte sie an, vollkommen regungslos.

Und auf einmal stutzte Nadja, weil ihr plötzlich ein ganz anderer Gedanke kam. »Oder wolltest du jetzt etwa zu ihr?«, krächzte sie nach Atem ringend. »Mit all deiner Wut im Bauch?«

Es dauerte ein Weilchen, während die Sekunden verrannen und nur der Wind zu hören war, der um sie herumsäuselte. Dann kippte Jils Kinn auf ihre Brust. Ihr Oberkörper fing leicht an zu beben, und Nadja brauchte einen Moment, um zu begreifen, dass das Zittern daher kam, weil Jil angestrengt versuchte, ein Lachen zu unterdrücken. Sie gluckste und gurgelte vor sich hin, während sie mit der Schuhspitze ungleichmäßige Linien über den Boden malte.

Was gibt es denn da zu lachen? Nadja fragte sich ernsthaft, ob sie sauer oder besorgt sein sollte. *Nun sag doch irgendwas.*

Und als hätte Jil ihre stummen Worte gehört, sah sie auf. Sie legte den Kopf schräg, und dabei lächelte sie leicht. »Nein, das hatte ich nicht vor«, antwortete sie ganz ruhig. »Wenn ich nämlich zu ihr gehen würde, dann würden sie mich wahrscheinlich gleich dortbehalten.«

Was? Irgendwie war das für Nadja alles ein bisschen zu viel. »Ich glaube, ich verstehe nicht«, murmelte sie.

Jil nahm einen tiefen Atemzug. Dann stieß sie sich vom Wagen ab und ging auf Nadja zu. Sie nahm sie an den Händen und schließlich, wenn auch etwas zögernd, erwiderte sie ihren Blick. Doch er war so verletzlich, dass Nadja nun erst recht beunruhigt war.

»Magst du mit mir ausreiten?«, fragte Jil zaghaft. »Mir wird hier einfach die Luft zu dünn. Ich habe das Gefühl zu ersticken.«

16

Sie ritten querfeldein, bis sie das Rauschen des Fraser River hörten. Die ganze Zeit über hatten sie kein Wort miteinander gewechselt. Jil war so tief in Gedanken versunken, dass Nadja es gar nicht erst versuchte, sie dabei zu stören.

Bald schon stellte Nadja fest, dass sie den gleichen Weg wie bei ihrem ersten gemeinsamen Ausritt nahmen.

Sie erinnerte sich noch genau an diesen Tag. Doch erst heute fühlte sie sich imstande, die Umgebung richtig wahrzunehmen und auf sich wirken zu lassen. Und sie war wieder einmal fasziniert von der wechselnden Vegetation innerhalb weniger Kilometer. Zwischen steppen- und prärieartiger Landschaft mit gelbbraunen und verdorrten Grasbüscheln mischte sich am Rande des Flusses ein dichterer Baumbewuchs, und das Gras wurde grüner und üppiger.

Allerdings nahmen auch die großen Steine zu, die das Ufer säumten, sodass sie zum Schluss gezwungen waren, von den Pferden abzusteigen und die letzten Meter zu Fuß zurückzulegen. Hier zeigte sich die Natur von ihrer ungezähmten Seite.

Es war ein heißer und trockener Sommer dieses Jahr. Immer wieder hörte Nadja es in den Nachrichten, dass vor allem der Westen Kanadas von verheerenden Waldbränden betroffen war. Und obwohl die Gegend hier unmittelbar davon verschont zu bleiben schien, konnte man an manchen Tagen den Rauch riechen, je nachdem, wie der Wind wehte.

Beinahe an derselben Stelle wie bei ihrem ersten Ausflug machten sie Halt und setzten sich schließlich ans Wasser.

Jil warf kleine Steinchen hinein. Ihr Blick war auf den Strom gerichtet, und sie schien geradezu untröstlich.

Nadja wusste, dass sie jetzt nichts tun konnte, als abzuwarten. Sie entdeckte einen grünen Kieselstein, der in der Sonne wie ein Smaragd schimmerte, und legte ihn sich auf die Handfläche. Während sie ihn stumm betrachtete, begann Jil auf einmal zu reden.

»Ich habe einen schlimmen Fehler gemacht bei Cecilia«, sagte sie, gerade laut genug, um das Rauschen der Stromschnellen zu übertönen. »Unsere Beziehung war eine Farce. Cecilia war immer schrecklich eifersüchtig, und sie konnte sehr jähzornig sein. Sie ließ mich keine Sekunde aus den Augen. Selbst wenn ich mit Mom zu den Pferdezüchtertreffen gegangen bin, kam sie mit. Dabei interessierte sie sich überhaupt nicht für Pferde.«

Jil nahm einen weiteren Stein, holte schwungvoll aus und schleuderte ihn so weit sie konnte. Sie schaffte es fast bis zur Mitte des Flusses, wie Nadja bewundernd feststellte.

»Wir hatten generell nicht viel gemein. Trotzdem, damals habe ich sie geliebt, und ich habe ihre ganzen Macken geduldet, bis ich irgendwann einfach nicht mehr konnte«, fuhr Jil fort. Sie sah Nadja dabei nicht an. Es schien ihr ein bisschen unangenehm zu sein, darüber zu sprechen. »An dem Tag, an dem ich mich von ihr getrennt habe, drehte sie regelrecht durch. Sie wollte nicht wahrhaben, dass es vorbei war, und deshalb war sie mir auch weiterhin überall hin gefolgt. Ich konnte nach wie vor keinen Schritt machen, ohne dass sie in meiner Nähe war.« Jil zog die Knie an und bettete ihren Kopf darauf. »Bist du dir sicher, dass du das wirklich hören willst?«, fragte sie und seufzte tief auf.

Nadja rutschte ein Stück näher an sie heran. Sanft fuhr sie mit der Hand durch Jils vom Wind zerzaustes Haar. »Erzähl es mir, Jil. Lass es endlich raus«, antwortete sie ruhig, obwohl ihr das Herz bis zum Hals schlug. Sie spürte, dass Jil jetzt soweit war, und am liebsten hätte sie überhaupt nichts gesagt, weil sie fürchtete, dass jede kleine Unterbrechung dazu führen könnte, dass Jil sich wieder zurückzog.

Und tatsächlich zögerte Jil, weiterzureden. Mit dem Kinn rieb sie über ihre Knie. Dann legte sie ihre Hände dazwischen und stierte wie hypnotisiert aufs Wasser. Fast rechnete Nadja schon damit, dass es das für heute gewesen war, als Jil plötzlich doch weitersprach.

»Eines Tages bin ich in diese Bar in Kamloops gegangen. Es hat keine zehn Minuten gedauert, und Cecilia war dort ebenfalls aufgetaucht. Da habe ich vor ihren Augen irgendeine Frau von dort abgeschleppt. Ich wollte, dass Cecilia endlich begreift. Ich weiß nicht mal mehr den Namen dieser Frau«, gestand Jil kopfschüttelnd. »Aber durch sie bin ich in dieser Nacht irgendwie auf den Geschmack gekommen. Es fühlte sich so unkompliziert und befreiend an. Sex mit Frauen zu haben, für die ich keine tieferen Gefühle hege. Keine Verpflichtungen, kein Theater, einfach nur ein bisschen Spaß. Hauptsache, nie wieder verlieben. Davon hatte ich die Schnauze gestrichen voll.«

Wie zur Entschuldigung zuckte Jil mit den Schultern. Sie drehte ihren Kopf zur Seite und bedachte Nadja mit einem kurzen, beinahe scheuen Blick.

Hör nicht auf zu reden. Sonst verlässt dich der Mut, hätte Nadja fast gesagt. Doch sie schwieg und nickte Jil stattdessen mit einem aufmunternden Lächeln zu.

Erst jetzt fiel ihr auf, dass das sonst so klare Blau in Jils Augen leicht trüb wirkte. Die dunklen Ringe unter ihren Augen verrieten ihre Erschöpfung. Und das erneute Schweigen und der matte Ausdruck in ihrem Gesicht beunruhigten Nadja zunehmend.

Doch Jil hatte sich offenbar einiges vorgenommen. Sie atmete einmal kräftig durch und richtete ihren Blick dann wieder nach vorn, ehe sie fortsetzte.

»Eines Nachts bin ich wieder einmal erst in den frühen Morgenstunden nach Hause gekommen. Ich war hundemüde und hab meinen Wagen einfach auf dem Hof abgestellt. Aber den Schlüssel für die Garagentür habe ich im Tran eingesteckt, anstatt ihn im Flur auf die Kommode zu legen. Und dann bin ich schlafen gegangen. Am Morgen hat Mom ihn natürlich vergeblich gesucht. Ihr Auto stand ja in der Garage. Sie hatte einen dringenden Termin in der Stadt, und ich habe logischerweise noch geschlafen. Also hat sie einfach meinen Wagen genommen, da ich den Zündschlüssel steckenlassen hatte. Das hat sie noch nie zuvor gemacht.«

Als würde sie frösteln, schlang Jil ihre zitternden Arme um ihre Beine. Sie wippte leicht vor und zurück, anscheinend um sich ein wenig zu beruhigen.

Nur einen kurzen Augenblick zögerte Nadja. Dann setzte sie sich hinter Jil, ihre Beine links und rechts von sich gestreckt, um sich mit dem Oberkörper eng an Jils Rücken zu lehnen. Ein wenig unsicher legte sie vorsichtig ihre Arme um Jil herum.

Mit geschlossenen Augen und die Stirn angelehnt verharrte sie angespannt, bis sie spürte, dass Jil sich dieses Mal nicht versteifte oder dagegen wehrte. Im Gegenteil, sie schien etwas ruhiger zu werden, denn das Zittern ließ nach.

Noch einmal räusperte Jil sich, dann sprach sie weiter.

»Auf dem Highway hat sich plötzlich ein Rad gelöst. Es flog einfach so davon. Mom hat das Auto nicht mehr unter Kontrolle bekommen. Sie kam von der Straße ab und stürzte eine Böschung hinunter. Dabei überschlug sie sich mehrmals. Später haben wir erfahren, dass sie schon tot war, bevor der Notarzt eintraf.«

Nadja riss die Augen auf und starrte mit angehaltenem Atem auf das karierte Muster von Jils Bluse, das sofort verschwamm, weil sie viel zu nah war. »Das ist ja entsetzlich«, krächzte sie um Worte ringend. »Wie konnte das nur passieren?«, fragte sie, obwohl sie die schreckliche Ursache, die zu diesem Unglück geführt hatte, bereits ahnte.

»Die Polizei fing an zu ermitteln«, redete Jil sofort weiter, als wollte sie tatsächlich endlich alles loswerden, all diese quälenden Dinge, die sie schon so lange mit sich herumschleppte. »Sie haben festgestellt, dass an zwei Rädern die Radmuttern absichtlich gelöst worden waren. Damit war es kein tragischer Unfall mehr. Als sie dann noch erfuhren, dass es eigentlich mein Wagen war, den sonst immer nur ich gefahren bin, da war es nicht sehr schwer, Cecilia als Täterin zu überführen.«

Ich muss irgendetwas sagen, drängte Nadja sich zu einer Reaktion. Doch sie war so entsetzt, dass sie kein Wort über die Lippen brachte. Sie schloss ihre Arme noch ein bisschen fester um Jil. So wollte sie ihr Halt geben, denn das war das einzige, was sie im Augenblick für sie tun konnte.

»Sie hat es nicht einmal geleugnet«, setzte Jil ein paar Sekunden später fort. »Sie hat alles gestanden und einen wahnsinnigen Schreianfall bekommen, als sie erfahren hat, dass Mom in dem von ihr manipulierten Auto gesessen hat, nicht ich.«

Jils Schultern zuckten unkontrolliert. Als ihr ein leises Schluchzen entfuhr, vergrub sie ihr Gesicht schnell in den verschränkten Armen.

Nadja streichelte beruhigend über Jils Schulterblätter. »Willst du lieber eine Pause machen?«, fragte sie nun doch, weil sie allmählich befürchtete, dass das alles zu viel werden könnte für Jil.

Doch die schüttelte den Kopf. »Nein«, murmelte sie. »Ich will es nur endlich hinter mich bringen.« Wieder schluchzte sie leise auf, und trotzdem wirkte ihre Stimme erstaunlich gefasst. »Cecilia kannte sich mit Autos aus. Sie war Mechanikerin genau wie Jacques. Ich selbst habe es damals ermöglicht, dass sie bei ihm erst ein Praktikum machen konnte und er sie später auf mein Bitten und Betteln hin sogar fest eingestellt hat, obwohl er so seine Probleme mit ihrem Charakter hatte. Er war der Meinung, dass sie nicht ganz richtig im Kopf sei.« Jil lachte bitter. »Ich konnte ja nicht ahnen, wie recht er damit hatte.«

Auf einmal verstand Nadja, warum Jil nach ihrem Aufenthalt in Jacques' Werkstatt so verändert war. Dieser Ort musste schreckliche Erinnerungen in ihr geweckt haben. Mit gesundem Menschenverstand war diese ungeheuerliche Tragödie kaum zu fassen. Es schlug ihr schwer auf den Magen, weil sie mit Jil litt, als hätte sie es am eigenen Leib erfahren. »Und jetzt sitzt sie im Gefängnis?«, fragte sie leise.

»Ja.« Jil nickte vor sich hin. »Aber wegen ihres umfassenden Geständnisses und weil sie immer wieder beteuert hat, dass sie mir nur einen Schrecken einjagen, mich aber niemals töten wollte, hat man die Freiheitsstrafe auf zehn Jahre gemildert. In acht Jahren wird sie also wieder frei sein.« Wütend trat Jil mit dem Fuß gegen ein Stück Treibholz, das vor ihren Füßen lag. Ihre Stimme vibrierte, als sie laut über den Fluss brüllte: »Zehn beschissene Jahre für ein Menschenleben, für das Leben meiner Mutter!«

Plötzlich sprang sie auf, sodass Nadja, die dicht hinter ihr gesessen hatte, vor ihrer ausladenden Armbewegung in Deckung gehen musste. Jil trat gegen alles, was ihr jetzt in den Weg kam.

Nadja stand ebenfalls auf und ging ihr hinterher. Sie kletterte über Stock und Stein, bis sie Jil wieder eingeholt hatte.

Als sie den letzten Schritt auf sie zu machen wollte, fuhr Jil auf einmal herum. Sie streckte einen Arm nach vorn aus und hob die Hand. Und Nadja blieb schlagartig stehen.

Jil wirkte jetzt ganz verstört, als wäre sie nicht mehr bei klarem Verstand. Ihr Gesicht war schmerzverzerrt, und sie kämpfte verzweifelt und sichtbar gegen die aufkommenden Tränen an.

»Ich hätte in diesem Wagen sitzen sollen. Verstehst du?«, schrie sie Nadja an. »Ich sollte tot sein, nicht Mom. Durch meine Weibergeschichten habe ich Cecilias Hass geschürt. Es ist meine Schuld, dass Mom nicht mehr lebt.«

»Aber das ist doch Unsinn, Jil«, erwiderte Nadja. Sie bemühte sich um eine ruhige Stimme, obwohl ihr das unter diesen Umständen sehr schwerfiel. »Du bist weder schuld daran noch trägst du die Verantwortung für das, was diese Frau getan hat. Nichts, aber überhaupt gar nichts rechtfertigt diese furchtbare Tat. Und das weißt du.«

Jil schüttelte unentwegt den Kopf. »Du irrst dich, Nadja. Dad sieht das nämlich ganz genauso«, widersprach sie schwach. Sie schien am Ende ihrer Kräfte zu sein. Ihre müden Augen hatten jeglichen Glanz verloren. »Ich weiß, dass er mich für Moms Tod verantwortlich macht. Wenn ich mich damals anders verhalten hätte, wäre das alles nicht passiert. Er konnte meinen Anblick nicht mehr ertragen. Nur deshalb ist er nach Deutschland zurückgekehrt.«

»Was redest du denn da?« Nadja starrte Jil fassungslos an.

Beklemmung und pures Entsetzen machten sich in ihrer Brust breit, als sie mit ansehen musste, wie Jil langsam auf die Knie sank und sich nach vorn krümmte. Die Hände vor das Gesicht gepresst wurde ihr Körper von Weinkrämpfen, die sie jetzt nicht mehr aufzuhalten versuchte, geschüttelt.

Jil so leiden zu sehen war ein schrecklicher Anblick für Nadja. Jetzt konnte sie nichts mehr aufhalten. Sie kniete sich vor Jil auf den Boden und zog ihren Kopf behutsam an ihre Schulter. Tröstend streichelte sie ihr übers Haar und strich über den bebenden Rücken auf und ab. »Du bist die wundervollste Frau, der ich je begegnet bin«, flüsterte sie. »Aber du bist so fest davon überzeugt, wegen eines vermeintlichen Fehlers es verdient zu haben, dich selbst zu hassen und von anderen gehasst zu werden. Und du bist von Schuldgefühlen zerfressen und stehst dir und deinem Recht auf ein bisschen Glück selbst im Weg. Ich glaube nicht, dass deine Mutter das je gewollt hätte. Ihr Tod ist so sinnlos und tragisch. Lass nicht zu, dass Cecilia, die einzig Schuldige hier, auch noch dein Leben zerstört.« Vorsichtig zog Nadja Jil die Hände vom Gesicht. Tränenverhangene Augen schauten sie an. »Jil«, hauchte sie zärtlich, während sie jede einzelne Träne von den Wangen küsste. »Ich liebe dich, und ich möchte dich so gern glücklich machen. Bitte, gib mir, aber vor allem dir selbst eine Chance.«

Es schien eine Ewigkeit zu vergehen, in der sie sich einfach nur anschauten.

Doch auf einmal begann Jil zu lächeln, zaghaft nur, als traute sie dem Ganzen noch nicht so recht. Aber das strahlende Blau kehrte allmählich in ihre Augen zurück. »Du machst mich doch bereits glücklich«, wisperte sie. »Mehr als du ahnst.«

Langsam kamen ihre Lippen sich näher. Sie berührten sich und strichen übereinander, so sanft wie die Flügel eines Schmetterlings.

Als Jil innehielt, betrachtete Nadja sie mit unsicherem Blick. Doch wieder erschien dieses kleine, zarte Lächeln. »Hab ich dir schon mal gesagt, dass ich dich liebe?«, fragte Jil.

»Jetzt gerade hast du es mir gesagt«, antwortete Nadja mit zitternder Stimme. Ihr schwirrte der Kopf, und dann, endlich, verschmolzen ihre Lippen miteinander und entfachten einen verzehrenden und nach Erlösung schreienden Kuss.

Alles in Nadja sehnte sich nach Jil, die ihr manchmal so nah und dann doch wieder so fern war wie dieses geliebte, weite Land, das ihre neue Heimat werden sollte.

Davon wusste Jil noch nichts, aber sie würde es schon bald erfahren.

Epilog

»Geh ruhig schon vor, Nadja«, sagte der ältere Herr mit den graumelierten Haaren und blickte sie freundlich an.

Vor einer halben Stunde waren sie auf dem Flughafen von Vancouver gelandet, und nun standen sie am Gepäckband und warteten ungeduldig darauf, ihre Koffer in Empfang nehmen zu können.

»Kommt doch gar nicht in Frage«, widersprach Nadja kopfschüttelnd.

Lächelnd legte sich seine große, starke Hand auf ihren Arm. »Ich möchte aber mit meiner Anwesenheit nicht dein Wiedersehen mit Jil trüben. Du freust dich doch schon so sehr darauf, und ich möchte bei diesem besonderen Augenblick, der nur euch beiden gehören sollte, nicht stören.«

Er hatte blaugraue Augen, genau wie Jil. Unter buschigen Augenbrauen huschte sein stechender Blick ein wenig nervös und angespannt über die Koffer, die auf dem Förderband an ihnen vorbeizogen.

Nadja verstand seine Aufregung nur zu gut. Schließlich würde er in Kürze seine beiden Töchter wiedersehen. Nach fast zwei Jahren kehrte er dorthin zurück, wo das Schicksal erbarmungslos zugeschlagen und die Familie jäh auseinandergerissen hatte.

»In Ordnung«, willigte Nadja ein. »Aber wehe, du machst dich aus dem Staub«, scherzte sie ein wenig.

Er lachte und nickte ihr dann sichtlich erleichtert zu.

Drei lange Wochen hatte Nadja Jil jetzt nicht gesehen, und obwohl sie täglich miteinander telefoniert hatten, war sie vor lauter Sehnsucht fast zerflossen. Doch das alles war jetzt vergessen, genau wie die Tränen beim Abschied. Nur noch wenige Minuten, und dann würde sie die Frau, die sie über alles liebte, wieder in ihren Armen halten, sie spüren und küssen dürfen.

Den ganzen Flug über hatte Nadja sich immer wieder gefragt, wie Jil, die sie am Flughafen abholen wollte, wohl reagieren würde, wenn sie mit deren Vater im Schlepptau plötzlich vor ihr stand.

Nadja hatte es geheim gehalten, auch Stella gegenüber, weil sie sich bis zuletzt nicht sicher sein konnte, ob Andreas Hooper wirklich mit ihr ins Flugzeug steigen würde.

Wochen vorher hatte Stella hin und her überlegt, ob sie ihm zu ihrer Hochzeit überhaupt eine Einladung schicken sollte. Sie war überzeugt gewesen, dass er nicht kommen würde. Also hatte Nadja sich die Adresse, die auf der Einladung stand, heimlich notiert und den Vater der beiden Schwestern in Deutschland persönlich aufgesucht.

An diesem Tag hatten sie sich stundenlang unterhalten. Die anfängliche Fremdheit war schnell einer angenehmen Vertrautheit gewichen. Er wollte alles wissen, und Nadja hatte bereitwillig von sich und wie sie Stella und Jil kennengelernt hatte erzählt. Sie hatte ihm gegenüber nichts verheimlicht, auch nicht ihre Liebe zu Jil.

Doch als sie ihm berichtet hatte, dass Jil glaubte, dass ihr Vater ihre Nähe nicht mehr ertragen konnte, weil er nur ihretwegen seine geliebte Frau verloren hatte, war er kreidebleich geworden. Den Tränen nah hatte er ihr erzählt, dass er niemals gewollt hätte, dass seine jüngere Tochter sich mit solch absurden Gedanken quälte.

Er war nach Deutschland zurückgegangen, weil der Schmerz über den Verlust seiner Frau ihn innerlich aufgefressen hatte und weil er deshalb nicht in der Lage gewesen war, für seine beiden Töchter da zu sein. Er hatte einfach nicht die Kraft gehabt, ihnen den nötigen Halt zu geben, um diese schwere Zeit gemeinsam durchzustehen. Und so hatte er sich eingeredet, dass es besser war zu gehen, als dass seine beiden geliebten Mädels sich auch noch für ihn hätten aufopfern müssen. Das hatte er ihnen nicht zumuten wollen. Er hielt sie ohnehin für stärker, viel stärker, als er selbst es jemals zu sein vermochte.

Schon mehrmals hatte er im vergangenen Jahr den Versuch unternommen, sie zu besuchen und doch immer wieder einen Rückzieher gemacht.

Doch nun war es Nadja gelungen, ihn mit dem, was sie ihm alles erzählt hatte, zu überzeugen. Und er wollte seine Töchter endlich wieder in die Arme schließen.

Lange genug hatte er wegen dieser furchtbaren Tragödie praktisch aufgehört zu leben. Nicht einen Tag länger noch wollte er vor der Vergangenheit davonlaufen. Es war unglaublich, wie sehr er Nadja an Jil erinnerte und wie ähnlich sie ihrem Vater war.

Immer wieder warf Nadja ihm einen aufmunternden Blick zu, obwohl sie selbst mit ihrer Aufregung zu kämpfen hatte. Als sie ihren Koffer endlich entdeckt und vom Band gezogen hatte, zögerte sie kurz.

»Nun geh schon«, raunte er ihr zu. Seine Mundwinkel zuckten nach oben. »Ich komme gleich nach. Versprochen!«

Die letzten Meter zum Ausgang, als nur die automatische Schiebetür sie noch von Jil trennte, bekam Nadja ganz weiche Knie. Sie spürte, dass ihre Hand, die den Koffergriff umklammerte, schwitzte.

Tief durchatmend trat sie schließlich durch die Tür. Suchend glitt ihr Blick umher. Aber noch hatte sie Jil nicht entdeckt. *Sie wird mich doch hoffentlich nicht vergessen haben,* schoss es ihr durch den Kopf. Ein leichter Anflug von Panik ergriff von ihr Besitz und machte ihr das Atmen schwerer.

Plötzlich legten sich zwei Arme von hinten zärtlich um ihre Taille. Sie zuckte auf und biss sich auf die Unterlippe, um vor Schreck nicht laut zu schreien.

»Na endlich«, hauchte Jil an ihrem Nacken, während sie kleine Küsse auf der Haut verteilte. »Ich habe dich schrecklich vermisst, mein Schatz«, murmelte sie noch, als Nadja schon herumwirbelte, den Koffer und die Tasche einfach losließ und Jil stürmisch in ihre Arme riss.

Sie scherten sich nicht darum, was die anderen Leute denken könnten. Wie ausgehungert hingen ihre Lippen aneinander und versanken in einem nicht enden wollenden, leidenschaftlichen Kuss. Als sie sich schließlich lösten, schnappten sie beide nach Luft. Prompt mussten sie lachen.

»Ich dich auch«, hauchte Nadja. Sie strich Jil eine verirrte Strähne aus dem Gesicht.

Ihr Blick in zwei strahlend blaue Augen erinnerte sie daran, dass sie nicht allein gekommen war. Vorsicht linste sie über Jils Schulter, und da sah sie ihn stehen, in respektvollem Abstand zu ihnen, aber mit einem Lächeln im Gesicht.

»Jil«, flüsterte sie, »ich habe noch jemanden mitgebracht.«

Jil runzelte sichtlich verwundert die Stirn. Sie fasste Nadja an den Schultern, drückte sie ein Stück von sich und schaute ihr fragend in die Augen.

Langsam hob Nadja ihren Arm und wies mit dem Zeigefinger hinter Jil. »Ich hoffe, du nimmst es mir nicht übel, weil ich nichts gesagt habe«, krächzte sie nun doch ziemlich nervös geworden.

Das trug offensichtlich nicht gerade zu Jils Entspannung bei. Mit zusammengezogenen Augenbrauen drehte sie sich wie in Zeitlupe um.

Ein paar Sekunden verstrichen, dann öffnete sich lautlos ihr Mund. Ihr Gesicht spiegelte eine eigentümliche Mischung von Gefühlen wider. Die Mundwinkel irgendwie zu einem unsicheren Lächeln hochgezogen, drückte ihr Blick nur ungläubiges Erstaunen aus.

»Dad«, rief sie mit bewegter Stimme.

Als Jil auf ihren Vater zuging und in seine ausgebreiteten Arme sank, bescherte dieser Anblick Nadja ein unsagbares Glücksgefühl. Ja, sie hatte die richtige Entscheidung getroffen.

Die Liebe ist wie eine Reise durch ein unbekanntes Land. Man muss den Mut haben, alles hinter sich zu lassen, ohne zu wissen, was vor einem liegt.

ENDE

Weitere Titel
bei édition el!es

Laura Beck: Herzflimmern

Roman

Architektin Ina Berger trägt nicht umsonst den Beinamen »Dynamo«, denn sie rast von einer Baustelle zur anderen, um ihren Job zu erledigen. Währenddessen bedroht ein angeborener Herzfehler ihr Leben, und auch deshalb hat sie für die Liebe keine Zeit. Nach einer dramatischen Operation befindet sie sich gerade auf dem Weg der Besserung, als sie die Reitstallbesitzerin Cornell kennenlernt. Die behandelt Ina jedoch sehr schroff und abweisend. Wie seltsam ist es da, dass sich Ina trotzdem auf unerklärliche Weise zu ihr hingezogen fühlt?

Alexa Löwenburg: Noras Herz

Aus der Reihe »Zärtliche Stunden«

In einer Bar wird Nora von einer Fremden namens Alex angesprochen, die ihr Sternzeichen wissen will. Doch weil Nora ein Steinbock ist und die angeblich untreu sind, will Alex gleich wieder verschwinden. Es kommt zwar dennoch zu einer gemeinsamen Nacht, aber Nora kann Alex nicht zum Bleiben überreden, denn die bleibt bei ihrem astrologischen Urteil. Nach ein paar Tagen steht sie aber dann doch wieder vor Noras Tür und bietet eine Freundschaft mit Extras an – Noras Herz greift sofort zu, während Noras Verstand herauszufinden versucht, wie sie Alex den Sternzeichen-Unsinn austreiben kann . . .

Claudia Lütje, Jenny Green, Charlie Hugo u.a.: (K)ein Baum zu Weihnachten

Romantische Weihnachtsgeschichten

Katharina hasst Weihnachtsbäume, und da muss sie ausgerechnet Bekanntschaft mit einer attraktiven Rothaarigen machen, deren Familie Weihnachtsbäume verkauft. Sie wehrt sich zunächst tapfer gegen das nadelnde Grün, doch lange kann sie ihren Gefühlen nicht standhalten. Ebenso ergeht es Anja, die eigentlich nur einen vergessenen Regenschirm zurückbringen will, und Kira und Astrid, die zwar Dinge gut reparieren können, in Liebesdingen aber eher ungeschickt scheinen – am Ende jedoch werden sie bestimmt alle glücklich, denn schließlich ist Weihnachten das Fest der Liebe.

Charlie Hugo: Lieben heißt vertrauen

Roman

Johanna Ditmar, genannt Jo, stolpert sprichwörtlich in das Leben der erfolgreichen Unternehmerin Susanne Kostner hinein und zerbricht zur Begrüßung gleich ihre wertvolle Vase. Dennoch fühlt sich Susanne zu Jo hingezogen. Als sie erfährt, dass Jo an der Universität in Berlin ein Labor in die Luft gesprengt und sich damit jeglicher Karrierechancen beraubt haben soll, kann auch das nichts an ihren Gefühlen für Jo ändern. Im Gegenteil, sie bietet ihr sogar Hilfe an, obwohl Jo sie immer wieder hartnäckig von sich stößt. Aber Susanne gibt nicht auf, denn Jo ist schon lange nicht mehr nur eine Angestellte für sie. Doch was ist in Berlin wirklich passiert, dass Jo sich dermaßen eingemauert hat und niemandem mehr vertrauen kann?

Angela Danz: Ich versuche es mal mit dem Glück

Roman

Gerade hat Kathrin ihren Job bei einem Fernsehsender gekündigt, da fällt ihr bei einem Waldspaziergang fast ein Baum auf den Kopf. Gerettet wird sie von der verschlossenen Försterin Jan, die zurückgezogen im Wald lebt. Obwohl sie unterschiedlicher nicht sein könnten, kommen sie sich näher, bis Kathrin schmerzhaft Erfahrung mit Jans dunkler Vergangenheit machen muss. Als dann noch Kathrins Bruder Hanno bei ihr Hilfe sucht, verfolgt von Geldeintreibern, deren kriminelle Auftraggeber den Wald bedrohen, wird es ziemlich gefährlich – dass Jan auch noch meint, Kathrin stecke mit Hannos Machenschaften unter einer Decke, macht alles noch komplizierter, denn wen oder was soll sie jetzt zuerst retten?

Ruth Gogoll: Wenn Liebe so einfach wäre ...

Roman

Erst eine unschöne Begegnung auf der Post, dann läuft sie der unhöflichen Fremden auch noch ins Fahrrad – Enja scheint sich ihr nicht mehr entziehen zu können. Nicht nur, um den Schaden zu ersetzen, führt es Enja zu Malin nach Hause, wo sie auch deren herrische

Freundin Ulla kennenlernt. Trotz aller Bedenken versucht Enja, Malin näherzukommen, doch Malins Stimmungsschwankungen und ihre merkwürdige Haltung zu Ulla machen das nicht leicht. Als Malin unvermutet von Ulla vor die Tür gesetzt wird, scheint einer Beziehung mit Enja nichts mehr im Wege zu stehen – doch Ulla ist mit Malin noch längst nicht fertig . . .

Ruth Gogoll: Henrietta Murbel und die Schaufensterpuppe

Ein Cosy-Krimi

»Eine Tote in der Bibliothek!«, ruft die Bibliothekarin des beschaulichen Dorfes Oberwahrdingen am Bodensee aufgeregt. Henrietta Murbel eilt mit wehendem Cape herbei, doch zwischen den Bücherregalen liegt keine Tote, sondern eine Schaufensterpuppe. Sofort ist Henriettas Neugier geweckt. Wer deponiert eine Schaufensterpuppe in einer Bücherei? Henriettas kriminalistisches Gespür wird erst recht gefragt, als eine tatsächliche Tote aus dem Bodensee gezogen wird und die Spur zum Mörder nach Oberwahrdingen führt – sehr zum Missfallen ihres Neffen Tassilo, der als Kriminalkommissar offiziell die Ermittlungen leitet und mit seiner schnüffelnden »Tante Henry« so gar nichts anfangen kann . . .

Sima G. Sturm: Ein Traum für zwei

Aus der Reihe »Zärtliche Stunden«

Lena Meyer, Polizistin bei der Kripo, träumt seit einem halben Jahr von einer geheimnisvollen Frau im schwarzen Kapuzenmantel. Es kommt zu einem Déjà-vu, als Lena auf einer Ausstellung eine Fotografie ihrer Traumfrau sieht – ein Selbstportrait der Fotografin Clara. Zwar kommen beide sich daraufhin näher, doch Lena erzählt Clara nichts von ihrem Traum. Als sich dann noch eine andere Frau für Clara interessiert und sich die merkwürdigen Zufälle häufen, muss Lena endlich herausfinden, was es mit ihrem Traum auf sich hat . . .

Toni Lucas: Die Eroberung der zauberhaften Lotta Siebenhaar

Roman

Ullis geradezu filmreife Flucht aus dem Haus ihrer Geliebten führt zu einer zauberhaften Begegnung mit Lotta Siebenhaar, Besitzerin eines Spielwarenladens. Ulli ist sofort hin und weg, doch ihr chaotisches Leben vertreibt jegliche Magie sofort wieder: Streitereien mit ihrer

Schwester Tina um ihre fast bankrotte Malerfirma, eine schwangere Ex und eine schrullige Großmutter halten Ulli auf Trab. Einziger Lichtblick ist ihre Nichte Mia, mit der Ulli neuerdings viel Spielzeug einkaufen geht. Denn sie versucht mit allen Mitteln, Lotta für sich zu gewinnen – was oft im Chaos endet, denn Lotta scheint sich dem stets zu entziehen . . .

Ruth Gogoll: Sommerhitze

Roman

Kristas ruhiges Leben auf einer Nordsee-Hallig wird in wilde Turbulenzen gestürzt, als die weltgewandte Fotografin Liz auf die Insel kommt. Krista verliebt sich, und auch Liz entwickelt anscheinend Gefühle für sie. Nach einer gemeinsamen Nacht schwebt Krista im siebten Himmel. Doch das Glück währt nicht lange, denn Liz erhält Besuch von einer mysteriösen und nicht gerade sympathischen Frau namens Juliane und verlässt mit ihr ohne sich von Krista zu verabschieden die Insel. Mit gebrochenem Herzen bleibt Krista zurück, bis eine ehemalige Schulfreundin auftaucht und Krista zur Flucht in die Großstadt überredet – in Berlin soll sie ihr Herz heilen, doch es kommt alles anders als erwartet . . .

Haidee Sirtakis: Tanzende Herzen

Roman

Hanna hatte vor Jahren einen Unfall und sitzt seitdem im Rollstuhl. Als Seminarleiterin ist sie sehr erfolgreich und eigentlich ganz zufrieden, doch ihre beste Freundin Olivia sieht das anders, denn was Hanna noch fehlt, ist eine Liebesbeziehung. Kurzerhand engagiert Olivia eine »Berührerin für behinderte Menschen« für Hanna, die von dieser Idee nicht sehr begeistert ist – aber als sie die »Berührerin« näher kennenlernt, ändert sich das. Nach einigen glücklichen Tagen wird Hanna jedoch jäh aus dem siebten Himmel gerissen, als ihre Geliebte sie plötzlich wutentbrannt verlässt und Hanna die Schuld dafür gibt . . .

Claudia Lütje: Komm, flieg mit mir

Roman

Die nebenberuflich für eine kleine Chartergesellschaft fliegende Pilotin Merle muss eines Abends die attraktive, aber arrogant erscheinende Geschäftsfrau Joanna nach Hamburg fliegen. Obwohl Joanna schroff und abweisend ist, engagiert sie Merle ein zweites Mal und bietet ihr schließlich an, für sie als Privatpilotin zu arbeiten. Doch dabei bleibt es nicht, Merle wird immer mehr in Joannas Geschäft eingebunden – sehr zum Verdruss von Vassiliki, Joannas Geschäftspartnerin. Als Merle, hoffnungslos in Joanna verliebt, eines Tages Veruntreuung vorgeworfen wird, muss sie anfangen, für ihre Gefühle zu Joanna und ihre eigene Reputation zu kämpfen, denn Vassiliki greift zu immer härteren Bandagen, um Merle loszuwerden ...

Lo Jakob: Ehrliche Haut

Roman

Felicitas Frenzel, alias Flix, ist eine ausgezeichnete Deluxe-Diebin. Sie weiß genau, wo sie bei ihren Einbrüchen die wertvollsten Schmuckstücke findet und hinterlässt dabei keine Spuren. Nur einmal macht sie den Fehler, einem einflussreichen Mafia-Boss Gold zu stehlen. Der beauftragt die Privatdetektivin Luisa Sander damit, den Diebstahl aufzuklären. Die schleust sich undercover als Thekenfrau in eine Kneipe ein, die dafür bekannt ist, dass dort zwielichtige Gestalten ein- und ausgehen. Und tatsächlich ist Flix dort oft anzutreffen. Die Diebin ist sofort von der kühlen Luisa fasziniert und schafft es mit ein paar Anlaufschwierigkeiten sogar, sie für sich zu gewinnen – ein gefährliches Katz-und-Maus-Spiel um Liebe und Freiheit beginnt ...

Jenny Green: Stadtlichter

Roman

In dieser Fortsetzung der Romane »Über den Dächern der Stadt« und »In den Gassen der Stadt« wird die Beziehung zwischen Lisa und Emma auf eine harte Probe gestellt.
Nach einem schweren Unfall leidet Lisa an Amnesie und kann sich weder an Emma noch an ihre Liebe zueinander erinnern. Emma gibt ihr Bestes, um Lisa und ihr Gedächtnis zurückzugewinnen, doch Lisa flüchtet schließlich aus Regensburg in die ihr vertraute Umgebung ihrer Kindheit. Die Beziehung zerbricht, beide entfernen sich mehr und mehr voneinander, stürzen sich in neue Abenteuer – eine gemeinsame Zukunft scheint immer aussichtsloser, es sei denn, Lisas Erinnerungen kehrten doch noch eines Tages zurück ...

Julia Schöning: Einsatz zum Glück

Roman

Erst eine wichtige Prüfung im Jurastudium vermasselt, dann ein schwerer Fahrradunfall – das Schicksal meint es nicht gut mit Luisa. Dann jedoch weckt Oberärztin Christine, die sich im Krankenhaus auffallend fürsorglich um sie kümmert, zärtliche Gefühle in ihr. Zuerst will Luisa das nicht zulassen, und auch Christine scheint gegen ihre Gefühle für Luisa anzukämpfen, aber als Luisa entlassen wird, versuchen sich beide näherzukommen. Altlasten aus Christines Vergangenheit erschweren das, und als Luisa wieder in die Klinik muss, wittert Christines Erzfeind Oberarztkollege Holger Falkenheim auch noch seine Chance, Christine wegen unethischen Verhaltens endlich loszuwerden. Ein tragischer Familienvorfall reißt sie endgültig von Luisa weg; die Chance einer glücklichen Beziehung ist kleiner denn je . . .

Lo Jakob: Fotografisches Gedächtnis

Roman

Die Kölner Boutiquebesitzerin Tülya Metin hat ihre erste eigene Modekollektion entworfen und engagiert die renommierte Modefotografin Ellis Mönchberg, um erstklassige Fotos davon zu schießen. Aber wer hätte gedacht, dass sich Ellis in Sachen freundschaftlicher Annäherung als solch ein harter Brocken herausstellen würde, dass selbst Tülya mit ihrem umwerfenden Charme auf Granit stößt. Doch die ehemalige Kriegsfotografin hat ihre Gründe, warum sie so zurückhaltend ist: Ihr Herz ist versteinert. Das redet sie sich zumindest ein. Da ist so eine lebensfreudige Tülya nur ein Ärgernis. Ellis will ihren Auftrag erledigen und sich wieder in ihr Schneckenhaus zurückziehen. Aber so einfach geht das alles natürlich gar nicht . . .

Ruth Gogoll, Haidee Sirtakis, Toni Lucas u.a.: Die Weihnachtsausladung

Romantische Weihnachtsgeschichten

Wenn die neue große Liebe ihre Nächte scheinbar lieber mit der (angeblichen) Ex verbringt, dann landet der gemeinsam gekaufte Weihnachtsbaum im Keller. Doch es wäre keine romantische Weihnachtsgeschichte, wenn am Ende nicht alle glücklich würden, oder? Und so ergeht es allen Verliebten im diesjährigen Geschichtenband, der unter keinem lesbischen Weihnachtsbaum fehlen sollte. Im Wohnzimmer. Festlich geschmückt. Um die Herzen zu erwärmen an trüben und kalten Dezembertagen . . .

Ruth Gogoll: Wie Honig so süß

Roman

Die arme Irin Emma O'Leary ist als Kind mit ihrer Familie vor der Hungersnot in Irland nach Amerika geflohen. Kaum erwachsen muss sie

schon hart als Näherin in der Schneiderwerkstatt eines Modesalons arbeiten. Dort gehen arrogante, reiche New Yorkerinnen ein und aus, für die Emma Kleider näht, die sie sich selbst niemals leisten könnte. Jedoch hat sie den Traum, mehr aus ihrem Nähtalent zu machen und dem Joch der Armut zu entfliehen.
Eine besonders arrogante Kundin ist die junge Lady Francie Cunningham, die Emma zu sich nach Hause bestellt. Die Anproben im Herrschaftshaus werden bald sinnlicher und erotischer, denn Francie hat nicht nur Interesse an den Kleidern, sondern an Emma selbst. Auch Emma wird überflutet von völlig unbekannten Gefühlen. Für kurze Zeit sind Francie und Emma heimlich glücklich, doch da bricht der amerikanische Bürgerkrieg aus und schleudert ihre Schicksale in eine ungewisse Zukunft . . .

Sima G. Sturm: Vorsicht, bissig!

Roman

Temperamentvoll und voller Abneigung gegen die Polizei – so lernt Kriminalkommissarin Dana Peters die wegen kleinerer Delikte zur Vernehmung geladene Juliane Köhler kennen. Der Anziehungskraft, die von Juliane ausgeht, kann Dana nicht lange widerstehen. Schon nach wenigen Tagen verbringen sie einen leidenschaftlichen One-Night-Stand miteinander, nach dem Juliane sich in Luft auflöst.
Ein neuer Fall für Dana im Rotlichtmilieu führt sie jedoch wieder zusammen, denn Juliane kümmert sich als Sozialarbeiterin um gestrauchelte und sozial benachteiligte Jugendliche. Ein neues Date, ein Versuch einer Beziehung – doch die Verstrickung in Danas Fälle, nervende Anwältinnen und Julianes geheimnisvolles Privatleben werfen ihnen immer wieder Stolpersteine in den Weg . . .

Haidee Sirtakis: Liebeszauber über Kreta

Roman

Die lose miteinander verbundenen Romane »Vertrauen ist ein zerbrechliches Geschenk«, »Unter Kretas Sternen« und »Zeit zu lieben« finden unter der Sonne Kretas ihren Abschluss.
Naomi kann ihre unglückliche Beziehung zu Andrea nicht retten, lernt jedoch schon bald Isabelle kennen – strikt hetero. Aber sie verbringen immer mehr Zeit miteinander, Zeit, in der Naomis Gefühle für Isabelle immer intensiver werden. Die Angst, dass ihre Gefühle nie erwidert werden, gräbt sich tiefer, und Naomi glaubt, sehenden Auges ins nächste Unglück zu stürzen . . . Währenddessen wollen sich Regina und

Chiara auf Kreta nochmals (symbolisch) das Ja-Wort schenken, was plötzlich an unvorhersehbaren Ereignissen zu scheitern droht . . .

Ruth Gogoll: Alles nur aus Liebe

Roman

Die neue Stelle bei einem Fernsehsender ist für Landei Lisa eine ziemliche Herausforderung, vor allem, weil die Chefin Veronica Hart rücksichtslos langjährige Erfahrung voraussetzt. Doch Lisa behauptet sich und jongliert neben ihrer Hauptarbeit souverän mit den Terminen von Veronicas unzähligen Affären. Bis sie eines Tages selbst zum Temin wird – auf der einen Seite angezogen von Veronicas Charme, auf der anderen Seite will sie kein weiterer Eintrag im Kalender werden. So bleibt sie auf Distanz, bis Veronica nach einem Unfall ihre Hilfe braucht . . .

Toni Lucas: Affäre mit Aussicht

Roman

Wenn Nele Wagner an ihrem Arbeitsplatz im One World Trade Center über ihren Aktenbergen sitzt, sehnt sie sich nach dem, was sie wirklich gut kann: Whiskey-Sorten beurteilen und über ihre Reisen bloggen. Doch ihre Firma, die mit edlen Spirituosen und Konfekt handelt, hatte anderes mit ihr vor. Einziger Lichtblick ist ihre neue Chefin Olivia sowie die heißen Nächte mit ihr. Die merkwürdige Eigenschaft Olivias, immer wieder zu verschwinden, treibt Nele während einer Tour durch Kentucky in die Arme der Pferdezüchterin Liz – doch zurück in New York merkt Nele, dass sie in Liz *und* Olivia verliebt ist . . .

Jule Richter: GrenzLust 2

Roman

GrenzLust 2 ist die Fortsetzung der Geschichte von Mona und Ella.
Nachdem sie am Ende des ersten Teils beschlossen hatten zusammenzuziehen, machen sie nun Nägel mit Köpfen: Ella zieht bei Mona ein, und sie versuchen sich in einer Beziehung, die den Tücken des Alltags standhalten kann. Die gemeinsame Leidenschaft für die dominant-devote Erotik stellt die immer funktionierende Verbindung zwischen den beiden Frauen dar, und an Ausflügen in die Welt des SM mangelt es auch in Teil 2 nicht; es wird spannend, abwechslungsreich und hin und wieder auch ein bisschen komisch.

Lo Jakob: Die Honigfalle

Roman

Weil die erfolgreiche Managerin Maria ihre Nerven und sich nicht mehr im Griff hat, nimmt sie eine Auszeit auf dem Land, um ihren dement en Großonkel zu pflegen. Und damit platzt sie in das gemütliche Einsiedler-Leben der Imkerin Theresa, die sich als Nachbarin bislang um Großonkel Willi gekümmert hat. Zoff ist programmiert und gipfelt im Einsatz des Sprengmittelbeseitigungsdienstes.
Doch mit Willis Ableben ändert sich alles, denn ein unerwartetes Testament, dunkle Geheimnisse in der Familiengeschichte und eine raffgierige Verwandtschaft schweißen Maria und Theresa mehr zusammen, als ihnen zunächst lieb ist . . .

Haidee Sirtakis: Zeit zu lieben

Roman

In »Zeit zu lieben« wird die Geschichte von Michi und Thea aus Haidee Sirtakis' Roman »Vertrauen ist ein zerbrechliches Geschenk« weitererzählt.
Michi droht der Burnout und Thea versucht, die Beziehung zu retten, indem sie ihre Liebste davon überzeugen will, ihr Arbeitspensum zu reduzieren. Da taucht Michis Ex Jasmin auf und verschlimmert die Lage noch. Gefangen in einem Teufelskreis aus Arbeit und widersprüchlichen Gefühlen zu Thea, Jasmin und ihrer neuen Therapeutin, versucht Michi den Befreiungsschlag in einem Fechtwettkampf . . .

Catherine Fox: Flammender Sommer

Liebesgeschichte

Eine Trennung per SMS, und Michaela sieht keinen Sinn mehr in ihrem Leben. Da schickt ihr das Schicksal Amanda ins Haus, die ausgerechnet in dieser verlassenen Gegend Italiens eine Autopanne hat. Nach einer Liebesnacht bleiben sie zunächst beruflich verbunden, bis Michaelas Ex wieder auftaucht und die Ereignisse eine dramatische Wendung nehmen . . .

Catherine Fox: Das Haus auf den Klippen

Roman

Auf einem alten Leuchtturmwärterhaus an der irischen Steilküste lastet ein Fluch: Der Geist einer Ermordeten gehe darin um. Lucy lässt sich davon nicht abschrecken, kauft das Haus und renoviert es.

Zunächst hält sie erste Begegnungen mit dem Geist Kyra für Hirngespinste, doch dann beginnt sie über die Herkunft des Fluches nachzuforschen und entdeckt eine dramatische Geschichte um Kyras mysteriösen Tod vor hundertfünfzig Jahren. Allerdings . . . wenn die Wahrheit ans Licht kommt, wird Kyra ihren Seelenfrieden erhalten und für immer verschwinden – Lucy jedoch hat bereits ihr Herz an Kyra verloren . . .

Angela Danz: Stiehl mein Herz

Liebesgeschichte

Lydia ist Politikerin und lässt sich privat auf keinerlei feste Beziehungen ein. So lernt sie auch Angie in einem Restaurant kennen und denkt an nicht mehr als einen heißen One-Night-Stand. Als sie am Morgen erwacht, ist jedoch ihr Safe ausgeräumt. Ein wertvolles Collier, das Lydia unbedingt zurückhaben will, veranlasst sie dazu, Angie bis in den warmen Süden nach Nizza zu verfolgen . . .

Claudia Lütje: Ein Stück vom Himmel

Roman

An einem stürmischen Tag schneit Sarah plötzlich in Maries Leben, weil sie vom Regen durchweicht vor ihrer Tür steht und eine Adresse sucht, die es nicht gibt. Sarah ist Stewardess und bringt Maries ruhiges Leben als Anwältin mit ihren blauen Augen völlig durcheinander. Doch dann stellt sich heraus, dass Sarah ihre eigenen Probleme hat. Marie versucht ihr zu helfen, aber will Sarah das überhaupt?

Ruth Gogoll, Claudia Lütje, Haidee Sirtakis u.a.: Heiligabend mit Überraschungen

Weihnachtsgeschichten

Weihnachten zu zweit gemütlich zu Hause? Eine verschwundene Nonne durchkreuzt Rennis und Monikas Pläne gehörig . . .
Die neue Paketbotin bringt nicht nur ein Päckchen in Christinas Bistro, sondern auch Christinas Gefühlsleben völlig durcheinander . . .
Weihnachtseinkäufe sind schon stressig genug, da ist eine unhöfliche Vordränglerin nicht gerade hilfreich; noch schlimmer wird's, wenn sich diese Kundin als neue Kollegin entpuppt . . .
Diese und weitere weihnachtliche Geschichten konnten Sie im Adventskalender 2015 lesen, jetzt sind sie als Buch erhältlich. Und als Bonus gibt es noch die Silvestergeschichte dazu.

Catherine Fox: Manche mögen's weiß

Liebesgeschichte

Kampflesbe trifft auf Zickenblondine – ein (nicht ganz ernst gemeintes) Weihnachtsmärchen

Als Weihnachtsmann verkleidet bricht Romy in Häuser reicher Familien ein, um als moderner Robin Hood die Beute unter den Armen zu verteilen. Eines Nachts wird sie jedoch von Gräfin Sandra Austel überrascht, es kommt zum Handgemenge . . . und Sandra wacht nach einem Knockout in Romys Waldhütte wieder auf. Frau Gräfin passt es zunächst gar nicht, dem Bauerntrampel Romy ausgeliefert zu sein, die Abneigung beruht auf Gegenseitigkeit – allerdings nicht sehr lange . . .

Haidee Sirtakis: Unter Kretas Sternen

Roman

Eleni, deutsche Tierärztin mit griechischen Wurzeln, betreibt auf Kreta eine mobile Tierklinik und besitzt ein wunderschönes Grundstück direkt am Meer, das sie zu einem Tierasyl gemacht hat. In dieses kleine Paradies platzt ein griechischer Hotelier, der Elenis Grundstück kaufen und Luxushotels bauen will. Er beauftragt die auf Kreta lebende deutsche Anwältin Anika, ihm das Grundstück zu beschaffen – mit allen Mitteln. Anika, selbst in einer unglücklichen Beziehung steckend, zerrt Eleni vor Gericht, doch schon bald ist es mit der Professionalität vorbei, denn Anika entwickelt tiefere Gefühle für Eleni, was ihren Beruf und ihre ganze Existenz in Frage stellt . . .

Alexandra Liebert: Die Assistentin

Liebesgeschichte

Ellen, erfolgreiche Autorin, lässt bei ihren vielen Bekanntschaften nichts anbrennen. Allerdings hängt ihre Karriere am seidenen Faden, denn starke Schmerzen in den Händen lassen stundenlanges Tippen nicht mehr zu. Da lernt sie Heike kennen, die anders ist als ihre bisherigen Fans – doch Ellen hat nur ihre ungewisse Zukunft im Kopf. Erst mit ihrer neuen Assistentin Sam blüht sie wieder auf, und während sie anfängt, sich Gedanken über ihre Beziehung zu Sam zu machen, benimmt Heike sich immer seltsamer . . .

Ina Sembt: Die Klarinettistin

Roman

Martina Mauritius betreibt eine Art Erholungsheim für weibliche VIPs in den Niederlanden. Als die Star-Klarinettistin Lena van Langen einen Nervenzusammenbruch erleidet, zieht sie sich auf Martinas Anwesen zurück. Nach anfänglichen Schwierigkeiten miteinander beginnt Martina Gefühle für Lena zu entwickeln, doch ihr Berufsethos verbietet jegliche Annäherung. Zumal in der begleitenden Psychotherapie herauskommt, dass Lena große Probleme mit Sexualität in jeglicher Hinsicht hat. Die Therapie hilft Lena, zu sich zu finden, doch flieht sie zunächst vor den neuen Gefühlen, die auf sie einstürmen . . .

Catherine Fox: Date mit einer Unbekannten

Liebegeschichte

Auf einem Social Network für Lesben lernen Bea und die gehörlose Jeanny sich kennen. Die Chats werden schnell heiß und intim, und so drängt Bea darauf, Jeanny endlich persönlich zu treffen. Doch Jeanny lässt sich darauf nicht ein. Nachdem Bea in Gesprächen mehr über Jeannys Leben herausgefunden hat, setzt sie sich über ihre Wünsche hinweg und taucht auf ihrer Arbeitsstelle auf – wo man nichts von einer Jeanny weiß . . .

Jule Richter: Wolke 8

Roman

Zwei Frauen, die gegensätzlicher nicht sein können, finden mehr oder weniger zufällig zueinander: Maggy, die zurückhaltende Therapeutin, die nach der großen Liebe sucht; Hannah, die coole Verführerin, die nicht im Traum daran denkt, ihre Freiheit als Single aufzugeben. Doch als sie spüren, dass sich zwischen ihnen tiefere Gefühle entwickeln könnten, versuchen die beiden alles, um sich dagegen zu wehren. Das Schicksal hat jedoch einen ganz anderen Plan für Hannah und Maggy . . .